하룻밤에
다시 보는

쵸한지

하룻밤에 다시 보는 초한지

초판 1쇄 인쇄일 | 2024년 9월 20일   초판 1쇄 발행일 | 2024년 9월 27일

편저자 | 김종서
펴낸이 | 강창용
책임기획 | 강동균
책임편집 | 정민규
디자인 | 김동광

펴낸곳 | 느낌이있는책
출판등록 | 1998년 5월 16일 제10-1588
주 소 | 경기도 고양시 일산동구 고양대로 953-17, 한울빌딩 2층
전 화 | (代)031-932-7474
팩 스 | 031-932-5962
이메일 | feelbooks@naver.com

ISBN   979-11-6195-229-1 (03820)

하룻밤에
다시 보는

초한지

楚漢志

김종서 편저

느낌있는책

Contents

머리말

불멸不滅의 전쟁, 위대한 영웅 서사敍事

　기원전 210년, 최초로 중국을 통일한 진나라의 시황제가 사망한다. 그러자 진에 정복당했던 나라들이 꿈틀거리며 반란을 일으켰다. 이 혼돈의 시대를 가르고 솟구친 영웅 쌍벽雙璧이 있었으니 그들이 바로 초楚 패왕 항우와 한漢 고조 유방이다. 원시적인 힘과 두려움 없는 용기를 지닌 항우는 역발산기개세力拔山氣蓋世 힘은 산을 뽑고 기개는 세상을 덮음의 주인공으로 통한다.

　그에 맞서는 유방은 항우에 비해 출신 성분도 미천하고 세력도 미약했지만 뛰어난 용인술과 교묘한 전략으로 끝내 천하를 얻게 된다.

　승패를 떠나서 초나라 항우와 한나라 유방의 대결은 장엄한 이야기로 2천 년 동안 사람들의 입과 귀를 통해 전해져 내려왔으며, 중국은 물론 동양의 역사에 엄청난 영향을 주었다.

　〈초한지〉의 서사는 대대로 중국인들에게 정치적, 문화적인 영감을 안겨 주었다.

　사면초가, 권토중래, 토사구팽, 금의환향 등 무수한 고사성어를 낳은 전설의 밭이며, 항우와 우희의 비극적 결말은 패왕별희라는 경극으로 그려졌다.

　용병술의 귀재 한신, 뛰어난 전략가 장량, 보급의 달인 소하를 중용하고, 투항해온 자들을 너그럽게 받아들여 민심을 얻은 유방은 고대의 인물임에도 현대인들에게 리더십의 진수를 가르쳐준다.

　이러한 유방이 세운 한나라는 중국인들의 정체성을 확립하고, 오래 번성하며 세계를 잇는 실크로드를 개척하였으며 오늘날까지도 생명력이 이어져 내려오고 있다.

　대표적인 동양 정신 문화인 장기將棋야말로 초한지를 압축한 이미지 게임이다. 늘 우리 주변에 존재하는데 자세히 몰랐던 장기판에 항우와 유방의 전쟁, 그리고 숱한 장수와 병졸들의 이야기가 담겨 있다는 사실이 놀랍지 않은가?

　영웅 쌍벽의 화려하고 처절한 전쟁은 장기를 통해 인류가 존속하는 한 영원히 지속될 것이다.

　〈초한지〉를 통해 우리는 세상을 살아가는 지혜와, 경쟁에 대처하는 전략 등 시대를 초월하는 진리를 발견하게 될 것이다.

2024년 8월 23일

편저자 김종서

7

등장인물 소개

항우項羽(BC 232~BC 202)

이름은 적籍, 자는 우羽. 사마천司馬遷의《사기史記》에는, 젊은 시절 회계산會稽山에 행차하는 시황제의 성대한 행렬을 보고 '저 녀석을 대신해 줄 테다'라고 호언했다고 한다. BC 209년 진승·오광의 난으로 진나라가 혼란에 빠지자, 숙부 항량項梁과 함께 봉기하여 진군을 도처에서 무찌르고, 함곡관函谷關을 넘어 관중關中으로 들어갔다. 도성 함양咸陽을 불사르고 진나라를 멸망시킨 뒤 진왕 자영子嬰을 죽이고 팽성彭城에 도읍을 정한 뒤 유방을 포함한 18명을 왕으로 봉하고 스스로를 서초西楚의 패왕霸王이라 칭하였다. 그러나 각지에 봉한 제후를 통솔하지 못하여 유방을 비롯한 세력들이 항우에게 저항하여 일어난다. 영양성에서 유방과 대치중에 유방의 부하인 진평의 계략에 속아 군사인 범증을 잃고 결국 천하를 양분하는 합의에 이르나 약속을 파기한 유방에 의해 쫓기다 해하垓下에서 한왕漢王 유방에게 포위되어 사면초가四面楚歌의 위기에서 애첩 우희와 이별하고 오강까지 쫓기다 자살하였다.

유방劉邦(BC 247~BC 195)

중국 한나라의 초대 황제. 패沛 땅의 건달로 지내다가 한결같은 신의와 의리로 자기보다 뛰어난 인재들을 거느리게 된다. 패현에서 하급관리로 일하던 중 진승·오광의 난이 일어나자 부로들의 추대를 받아 봉기한다. 진나라가 멸망 후 항우에 의해 한왕漢王에 오르지만, 항우와 다시 맞서게 되고 소하·조참·장량·한신 등 명장들의 공으로 천하의 패권을 잡은 뒤 한漢의 고조高祖가 된다.

진시황秦始皇

전국 시대 6국을 정복하여 중국 최초로 천하통일의 대업을 이루고 황제가 된다. 무리한 토목공사와 만리장성 축조 등 백성을 고통 속으로 몰아넣고 분서갱유로 학자들을 구덩이에 파묻고 악정惡政을 펼쳐 백성들의 분노를 산다. 불로초를 구하여 불로장생하고자 하나 나약한 인간으로 죽는다.

항량項梁

초나라 명문족 출신으로 진시황 천하 순행을 지켜보며 초楚의 부흥을 꿈꾼다. 조카 항우와 함께 진秦에 대항해 싸우며 천하를 누비나 한 여인의 치마폭에 휩싸여 초라하게 죽는다.

범증范增

일흔 살의 노인으로 항량·항우의 책략가로서 많은 전투를 승리로 이끌고 백방으로 유방을 없애려는 계책을 펼치다 항우로부터 죽임을 당한다.

장량張良

유방의 군사軍師. 한韓을 멸망시킨 진나라에 복수코자 혼자서 진왕 암살 계획을 펴기도 했으나 유방을 따르며 천리 밖을 내다보는 지모를 발휘한다.

소하蕭何

패 땅 출신의 현리縣吏로 평민 편에 서서 일을 처리해 마을 사람들의 신망을 한 몸에 받는다. 유방을 도와 군량미를 조달하고 군사를 모아 보내며 천하통일의 일등 공신이 된다.

한신韓信

항우의 논공행상에 불만을 품고 유방에게로 가 대장군이 되어 천하를 호령한다. 항우와 대적하며 백전백승, 군사를 부리는 데 귀재이나 후일 유방에게 토사구팽 당한다.

번쾌樊噲

패 땅의 개 백정으로 개고기를 팔던 미천한 신분이었으나 유방의 자위군에 들어가 그의 직속 부하가 된다. 유방과 의형제를 맺고 곁에 머물며 항우로부터 그의 목숨을 구한다.

팽월彭越

제나라 장수로 제 토벌에 나선 초의 장수 소공각을 크게 물리치고 항우를 끈질기게 괴롭히며 유방을 돕는다.

영포英布

항우에 대적할 만한 천하장사. 항우 편에서 진군秦軍을 무찔러 구강왕에 오르나 이후 유방 편에 가담하여 공功을 세운다.

종리매鍾離昧

항량의 수하에 있다가 항우의 참모가 된다. 화술에 능하고
박식하여 문무를 두루 갖춘 용장이다.

역이기酈食其

유생儒生으로 유랑하는 무리를 유방군에 끌어들이는 화술
의 대가. 제나라 왕에게 화친을 제의하여 성공하였으나 한
신의 침략으로 가마솥에 삶아 죽이는 형을 받는다.

괴통蒯通

임기응변에 능한 제齊의 모사謀士. 한신에게 제나라를 차지
하여 전국을 삼등분하라 권하나 한신의 거절로 천하를 떠
돌며 유랑한다.

진평陳平

위왕魏王과 항우 수하에서 머물다가 유방에게로 가서 뛰어
난 지모를 발휘하며, 반간계로 항우의 모사 범증을 죽음으
로 몬다.

진나라

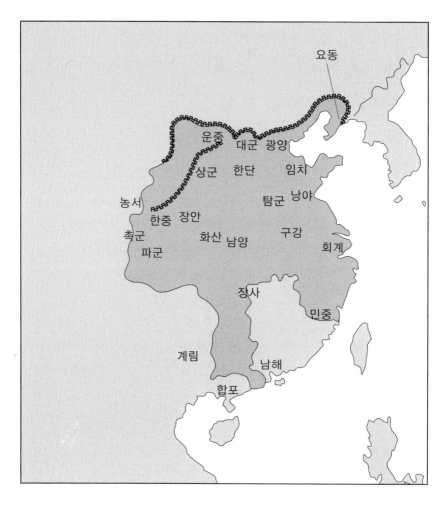

요동

운중　대군　광양

상군　한단　임차

농서　　　　탐군　낭야

한중　장안

촉군　　화산　남양　구강

파군　　　　　　　　회계

장사

민중

계림　　　남해

합포

　　진나라 영토
　　중국 대륙
　　만리장성

한나라

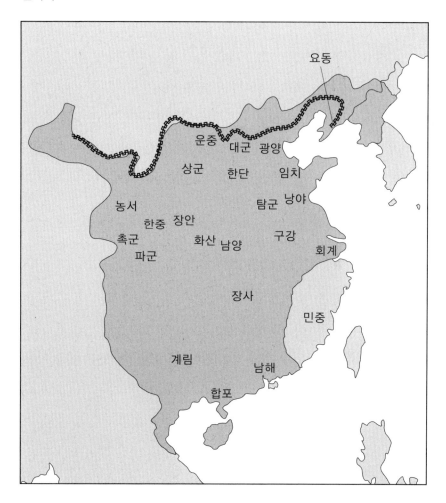

요동

운중 대군 광양
상군 한단 임치
농서 탐군 낭야
한중 장안
촉군 화산 남양 구강
파군 회계

장사

민중

계림 남해
합포

█ 한나라 영토

░ 중국 대륙

ᚾᚾᚾ 만리장성

천금의 장사꾼 여불위

"색향色香이 쇠衰하고 총애를 잃은 뒤에는
어떻게 해볼 도리가 없습니다.
젊었을 때에 발판을 튼튼히 해두어야 합니다."
여불위 자신은 한마디 말로 만세의 이利를 얻는다.

중국 역사상 최초의 통일국가를 건설함으로써 천하
통일의 대업을 완수해낸 시황제始皇帝는 진나라의 소왕昭王 48년(기원
전 259년) 정월 조나라의 서울 한단에서 태어났고, 이름은 정政이라
하였다.

그는 열세 살 되던 해에 장양왕莊襄王이 죽음으로써 진秦나라 왕위
에 올랐다. 당시 진나라는 서쪽으로 파巴·촉蜀·한중漢中을 점유하
고, 남쪽으로는 완宛을 넘어 영郢까지 차지하여 그곳에 남군南郡을 두
고 있었다. 또한 북쪽으로는 상군上郡으로부터 동부 일대를 지배하
게 되어 하동河東·태원太原·상당上黨의 세 군을 설치하고 있었으며,
동쪽으로는 형양滎陽에 이르기까지 판도를 넓혀서 동주東周와 서주西
周를 멸망시켜 그 변방에 삼천군三川郡을 두고 있었다.

시황제는 어려서부터 용맹하고 지략이 뛰어난 영웅의 자질을 갖
추었을 뿐만 아니라 사람들을 굴복시키는 강인한 힘과 지도력이 뛰

어났다.

그 자질은 필시 그의 몸 안에 당대 지모가 출중했던 대상인大商人 갑부 여불위呂不韋의 피가 흐르기 때문일 것이었다. 이러한 시황제의 출생 비밀을 아는 사람은 아무도 없었다. 생부인 여불위마저 밝히지 못하고 끝내 자신의 아들인 시황제에 의해 스스로 독주를 마시고 목숨을 끊었기 때문이다.

여불위는 본래 한韓나라 양책陽翟 땅 출신의 갑부로서 이웃 여러 나라에까지 이름이 잘 알려진 큰 장사꾼이었다. 그는 타고난 장사 수완을 발휘하여 여러 나라를 왕래하며 귀한 물건을 사두었다가 때가 되면 비싸게 되팔아 엄청난 부를 쌓았다.

여불위가 살고 있는 조趙나라에는 자초子楚라는 진나라 공자가 볼모로 잡혀 와 있었다.

자초는 진나라 소양왕昭襄王의 손자이자 훗날 효문왕孝文王이 되는 안국군安國君의 아들이다. 안국군은 일찍이 스무 명이 넘는 아들을 두었는데, 자초는 그중의 한 명이었다. 자초의 생모인 하희夏姬는 안국군의 사랑을 받지 못하다가 해산 후 얼마 못 가 죽고 말았다. 그 때문에 자초는 어머니의 정을 받지 못하고 외톨이로 자라다가 그나마 스무 살에는 조나라의 인질로 보내지고 말았다.

볼모가 되어 조나라 수도 한단邯鄲에 있는 대장군 공손건公孫乾 집에서 삼엄한 감시를 받으며 하루하루를 보내야 했던 자초는, 비록 궁핍한 생활을 하고 있었지만 진나라 왕족으로서 자긍심만은 잃지 않았다.

하루는 공손건이 자초와 함께 한단의 큰길을 지나고 있을 때 진나라 왕손을 구경하기 위해 모여든 사람들 속에 장사꾼 여불위도 있었

다. 그는 소문으로만 듣던 자초를 직접 보려고 사람들 틈을 헤집고 앞으로 나섰다. 자초의 행동거지를 유심히 살피던 여불위는 무릎을 쳤다.

"진나라 공자라. 값진 물건이구나. 사두기로 하자!"

그 당시 진나라는 조나라를 여러 차례 공략하였고, 그때마다 조나라의 효성왕은 자초를 죽이려 했다. 그러나 인상여藺相如 등 대신들이 극구 만류하는 바람에 대장군 공손건 집에서 엄중 감시를 받고 있는 처지였다.

여불위 눈에는 모든 것이 장삿속으로 보이게 마련이었다. 그런 그였기에 자초를 보는 순간 단번에, 여느 '물건'과는 다르다는 것을 직감적으로 느낄 수 있었다.

"아주 좋은 물건이야. 강태공은 서백 덕분에 제왕이 되지 않았는 가. 잘만 이용하면 출세와 부귀영화를 한꺼번에 얻어낼 수 있겠군."

여불위는 그길로 진나라 왕실의 내막을 자세히 알아보기 시작했다. 수소문해서 알아본 진나라 왕실의 사정은 그야말로 여불위의 기대를 충족시키기에 충분했다.

병석에 누워 있는 소양왕의 뒤를 이을 태자는 안국군밖에 없었다. 그리고 안국군에게는 정부인으로 삼은 화양華陽 부인이 있었는데, 안국군에게는 아들이 20여 명이나 있었지만 화양 부인과의 사이에는 아들이 없었다. 20여 명이 넘는 서자庶子들 중에서 누군가가 왕통을 이어야 했는데, 이곳 조나라에 볼모로 잡혀 와 있는 자초도 그중 한 사람이었다.

"잘만 하면 한 나라를 주무르는 큰 장사가 되겠구나. 하하하."

여불위는 실성한 사람처럼 웃어젖혔다.

당시 여불위에게는 2백 냥을 주고 사들인 나이 어린 애첩 주희朱姬가 있었다. 열여덟의 주희는 얼굴부터가 절세의 미인이기도 했지만 음욕이 어찌나 센지, 둘째가라면 서러워할 정력의 소유자인 여불위도 한 번 살을 섞어본 뒤로는 도무지 딴생각이 들지 않을 정도였다. 지금까지 숱한 여자를 품어봤지만 주희만큼 자신을 만족스럽게 해준 여자는 없었다.

여불위는 으레 기분이 좋을 때나 아주 중요한 일이 있을 때마다 어김없이 주희와 질퍽한 정사를 벌이고는 했다. 이 밤도 여불위는 그녀에게 몸을 맡긴 채 자초 생각으로 골몰하고 있었다.

"정말 진귀한 물건이란 말이야! 허허."

"나리 것이야말로 당대 최고지요."

"허허허. 그게 아니고 정말 물건다운 물건이 있어서 하는 얘기야."

여불위는 자초의 값어치와 주희의 값어치를 가늠해보았다. 그러나 자초는 주희에게 비할 바가 아닌 매우 값진 '물건'이라는 생각이 들었다.

'그 물건을 손에 넣어야 한다. 아무리 욕심나는 보석이라 할지라도 내 손에 있지 않으면 말짱 헛것이 아닌가?'

여불위는 만사를 잊은 채 골똘히 생각에 빠졌다.

'그래, 자초를 밑천 삼아 장사를 해보는 거다. 자초를 진나라로 귀국시켜 왕위에 오르게 해야 한다. 그렇게 하면 자초는 은인인 나를 모른 체할 수는 없을 것이다. 그리하여 나는 자초를 등에 업고 진나라를 좌지우지할 수 있게 된다.'

하지만 이것은 목숨을 건 크나큰 도박일 수도 있었다. 잘못했다가는 자신은 물론 멸문지화滅門之禍를 당할 수 있는 일이었다. 그 당시에는 왕위를 찬탈하다 잘못되면 일가친척 모두를 처형하는 법률이 정해져 있었다.

'위험이 따르지 않는 장사가 어디 있는가? 돈보다는 권력이다. 큰돈을 벌자면 더 큰 도박을 하는 길밖에 없다.'

여불위는 결론을 내렸다.

남자가 세상에 태어났으면 그깟 순간적으로 사라질지도 모를 몇 푼을 벌기 위해 아등바등하는 것보다 세상을 가지는 장사를 하는 게 더 큰 가치가 있는 일이라 생각했다.

"애, 주희야! 우리 큰 장사 한번 해보지 않으련?"

"장사야 나리께서 하시잖아요."

"하하하, 그렇지. 장사야 내가 하는 것이지만, 아무래도 이번 장사는 네 도움이 필요할 것 같구나."

여불위는 의미 있는 웃음을 한바탕 웃어젖히며 앞으로의 계략을 머릿속에 그려 나갔다.

쇠뿔도 단김에 빼라고 했던가. 여불위는 며칠 후 비단과 황금, 그리고 진귀한 보물들을 싸 들고 자초가 살고 있는 대장군 공손건 집을 찾았다.

"괜찮은 물건이 있어서 좀 가져왔습니다. 마음에 드실는지……."

대장군 공손건의 얼굴에 좋아하는 빛이 가득 담겼다.

"아니, 이 사람, 우리 사이에 뭐 이런 인사치레가 필요한가?"

뇌물과 아첨에 익숙한 공손건은 여불위가 오랜 친구나 되는 것처럼 친밀하게 대했다.

공손건의 주선으로 여불위는 자초와 함께 셋이서 술자리를 벌이게 되었다. 여불위는 술잔을 기울이며 자초의 됨됨이를 하나하나 다시금 살폈다. 술잔을 건네며 격식 없이 대하고 보니 자초의 됨됨이는 상상했던 것 이상으로 훌륭했다.

마침 공손건이 급한 볼일이 있어 자리를 비우자, 여불위는 기회를 놓치지 않고 자초 앞에 황금덩이를 내놓았다.

"귀하신 분이 타국에서 얼마나 맘고생이 심하십니까? 진나라 왕손이 이렇게 볼모로 잡혀 와 있다는 소리를 듣고 전부터 못내 마음 아파 해오던 참이었습니다."

"……."

"제가 개인적으로 긴히 드릴 말씀이 있사오니 언제 한번 저희 집으로 찾아와 주시지 않겠습니까?"

"형편이 그럴 수 있으면 그리하리다."

여불위는 자초로부터 방문하겠다는 약속을 받고는 흥겹게 웃으며 술잔을 비웠다.

집으로 돌아온 여불위는 자초가 찾아올 것에 대비하여 계획을 차근차근 그려 나갔다. 돈 되는 물건의 값어치를 알고 나면 어서 그 물건을 사들이고 싶은 것이 장사꾼의 속성이다. 여불위는 하루하루가 길게만 느껴졌다.

마침내 자초가 여불위를 찾아왔다. 여불위는 달려 나가 자초를 맞이하고는, 상다리가 휘어지게 술상을 차려내 극진히 모셨다.

"제가 비록 장사치에 불과하지만 공자님을 크게 도울 수 있을 것 같아서 이렇게 청했습니다. 언젠가는 고국에 돌아가셔서 왕통을 이어받으셔야지요."

"볼모로 잡혀 있는데 당치도 않은 일이오."

여불위는 진나라가 처한 궁 안팎의 사정이며 친어머니이신 하희 부인의 처지와 안국군의 총애를 받아 정부인이 되신 화양 부인의 입장을 들어가며 곧장 본론으로 들어갔다.

"그러니까 공자께서 화양 부인의 아들이 되시면 태자가 되는 것입니다."

여불위의 이야기를 듣고 있던 자초의 얼굴에 희망의 빛이 스치고 지나갔다.

"공자님께서는 하루빨리 진나라로 돌아가셔야 합니다. 아들이 없어 쓸쓸해하는 화양 부인을 어머님처럼 모셔야 합니다."

"그렇지만 이렇게 잡혀 있는 몸으로 어떻게 진나라로 돌아갈 수 있겠소?"

"그 일이라면 제게 맡겨달라는 것입니다. 그리고 빠른 시일 내에 진나라로 가서 화양 부인과 안국군을 찾아뵙고 공자가 귀국하면 반드시 태자로 세우겠다는 다짐을 받아오겠습니다."

여불위의 말을 듣고 있던 자초가 자리에서 벌떡 일어나 넙죽 절을 하는 것이 아닌가. 여불위 또한 황망히 일어나 맞절을 했다.

"만약 내가 이 나라를 벗어나 왕위에 오를 수 있게 된다면 그 은공은 잊지 않겠소."

그로부터 며칠 후 여불위는 자초의 편지와 진귀한 보물들을 수레에 가득 싣고 화양 부인이 있는 진나라 함양으로 떠났다. 그러나 태자의 정비正妃인 화양 부인을 만날 수가 없었다. 대신 화양 부인의 언니 집을 찾아가 뇌물로 하녀들을 매수하여 화양 부인의 언니에게 값진 패물과 아름다운 보석함을 건넸다.

"참으로 진귀한 보석들을 보내왔구나. 자초가 보낸 사람을 만나봐야겠다."

화양 부인의 언니는 즉시 여불위를 불러들였다.

"고생이 많았소. 그래 왕손은 어찌 지내고 계시오?"

"저는 왕손과 가까이 지내고 있는 여불위라고 합니다. 왕손께서는 일찍이 생모가 돌아가셨기 때문에 화양 부인을 친어머니처럼 그리워하고 계십니다. 어려서 의지가지없을 때 화양 부인께서 불러 무릎에 앉히시고 머리를 쓰다듬어준 일이 있으신데 지금도 그 일을 기억하고 계신다며, 오로지 화양 부인께 효를 다하고 싶어 하십니다."

이 말을 들은 화양 부인의 언니는 자기가 당사자인 양 아주 기분이 좋았다.

"저런……, 쯧쯧. 생모가 일찍 죽었으니 화양 부인을 어머니처럼 따르는 것도 당연하지. 그래, 지내는 것은 어떠하오?"

"볼모로 지내는 처지라 곤궁하기 짝이 없습니다. 또 진나라와 조나라가 자주 전쟁을 하는 탓에 왕손을 죽이려고까지 하였습니다. 그러나 조나라의 이름 높은 빈객들이 한결같이 충간했기 때문에 겨우 목숨만 부지하고 있다고 할 수 있습니다."

"쯧쯧, 저런……. 그런데 어찌하여 조나라의 빈객들이 우리 왕손을 보호하는 것이오?"

"예로부터 어진 사람은 효로써 그 행실을 알 수 있다고 했는데, 왕손께서 화양 부인을 사모하고 그리워하는 것은 친자식을 능가합니다. 조나라 대신들이 모두 그 점을 높이 사, 감히 현자賢者를 죽이지 못하는 것입니다."

"자초가 참으로 훌륭한 인물이구려."

"왕손께서는 외국에 볼모로 있는 몸이라 고국에 돌아가 화양 부인께 효성을 바칠 길이 없다고 탄식하다가 저에게 말씀하시길, 화양 부인의 언니를 찾아가 이러한 사정을 아뢰고 선물을 전해달라고 부탁하라 하셨습니다. 이 옥함에 마련한 선물은 왕손께서 화양 부인이 그리울 때마다 하나씩 준비했다가 옥함이 가득 차게 되어, 저에게 전하라 하신 것입니다."

여불위는 화양 부인에게 바치는 선물과 서찰을 내놓았다. 화양 부인의 언니는 하녀들에게 여불위를 잘 대접하라고 지시한 뒤에 궁으로 들어가서 화양 부인에게 선물과 서찰을 전했다. 화양 부인에게 보내진 선물에도 진귀한 보석과 노리개가 가득했다.

"자초의 효성이 참으로 갸륵하구나."

화양 부인은 기뻐하면서 서찰을 읽어 내려갔다. 여불위가 꾸며 쓴 자초의 편지 사연은 화양 부인을 향한 자초의 지극한 효심이 구절구절 배어 있었다. 화양 부인의 아름다운 눈에서 눈물이 방울방울 굴러떨어졌다.

"내가 저를 무릎에 앉힌 것을 기억하다니, 놀랍기 그지없다. 여불위라는 자에게 내가 자초의 효성에 감복했다고 전해주오."

화양 부인이 언니에게 말했다.

"여자란 자고로 젊음이 가고 매력이 없어지면 남자의 사랑을 받기 어려운 법, 지금은 태자의 정을 한 몸에 받고 있지만 아들이 없으니, 이참에 총명하고 효심이 두터운 공자를 골라 태자의 후계자로 정하여 그를 양자로 삼지 않으면 안 됩니다. 젊었을 때 발판을 튼튼히 해 두어야지요…….”

화양 부인의 언니는 항상 마음에 걸리는 일이었지만 여불위에게 들은 말도 있고 하여 쐐기 박듯 하고 싶은 말을 쏟아냈다.

화양 부인은 편지를 손에 든 채 어깨를 가늘게 떨고 있었다. 자초가 그렇게도 자신을 생각하고 있다니, 그렇지 않아도 아들이 없어 마음 한구석이 늘 허전했던 그였다. 이참에 양자로 들여 태자로 삼으면 말년까지 행복하게 살 수 있을 것 같은 예감이 들었다.

그 일은 안국군의 귀에까지 들어가게 되었고, 안국군은 여불위를 불러 자초를 구출할 방법을 묻게 되었다.

“자초 공자를 구하는 일이라면 무슨 짓이든 다 하겠지만 진나라에서도 약조해주셔야 할 것이 있사옵니다.”

“약조라니?”

“우선은 조나라와의 국경 침략을 멈춰 주십시오. 준비할 시간이 필요합니다. 그리고 자초 공자를 화양 부인의 적자嫡子로 삼으시고 장차 세자로 삼으시겠다는 증표를 주셔야, 자초 공자께서도 탈출할 의지가 굳어지실 것입니다.”

“자초가 올 수 있다면 내 그리하겠소.”

여불위는 안국군으로부터 태자 책봉에 관한 증표와 탈출에 필요한 황금까지 받아 무사히 조나라로 돌아왔다.

자초 공자는 뛸 듯이 기뻐했다.

“이제는 왕손께서 귀국하는 일만 남으셨습니다.”

여불위가 공손히 말했다.

"진과 조나라가 싸우는 한, 내가 귀국하는 것은 어려울 것이오."

"안국군을 통해 조부 되시는 소양왕께 간곡한 청도 올렸으니, 기다리시면 좋은 일이 있을 것입니다. 그러니 오늘은 시름일랑 잊으시고 술이나 드십시오. 별채에 술상을 마련해 놓았습니다."

하여 자초는 그날 여불위의 집 한적한 별채에서 향香내 나는 주희의 술시중을 받아가며 세상 근심을 다 잊었다. 자초는 불안했던 볼모 생활을 잠시나마 털어버리고 주희의 미색과 교태에 즐거운 시간을 보냈다. 스무 살이 넘었지만 아직 여자를 모르는 숫총각이 절세의 미인을 곁에 두게 되니 첫눈에 반할 수밖에 없었다.

자초는 황홀했다. 주희의 춤사위는 흰 구름처럼 둥둥 떠다니다가 매미 날개처럼 나부꼈다. 고운 아미蛾眉는 복숭아꽃처럼 화사하고, 노래 부르는 입술은 앵두처럼 붉었으며, 눈은 깊고 서늘했다. 주희의 자태가 어찌나 아름다운지 자초는 천상 선녀가 하강한 것처럼 느껴졌다.

하루가 멀다 하고 여불위의 집을 드나들던 자초는 어느 날 여불위를 찾아와 주희의 집안 이력을 꼬치꼬치 물었다.

여불위는 시치미를 뚝 떼고 태연스레 말했다.

"부모가 세상을 일찍 떠나 제가 양녀로 키우고 있사온데 나무랄 데 없는 명문가의 자식입니다."

그러자 자초는 잠시 주춤하더니 말을 꺼냈다.

"여 대인, 주희와 결혼할 수 있도록 도와주실 수 있겠소."

"그렇잖아도 주희의 나이가 차서 좋은 혼처가 없나 하고 찾던 중이었지요. 비록 친자식은 아니라 해도 섭섭지 않게 혼례를 치러주려던 참이었습니다. 공자님이라면 여부가 있겠습니까? 이제야 애써 키운 보람이 있나 봅니다."

여불위의 말에 자초는 막혔던 가슴이 확 뚫리는 것 같았다. 진나라에 돌아가 안국군의 적자가 되는 것도 중요하지만 주희를 얻는 것 또한 그에 못지않은 기쁨이었다.

주희를 남에게 주기는 아깝기는 하지만 큰일을 위한 사소한 일에 지나지 않는다고 결론을 내린 여불위는 아쉬움을 달래며 주희의 방으로 갔다.

여불위는 못내 서운함을 억누르며 이야기를 꺼냈다.

"자초 공자께서 너와 결혼하고 싶다는구나!"

그러자 주희의 안색이 갑자기 창백해지더니, 손으로 얼굴을 감싸고 서럽게 울먹였다.

"아니 되옵니다, 나리. 소첩은 지금 나리의 아이를 가졌사옵니다. 벌써 두 달이나 되었는데, 이 몸으로 어찌 다른 남자와 결혼할 수 있겠습니까?"

여불위는 쇠몽둥이로 뒤통수를 맞은 것 같은 충격에 휘청거렸다. 아뿔싸, 지금까지 치밀하게 진행된 큰 장사가 송두리째 날아가는 판국이었다.

그때 여불위의 머릿속에 기발한 생각이 번개처럼 스쳤다. 본시 장사란 위기에서 더 큰 기회가 오는 법이다.

"나도 사랑하는 너를 자초에게 시집보내고 싶지는 않다. 그러나 이 일은 깊이 생각해볼 필요가 있다. 네가 나를 평생 섬겨보았자 늙은 장사꾼의 아내밖에 더 되겠느냐? 그러나 대국인 진나라의 왕손에게 시집을 가면 너는 장차 진나라의 왕비가 될 것이다. 하늘이 우리를 도와서 너의 뱃속에 있는 아이가 아들이라면, 언젠가는 진나라의 왕이 될 것이다. 너는 장차 진나라 왕의 어미가 되는 것이다."

무시무시한 음모였다. 주희의 얼굴이 다시금 창백해졌다.

"너는 공자를 따라가서 아이를 낳거라. 너는 이제 왕후가 되는 것이다. 아이를 가졌다는 것은 우리 둘만 아는 사실이니, 절대로 발설해서는 아니 된다. 무덤까지 안고 가야 하느니라. 부귀영화가 너한테 달려 있는데, 어찌 버릴 수 있겠느냐? 너와 내가 큰일을 이루자꾸나!"

여불위의 설득에 주희도 더 이상 고집을 부리지 않았다. 아니, 왕후가 된다는 말에 솔깃하기까지 했다. 여불위가 주희를 끌어안았다. 주희도 훌쩍이다가 여불위의 품속으로 파고들었다. 그녀는 젊은 공자, 새로운 남자를 만나게 된다는 사실에 오히려 흥분이 되었다.

다음 날, 여불위는 공손건을 찾아가 자초 공자와 주희의 혼인을 허락받아 성대한 혼인 예식을 올려주었다.

자초는 주희를 맞아들여 꿈같은 밤을 보냈다. 공손건 집 깊숙한 곳에 갇혀서 장성할 때까지 여자라고는 알지 못하던 자초는 절세의 미인 주희와 결혼하게 되자 마치 선녀를 만난 듯했다. 주희는 여자에 대해서 전혀 모르는 자초를 매일 밤 열락悅樂 속으로 이끌었다.

그날 이후 자초는 하루하루가 새로운 세상, 무릉도원武陵桃源에서 보내는 것 같았다. 왕비가 되겠다는 야심에 주희 역시 자초를 지극정성으로 받들었다. 자초와 합방한 지 한 달이 조금 지나 주희는 잉태한 사실을 알렸다.

"전하의 지극한 사랑을 받아 잉태하였습니다."

자초는 크게 기뻐하며 잔치를 베풀었다.

이듬해 정월, 주희는 아들 정政을 낳았다. 예정보다 두 달이나 늦은, 열두 달 만이었다. 아이는 뱃속에서부터 눈을 커다랗게 뜨고 나왔고 넓은 이마에 이도 나 있었다. 이 아이가 바로 훗날 여섯 나라를 차례로 멸망시키고 천하통일의 대업을 이루게 될 시황제始皇帝였던 것이다.

주희가 아들을 낳자 누구보다도 기뻐한 사람은 여불위였다. 중국 대륙의 최강대국인 진나라가 자기 손에 들어온 것이나 다름없었다.

'이제 남은 것은 조나라를 탈출하는 것이다.'

자초의 탈출 계획을 세운 여불위는 아무도 눈치 채지 못하게 집의 재산을 정리하기 시작했다. 그런 후 여불위는 날을 잡아 자초와 공손건을 집으로 초대해 성대한 잔치를 베풀었다. 특별한 상급을 주어 기녀妓女도 불러들였다.

"오늘은 특별한 날이니, 대장군과 공자께서는 마음껏 들고 즐기십시오."

　여불위는 대장군의 호위병들에게도 푸짐한 술상을 봐 주고 그럴
듯하게 말을 꾸몄다.

　"오늘 대장군께서는 여기서 주무시고 가실 것이니, 호위할 걱정은
말고 술이나 맘껏 들고 일찍들 집으로 돌아가게."

　오랜만에 잘 빚은 술과 고기 맛을 본 호위병들은 술에 취해 일찌감
치 모두 집으로 돌아갔다.

마침내 기다리던 기회가 왔다. 몇 년을 준비한 절호의 기회가 온 것이다.

"공자님, 지금입니다. 빨리 이곳을 빠져나가야 합니다."

여불위가 재촉했다.

술에 취해 곯아떨어진 공손건의 머리맡에 황금 6백 근이 든 궤를 남겨두고는 국경을 넘었다. 각처 요새마다 미리 돈으로 손을 써놓아서, 장삿길 떠나는 여불위와 짐꾼들이라고 생각한 관문의 수장들은 오히려 위로하며 제지하지 않았다. 이로써 자초는 볼모로 잡힌 지 7년 만에 조나라를 탈출하여 진나라의 수도 함양咸陽에 도착했다.

배신에 분노하는 절대 군주

요부妖婦의 치마폭에서 벗어나는 여불위,
오호라 통곡하는 진나라 왕통,
'호랑이보다 사납고 이리보다 무서운 나라'를 만방에 고하는 진왕,
드디어 광활한 대륙을 통일시키다.

조나라에 볼모로 억류되어 있던 왕손 자초가 7년 만에 함양에 돌아오자, 안국군과 화양 부인은 기뻐서 어쩔 줄을 몰랐다. 화양 부인은 자초를 아예 아들이라고 불렀다.

그 뒤 얼마 지나지 않아 병석에 누워 있던 소양왕이 죽고 안국군이 왕이 되었으며, 화양 부인은 왕후가 되었다. 그가 바로 효문왕인데, 그는 약속대로 자초를 태자로 책봉하였다.

그런데 안국군은 즉위한 지 1년 만에 죽고 말았다. 태자 자초가 대代를 이어 즉위하니, 이가 바로 장양왕莊襄王이다.

장양왕은 여불위의 은혜를 잊지 않고 그를 승상丞相으로 삼고 문신후文信侯에 봉했으며, 10만 호號 50식읍食邑을 주었다.

이제 여불위는 한낱 장사꾼에서 한 나라를 좌지우지하는 최고의 직위인 승상이 되어 있었다. 그의 권력은 어느 누구도 막을 수가 없었다.

"서주西周는 이미 멸망했으나 아직 동주東周가 남아 있습니다. 동주를 멸망시키지 않고서는 주周를 멸했다고 할 수 없습니다."

여불위는 승상이 되자 동주를 쳐야 한다고 주장했다.

"누구를 보내는 것이 좋겠소?"

"대신들이 제가 아무런 공도 없이 승상 자리에 앉았다고 쑥덕대고 있습니다. 그러니 이번에 신이 군사를 이끌고 출정하겠습니다."

여불위가 말했다.

"경은 부디 공을 세우도록 하시오."

장양왕의 허락을 받은 여불위는 군사 10만을 거느리고 동주로 출정했다. 동주는 이미 쇠하여 명색만 남아 있었다. 여불위의 10만 군사는 단숨에 동주를 휩쓸고 동주군東周君을 생포하여 돌아왔다.

이로써 주周나라는 무왕武王이 태공망 여상呂尙의 도움을 받아 은殷나라 폭군 주왕紂王을 죽이고 나라를 세운 지 873년 만에 완전히 멸망했다.

장양왕은 크게 연희를 열어 여불위를 치하했다.

"이제는 삼진(三晉, 한·조·위韓·趙·魏)을 쳐야 할 때이옵니다."

여불위가 사은숙배謝恩肅拜하고 아뢰었다.

"승상이 또 출정하겠소?"

"대장 몽오蒙驁가 천군만마를 호령할 기백이 있사오니, 그를 보내시옵소서."

이에 장양왕은 몽오를 불러 부월斧鉞을 내리고 한韓나라를 치라는 명을 내렸다.

이 무렵 위나라의 신릉군信陵君, 초나라의 춘신군春申君, 조나라의 평원군平原君, 그리고 제나라의 맹상군孟嘗君 등 4공자公子가 서로 견제하며 유능한 인재를 초빙하듯이 여불위 또한 널리 인재를 모으고 있었다. 여불위의 식객이던 장군으로는 몽오, 왕기王騎 등이 있었다.

몽오는 즉시 군사들을 이끌고 출정하여 단숨에 한나라의 성고成皐와 형양榮陽을 함락하여 진나라의 삼천군三川郡으로 만들었다. 이어 군사를 휘몰아 파죽지세破竹之勢로 국경을 대량大梁까지 확대했다.

"몽오가 연전연승連戰連勝하고 있소. 과인은 지난날 조나라에 인질로 있을 때 하마터면 죽을 뻔하였소. 이제 그 원수를 갚으려 하오."

장양왕은 여불위에게 말했다.

"그러시다면 몽오의 대군으로 하여금 조나라를 공격하도록 영을 내리십시오."

여불위가 말했다.

장양왕은 장군 몽오를 대장에 임명하고는 조나라를 토벌토록 영을 내렸다. 이에 몽오는 조나라 37개 고을을 점령하여 진나라의 태원군太原郡으로 만들었다. 또한 몽오의 군사들은 방향을 바꾸어 위나라의 고도高都를 공격하였고, 위나라는 사직을 보존하기 어렵게 되었다.

그러나 신릉군信陵君이 이끈 연합군의 습격으로 몽오는 대패하여 함곡관까지 후퇴했다.

신릉군은 위기에 빠진 나라를 구하고 10년 만에 고향으로 위풍당당하게 금의환향錦衣還鄕했다.

신릉군은 진의 공격으로 조나라가 위기에 빠지자, 위나라 안리왕의 총희 여희를 통해 군사 지휘권 호부虎符를 훔쳐내어 10만 군사를 이끌고 위기에 빠진 조나라를 구해주었었다. 그리고 그 일로 인하여 본국으로 돌아가지 못하고 조나라에 머물러 있었던 것이다.

그런데 10년 후 조국 위나라가 위기에 처하자 조나라에서 얻은 10만 군사를 비롯해 다섯 나라의 연합군으로 진나라의 공격을 물리쳐 조국을 구한 것이다.

그 후 진나라는 간계奸計를 써서 신릉군이 위왕에게 쫓겨난 뒤 주색에 빠지도록 만들었다. 여기에는 고도로 계산된 여불위의 활약이 크게 작용했다.

> 호협한 기상은 고금에 따를 자가 없었고
> 위명은 천지신명까지 놀라게 했다
> 혼자서 위나라와 조나라를 구하고
> 진秦과 싸워 두 번이나 대승을 거두었네
> 나라의 초석과 같은 일을 했건만
> 간신들이 개가 짖듯이 헐뜯었도다
> 영웅이 쓰일 곳이 없으니
> 주색에 빠져 봄빛처럼 사라지는구나.

장양왕은 재위 3년이 되던 해에 발병했다. 여불위는 문병을 핑계로 매일같이 대궐에 드나들었다. 장양왕의 병세는 점점 악화되었다.

그 무렵 주희는 여불위와 정을 통하고 싶어 안달을 했다. 왕비가 되어 호사를 누리는 것도 좋았으나, 양기陽氣와 양물陽物이 절륜한 여불위를 잊을 수가 없었던 것이다. 여불위는 주희가 보낸 내시를 따라 내전으로 들어가 주희를 품에 안았다.

여불위는 여자 다루는 솜씨가 장양왕과는 판이하게 달랐다. 몇 번이나 숨이 멎을 듯한 열락을 맛본 주희는 하루라도 여불위와 떨어져 지내고 싶지 않았다.

"왕이 병중에 있으나 회복되면 우리는 다시 만나기가 어려울 거예요."

주희가 여불위의 품에 안겨서 속삭였다.

"하하하! 왕은 결코 회복하지 못하오."

"호호호. 아무튼 나는 나리만 믿겠어요."

"흐흐……. 왕후께서는 어째서 나리라고 부르십니까?"

"승상은 나의 첫 번째 남자가 아닙니까? 게다가 이처럼 양기가 절륜한 남자는 없을 것입니다."

"그 점이라면 왕후께서도 만만치 않으십니다."

여불위와 주희는 또다시 달라붙었다.

장양왕은 발병한 지 한 달 만에 죽었다. 여불위는 장양왕이 앓아누웠자 매일같이 약을 갖다주었는데, 장양왕은 그 약을 계속 먹다가 죽었던 것이다.

여불위는 왕이 죽자 국상國喪을 선포하고 태자 정政을 왕위에 앉혔다. 정은 이때 열세 살이었다. 주희는 태후가 되고 여불위는 자연 승상의 자리에서 진나라 정치를 좌지우지했다.

소년 왕 정政은 여불위에 대한 존경의 표시로 승상의 지위보다 높은, '상국相國'의 직위를 주고, '중부(仲父, 아버지 다음가는 사람)'라고 부르며 우대했다.

천하의 강대국 진나라의 조정이 장사꾼 출신 여불위의 손에서 농락되었다. 여불위는 밤마다 주희를 만나 정염을 불태웠다. 열세 살배기 정政은 국사를 모두 여불위에게 일임했다. 여불위의 권세는 하늘을 찌를 듯했다.

여불위는 신릉군이 재상직을 내놓고 주색에 빠져 지낸다는 말을 듣고는, 군사를 일으켜 조나라의 진양晉陽을 빼앗았다. 그리고 3년 후 다시 군사를 일으켜 한나라를 공략했다. 대장 몽오는 한나라의 12개 고을을 빼앗은 뒤 개선했다.

여불위는 하루빨리 천하를 통일하겠다는 일념에 사로잡혀 있었다. 그러나 천하의 정세는 여불위의 뜻대로 이루어지지 않았다. 삼진三晉을 비롯하여 연나라와 초나라는 망할 듯하면서도 끈질기게 나라를 유지하고 있었다.

"조趙나라의 방난龐煖이 합종合縱을 주도하여 우리 진나라를 쳤다. 몽오와 장당張唐은 각각 군사 5만을 거느리고 조를 치도록 하라."

여불위가 영을 내렸다. 몽오와 장당은 기치창검을 드날리며 조나라를 향해 달려갔다.

"장안군長安君 성교成蟜와 장군 번어기樊於期는 군사 5만을 거느리고 몽오와 장당을 도우라."

여불위는 몽오와 장당을 떠나보내고 사흘 만에 다시 장안군과 장군 번어기를 출정시켰다.

장안군은 주희와 자초 사이에서 태어난 아들이었다. 진나라의 유일한 적통嫡統인 셈이었다. 이때 장안군의 나이 열일곱이었다.

번어기는 여불위를 좋아하지 않았다. 번어기는 한낱 장사꾼에 지나지 않는 여불위가 진나라 조정을 농단하고 있다고 생각했다. 게다가 태후와 통정을 하고 있다는 소문이 파다하게 나돌았기 때문에 번어기는 그들의 뒤를 낱낱이 조사해 보았다. 그 결과 현재의 진왕 정政이 장양왕의 소생이 아니라 여불위의 소생이라는 엄청난 사실을 알게 되었다. 그러나 여불위의 세력이 막강했기 때문에 함부로 발설하지 못하고 기회만 엿보고 있었는데, 마침 장안군과 함께 출정하게 된 것이다. 그는 둔류屯留에 진을 치고 장안군과 독대하게 되자 이 사실을 알리고 모반謀反을 꾀하기에 이르렀다.

"장안군 성교는 대진大秦의 모든 신민에게 선포하노라! 들으라, 현재의 진왕 정은 선왕의 혈육이 아니다. 진왕은 태후가 여불위의 애첩으로 있을 때 잉태한 아들이며, 태후는 잉태한 몸으로 선왕에게 시집와서 현재의 진왕 정을 낳았다. 그러니 여불위의 자식이 아니고 무엇이겠는가? 오호라, 나는 통곡한다! 일개 장사꾼인 여불위가 천하의 대국인 진나라의 왕통을 이렇듯 어지럽혔으니, 천하의 역적이 아니고 무엇인가? 또한 선대왕인 효문왕, 장양왕이 모두 단명短命한 것은 여불위가 내시를 매수하여 독살했기 때문이다. 나는 하늘을 대신하여 극악한 여불위 일파를 주멸하기 위해 일어섰다! 신민들은 일어나서 역적을 치라! 나의 격문을 보고서 모두 떨쳐 일어나라!"

파장은 엄청났다. 장안군은 격문을 전국에 띄우고 조나라로 향하던 말머리를 돌려 함양으로 치닫고 있었다. 이미 전선에서는 몽오와 장당이 조나라와 전투를 벌이고 있는 상황이었다. 몽오는 장안군의 구원병을 기다리고 있다가 뜻밖에 장안군의 반란 소식을 듣게 되었고, 결국은 무참히 전멸당했다.

여불위는 급히 토벌군을 형성하여 장안군을 생포했지만 번어기는 연나라로 달아났다.

장안군 생포 소식을 들은 진왕 정은 표독스럽게 눈을 번득였다. 주희는 허둥대며 진왕 정을 찾아와 울면서 호소했다.

"장안군은 그대의 동생이오. 한배에서 나온 형제이니, 제발 죽이지 마시오."

진왕 정이 주희를 싸늘한 눈빛으로 쏘아보았다.

"반역자는 어느 누구라도 살려둘 수 없습니다."

진왕 정의 냉혹한 말에 주희는 소름이 오싹 끼쳤다. 진왕 정은 생모인 그녀조차 좋아하지 않고 있었다.

"장안군의 목을 베어 둔류성에 내걸도록 하라! 장안군을 섬긴 군사들도 모조리 목을 베어라! 그리고 장안군을 위해 부역한 자들 또

한 하나도 살려두지 말라!"

진왕의 영은 무시무시했다. 둔류성 안은 폐허가 되었고, 피비린내가 진동했다.

진왕 정은 잔인한 인물이었다. 대궐에 온통 여불위와 주희의 밀통 사건이 파다하게 퍼져, 궁녀들과 환관들이 모두 자신의 뒤에서 수군 거리고 비웃고 있는 듯이 느껴졌다. 그럴수록 진왕 정은 더욱 잔인 해져 갔다. 어느 누구에게서든 허튼소리 한 마디만 들려도 가차 없 이 목을 베었다.

진왕 정은 궁내는 물론 전국에 파다한 소문을 잠재우기 위해 온 나 라의 힘을 전쟁으로 내몰았다.

"과인은 조나라의 방난에게 죽은 몽오의 원수를 갚기 위해 조나라 를 치려고 한다. 문무백관들은 모두 동참하라!"

조나라에서는 하간河間 땅을 내주어 화친을 맺었다. 연나라에서는 태자 단을 인질로 보내왔다.

진왕 정이 장성함에 따라 여불위는 점점 늙어갔다. 그는 장안군의 반역 사건이 있은 뒤에도 태후 주희와 밀애를 거듭했다. 주희는 그 를 끝없이 내전으로 불러들여 운우지락에 빠져 지냈다.

여불위는 점차 진왕 정이 두려워졌다. 진왕은 갈수록 영민하고 잔 인해져 가고 있었다. 여불위는 가능하면 주희를 멀리하려 했으나, 주희는 나이가 들수록 음탕함이 더해져 갔다. 여불위는 어떻게 해서 든지 주희와의 관계를 청산해야겠다고 생각했다.

그 무렵, 양물이 거대하기로 소문난 노애嫪毒라는 인물이 함양 도 읍에 있었다. 함양의 부녀자들은 노애의 소문을 듣고 그와 동침하기 위해 혈안이 되어 있었다. 마침내 노애는 한 유부녀와 동침을 하다 가 관리들에게 발각되어 관청으로 끌려갔다.

온 성안 사람들이 노애를 보기 위해 구름처럼 몰려들었다. 여불위가 그 소문을 놓칠 리가 없었다.

'노애라는 놈이 그처럼 양물이 거대하다면 태후를 만족시킬 것이다.'

여불위는 일단 노애를 처벌하지 못하게 하고 부중으로 데려왔다.

'일단 태후의 귀에 들어가도록 소문을 내자.'

여불위는 추수 감사절 축제에 노애를 저잣거리로 데려가 오동나무로 만든 커다란 수레바퀴를 양물로 돌리게 했다. 이를 구경하던 백성들은 노애의 거대한 양물을 보고 탄성을 자아냈다. 부녀자들은 허리를 배배 꼬고 비틀며 교성을 질러대는가 하면 몇몇은 오줌을 질질 흘렸다.

노애에 대한 소문은 함양성 안에 널리 퍼졌다. 태후 궁에 있는 주희도 소문을 듣게 되었다.

"승상의 부중에 노애라는 자가 있다던데, 양물의 크기가 대단하다면서요?"

주희의 눈빛이 음침해졌다.

"왜요? 구경하시려고요? 길이는 한 자 두 치요, 둘레가 주먹만 합니다."

주희는 입을 다물지 못했다. 그러더니만 승상의 아랫도리를 부여잡고 놓지를 않았다. 결국 여불위는 서너 차례 교접을 치른 뒤에야 가까스로 태후 궁을 벗어날 수 있었다.

이튿날 여불위는 노애의 음탕한 행적을 이유로 남성을 제거하는 형벌, 즉 부형腐刑에 처하라는 영을 내렸다. 그러고 나서 여불위는 형리에게 슬며시 뇌물을 써서 노애를 빼돌렸다. 형리들은 여불위의 영을 받아 노애에게 부형을 가한 것처럼 꾸미고는, 피가 낭자한 양물을 함양성 저자에 내걸었다. 그러나 그것은 노애의 것이 아니라 당나귀의 양물이었다.

사람들은 저마다 내걸린 양물이 노애의 것인 줄 알고 혀를 끌끌 찼다. 부녀자들은 무척 아쉬운 듯 그 자리를 떠나지 못하고 웅성댔다. 여불위는 노애의 수염을 모두 뽑아버리고 내시로 위장시켜, 태후 궁으로 들여보냈다.

주희는 밤이 되자마자 노애를 불러들였다. 과연 소문처럼, 노애의 양물은 주희가 입을 딱 벌릴 정도로 거대했다. 노애는 온갖 기교로 주희를 황홀하게 만들었다. 주희는 꿈인 듯 생시인 듯 까무러치고 자지러지며 노애의 품속에서 한밤을 보냈다. 몸은 천근만근 물먹은 솜뭉치가 되어 있었다.

"노애는 과연 뛰어난 사람이오."

주희는 이튿날 여불위에게 게슴츠레한 눈빛을 보내며 감사의 인사를 했다. 이제 여불위 따위는 붙잡을 성싶지 않았다. 여불위는 비로소 주희의 치마폭에서 벗어나게 되어 안심했다.

주희는 밤마다 노애와 어울려 뒹굴었다. 그러다 주희에게 태기가 있었고, 배가 점점 불러오게 되었다. 덜컥 겁이 난 주희는 승상 여불위를 급히 찾았다.

"병이 났다 하고 비접을 떠나십시오."

여불위는 그날로 태사太師를 매수하여, '내궁에 귀신이 들어 태후마마는 서쪽 천리 밖으로 옮겨서 피병避病을 해야 고친다'고 진왕에게 아뢰도록 했다.

"함양에서 서쪽으로 천 리쯤 가면 옹주雍州라는 곳이 있으니, 그곳 별궁別宮으로 태후를 모시도록 하라."

이튿날 주희는 진왕의 배려로 노애를 어자御者로 삼아 옹주로 향했다. 노애와 주희는 그제야 살판난 듯, 밤이고 낮이고 옹주성 대정궁大鄭宮이 들썩이도록 그 짓을 해댔다. 이듬해 여름에 첫아들을 낳고, 그로부터 1년 후에는 두 번째 아들을 낳았다.

옹주에는 주희와 노애에 대한 소문이 무성하게 나돌았다. 주희와 노애가 아무리 뇌물을 주고 입단속을 하려 해도 소용이 없었다. 아들 형제가 태어나자 노애는 기고만장했다. 급기야 노애는 진왕 정을 죽이고 자기 아들로 왕위를 앉힐 야심을 품게 되었다.

그는 자기 땅을 '애국'이라 부르고 자신은 '애왕'이라 칭했다.

진왕 정이 즉위한 지 9년이 되었다. 이제 정은 진나라 조정을 완전히 장악하였고, 그의 영 한 마디면 산천초목이 벌벌 떨었다. 그러던 어느 날, 상제上帝에게 제사를 지내기 위해 진왕 정이 옹주성에 들르게 되었다.

주희는 노애를 거느리고 옹주성 밖까지 나가서 진왕을 영접했다. 그날 밤, 모든 신하와 백성들이 배불리 먹고 취하도록 마셨다.

노애는 날마다 계속되는 잔치에 신이 나서 술을 마시고 함양에서 온 기라성 같은 대신들과 도박을 하다가 싸움판을 벌이게 되었다. 그 바람에 그동안 태후와 통정을 하고 아들까지 둘 낳았다는 사실이 들통나고 말았다

진왕에게 잡혀온 노애는 고문 끝에 여불위로 인하여 태후와 교정交情한 사실이 밝혀졌고, 온몸이 찢기는 거열형車裂刑에 처해졌다. 또한 내궁 깊숙이 숨겨두었던 두 아들은 자루에 싼 채 철추鐵椎로 쳐 죽였고, 주희는 태후로서의 품위를 잃었다 하여 연금시키고 군사들로 하여금 감시케 하였다.

그날로 함양 대궐에 든 진왕 정은 여불위를 승상의 자리에서 해임시키고 집에 감금시켜 버렸다.

며칠 뒤 진왕은 여불위를 하남河南으로 추방했다. 그도 모자라 하남 땅에 뿌리내리기도 전에 가장 척박한 땅, 사막이나 다름없는 촉군蜀郡으로 떠나라고 명했다. 여불위는 눈물을 흘리며 탄식했다.

'아아, 내가 아들을 왕위에 앉혔건만 아들의 손에 황량한 땅으로 쫓겨 가는구나.'

여불위는 참담했다.

'인과응보因果應報로구나. 도박을 했으되 모리배와 같은 짓을 했으니, 내가 오늘 이런 꼴을 당하는 것은 당연한 일이다.'

그날 밤, 그는 독주를 마시고 자결했다. 그의 나이 53세였다.

여불위는 집에 인재를 초청해서 우대했기 때문에 식객이 3천 명에 이르렀다. 그는 식객들에게 명하여 제각기 자기가 듣고 본 것을 기록케 해, 〈십이기〉 등 20여만 자나 되는 책을 집필시켰다. 그는 이 책이 천지만물, 고금古今의 사적史蹟을 총망라하고 있다고 자부하여 공자의 〈춘추春秋〉에 빗대어 〈여씨춘추呂氏春秋〉라고 명명했다. 또한 이 책을 함양의 시장 입구에 펼쳐놓고는 거기에다 천금의 현상을 내걸고, 각국에서 오는 유세객이나 빈객들에게 이렇게 호언했다.

"이 책의 내용을 한 글자라도 고칠 수 있는 사람에게는 천금을 주리라!"

노애의 반란 사건을 평정하고 나자 진왕은 천하를 통일하기 위한 사업에 본격적으로 나서기 시작했다.

진왕 정은 어전회의를 열고 군사를 소집했다.

"이제 우리에게는 통일만이 남았다. 국력은 풍부하고 군사들은 강하다. 그동안 완전히 굴복시키지 못한 삼진(위 · 한 · 조)부터 쳐 나간다!"

이렇게 진나라는 파죽지세로 삼진을 휩쓸어 '진나라는 호랑이보다 사납고 이리보다 무서운 나라'임을 만방에 고했다.

이제는 제나라와 초나라의 차례였다. 우선 진왕 정은 왕분王賁에게 영을 내려 연燕나라를 공격하고 있던 아버지 왕전王翦을 도우라고 지시했다. 왕분은 5만 군사를 이끌고 왕전을 돕기 위해 역수易水로 달려갔다. 연군은 온 힘을 다했으나 역수 유역에서 패하고 말았다.

이때 진왕 정을 돕고 있던 모사는 〈위료자병법〉을 쓴 위료尉繚와 여불위의 가신이었던 이사李斯였다.

"초나라를 치는 데 얼마의 군사가 있으면 되겠는가?"

진왕 정이 젊은 장수 이신李信에게 물었다.

"초나라는 강대국이라 20만은 있어야 합니다."

이신이 대답했다. 이신은 연나라를 공격했을 때 불과 수천 명을 이끌고 진왕이 미워하는 태자 단丹을 집요하게 추격하여 그를 사로잡은 공로로 진왕의 두터운 신임을 받고 있었다.

진왕이 다시 왕전에게 묻자, 왕전은 이렇게 대답했다.

"상대방은 소홀히 할 수 없는 강적입니다. 아무래도 60만은 필요할 것입니다."

두 사람의 얘기를 다 들은 진왕은 아무래도 늙어서 기력이 쇠한 왕전보다는 기개가 있는 이신이 믿음직스러웠다. 진왕은 이신과 몽염蒙恬에게 20만의 군사를 주고 남쪽의 초나라로 출진시켰다.

왕전은 자기의 의견이 받아들여지지 않자 병을 빙자하여 고향인 빈양으로 돌아갔다.

진나라 군사는 두 패로 나뉘어, 이신의 군사는 평여平與를 공격했고 몽염의 군사는 침구寢丘를 공격하여 다 함께 크게 승리했다.

이신은 다시금 언鄢과 영郢을 함락시키고 군사를 서쪽으로 돌려 몽염의 군사와 성보에서 합류했다. 보초왕 부추負芻는 항연項燕을 대장에 임명하고 굴정을 부장으로 삼아 20만 군사를 주고는 진군을 막게 했다.

이신은 연전연승하며 서릉에 이르렀다. 그러나 초나라 군은 몰래 이신의 군사를 뒤쫓아 사흘 낮 사흘 밤의 강행군을 거듭해서 순식간에 습격했다. 불의의 공격을 받은 이신의 군은 두 곳에서 방어벽이 깨지고 힘없이 무너졌다. 초나라 항연 장군을 얕잡아보고 진격하다가 몰살을 당한 것이다. 이에 진왕 정은 즉시 빈양으로 달려가 지난날의 잘못을 사죄하고, 왕전王翦에게 60만 군사를 주어 출정케 했다.

왕전은 천중산天中山에 진을 쳤다. 60만 대군이 진을 치자, 수십 리에 걸쳐 영채가 늘어서고 깃발이 숲처럼 나부꼈다. 또 군사들이 밥을 지을 때 쌀 씻은 물은 강이 되어 흘러갔다.

왕전은 1년간 초군과 싸우지 않고 대치만 하고 있었다. 그 뒤 가장 뛰어난 병사 2만 명을 선발하여 돌격대를 만들어, 초군의 영채를 하나씩 하나씩 땅따먹기 식으로 점령했다. 그리고 마지막 수춘성까지 여섯 달 만에 함락시켰다.

항연은 장강을 건너 난릉에 도읍을 정하고 창평군昌平君을 초왕에 옹립하였다. 왕전은 60만 대군으로 초나라 땅을 철저하게 평정했다. 그리고는 10만 군사를 이끌고 강남으로 진격하여 난릉蘭陵을 포위했다.

어느 날, 창평군이 성루를 순시하다가 화살에 맞아 죽었다.

"초나라의 유일한 혈통마저 끊어졌으니, 누구를 위하여 싸운단 말인가?"

항연은 하늘을 향하여 대성통곡한 뒤에 스스로 목숨을 끊었다. 훗날 그의 아들 항량項梁은 조카인 항우項羽와 함께 초나라를 다시 일으키기 위해 거병한 뒤 진나라 군대에 맞서 싸우지만 끝내 실패하고 만다.

천하는 이제 진을 제외하고는 연나라와 제나라밖에 남아 있지 않았다. 진왕 정은 왕전이 초나라를 멸망시키자, 그의 아들 왕분王賁에게 연燕나라를 치라는 영을 내렸다. 왕분은 10만 대군을 이끌고 요동으로 진격했다.

진군은 이제 천하의 강군이었다. 왕분은 단숨에 요동을 짓밟고 연왕을 생포했다. 이어 왕분은 진왕 정의 영을 받고 제나라로 진격했다. 제나라는 40년 동안 전쟁이 없었다. 그래서 제나라는 군량을 준비하지도 않았고, 군사를 양성하지도 않았다.

진나라 대군은 역수의 하류와 치수를 거쳐 곧장 제나라 도읍 임치성으로 돌진했다. 제왕 건은 하염없이 울다가 항서를 바쳤다. 천승지국이라는 제나라는 이렇게 멸망했다.

이제 진의 영토는 광활하기 그지없었다. 동으로는 요동반도로 뻗치고, 서로는 임조臨洮, 즉 감숙성甘肅省에 다다랐으며, 남으로는 안남국(安南國, 베트남)에 이르렀다. 또 북으로는 음산陰山에까지 뻗쳤다.

이 광활한 대륙의 권력자는 오직 한 사람, 진왕 정이었다.

연나라와 제나라를 연달아 멸망시킨 왕분은 당당하게 개선했다. 진왕 정은 그에게 많은 상을 내리고 공로를 치하했다.

고독한 황제의 발악

'분서焚書'로 악명을 떨친 시황제는
방술方術에 능하다는 방사方士들에게 빠져들어
불로초不老草를 구한다.

진시황秦始皇.

열세 살의 어린 나이에 왕이 되어 서른아홉이 되던 해에, 16년의
짧은 기간 동안 여섯 나라(한·조·위·초·연·제韓·趙·魏·楚·燕·齊)를 차
례대로 정벌하고, 중국 역사상 최초의 통일국가 설립이라는 위업을
달성한 왕이 바로 그였다.

그는 화씨지벽和氏之璧을 가공하여 진나라 국새國璽를 만들었다. 거
기에는 '受命於天旣壽永昌(수명어천기수영창)', 즉 '하늘의 영을 받아
영원무궁하게 번영할 것이다'라고 쓰였다.

진왕秦王 '정'政으로 불리는 그의 명성은 하늘을 찌를 듯했다.

"천하를 통일한 나에게 왕이라는 칭호는 어울리지 않는다!"

진왕 정이 이렇게 투덜대고 있을 때, 눈치 빠른 어느 신하가 아뢰
었다.

"그럼 '천자天子'라 하심이 어떠하오리까?"

"음, 하느님의 아들이라…… 나쁜 칭호는 아니지만 그것도 이미 남들이 쓰는 칭호 아닌가. 나의 공功은 능히 '삼황'을 뛰어넘고, 덕德은 '오제'를 앞지르는데, 마땅한 이름 하나 찾지 못하다니 말이 되겠느냐?"

'삼황三皇'이라 함은 중국 고대 전설에 나오는 가장 위대했던 세 임금(천황씨天皇氏·지황씨地皇氏·인황씨人皇氏)을 가리키는 말이고, '오제五帝'라 함은 고대 중국의 유명한 다섯 성군(聖君, 소호少昊·전욱顓頊·제곡帝嚳·요堯·순舜)을 일컫는 것이었다.

진왕 정은 말을 마치기가 무섭게 무릎을 탁 쳤다.

"그래! 삼황의 황皇과 오제의 제帝를 따서 '황제'라 부르도록 하라!"

이렇게 스스로를 첫 번째 황제라는 뜻으로 '시황제始皇帝'라 칭하고, 대를 잇는 자손은 2세 황제, 3세 황제로 부르도록 명령했다.

"짐은 이제부터 황제이니, 시황제라 부르라!"

또 과거의 왕들이 자신을 가리켜, 덕이 부족한 사람이라는 뜻으로, 자신을 낮추어 '과인寡人'이라 부르던 것을 '짐朕'이라는 새로운 말로 바꿔 불렀다. 이리하여 진시황제에 의해 '황제'와 '짐'이라는 말이 새롭게 만들어졌다. 또한 '짐'이라는 글자는 황제 외에 누구도 쓸 수 없었다.

전국을 통일한 진시황은 이전의 여러 제후가 자신의 영역을 다스리던 봉건 제도를 폐지하고, 전국을 36개 군으로 나누고 군郡 밑에 현縣을 두는 군현 제도를 실시했다.

이들 군과 현에는 중앙에서 파견한 관리(행정장관, 군사령관, 감찰관)가 직접 통치하도록 했다. 전국을 자신의 세력권 안에서 효율적으로 움직이게 하기 위함이었다.

"모든 것은 법法대로 하겠노라!"

"법이 대체 무엇입니까?"

"짐의 말이 곧 법이다!"

아첨하는 신하의 물음에 진시황은 잘라 말했다.

진시황은 왕이든 귀족이든 아랑곳하지 않고 자신의 명령에 복종하게 했다. 그의 명령을 어기는 자의 목은 지위를 막론하고 한칼에 날아갔다.

진시황은 제도를 개혁하는 일에도 박차를 가했다. 먼저 조세를 거둬들이는 데 공평을 기하기 위해 지역에 따라 달랐던 도량형(度量衡, 길이·양·무게 등을 재는, 자·되·저울 등의 기구)을 통일시켰다. 그뿐만 아니라 지역에 따라 달랐던 문자를 한족의 문자인 간략한 예서隷書체로 통일했다.

이 황제는 토목공사를 즐겼다.

"전국에 있는 부자들을 이곳으로 옮겨와 살게 하라! 그리고 2백리에 걸쳐 궁전과 누각 270동을 짓게 하고, 복도와 통로를 연결토록 하라!"

궁을 지으라는 법이 내려졌고 부자들이 낸 세금으로 서울 함양에 '아방궁阿房宮'을 짓기 시작했다. 동원된 백성들만 해도 70만 명이었으니, 백성들에게는 큰 곤욕이 아닐 수 없었다.

하지만 중국을 통일하고 스스로 황제라 칭한 진시황에게는 거칠 것이 없었다. 입만 벙긋 놀리면 모든 일이 척척 진행될 뿐이었다.

거대한 궁전에는 각 지방에서 뽑아 올린 내로라하는 미녀 3천 명이 진시황만을 항시 기다리고 있었다. 진시황은 미녀들과 어울려 허랑방탕한 생활에 젖어 들었다.

강제로 끌려와 노역에 시달리던 백성들은 한두 사람씩 쓰러지기 시작했다.

"이 길을 닦으면 또 저 산을 깎아야 하고, 이 다리를 놓으면 또 다른 다리를 놓아야 하니……."

노역에 동원된 백성들은 흙을 나르고 돌을 굴리면서 한숨만 뿜어냈다.

"뭘 꾸물거리고 있어!"

감시관의 표독스러운 눈초리와 마주친 백성들은 휘두르는 채찍에 비명조차 지르지 못하고 픽픽 쓰러졌다. 그뿐만 아니라 돌 밑에 깔리고 칼에 맞아 죽어 넘어지는 백성들이 부지기수였다.

한 번 노역장에 끌려온 사람들은 감히 고향에 돌아갈 엄두조차 내지 못한 채 절망의 늪에서 허우적거릴 뿐이었다.

"고향을 떠나올 때 부모님이 뭐랍디까?"

"부디 살아서 돌아오라고만 했소."

"허, 어쩜 나랑 그렇게 똑같소. 곧 아이를 낳을 마누라도 꼭 살아와야 된다고 눈물로 당부합디다. 어디 이래서야 고향 문턱인들 밟을 수 있겠소?"

백성들은 감시의 눈길을 피해 이런저런 푸념을 늘어놓는가 하면, 먼 하늘을 바라보며 눈물짓기도 했다.

그러나 시황제는 백성들의 고통쯤은 아랑곳하지 않고 수탈收奪과 쾌락快樂, 자신의 부귀영화에만 눈이 멀어 있었다. 그뿐만 아니라 남을 믿지 못해 의심하고 잔인한 폭군으로 변해가고 있었다.

어느 날 진시황이 환관 조고趙高를 불렀다.

"짐은 죽어서도 천하를 다스릴 것이니 오늘부터 여산驪山에 황궁과 똑같이 짐의 무덤을 만들도록 하라!"

조고는 내심 당황하면서도 즉시 이 법을 시행하도록 명령했다. 관리들은 하나같이 입을 다물지 못했으나, 뭐라 말 한 마디 꺼내질 못했다.

그날부터 시황제의 무덤이 만들어지기 시작했다.

"황제가 죽을 날이 멀지 않았나 보군. 자기 무덤을 왜 미리 파는 거야. 죽으려고 환장했나?"

"불로장생不老長生한다는 자가 왜 무덤을 만들지?"

백성들은 이제 노골적으로 시황제를 향해 적대감을 드러내기 시작했다.

"쉿, 누가 들으면 어쩌려고 그래."

"뭐 어차피 우린 죽은 목숨 아닌가!"

무덤 만들기에 동원된 백성들은 살아서 돌아간다는 생각을 저버린 지 이미 오래였다.

진시황의 능묘陵墓는 높이 4백 자에 길이 2천 자나 되는 2단 봉분으로, 바깥 성을 쌓고 또 그 안에다 성을 쌓은 어마어마한 규모였다.

각 지방에서는 백성들의 원성이 날이 갈수록 더욱 거세게 들끓고 있었다. 각 지방의 세력 있는 호족들을 함양으로 불러들이고 농기구 등 무기가 될 만한 쇠붙이들을 거둬들였기 때문이다.

그러던 어느 날, 아첨만을 일삼는 신하가 한 마디 거들었다.

"황제 폐하! 자칭 학자라는 자들이 군현제도를 철폐하고 다시 후주제도를 실시해야 한다면서, 폐하의 권력을 견제하고자 불미한 사상을 퍼뜨리고 있습니다. 혹세무민하는 무례한 자들을 처벌하시어 기강을 잡으셔야 합니다."

시황제는 고개를 끄덕였다.

'까짓, 학문(學文, 주역을 비롯해 서경 · 시경 · 춘추 · 예 · 악 따위 시서육예詩書六藝의 글을 배우는 일)이라는 것은 아프지 않고 농사지을 정도면 충분하다. 그깟 성인들이 지은 경전經典이 무슨 소용이람.'

시황제는 곧 명을 내렸다.

"법가의 서적과 백성들이 살아가는 데 필요한 의서醫書, 복서卜書, 농서農書 등을 제외하고는 모두 거두어들여 불태우도록 하라. 시서詩書와 백가百家의 책은 물론이요, 가서家書도 불태우라! 백성들이 어리석은 공부를 하여 법의 시행에 있어 시비하는 일이 없도록 하라!"

함양궁에 모인 문무백관들은 엄청난 영에 대꾸조차 하지 못했다.

"정위(廷尉, 법무장관) 이사를 승상에 임명한다. 승상은 짐이 말하는 조칙을 널리 시행하되 이를 반대하는 자들은 가차 없이 요참腰斬에 처하여 법이 엄격함을 널리 알려라!"

요참은 허리를 잘라 죽이는 벌이었다.

시황제의 영은 사상 유례가 없는 분서령焚書令이었다. 아직까지 어느 제왕도 그런 영을 내린 일이 없었다. 시황은 내궁으로 돌아가고 백관들도 각자 흩어졌다. 이사는 승상부를 접수하고 곧바로 시황의 조칙을 시행했다.

"폐하의 조칙이 내려졌다. 널리 방榜을 붙여 폐하의 조칙을 알리고 시서詩書와 백가百家의 책을 숨기려 하는 자들을 가차 없이 잡아내어 처형하라!"

이사는 아주 냉혹한 정치가였다. 이사의 영은 중국 전역으로 퍼져 나갔다. 전국의 백성들은 방방곡곡에 나붙어 있는 방을 보고 대경실색했다.

방문은 다음과 같이 되어 있었다.

"황상께서 밝고 어지신 덕으로 천하를 통일하여 그 위엄이 사이팔만四夷八蠻에 펼쳐지고 있다. 천하는 태평하고 나라는 안정되었다. 황상의 법은 공맹孔孟의 도리보다 더 밝게 되었으니, 하찮은 공맹의 넋두리로 치도治道를 폄훼하거나 비방을 일삼지 말라!

주周와 치도의 근본으로 삼은 시詩, 서書, 예禮, 악樂의 소지자는 각 군이郡衙의 명부明府로 제출하라! 이를 위반하는 자는 요참을 면치 못하리라. 황제의 법은 공자와 맹자의 위에 있다!"

이사가 전국에 내건 방은 진나라를 발칵 뒤집어놓았다. 전례가 없던 일이었다. 수많은 신민臣民들과 사대부들이 실색失色했으나, 나라에서 내린 엄명이었다. 진나라의 도읍 함양에는 수많은 서책을 실은 수레가 줄을 지어 모여들었다. 그 당시만 해도 서책은 종이가 아닌 죽간竹簡이나 목간木簡으로 이루어져 있었다.

궁궐 앞에는 전국에서 끌어모은 책과 문서가 산더미처럼 쌓였다. 시황제는 모인 책에 불을 놓았다. 하늘을 뒤덮은 불길은 수십 일 동안 활활 타올랐다.

진시황은 또 서적 몰수에 응하지 않은 선비들을 모조리 잡아들였다. 그중 평소 아니꼽게 여겨온 유생儒生들을 산 채로 구덩이에 파묻어 버렸다. 그때 죽은 유생의 수가 460여 명이나 되었다.

이 사건이 바로 책을 불사르고 선비들을 구덩이에 파묻어 죽인 '분서갱유'焚書坑儒인 것이다.

"선비가 학문에 힘쓰지 않으면 이 나라가 어찌 될 것인가?"

"나라가 곧 망할 징조겠지."

이 광경을 멀리서 지켜보던 뜻있는 선비나 관리들은 눈물을 흘리며 저마다 한마디씩 했다.

그 일은 진시황의 큰아들 부소扶蘇에게도 큰 충격이었다. 그는 진작부터 아버지의 행동이 지나치다고 생각하고 있었다.

부소는 여러 날을 고민한 끝에 아버지인 황제에게 직접 간언키로 했다.

"폐하, 백성들을 가르치는 책을 불사르고 책을 짓는 선비들을 죽인다면, 백성들이 어찌 보겠습니까. 그 일만은 거두어 주옵소서."

그러나 시황제는 눈물 어린 큰아들의 간청에도 아랑곳하지 않았다. 오히려 노발대발 아들을 꾸짖어 내쫓았다.

"네놈도 혓바닥을 나불거리는 걸 보니 먹물이 단단히 든 모양이로구나. 내 앞에서 썩 물러나거라, 이놈!"

그래도 부소가 간곡히 분서갱유를 반대하며 간청하자, 진시황은 부소를 멀리 국경 수비대로 쫓아버렸다.

국경 수비대에서는 대장군 몽염蒙恬이 외적의 위협을 막아낸 뒤 흉노의 침범을 막기 위해 만리장성 쌓기에 온 힘을 기울이고 있었다.

부소는 자신과 백성들의 심정을 몰라주는 황제가 원망스러웠지만 아버지의 뜻을 거스를 수는 없었다.

"아, 아버지는 땅덩이보다 더 귀한 백성들의 마음을 저렇게 저버리는구나!"

부소는 탄식하며 몽염 장군이 있는 국경 수비대로 향하였다. 그의 불행은 여기서 그치지 않고 훗날 아버지 진시황이 죽은 뒤 환관 조고의 음모에 의해 자결하는 것으로 비운의 인생을 마치게 되었다.

'짐의 발아래 굽히지 않는 것은 하나도 없다!'

그러나 하늘 아래 유아독존唯我獨尊, 무소불위의 권력을 한 손에 움켜쥔 시황제조차도 해결할 수 없는 한 가닥 고독이 있었다. 그것은 바로 자신이 늙어간다는 것, 그리고 죽음이었다.

그래서 시황제는 더욱 술과 여자에 빠져드는지도 몰랐다. 그러나 여색을 탐하기 위해 만든 명약의 효험도 예전과 같지 않았다.

시황제에게 한 가닥 희망이 있다면, 신선神仙의 술법을 닦는다고 하는 자칭 도사들과 가까이하는 일이었다.

그들은 늙지도, 죽지도 않을 불로장생 약을 만들겠다고 했으며, 먹으면 늙지 않을 풀, 불로초不老草를 구해 바치겠노라고 장담했다.

"저에게 동남동녀童男童女 3천 명을 주시면 동해에 가서 불로초를 구해 오겠나이다."

서복徐福이라는 자가 꾀를 내어 이렇게 청하고 떠난 지 1년여가 지났는데도 아무런 소식이 없었다.

"서복은 왜 아직 소식이 없느냐?"

"틀림없이 때가 되면 불로초를 구해 돌아올 것이옵니다. 황제 폐하, 그런데……."

노생盧生은 말을 더 할 듯하다가 머뭇거렸다. 노생은 어려서부터 태산에서 수십 년간 신선의 도를 닦았다고 하여 시황제는 그에게 푹 빠져 있었다.

"빨리 말하지 않고 무얼 망설이느냐?"

"그럼 말씀드리겠습니다. 신선들의 뜻에 따르면 도道를 얻기 위해서는 세속에 물든 사람들을 가까이해서는 안 된다고 했습니다."

"도를 얻으면 어찌 되느냐?"

"세상 모든 것을 초월하여 물에 들어가도 물이 묻지 않고 불에 들어가도 타지 않으며, 생각하는 바가 구름처럼 높아 천지天池가 있는 한 영원히 살아 있는 사람이라 하옵니다."

시황제의 눈이 번쩍 뜨였다.

"그렇다. 짐이 바로 그렇게 되고 싶다. 그런데 사람을 가까이하지 말라니, ……대체 어떤 사람을 말하는 것이냐?"

노생은 나름대로 생각하는 바가 있었다. 혹시 '노생은 사기꾼이니, 사기꾼을 내치시오.'라고 누가 시황제에게 귀띔이라도 하는 날에는 자기는 그날로 죽은 목숨이니, 언제 닥칠지 모를 재앙을 방지하기 위해 시황제와 신하들을 서로 떼어놓아야 했다.

"황제 폐하, 소인의 말은 모든 사람들과 관계를 끊으시라는 말씀이 아닙니다. 폐하가 즐기시기 위해 가까이하시는 여자들과는 상관이 없습니다. 다만 신하들을 만나되 꼭 필요한 때에만 가려서 만나시라고 말씀드리는 겁니다."

"승상 이사는?"

"되도록이면 피하십시오. 국정은 서류로 하시고, 중거부령中車府令

은 환관이므로 남자라 할 수 없으니 그를 통해 폐하의 명을 하달하는 것이 좋을 듯합니다.”

“그래!”

시황제는 가슴을 쓸어내렸다. 무엇보다도 여자를 금하지 않아도 된다니 천만다행이었다.

“폐하, 그리고 또 한 가지 중요한 일은 폐하가 거처하시는 곳을 사람들이 알게 해서는 안 된다는 겁니다. 처음엔 힘드시겠지만, 그것을 달성하시면 서복이 돌아올 것이며 불로장생의 영약靈藥도 얻으시게 될 것입니다."

"서복이 돌아올 것이라고?"

"네, 폐하!"

"좋다. 노력하여 짐은 꼭 도道를 얻을 것이다!"

그 뒤로 시황제는 행차 시에 자신의 거처를 누설하는 자는 사형에 처한다는 엄명을 내렸다. 그리고 세월이 흘렀다. 언젠가부터 시황제의 이성적인 판단 의식은 흐려지고 있었다.

노생은 시황제가 앞으로 오래 살지 못하리라는 것을 느끼고 있었다. 시황제의 얼굴에는 죽음의 검은 그림자가 독버섯처럼 돋아나고 있었다.

시황제는 시간이 지날수록 노생을 더 자주 찾았다. 그러고는 어서 빨리 서복을 데려오거나 죽지 않을 영약을 구해 오라고 독촉했다.

이제 노생은 초조함을 넘어 서서히 공포를 느끼기까지 했다. 시황제가 죽기 전에 자기가 먼저 시황제의 손에 죽게 될 것 같았다. 이제 길은 하나, 도망치는 것뿐이었다.

어느 날 노생은 자기가 거느리고 있는 여러 심복들을 불러놓고 말했다.

"자네들은 인간이 영원히 죽지 않고 살 수 있다고 믿는가?"

"……."

"나는 할 수 있다고 믿네. 시황제는 보통 사람과 다르니까. 시황제가 교만함과 포악성을 버린다면 도를 얻게 될 걸세. 나는 불로장생의 약을 구하기 위해 신선을 찾아 떠나겠네."

노생은 그 말을 하고는 훌쩍 떠났다.

하루가 지나지 않아 시황제가 노생을 찾는다는 전갈이 왔다. 여러 사람이 노생의 말을 그대로 전했다.

"그놈이 필경 도망쳤구나."

시황제는 자리에서 벌떡 일어서며 불같이 화를 냈다.

"그놈을 전국에 수배하여 당장 잡아들여라. 그놈이 갈 만한 곳이라면 산속까지 샅샅이 뒤져라."

그러나 며칠이 지나도 노생은 잡히지 않았다. 시황제는 노생이 도망친 데는 그럴 만한 이유가 있을 것이라고 스스로 자신을 위로하기로 하였다.

겨울로 접어든 어느 날, 시황제는 꿈을 꾸었다. 꿈속에 서복이 나타났다.

"네 이놈, 아직도 영생불사 약을 구해 오지 않는단 말이냐?"

시황제가 호통을 쳤다. 그러자 서복이 입을 열었다.

"폐하, 봉래산에는 틀림없이 불로초가 있사옵니다만, 소신이 아직 그곳에 다다르지 못하고 있사옵니다."

"떠난 지가 언제인데 아직도 가지 못했다니, 말이 되느냐?"

"가는 뱃길을 큰 물고기가 가로막고 있기 때문입니다. 그러하오니 큰 활을 가진 명궁수를 보내 주옵소서. 그리하면 큰 물고기를 물리치고 불로초를 구하겠나이다."

"그렇다면 짐이 직접 활을 들고 가겠노라."

시황제는 큰 활을 들고 서복과 함께 배를 타고 바다 가운데로 갔다. 그러자 번쩍이는 큰 비늘로 뒤덮인 험악한 인간 모습을 한 큰 물고기가 나타났다. 시황제는 그를 향해 화살을 날리다가 꿈에서 깨어났다. 온몸이 식은땀으로 흠뻑 젖어 있었다.

시황제는 즉시 꿈풀이를 해주는 사람을 불렀다.

"폐하께서 본 큰 물고기는 바로 물을 지키는 수신水神입니다. 수신은 결코 자기의 모습을 드러내지 않고 큰 물고기나 전설상의 용龍,

교룡으로 변신하기도 합니다. 소신이 생각건대, 폐하께서 아직 불로
장생의 약을 얻지 못함은 바로 수신이 훼방을 놓기 때문입니다. 수
신을 퇴치해야 하옵니다."

"어떻게 퇴치한단 말이냐?"

"아뢰옵기 황송하오나, 폐하께서는 이참에 남쪽 바닷가로 순행巡行을 떠나심이 좋을 듯합니다."

"오호, 그렇다면 짐이 순행을 떠나야겠구나!"

시황제는 순행 준비를 서두르게 했다. 그로 인해 백성들에겐 또다시 곤욕이 아닐 수 없었다. 준비 또한 만만치 않았다.

그 당시 백성들은 장성 공사, 도로 공사, 아방궁 공사, 수릉 축조 공사 등 수많은 대형 토목 사업에 동원되다 보니 하루도 편한 날이 없고 자연스레 민심은 흉흉해져 갔다.

변방에서는 반란의 기세까지도 있다고 했다. 그 때문에 이번 순행에는 시황제의 안전에 온 힘을 기울여야 했다.

황제가 탈 수레를 온량거輼輬車라 했는데, 6개의 창문을 자연스럽게 여닫을 수 있을 뿐만 아니라 온도까지 조절할 수 있어 붙여진 이름이다.

온량거 세 대가 준비되었다. 시황제가 어느 온량거에 타고 있는지 사람들에게 숨겨야 하기 때문에 겉모양새와 치장도 똑같이 꾸몄다. 시황제는 정월에 순행할 것을 명했다.

항우項羽를 길들이는 항량項梁

부자가 창고에 곡식을 쌓아두는 것은
요긴할 때 쓰려는 것이다.
초나라의 원한을 갚을 때가 오면 많은 인재가 필요하다.
자기 혼자 잘난 독불장군은 필요 없다.

　　　　　시황제가 천하통일을 이루기 전, 양자강 아래 지역은 초楚·오吳·월越나라로 나뉘어 있었는데, 이들은 같은 민족으로 강남 사람들이라 불렸다.

강북의 한족漢族 사람들이 끈질기고 이성적인 데 비해 강남 사람들은 성격이 급해 기세가 오르면 물불을 가리지 않고 용맹을 떨치지만, 오래 참지를 못해 한 번 기가 꺾이면 쉽게 나가떨어졌다.

"강남은 야만족이야!"

중원 사람들은 강남 사람들을 천대했고, 그들을 형만荊蠻이라고 불렀다. 벌레 같은 하찮은 야만족이라는 뜻이었다.

중국 대륙의 서북 쪽에 위치한 진나라는 일찌감치 쇠로 만든 철기 무기를 생산하면서 뛰어난 병기 제조기술에 힘입어 강남을 쉽게 정복할 수 있었다.

초나라가 멸망할 때 끝까지 나라를 지키기 위해 싸운 사람은 항연

項燕 장군이었다. 항項씨는 초나라 대대로 장군을 지낸 무장武將 가문으로 초나라와 떼어놓을 수 없는 운명이었다.

항량項梁은 아버지 항연이 전쟁에서 죽은 후 쫓기는 몸이 되어 조카인 항우項羽를 데리고 오중吳中이란 곳으로 피해 있었다. 오중은 과거 오나라의 도읍지 소주蘇州였다. 오중은 벼농사와 수운水運이 발달하여 진에 정복당한 뒤에도 계속 번영의 길을 걸었다.

항량은 문무文武가 뛰어나 아버지 항연을 이어 장군이 되고도 남을 재목이었다. 비록 유랑 생활을 할지언정 얼마간 재물도 지니고 있어서 궁색하게 살지는 않았다.

오중에서 항량은 어려운 자들을 돕는 일에 힘썼다. 고을의 대규모 공사나 장례의식에도 발 벗고 나섰다. 그러자 오중의 유력 인사들도 항량의 사람됨에 감복하여 그를 지도자로 받들었다.

항량은 조카 항우에 대한 애정이 남달랐다. 항우가 일찍 아버지를 여의는 바람에 자기가 자식처럼 돌보아 키웠기 때문에 아버지와 같은 애정을 갖고 있었다.

항우는 초나라가 망하기 11년 전에 태어났다. 본명은 적籍, 자字는 우羽라고 했다. 항우는 어려서부터 사내다운 기질이 넘쳐났다. 더구나 유달리 큰 체구에도 불구하고 몸놀림이 재빨랐으며, 기운은 천하장사였다.

항우는 힘도 셌을 뿐만 아니라 시력 또한 남달랐다. 그러나 힘으로 하는 일에는 어느 장정도 당해낼 수 없었지만, 글공부는 머리를 감싸쥐며 고개를 절레절레 흔들었다.

"답답하고 힘들어서 못해먹겠어요."

"이놈아! 글을 배우는 일이 밥 먹듯 그렇게 쉽다면 누군들 학자가 못 되겠느냐?"

조카가 꾀를 부릴수록 숙부 항량의 언성만 높아갔다. 사실, 초나라 사람들은 북방의 문자인 한자를 익히기가 쉽지 않았다.

"저는 학자가 되고 싶진 않습니다!"

"그래도 훌륭한 사람이 되기 위해서는 알아야 할 학문은 익혀야 하는 법이다. 아무리 무예가 출중하더라도 학문을 배우지 않으면 학문을 아는 자의 밑에 들어가는 수밖에 없다."

항우는 울며 겨자 먹기로 숙부에게 글을 배우려 했지만 결국 두 손을 들고 말았다.

"더는 배우고 싶지 않습니다, 숙부님. 제 이름 석 자만 쓸 줄 알면 족하다고 생각합니다!"

이렇게 항우는 제 이름자 쓰는 정도로 글공부를 끝냈다. 항량도 항우에게 학문이 맞지 않는다는 것을 알고 더는 강요하지 않았다.

그러던 어느 날, 항량은 항우를 조용히 타일렀다.

"학문을 익히기는 글렀으니, 검술이나 배워라. 어쩌면 검술이 너에게는 적절한 공부가 될 것 같구나."

"좋습니다."

그날로 항우는 책을 방구석에 밀어놓고 숙부에게 검술을 배우기 시작했다. 글공부와는 다르게 검술은 항우에게 신나는 일이었다.

"자, 검술은 기본 동작이 중요하다. 내가 하는 대로 기합을 넣어가며 따라 하거라. 하압!"

항량은 첫째 날, 둘째 날이 지나 사흘째가 되어도 검술의 기본 동작만을 되풀이하여 가르쳤다. 기본이 잡혀야 기술로 들어가는 것이 검술이기 때문이었다. 그러나 날마다 되풀이되는 기초 동작이 항우에게는 지루하기 짝이 없었다.

"숙부님, 검술도 이렇게 하는 것이라면 진절머리 나서 배우기 싫습니다."

"기본 동작을 충실히 익혀야 검劍을 다룰 수 있다."

항우는 얼마 못 가서 검술도 배우려 하지 않았다.

"이놈아, 너는 대체 뭘 하겠다는 거냐? 이것도 못하고, 저것도 못하고……."

항량은 화가 나서 조카를 꾸짖었다. 그러자 항우의 대답이 걸작이었다.

"검술은 한 사람 한 사람을 상대하는 것이지요?"

"……그렇지."

"그런 검술이라면 별 게 아니라고 봅니다. 몇 천, 몇 만 명을 한꺼번에 상대할 수 있다면 또 모르지만."

항량에게 순간 떠오르는 생각이 있었다.

"그럼 병법兵法을 배우겠느냐?"

그 뒤로 항량은 항우에게 병법을 가르치기 시작했다. 항우가 병법서를 익힐 수 있도록 한 대목마다 두 번 세 번 반복했다.

"왜 한 번 한 말을 또 하고 또 하고 그럽니까?"

항우는 기묘한 전술을 힘들여 설명할 때도 전혀 놀라는 기색도 없이 끄덕끄덕 졸기까지 했다.

"이놈아, 중요한 대목이니 정신을 바짝 차려라!"

그러자 하품을 하던 항우가 한마디 불쑥 던졌다.

"병법도 별 게 아니군요. 제 생각과 같으니까요."

항량은 속으로 적이 놀랐다. 항우가 거짓말을 할 리는 없었다.

'이 녀석은 선천적으로 병법을 깨우친 게 아닐까?'

결국 항우는 병법 수련도 얼마 못 가서 흐지부지했다. 항량으로서는 더는 어쩔 수 없었다.

항량의 가슴속에는 한 가지 큰 꿈이 예리한 칼날처럼 항상 번뜩이고 있었다. 그 꿈은 '때가 오면 군사를 모아 아버지 항연 장군의 원한을 풀고 진나라를 물리치고 초나라를 일으키자.' 하는 것이었다.

항량이 조카 항우에게 거는 기대는 컸다. 아직 나이가 어리지만 항우의 생각하는 것이나 어떤 일에 부딪혔을 때 보이는 순발력은 항량을 놀라게 했다. 그리고 무엇보다도 항량을 놀라게 하는 것은 항우의 키와 몸집이 하루가 다르게 커가는 것이었다. 그 나이 또래의 아이들과는 비교할 바가 아니었다.

항량은 조카를 예사롭게 보지 않았다. 자신을 위해, 아니 초나라를 위해 큰일을 해줄 장군감으로 점찍어 놓아도 좋을 성싶었다.

항우의 키는 스무 살에 이르자 8척(尺, 진의 1척은 23cm, 그러므로 8척이면 184cm)이 넘었다. 강남 사람들이 대체로 체격이 왜소하고 키가 작았기 때문에 항우의 체격은 어딜 가나 돋보였다.

그리고 그의 우람한 체구에서 나오는 힘은 세 발 가마솥인 삼정三鼎을 번쩍 들어 올릴 정도였다.

항우는 머리 회전도 빨랐다.

숙부가 어떤 말을 하면, 그 일 하나만 끝내는 게 아니라 그에 따른 부수적인 일까지 척척 처리하는 항우의 동작은 가히 번개와도 같이 재빨랐다. 그의 육중한 체구와는 걸맞지 않는 다른 모습이었다.

숙부 항량이 지방 유지들에게 신망을 얻고 항우 또한 젊은이들에게 인기가 높다 보니, 그들 주변엔 일종의 세력 같은 것이 자연스럽게 형성되어 갔다.

"이 녀석이 제 조카 항우입니다."

항량은 곧잘 항우와 다니며 자랑하기를 즐겼다. 그럴 때면 항우는

공손히 머리를 숙였다. 예절은 항우가 숙부에게 귀에 못이 박이도록
배운 것이기도 했다.

"우리는 초나라의 귀족 명문가 사람들이고, 훌륭한 장수의 후손이
다. 집안과 선조의 명예를 더럽히지 않으려면 윗사람들에게 공손해
야 한다."

숙부의 가르침이 어릴 때부터 몸에 배어, 항우는 나이 많은 이들
에게 항상 예의 바른 청년으로 칭찬을 받았다.

"진나라의 멸망은 강 건너 불 보듯 뻔한 이치입니다."

항량은 세상 이치에도 밝아 그를 한 번 만나본 사람이면 곧 우러러
보았다.

"새 인물이 우리 고장에 나타났소."

가는 곳마다 사람들은 항량을 칭찬하며 흐뭇해했다.

"무슨 일이든 항량과 의논하여, 그가 시키는 대로 따르면 된다."

이런 말까지 나돌 정도로 항량은 오중吳中에서 단연 돋보이는 인물
이 되었다. 그는 진 제국의 군청이나 현청을 자기 집처럼 드나들 수
있을 정도로 영향력을 갖게 되었다.

오중은 회계군會稽郡에 속해 있었다. 회계군에는 216개의 현이 있
었으므로, 예전의 오나라나 월나라의 땅과 맞먹을 만큼 넓었다.

회계군을 다스리는 행정장관은 은통殷通이라는 사람이었다. 넓은
땅, 수많은 현을 다스리는 은통의 위세는 이전의 왕이나 다름없었다.

"은통은 왕인가요?"

항우가 숙부에게 물었다.

"왕이 아니라 관리지."

항량은 진의 관료 조직을 조카에게 알아듣기 쉽게 설명해주었다.

"관官은 시황제 권력의 대행자로, 관할지의 백성을 직접 다스린
다. 그렇지만 세금을 거두면 왕처럼 자기 것으로 쓰지 못하고, 경비
를 뺀 나머지는 몽땅 중앙정부 시황제에게 보내야 한다."

"관이 하는 일 중에 가장 큰 일은 뭐지요?"

"백성들로부터 세금을 잘 거두어들이는 게 제일 중요한 일이란다.
그렇지만 세금을 무리하게 거두려고 하면 백성들이 반발하거나 다
른 곳으로 이주移住해버려서 오히려 역효과가 나기 때문에, 그런 일
은 지혜롭게 해야 한단다."

은통은 어떤 일이든 항량에게 도움을 구하거나 사정할 때가 많았다. 지방장관은 중앙의 지시에 성과가 나타나지 않으면 자리에서 물러나거나 형벌까지 받아야 하는 신상필벌信賞必罰이 따랐다.

"한번 해보지요."

항량은 관으로부터 어떤 협조 의뢰를 받는다든가 마을에 일이 발생하면 항상 다른 어른들과 상의했고, 백성 편에 서서 일을 처리하였다.

"항량 어른과 항우는 명망 있는 가문 출신이어서 은통도 쩔쩔맨다는구먼."

"아무리 망한 초나라일지라도 그 명망은 살아 있게 마련인데, 누가 섣불리 건드리겠는가!"

항량이 관청에 드나들면서 일을 도와주는 데에는 더 큰 계획이 숨어 있었다. 때가 올 때를 대비해서였다. 즉 언젠가 때가 되어 군사를 일으킬 때, 백성들을 끌어들일 계산을 하고 있었던 것이다.

숙부의 그러한 속마음을 항우도 알고 있었다.

"숙부, 사람들은 우리를 믿고 따를 것입니다."

항우가 말했다.

"그래, 오중의 백성이 우리 뒤에 버티고 있다. 때를 기다리자!"

항량이 은통과 진나라를 향해 비수를 품고, 오로지 생각하는 것은 초나라를 다시 일으켜 세우는 일이었다.

그는 나라를 잃고 진나라의 온갖 착취와 노역장으로 끌려갈 인부 징발에 허덕이는 백성들을 돕는 일이라면 아주 작은 일이라도 발 벗고 나섰다. 그래서 그가 정성들여 하는 일은 백성들과 함께 마음을 터놓고 살아가는 것이었다.

항우는 숙부로부터 누구는 어떤 재주가 있고, 누구는 어떤 능력이

있다는 것을 자주 들었다. 숙부가 자기에게 왜 그런 것을 가르쳐주
는지 항우는 알고 있었다.

　"잘 알겠습니다."

　"무엇을 안다는 거냐?"

　"때가 되면 요긴하게 쓰려는 것 아닙니까?"

"부자가 창고에 곡식을 쌓아두는 것은 장차 필요할 때 쓰려는 것이다. 초나라의 원한을 갚을 때가 오면, 많은 인재가 필요하다. 아무리 재주가 뛰어나다 하더라도 독불장군은 쓸모가 없다."

항량은 시대의 흐름을 파악하고 있었다. 이미 진나라가 기울고 있다는 것. 언제 어디서 반란의 불똥이 튈지 몰랐다. 항량은 바로 그날을 기다리며 인재를 한 사람이라도 더 모으려고 애썼다.

항량과 항우가 이렇게 때를 기다리고 있을 즈음, 패沛땅에서 유방劉邦이라는 자도 인재를 널리 모으며 야망을 키우고 있었다. 항우가 호랑이虎라면 유방은 하늘에 오를 용龍이었다.

용안, 유방劉邦에게 반한 여공呂公

허풍도 통하지 않는 용의 얼굴.
입을 다물면 신릉군 이상이고 입을 열면 그 이하.
힘을 길러야지. 큰 자리를 차지하기 위해서는
큰 힘이 필요하다는 결론을 얻었다.

유방은 시황제가 열세 살에 진나라 왕이 되던 해(기원전 247년), 패현沛縣 땅 중양리中陽里 산골에서 태어났다.

유劉씨 집안은 대대로 산골에서 농사일로 살아왔기 때문에 살림살이가 가난했다. 유방은 그 이름만으로도 중국사에서 가장 유명하다. '유'라는 성만 있을 뿐, 그 가족에게는 이름이 없었다. 유방의 방邦은 형이나 언니를 부를 때 사용하는 방언으로 유방은 곧 '유 형님'의 뜻이라 보면 된다.

유방의 아버지 태공太公은 부인 유온劉媼과의 사이에서 아들 셋을 낳았는데, 유방이 막내였다.

유방이 태어난 중양리는 오지에 가까운 촌락이었다. 유방의 큰형 이름은 유백劉伯, 둘째 형은 유중劉仲이다. 한 가문의 장남을 백伯이라 이르고, 차남을 중仲이라 하는데 결국 유씨 집 큰놈, 둘째 놈, 막내가 유씨 가문 형제들의 이름인 셈이다. 아버지 이름 태공도 '할아버지'

라는 뜻의 명사이고 어머니 이름 역시 유 할머니라는 의미에 지나지 않는다.

유방이 태어나기 전, 어느 날 유방의 어머니 유온이 산 밑의 연못가 밭에서 일을 하다가 나무그늘에서 깜빡 잠이 들었다. 그런데 갑자기 천둥 번개가 치고 하늘이 어두워졌으나 그녀는 계속 잠만 자고 있었다.

금방이라도 장대비가 쏟아질 것만 같아 태공이 부인을 찾아 나섰다가 깜짝 놀라고 말았다. 잠들어 있는 아내 위에서 커다란 용龍이 꿈틀대고 있는 것이 아니겠는가. 태공은 꼼짝 못 하고 서서 지켜볼 수밖에 없었다.

그렇게 얼마 동안을 서 있었는지 모른다. 용이 아내에게서 스르르 몸을 풀더니 구름 속으로 사라지는 게 아닌가.

그러자 하늘은 언제 그랬냐는 듯이 다시 쾌청하게 맑아졌고, 부인도 잠에서 깨어났다. 부인은 지금까지 자기에게 벌어진 일을 모르는 듯했다. 그 뒤 태공의 아내 유온에게 태기가 있어 낳은 아들이 바로 유방이었다.

"유방은 용의 자식이다."

이 말을 퍼뜨린 것은 태공이었다. 유방은 태어났을 때부터 코가 우뚝 솟고 얼굴이 반듯하게 잘생긴 것이, 용을 닮아 있었다. 그리고 왼쪽 넓적다리에 72개의 점이 있었다.

유방은 어릴 적부터 자기가 용의 자식이라는 것에 은연중 자부심을 지니고 있었다. 그리고 자기는 장차 큰 인물이 될 것이기 때문에 보통 사람과는 달라야 한다고 생각했다.

그런 탓에 나이가 들면서도 농사일 따위에는 관심이 없었고 밖으로만 나돌았다. 가족이나 마을 사람들이 보기에는 할 일 없이 빈둥

대는 건달이나 불량배나 다름없었다.

"여어, 어서 오게."

유방이 나타나면 패거리들은 그를 반겨 맞았다. 장사꾼과 잡탕 패
거리들로 북적거리는 곳인데도 유방이 나타나지 않으면 왠지 활기
가 없었다. 그러다가 유방만 나타나면 언제 그랬냐는 듯이 골목마다
활기가 넘치고, 사람들의 얼굴에는 저마다 생기가 넘쳤다.

"나는 용의 아들이야."

유방은 패거리들에게 온갖 폼을 다 잡아 허풍을 떨어가며 술을 마셔댔다.

"이것 봐라. 이것이 바로 용의 비늘이란다. 용의 비늘이 72개나 된다."

그 무렵 음양오행설에서는 색채를 청靑·황黃·적赤·백白·토土 다섯 가지로 구분했다. 파랗고, 누렇고, 빨갛고, 하얀 것 외에 토土의 적赤이 들어가는데. '적赤'은 중국의 황톳빛 흙을 가리킨다.

"72는 오행에서 '토'라고 한다. 흙은 빨갛다. 72개의 점이 있어서 나는 '토'이고 적색인 것이다."

유방이 말하면 부하들은 무조건 감탄을 연발했다. 유방과 적색이 연결되어 있다는 것은 아버지 태공의 한 마디 말에서 비롯되었다.

"내가 본 용은 적색이었다."

이것으로 교묘하게 72라는 숫자가 바로 '적赤'이라는 논리로 발전하게 된 것이다.(후일 진나라를 상징하는 백제白帝의 아들을 베는 이야기가 나온다.)

유방은 패거리의 우두머리 행세를 했으며, 누구나 그렇게 여기고 있었다.

패 마을의 유방 추종자들은 그의 그럴듯한 말솜씨에 동화되어 '유방은 하늘이 내린 사람'이라 여기는 사람들이 많았다.

자기의 말을 부정하는 자가 나타나면, 유방은 부하들을 시켜 따돌리거나 몰매를 주었다. 패거리들은 점차 유방이 용의 자식이라고 뜯어 맞추기 위해 유방의 얼굴도 내세웠다.

"아, 용의 얼굴이 저렇게 생겼구나."

사람들은 유방의 얼굴을 보고 곧잘 나름대로 상상했다. 그 누구도 용의 얼굴을 본 사람이 없기 때문에 유방의 얼굴을 보면서 '용의 얼굴이 저렇구나!' 하고 상상했다.

용안龍顔을 가진 유방을 마을 패거리들은 영웅처럼 떠받들었다. 유방은 먹을 것이나 쓸 만한 물건이라도 생기면 부하들에게 골고루 나누어주었다. 그처럼 동료나 아랫사람들 챙겨주는 마음 씀씀이가 유방을 더욱 용안의 주인으로 만들었다.

어느덧 유방과 그를 따르는 무리들은 패현의 세력 집단으로 커졌다. 그중에서도 노관盧綰과 번쾌樊噲는 장수처럼 유방을 호위했다. 노관은 유방과 같은 날 태어나 어린 시절부터 단짝처럼 어울려 다닌 죽마고우였다. 훗날 유방이 제국을 창건한 뒤 노관은 장안후長安候가 되었고, 그 뒤에는 연왕燕王의 자리에까지 오르게 되었다.

패현은 사수군泗水郡에 속해 있었다.

어느 날 마을 거리를 걷던 유방의 발걸음이 현청 앞에서 떡 멈췄다. 흔히 사람들은 현청 앞을 지나기를 꺼렸다.

"이곳에서 우리 마을 패沛를 다스리는 일을 한단 말이지?"

붉은 기둥의 현청은 유방의 눈에 낯설었다.

"빨리 지나갑시다!"

번쾌가 유방의 옷깃을 끌었다.

"죄진 것도 없는데 무서울 게 뭐냐? 관리들이 어떻게 일을 하고 있는지 들어가보자!"

유방은 번쾌가 말릴 사이도 없이 현청 안으로 들어가며 목청을 뽑았다.

"안녕들 하슈! 여기서도 술을 팝니까?"

느닷없이 거구의 사내가 들어서며 큰 소리를 내자 현청 관리들은 어리둥절했다.

"아는 사람도 많이 있군."

관리들 가운데는 유방에게 낯익은 얼굴도 있었다. 하급 관리는 대부분 그 고장 사람들을 채용했기 때문에 유방의 부하라 할 수 있는 자도 있었던 것이다.

그날 이후 유방은 들르는 장소가 술집 말고 하나 더 늘었는데, 그곳이 바로 현청이었다.

현청 출입은 유방에게 커다란 변화를 가져왔다. 권력과 정치가 무엇인지를 깨닫게 된 것이다. 그러나 겉으로는 그 변화를 나타내려 하지 않았다.

유방은 관리들이 쓰다가 버린 종이를 들고 글자도 한 자 한 자 익혔다. 글자는 어려웠지만 자꾸 들여다보니 웬만한 글자를 깨우치게 되었다. 그리고 자꾸 쓰다 보니 글씨도 늘었다. 유방은 눈썰미가 좋아 한 번 보고 익힌 것을 다 기억해냈다.

유방은 차츰 사람을 너그럽게 감쌀 줄 아는 포용包容의 힘을 터득했다. 그리고 포용과 함께 베풀 줄 아는 관용寬容이 무엇인 줄도 알았다.

"이놈들아!"

번쾌가 어떤 일로 누구를 을러대면 유방은 그를 관용으로 대했다.

"이번만은 용서해주어라."

포용과 관용은 관리들을 대할 때도 적용되었다. 유방은 '혼내줘라'는 지시를 내리기보다는 관용을 베푸는 것이 더 마음을 편하게 하고 즐거운 일임을 느꼈다. 그러자 점점 더 많은 사람이 부하가 되어 따랐다.

'남을 좋게 대해야 더 많은 사람이 따르는구나.'

사람을 대하는 유방의 너그러운 자세는 날이 갈수록 익숙해져갔다. 그것은 잔머리 굴리는 알량한 처세술이 아니라 마음에서 우러나는 일종의 인덕仁德이었다.

"유방 님의 웃는 얼굴을 보면 지나가던 개도 반하여 졸졸 따를 것입니다. 용안이신 유방 님의 얼굴에는 그게 썩 잘 어울립니다."

소하蕭何가 말했다.

"맞습니다. 유방 님은 그 얼굴로 많은 사람들에게 덕德을 베푸십시오. 사람을 다스리는 데는 칼보다는 백 배 나은 게 덕입니다."

옆에서 조참曹參도 한 마디 거들었다.

소하와 조참은 패 지방 출신의 관리였다. 그들은 현청의 실력자들로, 소하가 치안 담당관이며 조참은 그 밑의 감옥을 맡고 있는 옥리獄吏였다. 그리고 그들을 따르는 하후영夏候嬰이 있었다. 하후영은 말을 담당하는 마부馬夫였다.

소하와 조참은 사람을 알아보는 눈이 비범했다. 특히 소하는 유방이 범상치 않은 인물이라는 것을 알았다. 그래서 어느 날 그가 용처럼 솟아오를 때가 오리라는 것을 예감하고 그를 돕는 일에 솔선하고 있었다.

그런데 일은 엉뚱한 데서 터졌다. 유방과 번쾌가 술집에서 술을 마시고 있는데, 느닷없이 소하가 숨을 가쁘게 몰아쉬며 들어왔다. 소하의 이런 모습은 처음이었다.

"소하, 무슨 일이오?"

"몸을 숨기셔야겠습니다. 군청으로부터 체포 명령이 떨어질 것 같습니다."

"체포라니? 내가 무슨 죄를 지었다는 거요?"

유방은 어리둥절했다.

"살인을 조종했다는 혐의입니다."

유방은 그런 일이 없었다.

"으음, 나를 싫어하는 현청 어느 놈이 나에게 혐의를 덮어씌운 것
이 아니오?"

"지금은 그런 것을 따질 때가 아닙니다. 우선은 피하십시오."

"사태가 그토록 절박하오?"

"그렇습니다! 제 힘으로는 어쩔 수 없게 되었습니다."

군청에서 유방을 잡아들이려 하는 것은 한 현리의 원인 모를 죽음
때문이었다. 평소에 유방을 아니꼽게 여기던 몇몇 현리가 짜고 그

배후가 틀림없이 유방일 거라며 은밀히 고발했던 것이다.

"형님! 형님이 이대로 피하면 얕보입니다. 목숨을 걸고 나서야 합니다."

번쾌는 치미는 화를 참지 못하고 이를 부드득 갈았다. 그러고는 목숨을 걸고 복수하자고 했다. 그러나 유방은 고개를 저었다.

"소하가 하라는 대로 해보자. 그의 분별력이 우리 생각보다 나을 거다."

"형님은 어째서 소하의 말만 옳다고 여기십니까?"

"나는 소하에게서 많은 것을 배웠다. 그리고 앞으로 더 많은 것을 배워야 한다. 너도 알다시피 내가 가진 것이라야 용의 얼굴밖에 더 있느냐? 정말 용이 되려면 더 많은 것을 알아야지!"

유방의 설득에 번쾌도 진정되어갔다.

술집을 나온 유방은 피신을 서둘렀다. 피신을 결정한 바에야 일이 더 크게 벌어지기 전에 한시바삐 떠나야 했다. 피신 장소는 마을에서 한참 떨어진 산속으로 정했다.

한편, 패현 현령은 유방에게 현리를 죽게 한 배후 세력의 죄를 씌운 것이 속으로 후련했다.

"유방을 어떻게 조처했는가?"

현령이 소하에게 물었다. 소하는 치안을 담당하는 책임자였다.

"앞으로는 현청에 나타나 공무를 방해하는 일이 없을 것입니다. 패 마을을 떠났습니다."

"잘됐소."

현령은 평소 유방과 그의 수하들이 현청을 제 집처럼 드나드는 것을 못마땅해했다. 그런데 어느 날 유방으로 인해 현청의 기강이 문란하다는 밀고가 상급 관청인 군청에 들어갔다.

군수는 현령을 불러들여 그 사실을 알아보았고, 현령은 불량배를 다 잡아들여 질서를 바로잡겠다는 각서까지 쓰고 돌아왔다. 그러던 차에 현리가 죽게 된 사건이 발생한 것이었다.

현령은 처음에는 유방과 그 패거리들을 잡아들이기 위해 군사까지 동원할까도 생각했지만, 소하가 적극 말려서 그것만은 피했다.

유방이 살인 누명을 쓰고 자취를 감추자 그때까지 그를 따르던 패거리들도 점차 하나둘 등을 돌렸다. 이를 전해 들은 유방은 새삼 인간의 간사함을 뼈저리게 느꼈다.

'사람이란 자신에게 이득이 없으면 등을 돌리게 마련이다!'

유방은 그들을 탓하지 않았다. 유방은 산속에 숨어 지내면서 자신을 되돌아보고 앞으로의 일을 설계해보았다. 그리고 차츰 정치, 즉 백성을 다스리는 일에 대해서도 생각하는 바가 많아졌다.

'소하나 조참 같은 자만 부하로 쓰면, 현령도 되고 군수도 되고 왕 노릇도 할 수 있지 않을까…….'

그 나름의 단순한 정치의식이 유방의 가슴속에 자리 잡았다. 유능한 관리만 발굴해서 쓴다면 얼마든지 높은 자리에 앉을 수 있다는 망상에 사로잡히기도 했다.

'힘이 필요하다!'

유방은 큰 자리를 차지하기 위해서는 큰 힘이 필요하다는 결론을 얻었다.

'힘을 길러야지!'

생각에 잠기는 동안 유방은 흥분으로 숨이 가빠왔다. 생각 끝에 난亂을 일으켜야 한다는 해답을 얻었기 때문이었다.

유방은 번쾌의 말처럼 목숨을 걸어야 한다고 생각했다. 번쾌는 '목숨을 걸고'라는 말을 자주 썼다.

'목숨을 걸고 난을 일으켜서……'

유방은 곧 고개를 가로저었다. 그것은 섣불리 할 수 있는 일이 아닐 것이다. 정치란 그렇게 간단한 것만은 아니라는 생각이 유방의 머릿속에 깃들기 시작했다.

한편, 소하는 현청에서 일을 보면서 유방의 안부 때문에 마음이 항상 불안했다. 방금 전까지만 해도 전국시대의 영웅 〈신릉군信陵君〉에 관한 책을 읽다가 문득 이 책을 유방에게 전해야겠다는 생각으로 번쾌가 자주 가는 술집으로 향했다.

신릉군은 위魏나라의 정치가로 문하에 식객 3천 명을 거느렸으며, 제齊나라의 맹상군孟嘗君, 초楚나라의 춘신군春申君, 조趙나라의 평원군平原君과 더불어 전국시대 말기의 4군君으로 일컬어지는 인물이다.

번쾌는 유방이 떠난 후, 개 잡는 일도 손에 잡히지 않고 매사 하는 일이 신통치 않아 하루하루 빈둥거리고만 있었다.

"아니, 나리께서 웬일이십니까?"

마침 번쾌가 술집에 혼자 앉아 술을 마시고 있었다.

"유방 님의 소식이 궁금해서……, 그 좋아하는 술맛을 어찌 잊고 지내실까?"

"저도 그게 마음에 걸립니다. 다른 것은 다 참아도 술은 못 참으시는 형님인데."

소하의 말에 번쾌는 맞장구를 쳤다.

"좋은 방법이 있소이다."

소하의 말에 번쾌가 바짝 귀를 디밀었다.

"술은 내가 댈 테니, 이 집 술통을 메고 술장수가 되어 산길을 가보슈. 그러면 무슨 소식이 있을 것입니다."

번쾌는 그날로 술통을 메고 유방을 찾아 산속과 늪지대를 뒤지기 시작했다.

산속 동굴에서 지내던 유방과 노관은 양식이 떨어져 노관이 양식을 구하기 위해 마을길로 들어서는 순간 번쾌를 발견하게 되었다.

저녁 무렵 번쾌는 산을 내려갔다. 그날부터 유방은 노관과 함께 번쾌가 가지고 온 〈신릉군〉 책을 한 자 한 자 더듬어가며 읽기 시작했다.

'이 책이 나에게 큰 도움이 된다고 했겠다.'

책의 내용은 유방에게도 쉽게 이해되었다.

신릉군信陵君은 유방이 태어나기 반세기 전쯤 전국시대 말기의 전설적인 인물이었다. 그는 위魏나라 공자公子로, 진나라의 압박 속에서도 위왕을 잘 도와 안정된 나라를 이끌었다.

그의 집에는 항상 3천 명의 식객이 드나들어 발 디딜 틈이 없었다. 당시에는 지모가 특출한 인재들이 여러 나라를 떠돌아다니며 자신의 지혜나 정보, 능력, 특기 따위를 각 나라의 실력자에게 제공하고 그 대가를 받았다.

아무리 천한 신분이라 하여도 머리를 짜내는 지모가 특출하기만 하면 실력에 따라 대접받는 시대였다.

신릉군은 과거의 이력이나 태생 따위는 상관치 않고 인재를 모아 적재적소適材適所에 가려서 썼다. 그 가운데 신릉군과 후생候生이라는 노인의 이야기는 널리 알려져 있다.

신릉군이 어느 날 위나라의 귀족들과 고급 관리들을 초대하여 연회를 베풀었는데, 성문지기인 최하급 관리 후생候生이라는 노인의 인품이 훌륭하다 하여 그를 초대하여 윗자리에 앉히고는 그의 이야기를 들었다.

그런데 그는 자기보다 저잣거리에서 개백정 일을 하는 주해朱亥라는 사람을 추천했다.

"주해야말로 천하의 인재입니다. 저는 그 친구에 비할 바가 못 됩니다."

신릉군은 마차를 몰아 저잣거리 도살장의 주해를 청했으나, 주해는 신릉군의 초대에 응하지 않았다.

그러나 후생은 신릉군에게 약속했다.

"신명을 바쳐 주해와 함께 은혜에 보답하겠습니다."

"선생님만 믿겠습니다."

신릉군은 뜻밖의 인재를 얻은 것을 매우 기뻐했다.

그 후, 조나라가 진나라의 공격을 받아 위험에 처하자 위나라에 구원병을 요청했다. 위왕은 신릉군에게 원병을 보내라 하였는데, 신릉군이 보낸 원병은 진나라 군사의 기세에 눌려 진격하지 못하는 어려움에 처해 있었다.

난처해진 신릉군은 후생을 찾아 어려움을 호소하고 그의 도움을 청했다. 후생은 필생의 비책을 알려주고 동행하지 못함을 사죄했다. 그리고 주해에게 도움 얻을 것을 청했다.

신릉군은 후생의 지모와 주해의 놀라운 용병술에 힘입어 사나운 진나라 군사를 무찌르고 승리하여 만천하에 승전보를 올렸다.

신릉군에 관한 책을 다 읽은 유방은 노관에게 큰 소리로 외쳤다.

"나도 신릉군 같은 큰 인물이 될 것이다."

유방은 자신도 신릉군과 같은 큰 인물이 되겠다고 각오를 다지며 앞날을 계획했다. 그렇게 두세 달이 흐른 다음 유방은 차츰 동굴 생활에 싫증을 느꼈다.

패 마을이 생각나서 좀이 쑤셨다.

'책을 돌려준다는 핑계로 소하를 만나보자.'

현청에선 얼마 전에 유방의 수배가 풀린 상황이었다. 하지만 소하는 깊이 생각한 끝에 되도록이면 유방에게 늦게 알릴 생각이었다. 유방 스스로 자신을 뒤돌아보고 앞날에 대해 좀더 깊은 생각을 하며 많은 계획을 세울 수 있도록 시간을 주고자 했던 것이다.

그런데 유방이 제 발로 산에서 내려온 것이다.

"그동안 고생이 심하셨지요. 진작 연락을 드렸어야 했는데, 제가 좀 먼 곳을 다녀오는 바람에……."

소하는 공무로 진나라 도성 함양에 다녀왔노라 핑계를 대었다.

"하하하, 나는 그런 줄도 모르고 한동안 소식이 없어 소하를 원망했소. 덕분에 이 책은 아주 잘 읽었소. '신릉군과 후생' 이야기는 읽을수록 나에게 큰 교훈이 되었소."

유방은 소하의 핑계를 전혀 의심하지 않았다. 그러한 그에게 소하는 더욱 존경심이 일었다.

그날부터 유방은 신릉군을 본보기로 삼고 몸가짐에 신경을 썼다.

'나라고 신릉군과 같은 사람이 되지 말라는 법은 없지.'

"번쾌, 너는 나의 주해야."

어느 날 유방이 번쾌에게 불쑥 던진 말이었다.

"주해라뇨?"

번쾌는 무슨 말인지 몰라 벙벙했다.

"〈신릉군〉에 나오는 인재다. 시장바닥에 묻혀 살던 후생의 친구인데, 너와 똑같은 직업을 가졌어. 그 주해가 신릉군을 위기에서 구해냈지. 너도 언젠가는 나를 위기에서 건져내겠지."

유방은 신릉군에 관한 이야기를 번쾌에게 들려주었다. 그리고 현청 관리인 소하나 조참을 후생에 비유했다.

"형님, 제발 큰소리 좀 치지 마시우."

은신 생활에서 벗어난 유방은 다소 의젓해진 반면에 허풍을 떠는 버릇이 생겼다. 걸핏하면 '나는 큰 인물이다!' 하고 떠들었다. 신릉군 못지않다는 뜻이었다.

유방은 신릉군에 비하면 무뢰한이요, 빈털터리였다. 그런데도 유방이 자신을 신릉군에 비유하니, 누가 들어도 허풍쟁이라 여기지 않을 수 없었다.

유방이 내세울 수 있는 것은 오로지 용과 비슷하게 생겼다는 얼굴 하나뿐이었다. 거기에 그럴싸하게 기른 구레나룻이 장신의 체구에 썩 잘 어울리는 것뿐이었다.

"어때 신릉군 같은가?"

"입을 다무시면 신릉군 이상이고, 입을 여시면 그 이하입니다. 대인이라면 기품과 겸허한 덕을 지니셔야 합니다."

어느 날 사람들 앞에서 폼 잡고 떠드는 유방에게 소하가 한 말이었다. 그날부터 유방은 '기품과 겸허' 갖추기에 힘썼다.

패에서 멀리 떨어진 선부單父라는 곳에 여공呂公이라는 위인이 살았는데, 그는 재산이 많은 세력가일 뿐만 아니라 많은 협객俠客들과도 폭넓은 교류를 하고 있었다.

그러나 여공은 어떤 사건에 휘말려 일족을 거느리고 패 땅으로 피신해왔다. 새로 부임해온 패의 현령은 전부터 여공과 잘 아는 사이인지라 여공을 자기 집에 머물도록 하고 거창하게 환영 잔치를 준비했다.

그러자 패 마을 안팎에서는 대단한 인물이 현령의 저택에 머문다는 소문이 널리 퍼져 나갔다.

현령은 자기 위세를 과시하기 위하여 많은 사람들에게 초청장을 돌렸다. 초청받은 사람은 선물을 가지고 잔치에 참석해야 했는데, 그 선물이란 돈이었다.

그런데 그 선물, 즉 돈의 액수에 따라 손님에 대한 대우가 달랐다. 1천 전을 기준으로 대청마루와 안마당에 앉도록 되어 있었다.

소하는 잔치 진행의 책임을 맡아 바삐 움직였다. 그야말로 저택은 인산인해人山人海, 사람의 물결로 자리가 넘쳐났다. 패 땅 일대의 내로라하는 인물은 다 모인 듯했다. 바로 그때였다.

풍채 좋은 구레나룻의 사나이가 휘적휘적 문지방을 들어서고 있었다. 유방이었다.

소하는 아찔했다. 그런데 유방은 소하 따위는 안중에도 없이 무시한 채 이름이 적힌 목간木簡을 척 꺼냈다. 그 목간에는 선물인 돈의 액수가 적혀 있었다.

소하는 그것을 보고 또 한 번 소스라치게 놀랐다. '1만 전?' 소하는 어이가 없었지만, 대청마루에서 빤히 바라보고 있는 여공에게 목간을 바칠 수밖에 없었다. 목간을 본 여공이 크게 놀라며 허리를 굽혀 고마움을 표하고 가장 윗자리에 유방을 안내했다.

소하는 어찌해야 좋을지 몰랐다. 무일푼인 주제에 1만 전을 내겠다니, 천지가 개벽한다 해도 불가능한 일이었다.

유방 곁에 여공이 앉았다.

"대단한 관상을 가지셨소이다."

여공이 예의를 갖추며 유방에게 말을 건넸다.

"잘 보아주셔서 고맙습니다."

유방은 허리를 굽혀 응대하고 있었다. 언제부터 유방이 그런 겸손한 말씨를 쓰고 예의 바르게 처신하게 되었는지, 소하에게는 참으로 기이한 일이었다.

여공은 유방에게 술잔을 자주 권하며 친절히 말을 걸었다.

"제가 젊어서부터 관상 보는 공부를 좀 했는데, 보기 드문 귀상貴相입니다."

"과찬의 말씀을……, 몸 둘 바를 모르겠습니다."

"연회가 끝나고 나서 이야기를 더 나누고 싶습니다. 남아주시겠습니까?"

유방은 뻥튀기한 1만 전의 돈 때문에 슬그머니 걱정이 되기는 했지만, 기왕 내친 김에 끝까지 가보자는 배짱으로 여공의 청을 받아들였다.

유방은 소문난 잔치에 유혹을 느끼며 신릉군을 떠올리고는 여공의 시선을 끌기 위해 1만 전의 금액을 썼던 것이다.

잔치가 끝나고 손님들이 하나둘씩 자리를 뜨기 시작했다. 유방은 그대로 의젓하게 앉아 있었다. 유방은 소하가 어서 가라고 손짓을 해도 못 본 척했다.

이윽고 손님 배웅을 마친 여공이 유방 앞으로 다가와 별실로 안내했고, 두 사람은 마주 앉게 되었다.

"과연 용이십니다. 대단히 높은 자리에 앉게 되실 상이십니다."

유방은 고개를 약간 숙였다가 들었다.

"그 이상의 귀상입니다. 황皇의 자리에 미칩니다."

"이거 원, 지나친 과찬이십니다."

"용은 하늘로 올라가야 제격입니다. 승천! 그래야 '황'에 도달하십니다."

"저에겐 아무 힘도……, 사실 1만 전도 그저 적었을 뿐 저는 그런 돈을 갖고 있지도 않습니다."

유방은 여공이 너무나 진지하게 나오자 자신을 더는 감출 수 없어 사실대로 고백했다.

"아무려면 어떻습니까. 용에게는 본시 가난이나 부富가 없습니다. 하늘로 올라가면 '황'자가 붙는데, 그까짓 1만 전이 뭐가 그리 대수입니까?"

여공은 안채에 있는 식구들을 불러들였다.

"내 딸이외다. 인사드려라. 유 공이시다."

"처음 뵙겠습니다."

후일, 여후呂候가 될 여자였다. 유방은 여공의 딸을 보는 순간 현기증이 일 듯 황홀경에 빠졌다. 술기운 때문은 아니었다. 여공의 딸은 정말 아름다웠다. 실상 유방은 그때까지 패거리들과 어울려 술을 마시며 즐겼을 뿐 여자는 전혀 관심 밖이었다. 유방은 지금 이 순간 비로소 여자에 대한 느낌을 처음 받게 되었다.

"어떻습니까? 제 딸을 받아주시겠습니까?"

"아, 예 뭐!"

유방은 정신을 빼앗겨 얼결에 답하였다.

"고맙습니다. 용을 사위로 맞을 줄은 꿈에도 몰랐습니다. 어떠냐, 네가 보기에는?"

여공이 유방과 딸을 번갈아가며 물었다. 그러자 딸은 고개를 들고 유방의 얼굴을 꼼꼼히 살폈다.

"아버님의 말씀이 옳으십니다."

딸이 나직이 말했다. 그러한 부녀를 보던 여공의 부인은 못마땅한 듯 '흥' 하고는 휑하니 나가버렸다.

　여공의 딸은 예쁜 얼굴만큼이나 목소리도 차분하고 낭랑했다.

　"됐다. 이제야 용이 하늘로 올라가게 되었구나!"

　여공이 혼잣말처럼 말했다.

　"어떻소? 내 딸이 당신을 하늘로 올라가게 해드릴 것이라고 보는데, 아내로 맞아주겠지요?"

용이 하늘로 올라간다는 말이 좋아서 유방의 입이 절로 벌어졌다.

"어른의 말씀이시니 그대로 따르겠습니다."

유방은 허리를 굽혀 여공의 딸을 아내로 맞겠다고 승낙했다.

"혼례식은 되도록 빠른 시일 내에 날짜를 잡아서 치릅시다."

"황송합니다."

여공과 딸의 배웅을 받으며 밖으로 나온 유방은 꿈인가 생시인가 했다. 용의 얼굴이 환히 빛났다. 그때 뒤에서 유방을 부르며 쫓아오는 사람이 있었다. 소하와 번쾌였다.

"오, 주해인가?"

유방이 멈춰 서서 뒤돌아보며 말했다.

"어쩌시려고 1만 전을 목간에 적으셨습니까? 실성하셨습니까?"

소하는 문책하듯 말을 뱉었다.

"나는 용이야. 1만 전이 뭐 대수인가?"

"용이라뇨?"

소하와 번쾌는 유방의 말을 듣고는 또 허풍이 도지나 싶었다.

"천하제일의 관상가 여공께서 나를 용이라고 하셨어. 훗날 황皇이 된다네."

"황?"

소하는 기절할 듯이 놀라, 벌어진 입이 다물어지지 않았다. 그때 유방이 소하의 손을 덥석 잡고 물었다.

"그런데 황이 뭐지?"

소하는 유방을 찬찬히 바라보더니 넙죽 엎드렸다. 번쾌도 옆에 멍하니 서 있다가 소하가 하는 대로 따라 했다.

"절부터 받으십시오."

땅바닥에 엎드려 절을 하고 난 소하가 숨을 헐떡거리며 유방의 귀에 대고 속삭였다.

"함부로 입에 올리지 마십시오. 황은 '황제'를 뜻합니다."

"뭐?"

유방도 소스라치게 놀랐다. 자신은 신릉군이 되려고 했는데 장차 황제가 된다니, 실로 엄청난 일이 아닌가. 유방은 잠시 멍해질 지경이었다.

'허풍도 유방에게는 허풍이 되지 않는구나.'

"여공이 딸을 주겠다는군."

소하와 번쾌는 거듭 놀랐다. 전 같으면 유방의 이 말도 허풍으로 들렸을 것이다. 소하는 이게 꿈인가 싶었다. 그러나 분명 생시였다.

백제[白帝]의 아들을 단칼에 베다

"너희들, 오늘의 처지를 비관하지 마라. 세상 탓이다."
그들은 이렇게 노역장으로 끌려가고 있는 자신들이 미웠다.
걷는 자체도 부질없는 짓 같았다.
"나를 따르면 너희는 살 수 있다. 나 또한 살 수 있다."

유방은 여공의 딸을 아내로 맞았다. 여공은 처음엔 사위인 유방에게 자기 집에 들어와 살 것을 내비쳤다. 그러나 유방은 한마디로 거절했다.

"아닙니다. 제가 장인 집에 들어가 산다면 사람들은 저를 처가 덕으로 살아가는 못난 놈이라고 할 것입니다."

딸도 남편인 유방의 말을 따르겠다고 했다. 여공도 더는 그에 대한 말을 꺼내지 않았다.

유방은 시장 모퉁이에 방 한 칸을 얻어놓고 부인과 뒹굴며 지내는 것이 그렇게 좋을 수가 없었다.

"허, 여자가 이처럼 좋을 줄 몰랐네!"

유방은 신이 났다. 밤과 낮이 따로 없이 부인에게 매달렸다. 둘은 종일 밥 먹고 그 일만 했다. 왜 그렇게 세월이 빨리 가는지 몰랐다. 그들은 그렇게 한 달여 동안을 지냈다. 가끔씩 소하와 번쾌가 찾아왔지만, 나중에 만나자며 발걸음을 못 하게 했다.

"늦게 배운 도둑이 날 새는 줄 모른다더니!"

유방을 찾아왔던 사람이면 모두가 한마디씩 중얼거리고 갔다. 하지만 그 세월도 오래갈 수는 없었다. 하루는 유방이 부인에게 입을 열었다.

"부인도 알다시피 난 돈벌이도 못하고 있소. 아무래도 당분간 우리 집에 가 있어야 할 것 같소."

부인도 유방의 처지를 아는지라 할 말이 없었다. 유방이 말한 우리 집이란 패 마을과 떨어진 중양리 본가였다. 그곳에서는 부모와 형제들이 농사를 지으며 근근이 살고 있었다.

부인은 내키지 않았지만 남편 말을 따라 중양리로 갔다. 그리고 농사일을 거들었다.

유방은 부인이 떠나자 과거의 생활로 돌아가 술집에서 패거리들과 소일했다.

그러던 어느 날 현청에서 관리가 찾아왔다. 유방은 무슨 일인가 의아하여 소하를 불러내 뒷방으로 들어갔다.

"현령이 왜 나를 부르지?"

"제 짐작으로는 어쩌면 유방 님께 관운官運이 트인 것 같습니다."

"관운? 그렇다면 나에게 벼슬자리라도 하나 떨어진단 말인가?"

"그럴 것 같습니다. 유방님이 정치를 알게 되는 아주 좋은 계기가 될 것입니다."

이튿날 유방이 현령을 찾아가자, 현령은 관할에 있는 사상泗上 정장亭長이라는 관리 자리를 맡아줄 것을 권했다. 유방으로서는 생각지도 않았던 굴러온 떡이었다.

사실 현령이 유방에게 정장 자리를 맡아달라고 한 것은 소하가 은밀히 현령에게 부탁하여 이루어진 일이었다.

진나라의 지방 말단 사회 편제는 다섯 식구를 '이웃'이라 하고, 이 다섯 이웃을 묶어야 '마을'이라는 행정 구역이 성립되었다. 그리고 그 열 개의 마을 250가구에 하나의 '정亭'을 두었으며, 이를 관리하는 자가 '정장亭長'이었다.

유방은 당장 집안 식구들, 아버지나 형들로부터 마누라 하나 데리고 살지 못하는 백수건달이라는 눈총을 받지 않게 되어서 한시름 놓았다.

'용이 하늘로 올라가기 위한 발판이다.'

유방은 자신에게 주어진 직책을 놓고 나름대로 생각했다. 천릿길도 한 걸음부터라면, 정장이라는 말단 관직도 중요했다.

유방은 높은 관리가 묵고 갈 때도 고분고분 잘했고, 마을에 도적이 나타났을 경우 평소 따르던 부하들을 불러 적절하게 이용하여 도적 잡는 데도 선수였다.

"형님은 도적 잡는 귀신이다!"

물론 형님은 유방을 가리키는 말이었다. 유방의 활약은 패현 관청에서도 자연스레 화제가 되었다.

"유방이 있는 근처 마을에는 도적들이 맥을 못 쓰고 몽땅 다 잡힌다는군."

"하하하, 진작 그 일을 시킬 것을 그랬나 봐."

소하는 그런 말을 들을 적마다 은근히 기뻤다.

유방은 경찰권을 행사하는 데 탁월하여 주민과 패현 관청으로부터 칭찬을 들었을 뿐만 아니라, 머리에 쓴 관冠이 그에게 썩 잘 어울린다는 말도 들었다.

정장은 하찮은 자리일망정 선비에 속했다. 선비는 관을 썼다. 그리고 정장 정도의 하급 관리는 그 관을 스스로 만들어 썼는데, 유방의 얼굴에는 관이 썩 잘 어울렸다. 유방은 자신이 고안한 대나무 껍질로 만든 관에 문양까지 넣고 번질번질 윤이 나도록 닦아서 쓰고 다녔다.

사람들은 처음 진나라가 천하를 통일했을 때 희망을 가졌었다. 시황제가 중앙집권 관료 제도를 실시하면서 귀족을 없애고는, 농사에 힘을 써 모든 백성이 평등하게 잘살 수 있는 나라를 만들겠다고 했기 때문이다.

그러나 그 기대는 곧 무너졌다. 희망이 절망으로 바뀐 이유는 시황제의 망상에서 비롯된 강제 노역 때문이었다.

"빨리 빨리 완성하라!"

이 한마디가 중앙에서 떨어지면 관리들은 노역장으로 보낼 인부들을 불러 모집할 징발에 혈안이 되었다.

강제 노역 징발 명령은 유방에게도 날벼락처럼 떨어졌다. 징발자 명단은 패현에서 만들어져서 각 정장에게 징발하도록 지시가 내려졌다.

"올 것이 오고야 말았구나."

유방은 죽기보다 싫었지만 어쩔 도리 없이 명령에 따를 수밖에 없었다.

"내가 이런 일을 할 줄은 몰랐소. 나를 원망하지 말고 세상을 원망하시오."

주민들에게 이 말을 할 때는 마치 자기가 큰 죄인이 된 듯한 느낌이 들었다.

마침내 각 정장들이 징발해온 노역자들이 패현에 모였다. 유방도 그들을 따라 패현으로 갔다. 인원 점검이 끝났을 때였다.

"인솔 책임자는 사상 정장으로 있는 유방이오."

앞에서 현 관리가 말했다.

유방은 어리둥절했다. 유방은 인솔 책임자가 노역자들을 데리고 노역장에 가야 한다는 것을 알고는 펄쩍 뛰었다.

"왜 하필이면 내가 인솔 책임자입니까?"

그러자 관리가 유방을 사납게 노려보았다. 이때 다른 정장이 한마디 거들었다.

"당신은 풍채가 좋고, 인물도 뛰어나오."

그때를 기다렸다는 듯 정장들이 너도나도 웃음을 터뜨리며 박수를 쳤다. 어쩔 수 없이 유방이 노역자의 인솔을 맡을 수밖에 없는 처지가 되고 말았다.

결국 유방은 동의했다. 인솔 책임자는 노역 현장까지 인부를 데리고 가 인계해주고 돌아오면 되었다.

노역 현장은 수도인 함양의 동쪽에 위치한 여산驪山으로, 시황제의 능묘 공사가 한창이었다. 시황제의 능묘 공사는, 2킬로미터나 되는 넓은 땅에 1백여 미터 높이로 이루어지고 있었다.

처음에는 70만 명의 죄수가 능묘 건설에 투입되었다. 그러나 능묘 건설과 병행하여 관용 도로와 아방궁 건설이 진행되자, 인부가 턱없이 모자랐던 것이다. 그래서 장정들을 있는 대로 끌어와야 했고, 유방이 이 일에 참여하게 된 것이었다.

노역자들은 밥해 먹을 취사도구까지 챙겨 들고 걸었다. 식량을 등에 진 자도 있었다. 옷은 한결같이 넝마쪽 같았다.

'이런 불쌍한 사람들을 데리고 어떻게 만 리 길을 갈 수 있을까?'

유방은 노역자들이 가엾고 자신의 처지가 한심스러워서 눈시울이 뜨거워졌다. 더군다나 바쁜 농사철에 농사일은 하지 않고 아무 쓸데

없는 노역장으로 끌려간다고 생각하니, 어처구니없었다.

　"너희 모두 오늘의 처지를 비관하지 마라. 세상 탓이다!"

　그들은 이렇게 노역장으로 끌려가고 있는 자신들이 미웠다. 걷는
자체도 부질없는 짓 같았다.

　"쉬었다 가자!"

　유방은 무리들이 피로해지면 먼저 아량을 베풀었다. 무리들은 그

런 유방을 더욱 높이 보았다. 노역자들은 이제 유방을 인솔자가 아닌 자기들의 지도자처럼 여겼다. 그리고 유방도 그들이 노역자가 아닌 부하처럼 생각했다.

자기를 따르는 부하가 5백여 명. 얼핏 미꾸라지가 용이 된 느낌이었다.

'내가 용이라면 하늘로 날아야 할 텐데……, 하하하.'

유방은 혼잣소리로 중얼대며 웃음을 터뜨렸다.

"왜 웃으십니까?"

노역자들이 어리둥절해서 물었다.

"세상이 잘못되어 가고 있어. 그래서 웃었을 뿐이다."

노역자들은 유방의 말을 들으며 엉뚱한 생각들을 하기 시작했다.

'끌려가 노역을 하다 죽느니, 차라리 도망칠까?'

그들은 유방의 '잘못된 세상 어쩌고' 하는 말을 도망칠 것을 권유하는 암시로 받아들이고 있었다.

'세상 탓하며 따라가 바보가 될 필요는 없지.'

패현 땅을 벗어나 첫 번째 야숙을 할 때였다. 한밤중이 되자 짐승들의 울부짖는 소리가 들려왔다.

"이리다!"

누군가 소리치자, 잠을 자던 노역자들이 놀라 이리 뛰고 저리 뛰었다.

"이곳에서 산짐승에게 잡아먹힐 수는 없다. 도망치자!"

노역자들은 너 나 할 것 없이 도망치기 시작했다. 그러나 누구도 나서서 그들을 막으려 하지 않았다. 유방 또한 마찬가지였다.

이튿날 날이 새어 노역자들을 세어보니, 반 정도밖에 남아 있지 않았다.

"이 정도라도 남아주어서 다행이군. 허허."

유방은 태평하게 실없이 웃었다. 도망치지 않은 자들은 어안이 벙벙하지 않을 수 없었다.

"도망친 자들은 고향에 돌아가지 못한다. 잡히면 죽을 테니까. 어디 가서 도적질이라도 하여 굶어 죽지 말아야 할 텐데."

유방이 도망자들 걱정까지 해주는 것을 보고, 무리들은 코가 찡해왔다.

남아 있던 노역자들은 다시 걷기 시작했다.

그날 밤은 마을 근처에서 야숙했다. 산짐승을 걱정할 필요도 없이 모처럼 편한 밤을 보냈다.

날이 밝아 출발에 앞서 인원 점검을 하니, 십여 명이 늘었다. 유방은 또 껄껄 웃었다. 도망쳐 봤자 살아갈 방도가 없을 테니, 밤중에 돌아온 것이었다.

유방은 돌아온 십여 명을 앞으로 불러내 등을 토닥여주었다. 다시 행군은 계속되었다. 노역자들은 차츰 걷는다는 것이 지겹고 고통스러웠다. 그래서 뒤로 처지는 사람도 생겼다.

"쉬고 싶은 사람은 쉬었다 오너라!"

이렇게 하여 쉬겠다고 한 만큼의 숫자가 또 줄어들었다. 이렇게 가다가는 유방 혼자만 남을 것 같았다. 노역자를 끌고 여산의 시황제 수릉壽陵 공사장까지 간다는 것은 이제 틀렸다고 생각했다.

'왜 노역자들이 요것밖에 되지 않느냐?'

현장 관리가 무섭게 추궁할 것이었다.

'모두들 어디론지 가버렸습니다.'

이렇게 대답한다면 자신은 그 즉시 사형을 면할 수 없을 것이다. 그렇다면 어떡한다? 유방의 생각은 거기에만 머물러 있었다.

그렇게 며칠을 더 가다 보니 관官에서 준 돈도 얼마 남지 않았다. 자기가 택할 길의 끝이 보이는 것 같았다.

풍서라는 마을을 통과할 때 유방은 아직도 따라오고 있는 노역자들을 모두 데리고 술집에 들어섰다. 그리고 남은 돈을 몽땅 털어서 술을 마셨다.

내일 당장 삼수갑산三水甲山에 갈 망정 노역자들은 좋아라 하며 술을 마셨다. 유방도 그들과 마냥 떠들며 술을 마셨다.

"우리가 여산까지 도착해도 살아남긴 글렀느니라. 이럴 때 두 다리나 실컷 쉬게 놔두어라."

"그렇다면 우리는 죽는 바보란 말입니까?"

유방의 말에 옆에 있던 자가 물었다.

"그렇다!"

"유방 님은 살 수 있습니까?"

"살 수 있지."

"어떻게 해서 사실 수 있습니까?"

"도망치겠다!"

이 말을 들은 모두는 깜짝 놀랐다. 인솔자가 도망치겠다니, 있을 수 없는 일이었다.

유방은 이제 할 말을 다했다는 듯, 일어나 술에 취한 듯 휘청거리며 걸어 나갔다.

"죽든 살든 도망치자!"

노역자들도 일어나 제각기 흩어졌다.

패 땅에서 부하 노릇을 하던 깜둥이가 유방의 뒤를 따라붙었다. 그러자 십여 명이 먼발치서 식량과 솥을 메고 휘적휘적 따라왔다.

유방은 그들을 보자 마음이 든든해졌다. 잠시도 부하 없이는 살 수 없는 유방이었다.

"나를 따라준다면 너희는 살 수 있다. 나 또한 살 수 있다."

유방은 자기를 따르는 자들에게 희망을 불어넣어 주었다. 그러자 불현듯 소하 생각이 났다. 조참의 얼굴도 떠올랐다.

'내가 도중에 노역자를 해산시켜 버리고 도망쳤다는 것을 알면, 소하가 어떻게 생각할까?'

유방은 갑자기 웃음을 터뜨리면서 고개를 마구 흔들어댔다.

그즈음 소하도 유방을 생각하고 있었다. 소하는 유방이 노역자들과 함께 떠나지 않게 손을 쓸 수도 있었다. 그러나 소하는 일을 냉정하게 처리했다. 5백여 명의 인원을 통솔하도록 기회를 주어 유방이 큰일을 할 수 있는지 시험을 해보고 있었던 것이다.

소하는 유방이 정장이라는 하찮은 말단 관리직도 흔쾌히 받아들이는 것을 보고 그의 그릇이 큼을 알았다.

'유방이 부하들을 이끌고 가는 척하다가 도망쳐준다면, 오히려 패마을을 위해 좋을 것이다.'

소하의 은근한 바람은 유방의 도피였다. 그렇기 때문에 소하는 배웅도 하지 않았던 것이다.

'내가 배웅을 한다면, 유방은 '책임 완수'라는 압박감을 느껴 함양으로 갈 것이다.'

이것이 소하의 계산이었다. 그런데 며칠이 지나자 일이 터지고 말았다. 그것도 아주 크게. 관으로부터 유방을 수배하여 잡아들이라는 명령이 내려온 것이다. 군청에서는 이미 군사까지 풀어가며 유방을 잡기에 혈안이 되었지만, 아직 어떠한 단서도 포착되지 않았다.

소하는 치안 담당 책임자로서 유방 잡는 일에 앞장서서 열심인 척했다. 직속 부하인 조참과 하후영 외에 그 누구도 유방과 소하와의 관계를 알고 있는 자는 없었다.

어느 날, 노역자로 징발되어 가다가 도망쳐 잡혀 온 자를 인계받게 된 소하는 그자를 통해서 유방의 행적을 알 수 있었다.

"어디서 도망쳤느냐?"

"도망이 아니라 해산이었습니다."

"해산이라니?"

"유방 님이 이대로 가면 모두 죽는다 했습니다. 인원수가 반 이상이나 줄어들어서 자신도 죽는다 했습니다. 그래서 각자 저 가고 싶은 대로 가라고 하셨습니다."

"붙잡혔을 때 정장이 해산 명령을 했다고 말했는가?"

"해산시켰다고 하니까, 오히려 믿지를 않고 저를 바보 취급했습니다."

"그렇다. 너는 해산했다는 말과 정장에 대해서는 모른다고 해라. 그래야 바보 소리를 안 듣고 살 수 있다. 눈감아줄 테니, 밤중에 도망쳐라."

"어디로 도망칩니까?"

"살아날 사람은 정장밖에 없다. 정장이 있는 곳을 찾아가야 산다."

소하는 그자가 유방을 찾아가게끔 암시를 주었다.

번쾌는 매일 유방을 찾는 일에 분주했다. 그의 생각에는, 유방이 낯선 곳을 헤매기보다는 지형을 잘 아는 패현 가까이 와서 숨어 있을 것 같았기 때문이었다. 번쾌는 자기가 미리 유방의 은신처를 마련해 놓아야겠다는 생각이 들었다.

만반의 준비를 갖춘 번쾌는 부하 십여 명을 이끌고 전에 유방이 숨어 지내던 그 산속의 동굴을 찾아갔다.

부하 중에 누군가가 말했다.

"이렇게 좋은 동굴이 있는 줄은 몰랐습니다. 세상도 시끄러운데, 우리 모두 여기에 와서 삽시다."

"이곳은 전에 유방 형님께서 잠시 도道를 닦으셨던 곳이네."

"그렇다면 더욱 좋은 장소군요. 이 동굴은 늪지대가 사방에 둘러 있어 짐승들도 접근 못 하겠고, 물고기도 많을 것 같은데요."

부하의 말에 번쾌도 이곳을 은신처로 정하면 좋을 것 같았다. 그래서 다시 부하들을 더 부르고 연장 등을 갖추어 동굴을 넓히는 한편 제1, 제2, 제3의 비밀 장소를 만들었다. 그리고 더 깊은 탕산 계곡 사이의 넓은 평지를 군사 훈련장으로 삼았다. 그곳은 평지라고는 하지만 나무가 울창하여 사람의 눈에 띄지 않았다.

번쾌는 그들의 식량을 해결하기 위해 개백정 노릇을 부지런히 하고, 부하들은 물고기를 잡아 시장에서 곡물과 맞바꾸어 왔다.

한편, 유방 일행은 사람들 눈을 피해 낮에는 자고 밤에만 걸었다. 행군이 계속되는 동안 어떤 순간에도 유방은 머리의 관을 절대로 벗지 않았다. 유방에게 그 관은 위엄의 상징이었다.

앞장서서 길을 트며 나아가던 부하들이 기겁을 하며 유방 앞으로 되돌아와 소리쳤다.

"다른 데로 돌아가야겠습니다."

"왜?"

"저기 큰 구렁이가 앞을 가로막고 있습니다. 보통 큰 구렁이가 아닙니다."

유방은 부하들에게 자신의 용맹을 보여주고 싶은 충동이 일었다.

"비켜라!"

몇 걸음 나아간 유방 앞에 거대한 흰 구렁이가 있었다. 그 구렁이는 다가오는 유방을 노려봤다.

"무엄하다! 용의 앞길을 하찮은 뱀 따위가 가로막다니, 썩 비켜나
지 못할까?"

유방이 그 구렁이에게 일갈━喝하자 구렁이는 오히려 가소롭다는
듯 혀를 날름거렸다.

"이 관이 보이지도 않느냐? 비키지 않으면 네놈을 베겠다!"

유방은 칼을 뽑아들었다. 그래도 구렁이는 혀로 날름날름 희롱하
는 듯했다.

"야아압!"

바람을 가르는 소리와 함께 칼이 번쩍인 순간, 구렁이는 두 토막
나고 말았다. 유방은 꿈틀거리는 토막 난 구렁이를 칼끝으로 찍어
길옆으로 치웠다.

이 일이 있은 뒤, 밤마다 한 노파가 나타나 슬피 운다는 소문이 퍼
졌다. 노파를 봤다는 사람들의 말에 의하면, 노파가 '내 아들은 백제
白帝의 아들인데 적제赤帝의 아들이 지나가다가 보고 검으로 내리쳐
서 죽였다.'라고 말하고는 연기처럼 사라졌다고 했다.

그때 당시 진나라에는 백제에게 제사를 지내는 의식이 있었는데,
유방이 백제의 아들을 죽였다는 것은 결국 진을 쓰러뜨렸다는 것과
같았다.

어느 날, 번쾌가 산속에서 나무를 자르고 있는데, 후미진 곳에서
인기척과 함께 두런거리는 소리가 들려오고 있었다.

분명 부하들은 물고기를 잡으러 갔을 텐데…….

'앗, 저것은!'

분명 유방이 항상 쓰고 다니던 관에서 빛이 반사되어 나타났다.

"형님!"

산골짜기가 쩌렁쩌렁 울렸다. 번쾌는 그쪽으로 뛰었다. 그의 눈에
바위 위에 놓인 관과 흐르는 계곡물에 얼굴을 씻고 일어서는 유방의
거대한 체구가 들어왔다.

"번쾌냐?"

유방도 금세 번쾌의 목소리를 알아들은 듯했다.

"네, 형님!"

골짜기를 구르듯이 내려간 번쾌는 유방 앞에 넙죽 엎드렸다 일어서며 펄쩍펄쩍 뛰었다. 마치 강아지가 오랜만에 주인을 만난 것 같았다.

"하하하, 틀림없는 번쾌로구나!"

유방도 반가워 번쾌를 끌어안고 풀밭에 나뒹굴었다.

이때 현청에 있는 소하의 집무실로 찾아든 자가 있었는데, 그는 지난날 소하가 풀어준 도망자였다.

"네가 어째서 왔느냐? 또 붙잡혀 온 것이냐?"

"아닙니다. 이번에는 붙잡혀 온 것이 아니라 심부름으로……."

소하가 주위를 살피며 그자를 구석 자리로 끌고 갔다.

"말해봐라."

"소하 님이 알 만한 곳으로 가시겠답니다. 전에 1만 권의 책을 읽으시며 '하늘의 도'를 닦던 곳이라고만 말씀하셨습니다."

"알았다."

'허풍은 여전하군.'

그러나 소하는 유방의 그런 여유와 넉살이 좋았다.

소하는 군 어사御使에게 불려가 도망친 유방의 체포 건에 대한 보고서 작성으로 눈코 뜰 새 없이 바쁜 업무에 시달렸다. 어사 방을 나서려 할 때 어사가 다시 불러 세웠다.

"자네도 들어서 알겠지만 황제 폐하께서 오는 정월에 이쪽으로 순행을 하시니, 이제부터 맞을 준비를 단단히 해놓게. 서둘러야 할 것이네."

"심려가 크시겠습니다."

"어쨌든 겹치기로 골치가 아프니, 유방 정장 도망 건만이라도 자네가 잘 처리해 놓게!"

"염려 놓으십시오."

어사 방을 나온 소하는 머리가 짓눌려 옴을 느꼈다. 시황제의 순행은 보통 큰일이 아니었다. 그 안에 불순세력을 없애라는 특명이 내릴 것이다. 그렇게 되면 노역자 이탈이라든가 유방 문제도 더욱 어렵게 꼬일지 몰랐기 때문이다.

죽어서 돌아온 시황제^{始皇帝}

"왕후장상王侯將相의 씨가 따로 있겠습니까?
사람들이 따르고 하늘이 도우면 부귀영화도 우리의 것입니다."
마침내 진승과 오광은 천하에
반란의 불길을 당기는 첫발을 내딛게 된 것이다.

시황제 37년, 정월이 다가오면서 승상 이사李斯는
시황제의 순행 준비로 바빴다. 무엇보다 이번 순행은 회계 땅에 당
도한 후 동해안을 따라 산둥 반도를 돌아올 계획이었다.

이사는 온량거輻輬車를 세 대나 준비했다.

지난번 순행에서와 같은 불상사가 일어날 것에 대한 대비였다. 그
때는 두 개의 온량거 중 두 번째 온량거에 시황제가 타고 있어서 망
정이지 하마터면 큰일을 당할 뻔했다.

순행의 행렬이 한韓나라 땅 박량사博良沙에 다다랐을 무렵이었다.
길가 나무 둥치에 숨어 있던 괴한이 나타나 앞선 온량거를 향해 백이
십 근이나 되는 쇠몽둥이를 날렸다. 온량거는 박살이 났고, 시황제
는 운 좋게도 두 번째 온량거에 타고 있어서 죽음을 면했던 것이다.

그 괴한은 그 자리에서 무사들에 의해 난도질을 당했고, 주위에
숨어 있던 동행자에 의해 그 일을 꾸민 사람이 장량張良이라는 것이

밝혀졌다. 그러나 장량은 수배된 채 지금까지 감감무소식이었다.

장량은 시황제의 순행 행렬이 함곡관을 나와 하남을 향하는 것을 보고 박량사를 지날 것이라 예측했다. 그래서 창해蒼海로 여홍黎洪이라는 장사를 찾아가 의기투합하여 일을 벌였던 것인데, 그만 실패하고 만 것이다.

이사는 그때를 생각해서 세 대의 온량거를 준비한 것이다. 특히 이번 순행 길은 강남 땅으로, 과거 초나라는 어느 지역보다 민심이 흉흉할 뿐만 아니라 반란의 기미도 있다는 보고가 있었다. 그리고 그 지역에서 천자天子가 나올 기운이 돈다는 풍문도 있었다.

온량거는 앞과 좌우에 여러 개의 창문을 달아 이를 여닫음으로써 냉온을 조절할 수도 있었다. 시황제가 편히 앉을 수 있는 옥좌와 침상도 마련해 놓았다.

황제는 순행 길에 온량거 안에서 잠을 잤는데, 그것은 안전을 위해서였다. 온량거는 시위 무사들로 철통같이 지킬 수 있었다. 군수나 현감의 집은 믿을 수 없었기 때문이다.

시황제의 순행 목적은 자기의 위엄을 떨치며 백성의 안위를 살피기 위한 것이었지만, 시황제가 거쳐 가는 곳의 백성들에게는 피고름 짜는 고통만 있을 뿐이었다.

장량은 자字가 자방子房으로 진나라에 망한 한韓나라의 5대째 재상 집안에서 태어났다.

한나라가 진나라에 의해 망했을 때 장량은 나이가 어려 관직에는 나가지 않았지만 진나라 군사들이 얼마나 처절히 국토와 집안을 짓밟았는지 두 눈으로 똑똑히 보았다.

당시 그의 집안은 부리는 사람만도 3백여 명이 넘었으며 재산도 많았다. 어린 장량은 진에 대한 증오심이 불같이 타올랐다. 5대의 선조에 걸쳐 재상을 맡았던 한나라 왕조를 다시 일으키고 조상의 원수를 갚자고 굳게 결심한 것이다.

'내가 꼭 진나라를 멸할 것이다.'

그는 복수심을 키워 나갔다.

첫 번째 복수극 '박랑사의 철추'는 실패로 끝이 났다. 장량은 박랑사의 벌판을 나와 호북湖北으로 향했다. 하비下邳 땅에 초나라의 명장 항연의 아들 항백項伯이 살고 있었다. 그는 항백의 집에서 얼마 동안 머무르다 정처 없이 길을 나섰다. 그가 냇가에 이르러 하염없이 흐르는 물을 바라보고 있는데, 한 노인이 다리를 건너다 신발을 떨어뜨렸다.

"아이야, 신발 좀 주워 오려무나."

노인이 장량을 향해 말했다. 장량은 냇둑에서 일어나 신발을 주워다 공손히 신겨드렸다. 노인은 고맙다는 말도 하지 않고 휘적휘적 걷다가 또다시 신발을 떨어뜨렸다.

"아이야, 신발 좀 주워 오려무나."

노인이 다시 말했다. 장량은 노인의 행동거지가 이상했으나 신발을 주워다 신겨드렸다. 노인은 다시 다리 위를 걷다가 신발을 떨어뜨렸고, 장량은 또다시 신발을 주워다 신겨드렸다.

"네가 노인을 공경할 줄 아는구나."

노인은 장량이 한 번도 얼굴을 붉히지 않고 신발을 주워 오는 것을 보고 만족하여 미소를 지었다.

"선생께서는 미거한 저에게 어떠한 가르침을 내려주시려 하십니까?"

장량이 공손히 절을 하며 물었다.

"네가 천시天時도 모르고 박랑사에서 시황제를 없애려 한 것을 알

고 있다. 그러나 하늘이 돕지 않으니, 어찌 네가 도모하는 일이 성공하겠느냐?"

장량은 가슴이 철렁했다.

"도인께서는 부디 저에게 천시를 가르쳐주십시오."

"네가 나의 가르침을 받고자 한다면, 오늘 밤에 이리로 오너라."

노인은 그 말을 남기고 휘적휘적 걸어가 버렸다.

장량은 노인이 범상한 인물이 아니라는 것을 간파할 수 있었다. 그날 밤에 장량은 노인과 약속한 다리로 찾아갔다가 늦게 왔다고 꾸지람만 듣고 돌아와야 했다. 그리고 그렇게 사흘을 허탕 친 다음에야 그 노인에게서 답을 얻을 수 있었다.

"네가 기다릴 줄 아는 것을 보니, 큰일을 맡을 만하다. 네게 이 책을 줄 테니, 힘써 정진하라!"

노인은 그제야 웃으며 장량에게 책을 건네주었다.

그 책은 〈태공병법太公兵法〉이었다. 장량은 노인에게서 얻은 책을 열심히 공부하여 훗날 유방의 책사가 되어 천하를 통일하게 된다.

"도인道人의 성함을 알려주십시오."

장량이 절을 하고 물었다.

"13년 뒤에 제주濟州 땅 곡성산 아래에서 나를 만나게 될 것이다. 거기에 있는 누런 돌이 바로 나다."

노인은 표연히 사라졌다.

시황제의 순행이 시작되었다.

시황제는 이번 순행에 큰 기대를 걸고 있었는데 그것은 동해에 이르면 서복이 봉래산의 영생불사永生不死 불로초 약을 가지고 자기를 맞으리라 믿었기 때문이다.

환관 조고趙高의 생각은 달랐다. 그는 시황제의 건강이 극도로 악화되어 이번 순행 길에서 죽을 것을 예측하고 있었다. 그래서 막내아들 호해湖亥 황자를 대동하고 가는 것이었다.

환관 조고는 호해 황자가 어렸을 때부터 가르쳐 왔다. 황제 후계자로 키워서 자신의 욕망을 채우려는 계획을 따로 세우고 있었던 것이다.

순행의 행렬 가운데에는 각 네 편의 말이 이끄는 세 대의 온량거가 일정한 간격을 두고 굴러갔다. 어느 온량거에 시황제가 타고 있는지는 조고 이외에는 아무도 몰랐다.

그 뒤를 문무백관들이 수레로 혹은 걸어서 따르고, 문무백관의 앞뒤로는 무장을 갖춘 병사들이 깃발을 들고 나아갔고, 맨 앞과 뒤는 철기병이 삼엄하게 경계를 펴며 행진했다.

그뿐만 아니라 행렬의 좌우 십여 리에 걸쳐 민간인으로 변장한 병사들이 따르며 행렬을 호위했다.

일반 백성들은 순행 행렬과 멀리 떨어져 바라보며 절을 올려야 했다. 대부분이 관청에서 동원된 사람들이었지만, 거창한 순행 행렬이 보고 싶어 스스로 나선 사람들도 많았다.

순행이 3개월쯤 되었을 무렵, 유방이 탕산에 은거해 있는 사수 땅을 지나게 되었다. 소하는 유방에게 은거지에서 꼼짝도 말라고 여러 차례 당부했다.

그러나 유방은 시황제의 순행 행렬을 보고 싶어 번쾌와 함께 멀리 순행길이 보이는 곳까지 나섰다.

진나라의 검은 깃발이 나부끼고 병사들의 갑옷이 햇빛을 받아 번쩍였다. 유방은 멀리서 그 거대한 행렬을 바라보며 잠시 넋을 잃었다. 그러고는 자기도 모르는 사이에 중얼거렸다.

"사내라면 마땅히 저렇게 되어야 한다."

은거지로 돌아온 유방은 그날따라 말도 없이 무언가를 골똘히 생각하는 모습으로 먼 산만 바라보고 있었다. 한참 후 밤중에 갑자기 일어나더니 혼자서 말술을 마셔댔다.

황제는 점점 양기陽氣도 메말라 갔고, 시도 때도 없이 불로초 타령만 하다가 혼절했다가 깨어났다. 그러나 이를 아는 것은 시황제와 함께 온량거에 갇혀 지내는 시녀들과 환관 조고뿐이었다.

며칠 뒤 순행 행렬이 회계에 이르렀을 때, 삼엄한 경비와 많은 인파 속에 항우와 그의 숙부 항량도 함께 섞여 있었다.

순행 행렬은 악사들이 연주하는 악기 소리와 함께 그들 앞을 멀찍이 지나갔다. 온량거 행렬은 호화롭기 그지없었다.

그 온량거를 왕방울 같은 눈으로 뚫어지게 바라보던 항우가 느닷없이 큰소리로 말했다.

"내가 저놈을 대신할 것이다!"

항우 자신도 모르는 사이에 튀어나온 말이었다. 그 소리에 주위 사람들이 항우를 쳐다보았다. 그러나 그 소리에 화들짝 놀란 사람은 정작 숙부 항량이었다. 항량은 재빨리 항우의 입을 틀어막으며 뒤쪽으로 끌고 갔다.

"이놈아, 죽고 싶으냐? 천방지축天方地軸 날뛰는 놈은 쥐도 새도 모르게 죽는다는 걸 모르느냐?"

항우는 숙부가 하는 말의 의미를 알고 있었다. 힘만으로는 어떤 꿈도 이룰 수 없다는 소리를 얼마나 자주 들어왔던가.

"이곳을 빨리 떠나자."

항량은 항우가 또 어떤 일을 저지를지 몰라 불안해졌다.

항우는 항량을 따라가면서도 시황제가 위대한 사람이라고는 생각지 않았다. 그저 다만 진의 왕족으로 태어나 운 좋게 왕이 되었고, 6국을 멸한 후 스스로 황제가 되었을 뿐이다. 그렇다면 자기도 때를 잘 만나 황제가 되지 말란 법이 없을 것이었다. 순행 행렬은 바다를 따라 계속 북쪽으로 올라가고 있었다.

"결국 서복은 수신水神에게 잡혀 돌아오지 못하는 거로구면. 수신이 교룡으로 내 앞에 나타난다면 내가 큰 활을 쏘아 죽일 것인데……"

시황제의 건강은 급속히 악화되기 시작하여 자리에 누워 숨을 몰아쉴 뿐이었다. 시황제 자신도 이제는 죽을지도 모른다는 생각이 들었다.

얼마 후 의식이 또렷이 들었다. 그리고 자기가 국경 수비대로 내친 큰아들 부소扶蘇가 떠올랐다.

"중거부령!"

"예, 폐하."

죽은 듯이 누워 있던 시황제가 너무도 또렷한 목소리로 자기를 부르자, 조고는 깜짝 놀라서 대답했다.

"지금부터 내가 하는 말을 받아쓰거라."

"예, 폐하! 말씀하시옵소서."

"부소는 몽염 장군에게 군사 일을 맡기고 함양으로 돌아와 나의 유해遺骸를 맞아 장례를 주관토록 하라."

조고는 시황제의 조칙詔勅을 받아 써내려갔다.

천하통일의 대업을 이루고 황제 중심의 강력한 부국 강병책을 관철시켰으나 그 자신이 가장 소망했던 불로장생의 꿈만은 이루지 못한 절대 권력자가 죽어가고 있었다.

시황제의 조칙은 부소에게 다음 황제를 이어받으라는 말이나 같은 뜻이었다. 만약 부소가 몽염과 함께 군대를 거느리고 돌아온다면 조고에게는 최악의 사태였다. 조고의 머리가 빠르게 돌아갔다. 황제의 죽음은 최소한의 사람만이 알아야 하고 차후를 대비해야 할 것이었다.

"영생불사……."

시황제의 입에서 희미하게 흘러나오는 소리를 들었다.

"폐하!"

온기를 잃은 싸늘한 감촉이 조고의 손바닥을 타고 전신에 흘렀다.

시황제 37년(기원전 210년) 7월 병인날.

절대 권력자 시황제는 영생불사의 꿈을 이루지 못하고 49세를 일기로 사구砂丘에서 죽었다.

조고는 황제의 죽음을 혼자만 알고 있을 수는 없었다.

그러나 우선은 온량거 안에서 황제의 죽음을 지켜본 시녀와 환관들에게 황제의 죽음에 대해 입만 뻥긋해도 목이 달아날 줄 알라고 다그쳤다. 그리고 승상 이사와 호해 황자를 은밀히 데려오게 했다. 이사 또한 조고 못지않게 머리 회전이 빨랐다.

"지금은 황제의 죽음을 절대 비밀에 부쳐야 하오. 황제 폐하의 후사인 태자가 정해지지 않은 마당에 여러 황자들에게 이 일이 알려진다면, 큰 변란이 일어날 것이오."

"옳은 말씀이오. 그러니 평소 하던 대로 의식을 차리고 빨리 함양으로 돌아가기로 합시다."

우선 이사와 조고는 호해 황자를 대동하고 일의 순서에 대한 가닥을 잡았다.

며칠 뒤, 조고는 황제의 유언이 담긴, 아직 큰아들 부소에게 보내지 않은 옥새가 찍힌 편지를 호해 황자와 승상 이사 앞에 내놓으며 입을 열었다.

"저에게 폐하께서 운명하시기 전 부소 황자에게 보내라는 편지가 있습니다."

"그런데 왜 아직 보내지 않으셨습니까?"

호해는 영문을 몰라 했으나 조고와 이사는 서로 눈을 맞추었다. 조고는 아주 조심스럽게 주위를 물리고는 은밀히 말을 전했다.

"이 편지는 곧 부소 황자에게 2세 황제가 되라는 것입니다. 생각해 보십시오. 우리가 조정에서 공론하여 부소 황자를 변방으로 내친 것이나 마찬가지인데, 그가 우리를 가만두겠습니까? 우리는 모두 죽

은 목숨일 것입니다."

그러자 눈을 내리감고 있던 승상 이사가 말을 이었다.

"여기에는 호해 황자만이 계십니다. 그리고 황실에는 여러 황자들이 호시탐탐 기회를 엿보고 있습니다. 이 일이 확대되면 될수록 나라는 환란이 닥칠 뿐입니다. 그러니 호해 황자께서는 함양에 도착하시는 즉시 2세 황제 위에 오르십시오. 그 길만이 나라를 구하는 길입니다."

호해는 눈만 깜박거렸다.

"목숨이 다하는 날까지, 아니 죽어서도 오늘의 일을 비밀에 부쳐야 할 것이오."

"물론이지요."

조고와 이사가 쐐기 박듯 말을 주고받았다.

"지금 당장 처리해야 할 일은 부소 황자와 몽염 장군 문제입니다. 시황제 폐하의 어명으로 처리합시다."

조고는 호해와 이사를 둘러보며 말했다.

"처리한다면 어떻게 하자는 것이오?"

호해 황자의 목소리가 떨려 나왔다.

"불효막심하고 신하 된 자로서 불충하니 여기 하사하는 칼로 자결하라고 황명의 칙서를 써서 칙사를 보내면 됩니다."

조고의 계획은 빈틈이 없었다. 이로써 세 사람의 모의는 끝이 났다. 그날 바로 시황제의 옥새가 찍힌 칙서를 측근의 사자에게 주어 변방 수비대에 보냈다.

그로부터 며칠 후 칙서를 받아 본 부소는 음모의 냄새가 난다며 말리는 몽염의 만류를 물리치고 단칼에 목을 찔러 자결하고 말았다. 몽염은 자결을 거부했다. 사자단이 그를 묶어 함양으로 호송한 뒤 몇 달 후 독약을 마시고 죽게 된다.

시황제가 죽은 지 두 달이 지나서야 순행 행렬은 함양에 돌아왔다. 시황제의 죽음을 발표하고 시신은 여산의 능묘에 안치했다.

땅속 깊이 파고 들어간 묘실은 궁전처럼 꾸몄으며, 궁중의 보물 창고에서 진기한 보물들을 가져다가 그 안에 진열했다.

그리고 수은水銀으로 채운 개천과 강을 만들고 사람 기름을 연료로 불을 밝혔으며, 능묘의 주위 80여 리에 땅을 파고 시황제 생전 군단 병력 용사俑士들의 모습을 흙으로 빚어 함께 묻었다.

그뿐만 아니라 묘실의 내부 공사가 완료되는 날 기술공들이 밖으로 나오기 전에 문을 닫아버려, 한 사람도 살아나오지 못하고 생매장을 당했다. 그리고 그 능묘에 나무를 옮겨 심음으로써 외관상 여느 산과 같아 보이게 했다.

호해 황자는 시황제가 거느렸던 황비皇妃와 후궁들에게 모두 자결할 것을 명했다. 시황제의 능묘 작업은 호해가 2세 황제에 즉위한 후 최초로 벌인 일이었다. 2세 황제 호해의 나이 스물한 살이었다.

2세 황제는 조고를 낭중령郎中令에 임명하여 나랏일을 총괄케 하고, 자기와 가깝게 지내던 자들로 하여금 정권을 운영토록 했다. 승상 이사보다는 자기를 어렸을 때부터 돌봐준 조고를 더욱 신임했기 때문이었다.

조정은 새해 들어서도 살벌함이 더해갔다. 간혹 누가 나랏일에 간섭하기라도 하면 국가 비방죄로 감옥에 들어가거나 처형되었기 때문에 관리들은 고개 숙여 아첨만을 일삼았다.

대신 백성들은 날로 가혹해지는 법령과 각종 세금에 허덕여야 했지만 불평 한 마디 할 수조차 없었다. 4월 들어 가장 바쁜 농사철임에도 불구하고 조고는 2세 황제에게 아첨을 떨며 말했다.

"시황제께서 아방궁 건축을 시작만 하시고 완성을 보지 못하신 채 돌아가셨습니다. 아방궁 건축을 방치해두면 시황제께서 벌여놓으신 사업을 비판하는 것처럼 보일 수 있습니다."

"물론이오. 낭중령이 재촉해서 빨리 마무리 짓도록 하시오."

2세 황제의 명으로 아방궁 건축이 다시 시작되었다. 그뿐만 아니라 시황제가 했던 대로 북방 오랑캐를 정벌하고 만리장성 축조에도 열을 올렸다.

이로 인해 전국에서는 또 부역賦役을 위한 대동원령이 내려져 일할 수 있는 사람은 모두 끌려가고 있었다. 특히 부역자들에게 자기의 식량을 스스로 부담케 함으로써 온 나라 농촌은 심각한 식량난에 빠졌다.

그러자 처음에는 황제의 법령에 눌려 꼼짝 못 하던 백성들도 점차 항거의 깃발을 올리기 시작했다.

7월, 병사兵士인 진승陳勝은 북방 수비를 위해 징발된 9백여 명의 농민군農民軍을 인솔하여 어양으로 가고 있었다.

대택향大澤鄉이라는 곳에 이르렀을 때 큰비가 내려 길까지 끊기자, 그들은 오도 가도 못하는 신세가 되었다. 몇 날 며칠이고 비가 그치질 않았다.

"큰일이군."

진승이 친구인 오광吳廣에게 말했다.

"이러다가 우리 모두 죽는 게 아닌가?"

오광도 안절부절못했다.

'징발된 병사나 토목공사에 부역된 자들이 정한 기일 안에 목적지에 도착하지 못하면 전원 사형에 처함.'

이것은 진나라의 법으로 모든 백성들, 어린아이들까지도 달달 외우고 있는 실정이었다.

"늦게 가서 개죽음을 당하느니 도망칠까?"

"도망친들 살겠는가. 고생만 하다가 잡혀 죽게 되지."

병졸들은 이곳저곳에 웅크리고 앉아 웅성거렸다. 그러면서 절망의 눈길로 진승과 오광을 바라봤다.

진승은 가난한 집에서 태어나 부잣집의 머슴살이를 하며 자랐다. 그러나 그는 힘도 세고 의리도 있었다. 그래서 머슴들은 그를 우두머리로 여겼고, 그의 말을 잘 따랐다.

병사가 된 그에게는 꿈이 있었다. 출세하여 장군까지는 아니더라도 부장이 되는 것이었다. 그러나 이 장맛비가 그 꿈까지 떠내려 보내고 있는 것이다.

이때 진승이 오광을 바라보며 눈에 빛을 발했다.

"오광, 우리는 살아야 한다!"

"무슨 방법이라도 있나?"

"어차피 사람은 한 번 태어나 한 번 죽는다. 불로초를 구해 영생불사하려던 시황제도 죽지 않았느냐. 그렇다면 난 이대로 죽고 싶지 않다."

"나도 죽고 싶지 않다."

"그렇다면 나와 함께 손을 잡고 일어서자. 여기 9백 명이 우리와 뜻을 함께하고 일어선다면 무서울 것이 없다."

항상 마음이 통하는 진승과 오광이 머리를 맞대고 한참 동안 쑤군거렸다. 반역 음모였다. 살기 위해서 무리를 모아 반란을 일으키자는 것이었다.

진승은 농민군들을 한자리에 모이게 한 후, 그들을 향하여 소리쳤다.

"모두들 들으시오. 우리는 도저히 정한 기일 내에 어양까지 갈 수 없습니다. 그 뒤에 간다 해도 우리는 죽습니다. 도망치는 수밖에는 없는데, 도망친다 해도 잡혀 죽기는 마찬가지로 가족까지 몰살당합니다. 이제 우리에게는 한 가지 길밖에 없습니다. 우리 모두 진나라의 포악한 정치에 맞서서 일어서는 것입니다. 그러면 하늘이 돕고 천하가 우리를 따를 것입니다. 그러나 제 말에 따르지 않고 도망치려는 자는 도망치십시오.”

아무도 할 말이 없었다. 빗소리만 ‘쏴아!’ 들렸다.

그때 누군가 큰 소리로 말했다.

“반역입니까?”

“그렇습니다. 반역입니다. 왕후장상王侯將相의 씨가 처음부터 따로 있겠습니까? 때를 잘 만나면 누구라도 영웅이 될 수 있습니다. 그러니 서로 힘을 모으고 하늘이 도우면 부귀영화도 우리의 것입니다!”

이 소리는 병졸들의 가슴속에 우렛소리처럼 부딪혔고, 용광로의 불길처럼 당겨왔다.

“여러분, 우리는 왜 태어나면서부터 진나라의 폭정에 개돼지처럼 살아야 됩니까? 사람답게 사는 날을 위해 진나라를 박살 냅시다!”

“따르겠습니다. 죽기 아니면 살기로!”

농민군들은 이제 병사가 되어 열광하기 시작했다. 처음에는 망설이던 자들도 결국에는 따라나섰다. 이래 죽으나 저래 죽으나 어차피 죽을 목숨이니, 큰일이나 한번 저질러보자는 심사였다.

비가 그치고 있었다.

마침내 진승과 오광은 중국 천지에 농민군 봉기, 반란의 불길을 당기는 첫발을 내딛게 되었다.

“우리도 깨어나자!”

진승과 오광뿐만이 아니었다.

‘황제 한 사람만 무너뜨리면 누구든 황제가 될 수 있다’고 믿는 힘깨나 쓰는 영웅호걸들이 곳곳에서 진의 폭정에 항거하여 일어서기

시작한 것이다.

진승은 우선 굶주린 병졸들을 배불리 먹여야 한다고 생각했다. 그래야만 병졸들이 힘을 얻어 자기를 따를 것이었다.

진승은 밤을 이용하여 가까운 현청에 잠입한 후, 현령의 관저를 급습하여 관고官庫를 열었다. 진승은 우선 병졸들을 배불리 먹인 후, 군사들의 조직 편제編制를 다시 짰다.

"우리는 군청을 공격하여 점거해야 한다. 그래야만 더 많은 군량軍糧을 확보하고, 공적에 따라 전리품을 나눠 가질 수 있다. 그러나 절대로 백성들에게 피해를 주어서는 안 된다. 그런 자는 그 자리에서 처형할 것이다. 만약 백성 가운데 장정이나 진나라 군사가 우리와 뜻을 함께하겠다면 무조건 받아들인다!"

병사들은 진승의 말에 환호성을 지르며 죽기를 각오하고 충성할 것을 맹세했다.

진승의 군사는 하루가 다르게 그 수를 더해갔다. 그리고 진승과 오광의 거사擧事 소문은 부풀려질 대로 부풀려져서 금세 진나라 전국으로 들불처럼 퍼져나갔다.

때를 만난 영웅들

"지도자가 현명하지 못하면 어떤 어려움을 겪게 될지 모릅니다.
내가 사양하는 것은 목숨이 아까워서가 아니라
여러분을 책임질 만한 인물이 되지 못한다고 여기기 때문입니다."

　　　　강남의 회계군會稽郡 오중吳中 땅 또한 반란의 기운
이 감돌았다. 항량은 이제 그때가 왔다고 여겼다. 항량은 '군사를 일
으킨다'는 말을 누구에게도 하지 않았지만 항우만은 이를 눈치 채고
있었다. 항우는 물 만난 고기처럼 생기가 넘쳤다. 항량은 긴장을 늦
추지 않고 조카에게 자중할 것을 타일렀다.

　"서둘지 말라! 네가 바빠질 날이 곧 온다. 그때까지는……."

　항우를 쏘아보는 항량의 시선이 날카로워졌다. 항우는 더 이상 입
을 열지 않았다. 항량은 마을 사람들을 모아 큰 소리로 외쳤다.

　"강북에서 일어난 반란군이 곧 들이닥칠 것입니다. 그들은 식량을
해결하기 위해 이곳 회계군을 먼저 확보하려 들 것입니다. 그들이
쳐들어오면 곡물만 약탈당하는 것이 아닙니다. 여러분의 아내와 딸
들을 겁탈하고 죽이며 온 마을을 불바다로 만들 것입니다. 이제 우
리는 그들과 맞서 스스로 싸워야 합니다!"

항량의 말에 주민들은 모두 주먹을 불끈 쥐고 가만히 앉아서 당할 수는 없으며 맞서 싸워야 한다고 외쳤다. 항량은 곧 부하들을 소집하여 우리 고장을 스스로 지키기 위한 자위대自衛隊를 조직했다.

자위대 대장이 된 항량은 누가 보아도 믿음직스러웠다. 이 무렵 회계군의 어사인 은통殷通은 불안에 떨고 있었다.

'불똥이 언제 이곳까지 튈지 모른다.'

불안감은 차츰 공포로 변하여 안절부절못하게 되었다.

반란군은 맨 먼저 군 관청을 습격할 것이고, 군사들까지 그들과 합세하여 자기를 죽일 것이었다. 그러기 전에 자기가 먼저 군사를 모으고 반란군이 되어 함양으로 쳐들어간다면 황제가 되지 말란 법이 어디 있겠는가. 엉뚱한 영웅심이 꿈틀거렸다.

'항량을 이용하자.'

그를 끌어들인다면 오중 땅에서 군사를 모으기는 그리 어렵지 않으리라는 생각이 들어 항량을 은밀히 불렀다. 항량이 외출할 채비를 차리자 항우도 급히 따라나섰다.

"혼자만 새겨들으시오. 강북의 반역도당들이 날로 세력을 더하고 있소."

"그래요?"

항량은 놀라는 척했다. 은통은 차츰 엉큼한 속내를 드러내기 시작했다.

"항 공, 나와 손을 잡읍시다. 내 판단으로는 진나라의 앞날이 어둡소. 진이 망해 가고 있단 말이오!"

"무슨 말씀을……, 그럴 리가."

"아니요. 민심은 하늘의 뜻인데, 이미 민심은 진나라를 떠났소. 항

공이 나를 도와준다면 즉각 군사를 일으킬 생각이오."

항량은 은통의 말에 깜짝 놀랐다.

진나라의 직속 지방 장관이 자기의 처지가 불리하다 하여 황제를 배반하려 하다니 믿어지지가 않았다. 진의 힘이 약해진 이상, 진을 그대로 따른다는 것은 자멸을 뜻할 것이었다. 그러나 더없이 충신 노릇을 하던 은통이 이러하니, 다른 자들은 어떠랴 싶었다. 은통의 결심은 굳어 있었다.

"우물쭈물하다가는 내가 죽을 판이오. 언제 반역의 무리들이 내 목을 치려고 달려올지 모를 일이오."

항량은 대꾸할 말을 잊고 눈만 껌벅였다.

"나는 항 공의 그릇을 믿으오. 거기에 항 공이 힘을 써서 환초까지 데려온다면, 우리 계획은 이미 성사된 것이나 다름없소."

환초는 그 지방에서 속 썩이는 불량배 우두머리였다. 은통은 환초까지 끌어들일 생각을 했던 모양이었다. 항량은 꽤나 불쾌했지만 내색은 하지 않았다.

"환초가 사고 친 후 몸을 피해 있지만 지금 그 행방을 아는 사람은 제 조카 항우입니다. 지금 밖에 있는데……."

"그렇다면 어서 데려오시오! 한시가 급하오."

항량은 은통에게 떠밀리듯 방을 나왔다. 항량은 은통의 속마음을 알면서부터 이제 때가 왔다고 결심했다.

"숙부님!"

청사 밖 뜰에 서 있던 항우가 다가섰다.

"좀 더 가까이 이쪽으로 오너라."

항량은 사람 눈을 피해 항우에게 속삭였다. 항우의 얼굴이 금세 굳어졌다.

"칼은 은통의 것을 써라. 그가 앉은 옆자리에 놓여 있다."

"알았습니다, 대장님!"

항우는 항량을 숙부가 아닌 대장으로 바꿔 대답했다. 항량은 항우를 데리고 태연하게 은통의 방으로 갔다. 은통은 항우를 보자 흡족한 미소를 지었다.

'힘깨나 쓰겠군.'

항량은 은통에게 항우를 소개했다.

"이 녀석이 제 조카 항우입니다."

"오오, 항 공에게 이렇게 늠름한 조카가 있을 줄은 몰……. 헉!"

은통의 말이 채 끝나기도 전에 항우의 몸이 번개처럼 뛰어오르더니 은통의 칼을 빼어 그의 목을 '뎅강' 베었다.

항량은 피를 뿜으며 늘어진 은통의 허리에 찬 어사의 인수印綬를 낚아챘다. 그리고 항우에게 지금부터 해야 할 행동지침을 내렸다.

"용기를 내라. 물러서면 끝이다!"

"믿어주십시오."

항량과 항우는 어사의 방에서 나왔다. 항우의 손에는 핏물이 뚝뚝 떨어지는 은통의 큰 칼이, 항량의 손에는 은통의 머리가 들려 있었다.

항우는 재빨리 관리들이 일 보는 정청을 가로질러 항량을 제일 높은 곳으로 데려갔다. 은통이 집무를 볼 때 앉는 자리였다. 그때 누가 알렸는지 무장한 군사들이 들이닥쳤다.

"꼼짝 마라, 이놈들!"

항우의 고함 소리에 군사들이 움찔했다. 항우의 거대한 체구와 고함에 이미 질린 듯했다.

그때 단 위에 선 항량이 소리쳤다.

  "자, 보아라! 이것이 반역자 은통의 목이다. 내가 누구인지는 여기 있는 관리들이 모두 다 잘 알 것이다. 내가 이곳에 온 것은 어사가 불렀기 때문이다. 어사 은통은 나에게 황제 폐하를 배반하고 반역을 일으키자고 했다. 그런 어사를 어찌 살려두겠는가? 나는 황제 폐하의 어명을 받드는 마음에서 어사의 목을 베었다. 나는 곧 함양으로 사자를 보내 황제 폐하께 보고할 것이다."
  은통의 측근 관리들 몇이 웅성거렸다.

"이 칼은 하늘이 내려준 보검이다. 죽고 싶은 자 있으면 나와라. 자! 모두 무릎을 꿇고 하시는 말씀 똑똑히 잘 들어라, 이놈들!"

관리들은 항우가 들고 있는 칼보다도 고함 소리가 더 두려웠다. 그래서 무릎을 꿇은 채 항량을 쳐다보았다.

"여러분은 내가 잘못했다고 생각합니까?"

항량의 말에 여기저기서 잘한 일이라고 대답했다.

"그렇다면 황제로부터 칙명이 내려올 때까지 이곳 회계군 어사 직을 대행하겠소."

말을 마친 항량은 은통의 머리를 구석으로 던진 후, 단 아래로 내려가서 평소 낯익은 자들을 일으켜 세웠다.

"자네들이 좀 도와주게."

"염려 마십시오."

항량과 친분이 있는 관리들은 항량이 하는 일을 적극 돕겠다고 다짐했다. 이때 밖이 웅성거리며 항량의 부하 자위대가 몰려왔다.

"항량 어사 만세!"

"우리 대장 만세!"

만세 소리가 쩌렁쩌렁 울려 퍼졌다. 자위대의 기세는 하늘을 찌를 듯했다. 그 조직은 진나라 정규군에 못지않았다.

정청의 무기가 자위군에게 지급되었다. 복장도 의젓하게 착용하니 항량의 군사는 막강한 정예 부대처럼 보였다. 그들은 오합지졸 같은 사병을 모은 자위군이었으나 정청 수비대 못지않을 정도로 실력을 발휘했다. 항량은 우선 군정郡政의 질서부터 잡아 나갔다.

한편, 부근에 주재하는 진군은 이름뿐인 부대였다. 고향을 잃은 유민들로 짜인 부대여서 군율도 엉망이었다.

"정청 병사들이 왜 이리로 오지?"

그들은 무기도 가지지 않은 채 자기들을 향해 오고 있는 한 떼의 군사들을 멀거니 쳐다보기만 하였다. 그들은 자위군을 정청 부대로 알고 있는 모양이었다.

말을 탄 항량의 직속 막료가 그들 앞으로 나서며 지휘관을 찾았다. 지휘관은 밖으로 나와 항량의 막료를 정중히 맞았다.

"항복하는 게 아니오. 신임 군수에게 복종하겠다는 서약을 받으러 온 것뿐이니, 놀라지 마시오."

"아, 네. 지시하는 대로 무조건 따르겠습니다. 군사들의 희생을 원치 않습니다."

이로써 항량은 진의 부대를 쉽게 장악할 수 있었다.

며칠이 지나지 않아, 항량이 반역을 꾀하는 어사 은통의 목을 자르고 어사 직을 대행하고 있다는 소문은 회계군 구석구석까지 널리 퍼졌다. 이제 항량이 할 일은 각 현縣을 장악하는 것이었다. 총책임은 물론 항우가 맡았다.

"이제부터 항량 어사의 말에 따라야 합니다. 알겠습니까?"

항량의 부하가 전하는 말은 간단명료했다. 이러쿵저러쿵 설명할 필요가 없었다.

"알았습니다!"

각 현의 대답 또한 간단했다. 그럴 도리밖에 없었다. 항량의 인물됨을 들어 잘 알고 있던 백성들은 자진하여 항량 편으로 들어왔다.

항량은 스스로 회계군의 어사가 되자 먼저 민심을 얻어야 한다고 생각했다. 민심을 얻으려면 무엇보다도 가난한 자들에게 곡식을 베풀어야 했다.

"창고를 열어라. 끼니조차 제대로 잇지 못하는 백성들에게 곡식을 골고루 나누어 주어야 한다."

베푸는 덕은 강압적인 권력보다 백성들의 마음을 더욱 강하게 잡아끌었다.

"아이구, 이렇게 고마울 데가 어디 있습니까?"

여기저기에서 항량에 대한 칭송이 자자했다.

"서두르지는 말아라!"

항량은 항우의 불같은 성격을 아는지라 주도면밀하게 일을 해나가도록 타일렀다. 항량은 진의 군대와 각 현, 그리고 백성들의 마음까지 한꺼번에 사로잡았다. 곡창 지대인 강남만 장악한다면 장차 대사를 도모하는 데 없어서는 안 될 군량미는 확보된 셈이나 마찬가지였다.

한편, 진승의 반란군은 새롭게 태어난 초나라라는 뜻으로 장초張楚라는 나라를 세우고, 진승이 장초의 진왕陳王으로 왕위에 올랐다.

갈수록 장초군의 기세는 등등했다. 군사들은 이제 반란군이 아니라 진나라를 멸하는 군대로서의 자긍심을 가지고 싸웠다.

장초군이 함양을 쳐들어오는데도 2세 황제 호해는 아무것도 모르고 있었다. 조고가 대신들과 2세 황제 사이를 가로막고 있었기 때문이었다.

낭중령 조고는 차츰 초조해지기 시작했다. 그는 처음에는 진승의 반란군을 일부 불순한 백성들의 소란으로 여기고 있었다. 그러나 그것이 아니었다. 진승의 장초군은 이제 함양의 관문이라 할 수 있는 함곡관函谷關까지 몰려왔다.

다급해진 진나라 조정에서는 공사장 옥에 갇힌 죄수들을 예비 군사로 편성하여 장한章邯을 대장군으로 삼아 출전시켰다.

진승으로 인한 이러한 파장은 유방이 있는 사수군泗水郡까지 밀어닥쳤다. 사수군의 패현 현령은 밤잠을 이루지 못할 정도로 불안해졌다.

여러 현에서 폭도들이 들고일어나 현령을 죽이고 진승의 장초군에 합류한다는 소문 때문이었다. 현령은 진나라를 믿을 수 없다고 생각했다. 차라리 패현의 땅을 진승에게 몽땅 바치고 그의 부하가 되기로 결심한 후 치안을 담당하고 있는 소하와 조참을 은밀히 불러들였다.

"이곳 패에서도 언제 폭도들이 들고일어날지 불안하오. 차라리 진승에게 바치는 것이 어떻겠소."

소하와 조참은 어처구니없었다. 진나라로부터 녹을 먹는 현령이라는 자가 이처럼 쉽게 배반하다니. 처음에는 당황했지만 차라리 유방과 자기들에겐 절호의 기회가 될 것 같았다.

소하가 한참 동안 생각하는 듯 눈을 감고 있다가 입을 열었다.

"제 생각에는 진나라로부터 배척당해 현 밖으로 도망친 자들을 불러들여 잘 설득하는 편이 어떨는지요?"

"좋은 의견이오. 그렇다면 누구를 데려온단 말이오?"

"유방입니다."

"아! 알 만하오. 속히 서두릅시다. 당장에라도 폭도들이 들이닥칠까 두렵소."

"염려 마십시오."

현청에서 나온 소하는 급히 번쾌를 찾아갔다.

"번쾌, 때가 왔네."

소하는 번쾌에게 자초지종을 말하고는, 유방으로 하여금 부하들을 모두 데리고 속히 패에 오도록 했다.

번쾌는 나는 듯이 유방이 숨어 지내는 곳으로 달려갔다. 번쾌의 말을 들은 유방은 뛸 듯이 기뻤다.

"허허허, 드디어 용이 구름을 만나게 되었군."

유방보다도 더욱 기뻐한 것은 옹치雍齒를 비롯한 1백여 명의 졸개들이었다.

"유방 님, 이제 저도 힘을 쓸 때가 되었나 봅니다."

부하 중에 가장 뛰어난 옹치가 신이 나서 소리쳤다. 옹치는 풍읍豐

縣에서 징병에 끌려가다가 호송병을 때려눕히고 도망친 자였다.

그런데 하룻밤 사이에 일이 잘못되어 현령의 마음이 바뀌었다. 현령 주위에 있던 자들이 유방을 끌어들이면 자기들 목숨이 위험하다고 했기 때문이었다. 그들은 또한 소하와 조참은 오래전부터 유방과 한패라고 일러바치며, 그들을 죽여야 한다고 했다. 소하와 조참은 낌새를 채고 가까스로 성벽을 기어 넘어 쫓기는 몸이 되었다.

밤사이 상황이 뒤바뀐 줄도 모르고 유방과 그 일행은 용감무쌍한 기세로 패현 성문 앞에 도달해 있었다.

소하로부터 전후 사정을 전해 들은 유방은 별로 놀라는 기색이 없었다. 유방과 소하, 조참, 번쾌와 옹치는 서로 머리를 맞대고 앞으로 어떻게 해야 할지를 의논했다.

"아예 성벽을 뛰어넘어 쳐들어갑시다!"

옹치가 침까지 튀겨가며 외쳤다.

"그렇게 서두를 일이 아니네. 우리가 성벽을 넘어간다면 주민들은 그야말로 우리를 폭도暴徒로 여길 것이 아니겠는가. 그보다는 민심을 우리 쪽으로 끌어들여야 할 것이네."

소하가 옹치를 나무랐다.

다음 날, 소하는 유방의 이름으로 '패현 장군들에게 보내는 궐기문'을 화살에 매달아 성안으로 날렸다.

오랫동안 진나라의 포악한 정치에 시달려온 백성들은 분연히 일어섰습니다. 여러분이 알량한 현령의 꾐에 넘어가 성문 수비를 한다 해도 천하 각처의 제후들이 일제 봉기한 판국에 무사하지 못할 것입니다. 현령은 이미 진을 배반하고 진승의 반란군에게 현을 바치라고 했습니다. 그자는 믿을 자가 못 됩니다. 이제 패현을 구할 길은 현령을 내몰고 유능한 인재를 새 지도자로 뽑아 제후들에게 호응하는 길뿐입니다. 이 기회를 놓친다면 여러분은 물론 가족들까지도 죽음을 면치 못할 것입니다. 속히 떨쳐 일어나십시오.

궐기문을 읽은 현의 원로들이 한자리에 모여 의논했다. 이미 나라 각처의 소문을 들어서 익히 아는 바였다.

"우리도 이대로 있을 수는 없소. 이 글에 써 있는 대로 유방을 따르는 것이 우리가 살고 패현이 사는 길일 것이오."

원로 하나가 결연히 나서자 다른 원로들도 찬성했다. 그래서 그들은 젊은이들을 모아 현령을 죽이고 성문을 활짝 열었다.

그러자 유방과 소하, 조참이 앞장서고 그의 부하들이 질서정연하게 대오를 지어 들어왔다. 그들 손에는 칼이나 창 같은 무기도 들려 있었다.

주민들은 그들이 마치 전장에서 승리하고 돌아온 군사들이나 되는 듯 열렬히 환영했다. 유방의 부하들은 즉시 주민의 안정을 위한 치안 확보에 들어갔다.

다음 날, 유방을 비롯한 원로들이 한자리에 모였다. 패현의 새 지도자를 뽑기 위한 자리였다.

"유 공이 지도자가 되시지요?"

원로들이 이구동성으로 말했지만, 소하가 고개를 가로저었다. 쉽게 응하지 말라는 표시였다.

"지금 천하는 어지럽기 그지없는 데다가 각처에서 제후들이 봉기하고 있습니다. 이에 우리도 일어섰지만 지도자가 현명하지 못하면 어떤 어려움을 겪게 될지 모릅니다. 내가 사양하는 것은 내 목숨이 아까워서가 아니라 여러분의 앞날을 책임질 만한 인물이 되지 못한다고 여기기 때문입니다. 다시 의논하셔서 나보다 훌륭한 적임자를 새 지도자로 세워주십시오."

유방의 말은 제법 조리가 있었고, 자못 위엄까지 풍겼다. 그러나 원로들이 모두 박수를 치며 재삼 유방이 적임자라고 소리치자, 유방은 마지못해하며 원로들의 청을 받아들였다.

이로써 유방은 명실공히 패공(沛公, 패현의 지사)의 자리를 맡게 되었다.

유방이 패공이 되자 소하와 조참 그리고 번쾌가 나서서 장정 3천여 명을 끌어모아 군대를 조직했다. 탕산 은신처에서 훈련시킨 부하들로 군대를 지휘하자 그들은 정예군에 못지않게 되었다.

유방은 세력을 넓히기 위해 패현과 가까운 풍읍을 공격해 차지한 다음, 옹치로 하여금 지키게 했다. 사수 어사가 풍읍을 공격해왔지만 그를 물리치고 설薛 땅을 공격해 사수 어사의 목을 베었다.

그런데 일이 꼬이느라고 풍읍을 맡긴 옹치가 배반하여 풍읍 사람들을 자기편으로 만들어 차지하고 있었다. 유방은 화가 났지만, 풍읍을 되찾으려 해도 군사가 부족해 싸움의 결말이 나지 않았다.

한편, 오중 땅의 항량은 회계군을 완전히 장악하여 왕후王侯와 같은 존재로 떠올라 있었다. 그러한 그에게 사람들은 한 가지 의문을 가지고 있었다. 바로 항량에게 아내와 자식이 없다는 것이었다.

하지만 항우는 숙부에게 여자가 있다는 것을 짐작하고 있었다. 어느 날 항우는 항량에게 여자 이야기를 꺼냈다.

"숙부님, 이제는 숨겨두지 마시고 부인으로 앉히십시오. 그래야 저도 숙모님이라고 부르지 않겠습니까?"

"누구를 부인으로 들어앉힌단 말이냐?"

항우의 말에 항량은 시치미를 뗐다. 그러나 항우는 물러나지 않고 이 문제를 매듭짓고 싶었다.

"만나는 여인이 있지 않으십니까? 부인으로 삼으시고 아들을 얻으셔야 제사가 끊기지 않을 게 아닙니까?"

항우는 조상 숭배의 논리를 폈다.

"이놈아, 누가 너보고 그런 걱정까지 하라 했느냐!"

항량은 얼굴에 노기까지 띠며 소리쳤다. 흠칫한 항우는 더 이상 말을 꺼낼 수가 없었다.

해질 무렵, 항량은 슬그머니 관사를 나서고 있었다. 그는 조심스럽게 저잣거리를 돌아 한 누추한 집 앞에서 발길을 멎는 듯하더니, 번개처럼 안으로 자취를 감췄다. 항우는 조심조심 그 집 방문 앞으로 다가갔다.

안에서 여인의 반색하는 말소리에 이어 원망의 소리도 들려왔다.

"독수공방도 하루 이틀이지요. 달이 차옵니다."

밖에서 엿듣던 항우는 웃음이 나오는 걸 억지로 참았다. 허술한 문틈인지라 안을 들여다볼 수 있었지만, 항우는 죄를 짓는 것만 같아 발길을 돌렸다.

"그 여자 집에 다녀왔습니다."

"그 여자라니?"

항량은 조카에게 비밀이 탄로 난 것을 알고 매우 당황했다. 그렇다고 조카를 나무랄 수도 없었다.

"나라고 해서 마음을 주는 여자가 없겠느냐?"

항량의 목소리에는 슬픔이 깃들어 있었다.

"그렇다면 부인으로 맞으시어 일가를 이루셔야죠. 혼자 돌아다니시며 초라한 집 미망인을 만난다는 것은, 누가 보아도 볼썽사나운 일입니다."

"……."

항량은 그 여자를 애정이 있어서가 아니라 연민 때문에 만난다고 했다. 항량에게는 그렇게 만나는 여자가 여럿 있었다. 항량은 그 여자들에게서 세상인심을 파악하기도 했다. 조카에게 들킨 그 여자도, 다만 그런 대상일 뿐이었다.

"나는 어떤 여자든 짝으로 삼거나 배필로 생각지 않는다. 그 여자 또한 인생이 가련해서 그냥 보러 가는 것뿐이야."

"그래도 숙부, 자손은 두어야 합니다."

"밭이 있어도 뿌릴 씨앗이 없단다."

항우는 무엇으로 뒤통수를 되게 얻어맞은 것 같았다.

그 후로 항우는 숙부의 부인 문제를 거론하지 않았다.

그러나 항량이 만나는 여자들의 생각은 달랐다. 처음에는 그에게서 도움을 받는 것만으로도 고마워하던 그녀들이었지만, 항량의 위치가 달라질수록 차츰 엉뚱한 생각을 품게 되었다.

항량에게 노골적으로 살림을 차리자고 매달리는 여자가 있는가 하면, 불쑥불쑥 나타나 집으로 끌고 가려는 여자뿐만 아니라 항우에게 조카님 하며 은근슬쩍 정 붙이려는 여자까지 있었다. 그러나 그 여자들은 한결같이 항우의 부릅뜬 눈과 큰소리에 모두 기겁을 하며 나가떨어졌다.

어떤 여자는 어린아이를 내세우며 항량의 자식이라고 하는 바람에 쥐도 새도 모르게 죽기도 했는데, 이래저래 항량은 여복이 있다기보다는 여난女難이 심하다고 할 수 있었다.

"내가 마음을 붙인 여자들은 대부분 장례식 때 도와준 과부들이야. 그런 연유로 인연이 맺어진 것이지."

"그렇군요."

항우는 숙부와 여인들과의 관계가 묘하게 맺어졌다는 것을 알게 되었다. 대개 장례식 때 맺어진 인연으로, 숙부 쪽에서 원한 게 아니라 여자 쪽에서 동정을 바란 것이었다.

"대장부가 가장 하기 힘든 일 중의 하나가 여자를 다루는 일이다."

"마음 붙일 것이 못 됩니까?"

"나의 경우는 그렇다. 그렇다고 뗄 수도 없다. 붙이기도, 떼기도 힘든 것이 여자다."

"군 전략과도 통하는 면이 있는 것 같네요."

"암, 통하고말고. 여자의 간사함, 잔꾀, 앙탈 따위 모든 것이 다 군 전략과도 통한다. 나는 장례식 때 인재를 얻었을 뿐만 아니라 불행한 여자들을 가까이함으로써 병서를 읽은 셈이다만, 너는 그런 위태로운 병법일랑 배우지 말아라!"

항량은 항우를 여인들의 복잡다단한 세계 속으로 빠져들게 하고 싶지 않았다.

초^楚의 깃발 아래 모여든 호걸들

장강을 건너자 창두군이 몰려오고,
회수를 건너자 영포가 항량군에 합류하기를 원했다.
항량과 범증은 양치기 소년 심을 화려하게 꾸민 수레로 모시고
초나라의 왕으로 받들었다.

한편, 장초張楚의 진왕(진승)은 수십만의 군사를 휘몰아 함곡관을 공격하기 위해 집결했지만 쉽게 점령할 수 없었다. 함곡관은 장한章邯이 이끄는 죄수 부대로, 용맹스럽기 그지없었다.

이들은 잘 통제되고 있었으며, 군량미가 풍부하고 막강한 무기까지 새로 지급되어 군장부터가 남다르며 어느 군사들보다 사기가 높았다.

장초군은 군사가 수십만이다 보니 그들을 먹일 식량이 문제였다. 그 군사들은 대부분 먹을 것을 찾아 몰려든 유랑민에 불과했다.

그래서 그들은 군사를 둘로 나누어, 함곡관 공격을 서두르는 한편, 식량 확보를 위해 형양성을 공격했다.

장초군 오광은 형양성滎陽城을 포위하고 몇 번 공격을 시도했지만, 형양성은 철통같아서 달걀로 바위를 치는 격이었다.

오광이 형양에서 이러고 있을 때, 진왕은 어떻게든 함곡관을 점령

하여 함양까지 쳐들어가고 싶었다. 하지만 죄수 부대들의 저항이 완강하여 더 이상 나아갈 수가 없었다.

"도적 떼를 모조리 도륙하라!"

장한의 명령에 진나라 죄수 부대 군사들은 장초군을 강하게 밀어붙였다.

"이놈들아, 한낱 도적 떼들이 감히 천하무적 황제군 앞에서 깝죽대다니!"

사기충천한 장한의 죄수 부대 앞에 장초군은 칼 한 번 제대로 쓰지 못한 채 낙엽처럼 쓸려 나갔다. 본시 장한은 무관 출신이 아닌 지방 장관이었지만 선천적으로 장수 기질을 타고났다고 할 수 있었다.

"먹고 싶은 대로 실컷 먹고 마셔라!"

장한은 싸움이 있건 없건 술과 고기로 어제는 죄수였다가 오늘은 황제 군으로 돌변한 군사들의 사기를 북돋았다. 싸움에 이기면 더욱 진탕 먹였다.

"군사가 좋긴 좋구나. 항상 이렇게 무진장 먹고 마실 수 있으니."

감옥이나 공사판에서 제대로 먹지도 입지도 못한 그들로서는 꿈에도 생각지 못한 일이었다. 그러니 더욱 힘이 불끈불끈 솟았다.

그에 비해 형양성의 장초군은 배고픔에 심신이 피곤해 더욱 동요했다. 오광은 형양성을 포위하고 여러 차례 공격을 시도했으나 실패하자 의기소침해 있었다.

"오광은 장군감이 못 돼!"

"죽치고 있기만 하면 어떡해? 이러다가는 식량 창고를 눈앞에 두고 굶어 죽겠군."

장수들은 불평을 하고, 군사들의 사기는 떨어질 대로 떨어졌다.

진승 또한 함곡관 패전 이후 두문불출하고 있었다. 오광과 진승은 서로 도와주지 않는다고 의심하기 시작했다. 사이좋기로 소문난 친구들이었지만, 한 번 시작된 의심은 하루가 다르게 커져갔다.

결국 진승의 심복에 의해 오광은 맥없이 목을 내놓았다. 천하를 얻을 것 같은 기세를 자랑하던 진왕은 군사들에게 먹일 양식이 없어 싸움 한 번 제대로 해보지 못하고 패배를 거듭했다. 배고픔을 해결해줄 능력도 없는 진승은 왕의 자격을 의심받기 시작했고 결국 굶주린 군사들에 의해 죽임을 당했다.

굶주린 군사들은 장한군에 투항했다. 자신의 군사를 먹이지 못한 진승은 도리어 군사들에 의해 먹을 것을 얻기 위한 제물이 되고 만 것이다.

결국 진승의 죽음과 함께 '장초張楚'라는 나라는 멸망했다. 불과 6개월밖에 되지 않는 기간이었지만 이것은 천하의 새로운 시작을 알리는 서막이었다.

이때 항량은 강동의 군사 8천 명을 이끌고 북쪽을 향하여 서서히 움직였다. 장강長江을 건넌다는 것은 그리 쉬운 일이 아니었다.

선봉에 선 종리매鍾離昧와 계포季布는 이미 강북 땅에 발을 디딘 후였다. 강 가운데에 다다르자 항량은 몸을 뒤로 돌렸다.

"잘 있거라!"

항량은 강동 땅을 바라보며 혼잣소리로 말했다. 어쩌면 강동 땅에 다시 돌아오지 못할지도 모른다는 생각이 머릿속을 스쳤다.

"장군님, 진나라 군사들이 보입니다."

앞서간 척후병이 알려왔다. 항량은 입술을 지그시 깨물며 믿음직한 항우를 바라보았다.

"으음, 이제야 회남淮南 땅에서 한판 붙게 되었군. 근질근질하던 참에 잘되었다.”

항우는 앞서 적진이 보이는 곳으로 말을 몰았다.

“이상하다. 전혀 대항할 기미가 보이지 않으니…….”

“장군님! 다들 청색 모자를 쓰고 있습니다.”

“가서 살펴보고 오너라.”

“저들은 진에 대항하는 창두군蒼頭軍이고, 우두머리는 진영陳嬰이란 자이옵니다.”

본래 진영은 동양현(東陽縣, 안휘성)의 관리였는데 덕망이 높아 그 이름이 널리 알려져 있었다. 그런데 현령을 죽이고 봉기한 주민들이 진영을 왕으로 추대하려 했다. 그러나 진영은 노모의 뜻을 받들어 창두군을 이끌고 명망 있는 항량을 찾아 나선 것이었다.

“우리는 진나라의 혹독한 지배에서 벗어나 백성들 모두가 평화롭게 잘 사는 나라를 만들기 위해 일어났소. 큰 뜻을 펼치기 위해서는 큰 인물이 필요하오. 지금 강동에서는 항량이라는 장수가 군사를 이끌고 있다고 합니다. 만일 여러분이 좋다고 한다면 나는 그분을 모시고 싶소.”

2만의 창두군은 진영의 말을 따르기로 결의를 하고 이곳에 온 것이었다.

항량은 두 팔을 벌려 진영을 얼싸안았다. 주위에 몰려든 창두군과 항량군의 함성이 산천초목을 울렸다. 항량은 군사 2만을 새로 얻게 된 것이다.

이튿날, 항량은 전열을 정비한 군사들을 이끌고 계속해서 진군해 나갔다.

항량이 회수를 건너 하비 땅에 이르렀을 때였다. 어림잡아 6, 7만은 되어 보이는 군사가 몰려오고 있었다.

항우가 싸울 기세로 나서자, 적진에서 한 장수가 앞으로 나서며 칼을 거두길 기다렸다.

"항우 장군, 말씀은 많이 들었습니다. 나는 영포英布라는 사람이외다. 여기서 기다린 지 오래되었습니다."

영포 또한 항량의 군에 합류하길 원하고 있었다. 영포는 하비 땅에서 군사를 일으켜 진에 반란을 꾀한 인물이었다. 비록 천민 출신이었지만, 그를 따르는 군사만도 6, 7만이 넘었다.

그가 젊었을 때 어느 도인이 그에게 이런 말을 했다. '경黥'은 문신을 뜻한다.

"당신은 먼저 죄인이 되어 얼굴에 문신을 새기고 나서 왕이 될 것이오."

그래서 그의 이름을 '경黥'으로 부르기도 했다. '경黥'은 문신을 뜻한다.

그런데 얼마 후, 영포는 정말로 죄를 짓고 얼굴에 문신을 새기는 형벌을 받아야 했다. 그렇지만 그는 문신을 새기는 동안 싱글벙글 웃기만 했다.

"이놈아, 넌 지금 벌을 받고 있는 중인데, 대체 뭐가 좋아서 싱글벙글이냐?"

영포는 기분 좋게 웃어넘기며 환한 얼굴로 대답했다.

"이제 왕 되는 날만 기다리면 되니 즐거울 수밖에요."

"별 미친놈 다 보겠군. 문신 찍힌 얼굴에 왕이라."

관리들은 이구동성으로 그를 비웃었다.

그 뒤, 영포는 진시황 능묘 만드는 공사판에 끌려갔으나 노역자들을 감시하는 관리들과 친해져 탈출에 성공했다.

양자강으로 도망친 영포는 잠시 도적이 되었다가 졸개들을 이끌고 변양番陽의 수령 오예吳芮를 찾아가 반란을 일으키자고 권하여, 군사 1천 명을 거느리는 장수가 되었다.

오예는 영포를 사위로 삼고 그에게 더 많은 권한을 부여해주었다. 영포는 거기에 머무르지 않고 군사를 이끌고 북쪽으로 나아가 진의 군사를 격파하는 전과를 올렸다.

그렇게 나아가다가 항량의 군대를 만났으며, 일찍이 항우의 명성을 듣고 있던 영포는 항량군에 합류할 것을 결심한 것이다.

"영포 장군, 정말 잘하셨소. 이렇게 합세해주니 고맙구려."

항량은 영포의 결단을 진정으로 치하했다. 영포의 군사까지 맞아들인 항량군의 위세는 가히 하늘을 찌를 듯했다.

그러던 어느 날, 팽성 부근의 진가군秦嘉軍 진영에서는 항량군에

합류하는 것을 반대한다는 소식이 들렸다. 영포가 자신의 실력을 보이고자 앞장섰다. 그의 칼 솜씨는 귀신에 홀린 듯 보는 이로 하여금 혀를 내두르게 했다.

"네 이놈, 잘 만났다. 감히 누구 앞이라고 명을 거역하느냐? 하늘의 뜻을 거스르는 놈은 이 영포가 용서치 않으리라."

영포는 꽁무니를 보이는 진가의 목을 단숨에 베어버렸다. 싸움은 너무도 싱겁게 끝났다. 항량은 진가의 군사들마저 끌어들였다.

이제 항량의 군사는 10만으로 불어났다. 이렇게 진군하면서 군사를 모은다면 진나라 정규군과 맞서 싸울 수 있는 군세로 만들 수 있을 것 같았다.

"군사가 많아지면 먹일 곡식도 있어야 하지 않겠는가?"

"그 또한 진군하면서 해결하면 됩니다."

항량은 영포의 말에 일리가 있다고 생각했다.

진승군이 포위하고도 점령하지 못한 형양성榮陽城의 오창敖倉, 안 읍安邑의 근창根倉과 경창涇倉이 주요 곡물 창고였다.

'그 곡물 창고들만 차지할 수 있다면 천하를 움켜쥘 수 있다.'

진나라를 치려면 먼저 군량미부터 확보되어야 했다.

항량은 본진을 설薛 땅으로 이동하면서 항우와 종리매에게 식량 확보를 위해 양성(襄城, 하남성)으로 출정시켰다.

'어찌한다?'

항우는 양성 성벽이 높고 철통같은 수비를 하고 있어서 몇 차례 공 격을 해도 끄떡하지 않자 고민에 빠졌다.

"이렇게 하면 어떻겠습니까?"

종리매가 의견을 내놓았다.

"정면 공격으로는 어려울 것 같습니다. 계책을 써야 하는데, 수레 를 동원하여 군사들을 장사꾼으로 변장시키는 것이 어떻겠습니까?"

종리매는 항우의 귀에 대고 한참 소곤거렸다. 항우는 연방 고개를 끄덕이며 빙그레 웃었다.

며칠 후, 술통이 가득 실린 10여 대의 수레가 양성 성문 앞에 다다 랐다. 해가 서산마루에 뉘엿뉘엿 걸려 있었다.

"주문받은 술을 가지고 왔습니다."

맨 앞에 선 마부가 대답했다.

"술? 누가 주문한 것이냐?"

"양성의 어느 관리가 주문했답니다."

보초 한 명이 다가서더니 맨 앞 수레에 실린 술통을 흔들어 보았 다. 마부는 마개를 따고 술을 약간 맛보며 흘려 보였다.

　성안으로 들어간 보초가 한참 만에 나오더니, 저희들끼리 수군거렸다. 그때 마부가 큰 소리로 외쳤다.

　"저희는 심부름만 하면 됩니다. 술통만 성안으로 옮겨 놓고 가게 해주십시오. 술값은 이미 다 받았습니다."

　보초들은 수군거리더니 성문을 열었다.

　"값을 치른 술이니 받아두지 뭐."

　보초들은 대수롭지 않게 여겼다.

　날이 어두워지자 항우가 군사를 이끌고 총공격을 감행했다. 진의 수비군은 성 위에서 돌을 굴리고 활을 쏘아대며 항우군의 접근을 막았다.

그때였다. 소리 없이 성문이 활짝 열렸다.

술통 속에 숨어 있던 종리매와 그의 부하들이 밖에서 들리는 군사들의 함성을 신호로 술통에서 나와 성문을 연 것이다.

"이놈들아!"

항우군은 진나라 군사들을 젖히고 성안으로 몰려 들어갔다. 진나라군은 한 번 흔들리기 시작하자 걷잡을 수 없이 무너졌다.

"도망치는 녀석들을 모조리 잡아라!"

도망병보다 투항하는 자의 수가 더 많았다.

"몇 천 명은 되겠구나."

"식량도 일단 확보했고, 군사도 많아졌습니다."

양성을 함락시킨 항우는 종리매의 말을 들으며 무언가 곰곰이 생각하는 듯했다.

"이곳에서 잡은 놈들을 몽땅 묶어라!"

"칼과 창만 거두면 되지 않겠습니까?"

"나에게 생각이 있네."

투항한 자들이 다 묶인 것을 확인한 항우가 군사들에게 다시 명령했다.

"성 밖에 큰 구덩이를 파라!"

"구덩이라니요?"

종리매가 의아스러운 표정을 지었다.

"이자들을 모두 생매장하려네."

항우가 나직이 말했다.

"투항한 자들을 생매장하다니요?"

"생각해보게. 이놈들이 얼마나 우리를 괴롭혔나. 그리고 이놈들

을 당장 먹여야 할 것 아닌가. 밥버러지들은 없애야 하네. 진나라 놈
들은 우리 부하가 될 수 없어."

종리매는 할 말을 잃었다. 그리고 항우의 명령에 따라 수천 명의
진나라 군사가 생매장되었다. 이 소식은 항량의 귀에도 들어갔다.

"무엇이? 생매장?"

항량은 소스라치게 놀랐다.

항량은 한동안 말이 없었다. 그러더니 천천히 혼자 중얼거리듯 하다가 말을 잃었다.

"식량이라, 식량⋯⋯."

항우가 양성을 함락하여 얻은 군량은 항량군의 대이동 중에도 군세를 과시하는 데 효과가 매우 컸다. 끝없이 이어진 군량軍糧 수레를 본 각처의 유민군은 모두 항량군에 합류하기를 원했다.

어느 날 항량의 진영에 일흔 살가량의 노인이 찾아왔다. 거소(居巢, 안진성) 사람 범증范增이었다. 범증은 천하의 정세에 정통할 뿐만 아니라 병법에도 능했다. 항량 군대의 힘과 약점에 대해서도 잘 알고 있었다. 항량을 만나게 되자 준비해온 얘기를 서슴없이 풀어놓았다.

"진나라가 6국을 멸망시켜 천하통일을 이뤘을 때, 가장 비참한 건 우리 초楚나라였습니다. 진시황의 증조부인 소왕昭王은 초나라의 회왕懷王에게 딸을 주었습니다."

사연인즉슨 이랬다.

초나라의 회왕을 사위로 삼은 진의 소왕은 회왕을 초대했다. 마음 놓고 아내의 나라인 진나라를 찾은 회왕은 그만 그곳에 갇혀 죽고 말았다. 초나라 백성들은 이런 회왕이 가여워 한없이 눈물을 흘렸다.

"진승은 군사를 일으켜 위세를 떨쳤지만 스스로 왕이 되었기에 비참한 최후를 맞은 것입니다. 만약 진승이 초나라 왕의 혈통을 찾아 왕으로 세웠다면, 그의 반란은 성공을 거뒀을 것입니다."

"흐음⋯⋯."

항량은 고개를 끄덕였다.

범증은 항량의 눈에 수긍하는 빛이 어리자 더욱 힘주어 말했다.

"초楚에서 봉기한 모든 호걸들이 부하들을 이끌고 장군에게 모이는 것은, 장군의 조상들이 대대로 초나라 장수를 지낸 명문가이기 때문입니다. 초나라 왕통을 이어줄 사람으로 믿는 것입니다."

항량은 재삼 머리를 숙여 범증의 말을 새겨들었다.

"어둠 속을 헤매다 불빛을 본 듯하옵니다."

항량은 범증의 말이 옳다고 생각했다. 왕은 민심을 끌어들이는 장식으로서 중요했다. 그러나 실질적인 권력은 군사권을 쥔 자의 몫이었다.

"싸움은 머리로 하는 것이지 힘으로 하는 게 아닙니다. 계책을 잘 세워야 하고, 그 계책을 힘으로 응용하는 것입니다."

항량은 범증의 말에 완전히 끌려들어갔다. 구구절절 맞는 말이었다. 이때 항우가 불쑥 들어오더니, 항량에게 물었다.

"이 노인이 숙부님께서 길에서 주웠다는 스승님이십니까?"

범증이 듣기에 민망한 듯 고개를 돌리자 항량이 항우를 꾸짖었다.

"무슨 버릇없는 소리냐? 어서 공손히 인사드려라. 이분은 앞으로 내가 군사軍師로 모시게 될 범증 공이시니라."

"군사라고요? 그럼 나보다 높습니까?"

"물론이다. 나도 범증 공의 지시를 따를 것이다."

항우는 금세 풀이 죽어 허리를 굽혀 예를 표했다.

"내 조카 항우 장군입니다."

"듣던 대로 영웅호걸의 상을 지니셨습니다."

범증도 허리를 굽혀 예를 표했다.

이때 항우는 각처에서 흘러들어오는 유민군으로 골머리를 앓고 있던 중이었다.

"찾아온 유민군 중에서 어떤 자를 뽑아야만 제 밥값을 해내겠습니까?"

항우가 대뜸 첫 대면에 뜬금없이 물었다.

잠시 생각하던 범증은 항우에게 말했다.

"오늘 밤, 그들을 같은 시간에 재우도록 하십시오. 그리고 아침 일찍 일어나는 순서대로 필요한 수만큼 선발하면 될 것입니다."

"그렇게 쉬운 방법이 있는 것을……."

항우는 감탄했다.

"게으른 자들은 쓸모가 없습니다. 상갓집 개도 부지런해야 밥을 얻어먹는 게 아니겠습니까?"

"군사 어른의 말씀대로 하겠습니다."

항우는 범증을 새롭게 보았다.

그로부터 며칠 후 한 떼의 유민군을 이끌고 송의宋義라는 자가 찾아왔다. 그는 과거 초나라가 망하기 전에 문관의 최고 관직인 영윤(令尹, 승상)을 받으려던 자였다. 항량은 송의를 환영하며 그에게 거처할 큰 집도 마련해주었으나 범증은 별로 달가워하지 않았다.

"우리는 아직 나라도 세우지 않았습니다. 그를 너무 우대하면 자기 조상과 지위를 내세우며 자만심을 가질지 모릅니다. 그보다는 초 왕실의 혈통을 찾는 일에 우선해야 할 것입니다."

항량은 각처에 정탐꾼을 풀어 초왕의 후손을 찾도록 했고, 얼마 후 정탐꾼으로부터 찾았다는 보고가 들어왔다.

"뭐? 찾았다고?"

"예, 회왕의 손자라는 말을 들었습니다."

항량과 범증은 흥분했다. 그 왕손의 이름은 심心이라고 했다. 초나라의 마지막 왕인 회왕의 손자 심은 초나라가 진나라에 멸망될 때

누군가가 데리고 도망쳐 멀리 떨어진 산골 마을의 농가에 맡겨졌고,
그곳에서 신분을 숨긴 채 자라고 있었다. 심 자신도 왕손이라는 것
을 몰랐다.

"몇 살이나 되었다더냐?"

"스무 살은 넘어 보였습니다. 양치기 일을 하고 있었습니다."

항량과 범증은 양치기 소년 심을 화려하게 꾸민 수레로 모시고 초
나라의 왕으로 받들었다. 그리고 할아버지 왕호를 따서 그대로 회왕

懷王으로 부르기로 했다. 왕을 모신 이상 백관을 만들어내지 않을 수 없었다.

회왕 옆에는 송의를 붙여주어 형식적이나마 궁중 일을 보도록 했다. 범증은 여러 사람을 적절한 관직에 임명했다.

"이제 항량 장군의 작위를 생각합시다."

범증이 항량의 작위를 어떻게 해야 할지를 꺼냈다. 항량으로서는 기다리던 말이었다.

"군사께서 생각한 바를 말해보시오."

"심을 왕으로 세운 이상 왕이라고는 할 수 없고, 군君 작위는 어떠실는지요?"

군은 관위官位나 작위爵位 이상의 권위를 갖는 존재였다. 군은 큰 땅을 갖고 왕에 대해 강한 발언권을 가지기 때문에 독립된 정부를 가지기도 했다.

"나야 군사의 의견에 따르겠지만……."

항량은 군이라는 작위가 싫지 않았다. 마음속으로도 생각해온 터였다.

"그럼 그렇게 하겠습니다. 그런데 군이라 해도 이름이 있어야 하는데, 무신군武信君이라고 하는 것이 어떠실지……."

범증은 이미 자세하고 빈틈없이 계획을 짜놓은 듯했다. 항량은 범증의 의사를 받아들였다. 그날로 항량의 호칭은 군사령관 무신군이 되었다.

항우와 유방의 대결

용勇은 항우의 천부적인 재질이었다.
유방으로서는 죽었다 깨어난다 해도 항우의 용맹 근처에도
따라가지 못할 것이었다.
항우는 충분히 자만심을 지닐 만했다.

항량을 찾아간 유방은 공손히 절부터 올렸다. 유방이 항량을 찾은 것은 그의 휘하에 들어가기 위해서가 아니라 우선 항량으로부터 지원군을 협조받아 자기를 배신한 풍읍豐邑의 옹치를 치기 위해서였다.

유방은 진나라 사수泗水 어사로부터 풍읍을 빼앗아 옹치에게 맡기고는 번쾌와 함께 설까지 추격하여 사수 어사를 죽였다. 그런데 옹치가 유방을 배신한 후 장초張楚 진승군에 붙은 것이다.

그 후 옹치는 장초가 망하자 위魏나라에 붙었다.

유방이 옹치를 치고자 했으나 힘이 모자라 설 땅도 잃고 패현으로 돌아올 수밖에 없었다. 패의 유방은 당장 군사들을 먹일 군량마저 없었다. 그렇기 때문에 초나라를 세운 항량의 부대를 찾은 것이다.

"우선 자기 자신부터 말해보시오."

항량이 권하자, 유방은 자신이 계획하고 있는 봉기에 대해 늘어놓

았다. 유방은 특히 옹치의 배반을 강조했다.

"항량 장군의 수하로 써주시되, 군사를 빌려주시면 원수부터 갚을
까 합니다."

"군사를 이끌고 합류하는 것이 아니라 지원군을 내달란 말이오?"

"풍읍을 치면 더 많은 군사를 끌어들일 수 있지 않겠습니까?"

항량은 유방의 말에 일리 있다고 생각하는 중이었다. 그때 마침
들어온 범증이 내막을 알게 되었다.

"지원군은 몇 명이나 원하시오?"

"3천이면 되겠습니다."

"좋소. 그럼 지원군을 붙여줄 것이니, 원수를 갚으시오. 만약 풍읍을 치지 못하고 우리 군사까지 잃는다면 당장 목을 칠 것이오."

이렇게 해서 유방은 항량의 지원군에 자신의 군대를 합쳐 풍읍을 공격했다.

"이놈, 옹치야! 배신자, 철천지원수, 너를 치기 위해 항량군 초나라의 지원군과 함께 왔다. 네가 잘못을 뉘우치고 항복해온다면 부하로 받아주겠지만, 대적한다면 널 살려두지 않겠다. 항량군 초나라에 비하면 네가 믿는 위나라는 한낱 도적 떼에 불과하다. 어쩔 테냐, 이놈!"

옹치는 유방이 항량 밑으로 들어가 초군이 되었다는 말에 싸울 의욕을 잃었다. 한참 후, 옹치는 무장을 해제하고 성문을 열어 유방 앞으로 엎드려 나왔다.

"이놈! 옹치야, 네놈이 이렇게 나온다고 해서 살려둘 것 같으냐?"

유방이 큰소리로 이렇게 말하자, 곁에 섰던 번쾌가 칼을 번쩍 치켜들었다.

그러나 옹치는 이를 피하려 하지 않고 무릎을 꿇었다.

"이 배반자의 목을 칠까요?"

번쾌가 유방을 돌아보았다.

"……."

"내가 잠시 눈이 멀어서 패 공沛公을 배반했소. 나를 죽인다 해도 할 말이 없소. 내 목을 치든지 마음대로 하시오."

옹치는 진심으로 뉘우치고 있었다.

유방은 그를 용서해주기로 했다. 유방을 따르는 막료들은 그의 관용에 탄복했다. 더구나 유방은 옹치를 부장副將으로 삼았다. 죽이기엔 아까울 정도로 옹치는 싸움에 능했고 실제로 여러 전장을 누비면서 활약하여 유방을 도왔다. 유방은 천하를 얻게 된 후 옹치를 후侯에 임명했다.

항량은 유방이 자신이 말한 대로 풍읍의 군사까지 이끌고 돌아오자 놀랐다.

"믿을 만한 장수로군! 앞으로 항우 장군과 힘을 합쳐 잘해보게."

항량과 범증은 유방을 달리 보았다.

며칠 후 항량 무신군과 군사 범증이 여러 장수들을 불러 모았다. 앞으로 진나라 정규군을 무찌르고 진의 수도 함양을 쳐서 진을 멸망시키는 일에 대해 회의를 거듭한 끝에 항량이 말했다.

"지금까지는 여러 성읍의 유수들이 거느리는 조무래기들만 상대해왔지만, 이제부터는 다를 것이오. 잘 훈련된 진의 정규군과 싸워야 하오. 이기고 지는 것은 여러분의 사기와 용맹에 달려 있소. 그렇다고 겁부터 낼 건 없소이다. 우리 힘도 막강하니, 각 장수들은 적을 무찌를 계책들을 세우시오."

진의 정규군을 격파한다는 말에 각 장수들은 나름대로 생각이 깊어졌다. 그러니 자연 분위기가 가라앉아 있었다.

"하아! 드디어 몸을 풀게 됐군그래. 장수가 긴장하면 부하가 겁을 먹는다는 것도 모르오?"

항우가 나서며 큰 몸집을 흔들어댔다.

"항우 장군 말씀이 옳습니다. 군사들 사기는 장군들 마음가짐에 달렸소이다."

유방이 항우를 두둔하며 나섰다.

"하하하! 내 배짱에 잘 맞는 유 장군이 왔으니 무서울 게 뭐요. 진을 격파하고 꼭 승리할 거요."

"맞는 말이오. 항량 무신군께서 이제껏 말씀하신 것도 군사들의 사기를 돋우어 큰 산을 넘자는 것, 항우 장군의 배짱이야말로 우리에겐 가장 큰 힘이오!"

항우는 큰 소리로 떠들고 유방은 차분히 다독거렸다. 가만히 듣기만 하던 항량도 유방의 말에 머리를 끄덕였다.

항우도 그런 눈치를 알아챈 듯 말했다.

"숙부님, 이번 전투에 저를 선봉에 세워주십시오. 숙부님의 근심을 말끔히 씻어줄 테니 말입니다. 하하하!"

항량이 허풍스럽게 날뛰는 항우에게 한마디 쏘아붙였다.

"그 급한 성미만 없앤다면 천하를 호령하고도 남을 게다. 너는 왜 스스로를 가볍게 굴리려 드느냐?"

이때 유방이 끼어들었다.

"장군님, 항우 장군의 성급함을 탓하기 전에 한번 믿어보시는 것도 좋을 듯합니다. 소장 또한 선발대에 뽑아주신다면 더없는 영광이 될 것입니다."

항량은 시무룩해진 항우를 넌지시 바라보았다. 가만히 앉아 있던 항우가 불쑥 일어나더니 뒤도 안 돌아보고 밖으로 휙 나가버렸다.

"본디 부모 마음이란 자식이 아무리 커도 철부지 어린아이로밖에 보이지 않는 법이오. 내가 항우 녀석을 키웠으니 애비나 다를 바 없는데, 어찌 걱정이 되지 않겠소, 유방 장군! 신중한 자네가 항우를 도와준다면야 한시름 놓을 뿐만 아니라, 이번 싸움에서도 우리가 꼭 이길 수 있을 것이오."

"황공하옵니다."

이날의 작전 회의는 항량의 의도대로 장수들의 사기는 올렸지만 항우의 가라앉은 기분이 문제였다. 그때 소하가 유방을 이끌고 한적한 곳에서 소곤소곤 신중히 귀띔해주었다.

"모쪼록 언행에 조심하셔야 합니다. 유능하게 보이면 흉이 찾아들고, 바보처럼 보이면 길합니다. 남의 밑에서는 너무 뛰어나 보여도 안 되고, 너무 무능해 보여도 안 됩니다. 군세가 커질 때까지는 모든 욕심과 야망을 감추어야 합니다."

그렇지만 범증은 유방을 예사로이 보지 않았다.

항량은 범증과 의논하여 군사들을 몇 대로 나누어 이동을 시작했다. 초군의 군세는 그야말로 대단했다. 서쪽으로 계속 나아가면 진의 수도인 함양에 이를 것이다. 목표는 함양 함락이었다.

그러나 곧바로 함양으로 진격할 수는 없었다. 먼저 북쪽으로 돌아 황하 지역부터 손아귀에 넣어야 했다.

황하는 함양의 젖줄이기도 했다. 황하 유역의 물살이 함양에 집중되어 있었으며, 식량의 보급로가 거미줄처럼 얽혀 있었다. 그 젖줄을 끊어야만 함양을 공략할 수 있었다.

북진한 초군은 산동성 공격에 나섰다. 군사들은 사기가 충천했다. 유방은 항량 밑으로 들어간 뒤의 첫 싸움이었던 만큼 그 어느 때보다 신중을 기했다.

항우의 선봉 부대가 유방이 이끄는 부대를 앞질러 나섰다.

"유 장군, 내 솜씨를 잘 보아두게."

항우는 으쓱거리며 자신의 군대를 휘몰아 성을 공격했다. 과연 그 용맹은 산천초목도 떨 지경이었다.

"불화살!"

벽력같은 항우의 고함 소리에 무수한 화살들이 성벽 위를 향해 날아갔다. 정예 부대는 맹렬한 공격을 퍼부었다.

유방은 그 틈을 노려 군사들로 하여금 재빨리 갈고리가 달린 밧줄을 성벽 위로 던지게 했다. 군사들은 밧줄을 타고 성벽을 기어올라 갔다.

성은 쉽게 함락되었다.

"선봉은 나인데, 먼저 입성한 사람은 유방 장군이군."

항우는 유방의 민첩함에 감탄했다. 이때 범증이 항량에게 유방을 칭찬하며 말했다.

"앞으로는 유방 장군에게 군사를 더 맡겨도 좋을 것 같습니다."

"나도 같은 생각을 했소. 유방도 유방이지만, 사실 나는 그 부장들이 마음에 드오. 특히 한때 유방을 배반했다는 옹치라는 자의 활약이 매우 컸소."

그랬다. 불바다가 되다시피 한 성벽에 줄을 타고 올라가 초군의 깃발을 드날린 부장이 바로 옹치였던 것이다.

항우는 전공을 유방에게 빼앗기고도 희희낙락했다.

"하하하, 다음 공격에서도 내가 선봉을 설 테니, 유방 장군이 쳐들어가 싹 쓸어버리시오."

"항우 장군께서 성벽을 들이칠 때는 마치 천둥번개가 내리치는 것 같았습니다. 그렇게 엄호해주시는데도 적진을 깨뜨리지 못하면 바보나 천치일 것입니다. 참으로 감탄했습니다."

"적이 백 개의 화살을 날리면 이쪽에서 천 개의 화살로 막아가며 공격하고, 적이 천 개의 창을 겨누면 이쪽에서 만 개의 창을 던지는 병법이오."

"대단하십니다!"

비위를 맞추는 유방의 말에 항우는 더욱 우쭐해하며 유방의 어깨를 두드려주기까지 했다. 항량은 승리를 축하하는 잔치를 베풀었다. 그날은 모두들 질탕하게 먹고 마셨다.

"다음 공격 목표는 동아東阿다. 항우 장군은 우측을 공격하고, 유방 장군은 좌측을 맡는다."

항량의 작전 지시였다. 이로써 유방은 항우와 동격同格의 장수로 떠올랐다. 초군은 황하의 지류인 제수濟水를 건너 동아를 향해 힘차게 진격의 고삐를 당겼다.

'항량이 제 조카인 항우와 나를 비교해보려는 속셈이구나.'

유방은 항우보다 돋보여서는 안 된다는 생각이 들었다. 만약 여기서 유방이 항우보다 낫다는 평판이 나돌면, 그 뒤 어떤 모함이 따를지 모르기 때문이었다.

동아는 제수의 북쪽 해안에 자리 잡고 있었다.

"유방 장군, 성을 포위해서 박살 내세!"

항우의 눈빛이 섬뜩하게 번쩍였다. 좌우익 초군은 마침내 성을 포위하고 맹공격을 퍼부었다. 저항이 만만치 않았다. 아니나 다를까, 항우는 전공을 유방에게 빼앗기지 않으려고 어물쩍거리는 부하 장수의 목까지 베며 소리쳤다.

"성을 함락시키지 못하면 모두 내 칼에 목이 날아갈 것이다!"

항우는 숫제 부하 장수의 목을 창끝에 꿰어 쳐들어 보이며 군사들을 휘몰아쳤다. 그와 대조적으로 유방은 부하 장수들에게 조용히 일렀다.

"성은 항우 장군 쪽에서 먼저 함락시키게 한다. 우리는 맹렬히 공격하면서 기회를 엿보다 항우 장군의 뒤를 따라 성안으로 진입한다."

유방의 작전이 들어맞았다. 먼저 항우군이 성벽으로 올라가 기선을 제압했다. 항량은 자랑스러워했다.

"유방군은 무엇 하는 거냐?"

항우군 부장이 성벽 위에서 소리쳤다. 유방군은 그제야 허둥대는 척하며 항우군을 뒤따라 성벽 위로 올라갔다. 전공을 톡톡히 세운 항우는 흡족한 얼굴로 유방에게 말했다.

"이번에는 우리가 먼저 성을 함락시켰소."

"장하십니다! 저는 장군님 덕분에 성안에 발을 들여놓을 수 있었습니다."

"하하하, 이제야 겨우 몸이 풀리는군."

항우는 으쓱거렸다. 항우는 자만심으로 가득 차 있었다. 그것은 유방이 과거 패 땅에서 쓰던 허풍과는 다른 것이었다. 용勇은 항우의 천부적인 재질이었다. 유방으로서는 죽었다 깨어난다 해도 항우의 용맹 근처에도 따라가지 못할 것이었다. 항우는 충분히 자만심을 지닐 만했다.

초군의 동아 점령은 중요한 의미를 갖는다. 그것은 황하 하류를 제압한 셈이었으며, 이로써 함양에 이르는 지름길에 들어선 셈이다.

항량은 다시 항우와 유방을 불렀다.

"본부대는 정도定陶로 나갈 테니 옹구로 앞질러 나가도록 하라."

항량 총사령관으로부터 출진 명령이 떨어졌다. 항우는 몸을 풀고 있었고, 유방은 척후병을 보냈다.

"적진의 상황을 살피고 오너라."

얼마 후 척후병이 먼지를 일으키며 돌아왔다.

"진나라 이유李由의 정규군을 발견했습니다."

"수는 얼마나 되더냐?"

"정확히는 알 수 없으나 대군이었습니다."

유방은 곧 항우와 머리를 맞대고 작전을 짰다.

"항우 장군! 제가 공격하면서 허점을 드러내는 전법을 쓸 테니, 장군은 뒤를 치십시오."

"두말하면 잔소리!"

"적장만 죽이면 백만 대군도 무너지고 맙니다."

"그럼 이유 놈의 목은 내 몫이오."

의견의 일치를 본 두 장수는 크게 웃어젖혔다.

유방이 군사들 앞에서 의미심장한 말을 이었다.

"적은 군복만 입은 오합지졸이다. 더구나 항우 장군이 적의 뒤통수를 치기 위해 출정을 서두르고 있으니, 무서울 게 뭐가 있겠느냐. 적진에 뛰어들어 적병 열 명씩 무찌를 수 있다고 자신하는 병사들은 이쪽으로 모여라!"

너도나도 공을 세우겠다고 나서는 병사들로 진영이 들썩거렸다.

"공격하는 군사가 있으면 방어하는 군사도 있어야 하는 법! 나를 도와 적을 방어할 군사들은 다시 저쪽으로 모여라!"

그러자 한쪽에만 몰려 있던 군사들이 양 진영으로 골고루 갈라 섰다.

167

유방은 흐뭇한 표정으로 항우를 찾아갔다.

"항 장군, 오늘 밤에는 군사들을 잘 먹이고 푹 쉬게 한 다음, 내일 아침 일찍 공격합시다."

"좋소!"

항우도 대찬성이었다.

이튿날 새벽, 항우는 군사들을 이끌고 먼저 출발했다. 적의 옆구리를 치기로 유방과 입을 맞춘 뒤였다. 적의 정면을 맡은 유방은 군사들에게 새로운 다짐을 받아야만 했다.

"적이 아무리 약하다고 해도 절대로 얕봐서는 안 된다. 쥐도 궁지에 몰리면 고양이를 문다고 했다. 명심해라! 죽기 살기로 싸워야만 살아날 수 있다!"

유방이 군사를 이끌고 얼마 동안 전진했을 때, 멀리 진나라 정규군 진지가 보였다. 들려오는 함성으로 보아 대군임에 틀림없었다. 유방은 일단 적의 동태를 살펴봤다.

바람이 세차게 불고 있었다. 그때 진군이 머무는 옆 산에서 연기가 솟아올랐다.

유방은 연기 나는 쪽을 유심히 바라봤다. 항우였다. 항우가 바람이 부는 틈을 이용해 옆 산에 불을 지른 것이다. 바람을 탄 불길이 진나라 진영으로 번지자, 적은 일대 혼란에 빠져 허우적대고 있었다.

"불이다!"

"군량미를 옮겨라! 불길을 잡아라! 어서, 한시가 급하다!"

적은 개미 떼처럼 흩어져서 물을 길어다 뿌리고 나르는 데만 정신을 쏟고 있었다. 유방은 '이때다!' 하며 군사들을 휘몰아 적진 깊숙이 진격해 들어갔다.

"반란군이다!"

정면으로 돌진해오는 유방의 군사들과 마주친 진나라 군사들은 넋을 잃은 채 불길 잡던 일을 멈추고 허겁지겁 창칼을 거머쥐었다.

불길은 여전히 적진을 무섭게 할퀴고 있었다. 한동안 어쩔 줄 몰라 하던 진군을 향해 유방이 크게 고함치며 공격해 갔다.

"으아악!"

진군은 유방의 공격 앞에 맥없이 쓰러졌다.

"한 놈도 놓치지 말고 죽여라!"

유방의 군사들 앞엔 거칠 것이 없었다. 반대로 진군들은 정신을 못 차리고 우왕좌왕할 뿐이었다.

적장 이유는 불이 번지지 않은 산으로 군사들을 서둘러 후퇴시켰다. 그러나 그곳은 이미 항우가 기다리고 있었다.

본래 유방과 항우의 작전은 이런 것이 아니었다. 유방이 적을 공격하는 척하다가 후퇴하기로 되어 있었다.

그러면 옆에 진을 치고 있던 항우가 뒤를 치기로 되어 있었던 것이다. 그런데 뜻밖에도 항우가 옆 산에 불을 지른 것이다. 작전은 빗나갔지만 적은 치명타를 입고 후퇴를 했다.

결과적으로 싸움은 큰 성공을 거두었다.

이유는 온몸이 얼어붙는 듯한 전율에 도망치는 것만이 살길이라는 생각뿐이었다. 계곡을 빠져나가다가 항우군으로부터 바위 공격을 받고 옆길로 들어서는 순간, 섬뜩한 느낌에 앞을 바라보았다.

창을 든 항우가 저승사자처럼 자신을 노려보고 있는 게 아닌가!

이유는 숨이 콱 막히는 것 같았다.

"이노-옴!"

이유가 등을 보이는 순간, 항우의 창이 그의 몸을 갈랐다. 이유는 비명 한 번 제대로 지르지 못하고 말에서 굴러떨어졌다.

지켜보던 항우의 군사들이 일제히 함성을 질렀다.

"만세! 항우 장군 만세! 와아……."

항우와 유방이 서로 만났다.

"이렇게 쉬운 싸움도 다 있소, 유방 장군?"

"항우 장군이 임기응변으로 화공火攻 작전을 편 덕분이지요."

"그런가? 하하하. 바람이 불길래 불을 놨지. 하하하!"

진나라 정규군을 대파한 군사들은 '유방 장군 만세! 항우 장군 만세!'를 연신 외쳐댔다. 항우는 우쭐했다. 유방의 얼굴에도 웃음꽃이 피었다.

항우와 유방은 진군을 격파하고 얻은 무기와 군량을 가득 실은 수레를 끌고 항량이 있는 본부대로 향했다.

"본대의 척후병이 달려오고 있습니다."

앞서가던 병사 한 명이 외쳤다.

척후병이 탄 말은 먼 길을 달려온 모양이었다. 말이 내뿜는 콧바람 소리가 항우의 귀에까지 들려왔다.

"무슨 일이냐? 본대에 무슨 일이라도 생겼느냐?"

"우리가 이겼습니다, 장군님!"

항우는 그제야 안심하고 너털웃음을 터뜨리며 승리를 자축했다. 그러자 군사들도 환호성을 질렀다.

진군은 이제 더 이상 두려운 상대가 아니었다. 유방은 그들의 모습을 보면서 새로운 각오를 다짐하는 듯 두 주먹을 불끈 쥐었다.

무신군武信君 항량의 죽음

항량은 거리 한 귀퉁이에 시체로 나뒹굴었다.
언제 어떻게 죽임을 당했는지 알 수도 없었다.
어렸을 때부터 품어온 야망이
한 여인의 치마폭에서 물거품처럼 사라진 것이다.

진나라 정규군을 격파하고 늠름하게 개선한 항우와
유방을 본 항량은 기쁨을 감추지 못했다.

"천하무적 진군도 진시황이 죽으니 별수 없이 허수아비에 불과하
군!"

이제는 두려울 것이 없다. 항량은 가슴이 뿌듯해지는 것을 느꼈
다. 군사들 역시 진의 정규군을 더 이상 두려워하지 않게 되었다.

"항우와 유방 장군이 있는 한 우리를 이길 사람은 이제 아무도 없
어!"

"진나라도 이제는 끝장이 날 거야."

항량의 군사들은 저마다 들뜬 기분에 한마디씩 했다.

하지만 유방의 생각은 달랐다. 자만은 싸움을 그르치게 마련이었
다. 진시황이 없다 해도 진을 대적하기에는 아군의 힘이 아직 거기
에 미치지 못한다. 유방의 걱정은 거기에 있었다.

항량은 항우와 유방을 불러놓고 다음 작전을 의논했다.

"너희는 성양城陽을 목표로 하여 진격하라! 나는 정도定陶를 공격할 것이다."

정도는 제수에서 남쪽 방향에 위치해 있었다.

항량은 대군을 양분하여 두 갈래로 공격할 심산이었다. 함양으로 쳐들어가기 위한 양면兩面 작전이었다. 그런데 이번 작전에 우려를 나타내는 사람이 또 있었다. 영윤(정승)으로 있는 송의였다.

'적보다 많지 않은 군사를 둘로 나누다니…….'

군사의 요체要諦는 집중이다. 분산시키면 약해진다는 병법쯤은 알고 있는 송의였다.

"진군을 너무 얕잡아보는 것은 큰 잘못입니다. 특히 진나라 장수 장한은 대병력을 결집시켜서 작은 적을 치는 특기가 있습니다."

송의는 항량의 눈치를 보아가며 조용히 경계심을 주었지만 항량은 들은 체도 하지 않았다.

한편, 장한은 정도성 밖 서편에 주력 부대를 집결시키고 있었다. 그가 먼 동쪽 동아가 무너지는 것을 내버려둔 것은 병력의 분산을 막기 위함이었다.

장한은 먼 곳의 방어는 지든 말든 지방군에게 맡겼다. 송의는 지금의 전황을 장한이 버려둔 지역의 지방군을 항량이 건드려서, 다만 일시적으로 누른 상태로 보았다.

그러나 정도성은 장한의 작전구역이었다.

'항량의 연전연승은 크게 깨질 조짐일 뿐이다.'

자만에 차 있는 항량이 송의에게는 바보스럽게만 여겨졌다. 송의는 병법에 따라 싸워야 한다고 생각했다. 더욱이 정도라는 지명을 듣고, 송의는 어처구니가 없었다.

"왜 하필이면 정도를 치려고 하십니까?"

송의의 말에 항량은 서슬이 퍼런 표정을 누그러뜨리며, 선뜻 말을 꺼내지 않았다.

항량의 생각에도 정도는 항우와 유방이 공격하는 성양과 너무 멀리 떨어져 있어, 양쪽 군대가 자칫 고립될 위험이 크다고 여겼다. 그러나 이미 결정된 일이었다.

항량은 송의에게 어정쩡한 변명으로 얼버무렸다.

항량이 동아를 떠날 즈음, 항우와 유방이 먼저 성양으로 향하고 있었다.

"이번에는 유방 장군이 먼저 정면 공격을 해보시오."

항우의 말에 유방은 일단 사양했다.

"어찌 소장이 항우 장군의 공격에 미치겠습니까?"

"하하하, 그러니 한 번쯤 공격을 시도해보는 것도 좋을 것 같지 않소?"

"그럼 해보긴 해보겠습니다만, 흉은 보지 마십시오."

항우와 유방은 성양에 이르렀다. 유방은 정면 공격에 앞서 부장들을 모아놓고 작전을 논의했다.

부장들은 한결같이 이번 기회에 항우의 코를 납작하게 해주자고 했으나, 유방의 생각은 달랐다.

"지금 우리는 진나라 지방군과 일전을 치러야 하면서도 같은 편인 항우 군과도 머리싸움을 해야 하오. 우리는 절대로 그들보다 돋보여서는 안 되오. 그저 우리 군대가 쓸 만하다는 인식만 심어 줍시다."

유방군의 공격이 시작되었다.

유방은 정면 공격을 해 들어가면서도 항우를 의식하여 적절하게 진퇴 작전을 펼쳤다. 그러니 항우의 맹렬한 타격 전법과는 달리 군세가 돋보이지 않았다.

그것을 지켜본 항우가 답답하게 여겼다.

"역시 유방 장군은 정면 돌파에는 약하오!"

항우의 이러한 인식은 뒷날 유방과 패권을 다툴 때도 바뀌지 않았다. 이때 굳어진 고정관념 때문에 항우는 뒷날 유방과의 싸움에서 실수가 많았다.

과연 항우는 정면 돌파에 탁월했다. 그 힘은 적이 두세 겹으로 막고 있는 방어벽도 쉽게 무너뜨렸다. 천둥번개를 동반하는 강풍처럼 몰아치며 성을 순식간에 함락시켰다.

유방군은 의도적으로 지원만 했을 뿐이었다.

"수습에는 탁월한 능력을 보여라!"

유방 군은 패퇴하는 진나라 군을 쫓아가 남김없이 죽였다. 그리고 점령지의 치안을 확보하는 데 힘을 기울였다.

항우 군의 공격에 대한 보조 역할이나 다름없었다.

"쓸 만하군."

항우는 마치 유방을 말 잘 듣는 아우 정도로 치부했다.

한편, 항량은 항우와 유방이 성양을 함락시켰다는 보고를 받고 행군을 서둘렀다. 정도로 가는 길목을 지키던 진나라 군사의 저항이 있었으나 항량군은 단숨에 돌파했다. 이윽고 정도성을 포위하자, 항량은 영포英布와 종리매鍾離昧 등의 부하 장수들에게 말했다.

"누구든지 성안에 들어가 문을 여는 자는 큰 상을 내리고 직위를 올려주겠다."

항량군은 사기가 충천했다. 부하 장수들이 지략을 짜서 성을 공격했는데, 그 묘기가 뛰어났다.

종리매의 그네 전법이 가장 볼 만했다. 성 밖에 높다란 두 기둥을 세우고 그네를 타듯 하여 성벽 위로 떠올라 성벽을 뛰어넘었다.

종리매의 군사들이 성문을 열었다.

"와아……."

항량군은 일거에 성안으로 쳐들어갔다. 그런데 저항은 생각했던 것보다 의외로 약했다. 약했다기보다 오히려 거저 얻다시피 했다.

"장한의 군사들도 별 게 아니구나."

항량은 의기양양했다. 범증이 붙잡힌 진나라 군사 하나를 데리고 항량 앞으로 왔다.

"이 녀석의 말로는 이곳 수비군은 우리가 공격하기에 앞서 장한의 본진으로 후퇴했다 합니다."

"우리가 무서워서 도망친 것이오?"

항량은 이렇게 말하며 진나라 군사의 목을 칼로 쳤다. 범증은 항량에게서 항우를 보는 듯했다. 항 씨의 핏줄은 모두 다 이처럼 잔인한가.

정도가 쉽게 함락되자 불길한 예감을 떨치지 못한 송의가 항량에게 한마디 했다.

"적의 계략이 숨어 있는 듯합니다."

성을 지키던 주력이 철수했다는 것은 무언가 계책이 있기 때문일 것이었다. 더욱이 항량군은 항우와 유방의 부대와 너무 멀리 떨어져 있어 지원을 받을 수 없는 처지였다.

송의는 아무래도 적의 그물에 빠져든 듯한 생각이 들었다.

"아무래도 이상합니다. 고립된 것 같습니다."

그러나 항량은 귀담아들으려고도 하지 않았다.

성을 함락시킨 항량은 어느 때보다 들떠 있었다. 항량의 마음은 저녁때 여인을 만나볼 기쁨에만 들떠 있었다.

이틀 후, 밤이 되자 항량은 전에 그랬던 것처럼 변장을 하고 여인을 찾았다.

"미천한 저를 찾아주시니 감격할 뿐입니다. 그러나 이 성은 장한의 본진과 가까이 있어서 매우 위험합니다. 빨리 다른 성으로 옮기십시오."

"그런 걱정은 할 필요가 없다."

항량은 여인과 밀린 회포를 풀기에 바빴다.

새벽이 되면 항량은 처소로 돌아와 아무 일 없었던 것처럼 시치미를 뗐다. 그러나 송의는 금방 눈치를 챘다. 항량이 유랑 시절 여러 곳에 여자를 두었으며, 그 여자들을 남몰래 만난다는 말을 언젠가 들은 적이 있었다.

'하찮은 여인 때문에 적의 그물에 들어왔군.'

송의는 이대로 있을 수만은 없다고 생각했다. 아무래도 이곳에 오래 머무는 것이 위태롭게 느껴졌던 것이다. 송의는 범증을 찾아갔다.

"무신군을 설득하여 이 성에서 철수토록 하십시오."

"이미 늦었소."

범증의 말은 적의 반격을 생각해서 한 것이 아니었다. 때가 늦었다는 것은 항량이 성을 포기하지 않고 눌러앉을 마음이 굳어졌다는 뜻이었다.

범증도 항량이 여인을 찾는 것을 알고 있었다. 그래서 여인에게 빠져 있는 항량이 쉽게 철수할 리 만무하다고 생각한 것이었다.

항량은 날만 어두워지면 행방이 묘연했다.

그러던 어느 날이었다.

"진 대군이 몰려온다!"

첩보 활동에 나갔던 군사 하나가 말을 달려오며 외쳤다. 항량을
비롯한 참모들이 성 위로 올라갔다. 저 멀리 들판에 새까맣게 몰려
오고 있는 적병들이 보였다.

얼마 있지 않아 정도성은 진나라 대군에게 에워싸여, 항량군은 꼼짝없이 그물 속에 갇힌 꼴이 되고 말았다. 포위를 한 적은 진나라의 명장으로 소문이 자자한 장한의 정규군이었다.

"저것 보십시오. 장한이 계략을 써서 우리를 성안에 가두어놓은 것입니다."

송의가 말했다.

"장한 따위가 무엇이 두려운가?"

항량은 조금도 놀라는 기색이 없었다. 그러나 마음속으로는 항우와 유방을 부를 수 없다는 것이 안타까웠다.

"이럴 줄 알았다면 진작부터 항우에게 정도로 급히 오라고 했을 것인데……. 장한 따위는 항우가 고함만 질러도 무릎을 꿇고 말 것이 아닌가."

사태가 급박해졌음을 느꼈으나, 지금 와서 후회한들 무슨 소용이 있겠는가.

"제齊나라에 원군을 요청하는 게 어떻겠습니까?"

송의가 슬쩍 말을 꺼냈다. 제나라도 진나라에 멸망당했지만 진승이 반란을 일으켰을 때 왕족인 전田 씨가 봉기하여, 이 무렵에는 군세가 제법 강했다. 더구나 제 또한 진나라를 원수로 생각했기 때문에 항량과는 우호적인 입장이었다.

항량도 자신의 처지가 위급함을 느꼈다.

"알았네. 그렇다면 자네가 가서 지원군을 데려오게."

항량은 송의를 사자로 지명했다.

성 밖 멀리 진군이 깔려 있었다. 그 포위망을 뚫고 제나라로 간다는 것은 목숨을 건 모험이었다. 설사 제나라로 가다가 죽는다고 해도 항량으로서는 서운할 것이 없었다.

송의는 지모가 있는 관료였다.

'음, 항량이 나를 사지死地로 모는구나!'

정도성을 포위한 적은 군사만을 증강할 뿐, 본격적인 공세는 아직 취하지 않고 있었다. 어둠이 짙어지기를 기다려 송의는 말을 타고 성문을 나섰다. 다행히 밤안개까지 끼어 있어 시야를 더욱 흐리게 했다.

송의는 위험한 고비를 몇 차례 넘기며 숲이 무성한 비탈길을 달려갔다. 천우신조天佑神助로 장한군의 포위망을 벗어난 것이다.

'다시는 이곳에 오지 못할 것이다.'

송의는 제나라 지원군이 도착하기 전에 정도성이 함락될 것으로 내다봤다.

'여인에 미쳐 화를 자초하다니. 지혜도 여자 앞에서는 허사로군.'

제나라로 향하던 송의는 도중에 항량을 만나러 길을 떠난 제나라 사신 고릉군高陵君과 만났다. 송의와는 면식이 있는 사람이었다.

"되도록 천천히 가십시오. 그래야 공公의 목숨을 연장할 수 있을 겁니다."

그는 옛 지인에게 정도의 상황을 귀띔해주었다.

고릉군은 최대한 천천히 걷다가 쉬고, 늑장을 부리며 정도로 향했다. 그는 송의를 만난 덕분에, 다시 진군에 의해 정도가 함락된 뒤에야 정도에 닿아 목숨을 건질 수 있었다.

이 무렵 정도성을 에워싼 장한군은 군사를 대폭 증강시키고도 한동안 공격 명령을 내리지 않았다. 그러던 중 한밤중에 성문을 열고 나오는 여인들이 있었다. 이들은 변장을 하고 성안에 남아 있던 진나라 지방군이었다.

"와아!"

장한의 공격 병력에 초군은 바람 앞에 낙엽처럼 흩어졌다. 이때 항량은 여인의 품에 안겨 있었다.

"항우가 있으니, 나는 너의 품에 안겨 이대로 죽는 것이 행복하겠구나."

그때 함성이 들려오기 시작했다. 이어 창에 불빛이 어른거렸다.

"빨리 일어나세요. 아무래도 큰일이 생겼나 봐요."

여인은 진의 장한군이 쳐들어온 것을 알고는 항량의 품에서 벗어나 재빨리 옷을 찾아 입었다.

여자가 도망친 뒤 항량은 평복 차림으로 여인의 집에서 나와 본영本營으로 돌아가려고 서둘렀다. 그러나 이미 때는 늦어 있었다. 진군이 파죽지세破竹之勢로 몰려들고 있었던 것이다.

초군 진영은 금방 아수라장으로 변했다. 그들을 지휘할 항량도 없고 보니, 순식간에 풍비박산風飛雹散이 되고 만 것이다.

날이 밝았을 때 항량은 거리 한 귀퉁이에 피범벅이 된 시체로 나뒹굴고 있었다. 언제 어떻게 죽임을 당했는지 알 수도 없었다.

진나라 장한군은 잠깐 동안 항량에게 맡겨두었던 정도를 다시 돌려받은 것에 불과했다.

한편, 항량의 죽음을 모르는 항우와 유방은 성양 함락에 이어 복양濮陽, 옹구雍丘 등 황하 유역의 여러 성들을 함락시키는 동안 정도의 항량과는 연락이 되지 않고 있었다.

이제 항우와 유방은 각각 독립된 부대로 서로 연계하면서 서진西進을 서둘렀다.

병력 면에서는 항우군이 유방군보다 더 많고 강했으며, 초인楚人이 대다수여서 사기 또한 높았다. 남방의 초인은 대부분 체격이 작

고 체력도 달리지만, 단결력이 강하고 한번 불이 붙으면 사납기 이
를 데 없었다.

　유방군은 외적인 면에서는 항우군보다 약했지만, 필승의 정신 하
나만은 강하게 결집되어 있었다. 유방은 '남의 밑에 들어가서 주인보
다 뛰어나면 미움을 받는다'는 생각으로 깊은 마음을 감추어왔을 뿐
이었다.

　군사들은 희대의 맹장猛將인 항우를 존경하고 복종했으며, 동료들
끼리도 혈통 의식으로 뭉쳐 있었다. 이 시대에 병사들을 이끄는 장
수는 절대적으로 영웅적인 존재였다. 만약 장수가 전사라도 한다면
백만 대군이라 할지라도 뿔뿔이 흩어지고 만다. 영웅의 조건은 초인
적인 모습이어야 했다. 항우는 그런 점에 비추어 볼 때 천부적인 영
웅이었다.

　"이놈들아!"

항우의 고함은 산천초목조차 떨게 했다. 그런 항우가 선두에 나서면 군사들의 용맹은 절로 불타오르는 듯했다.

항우와 유방이 의기양양하게 전공을 세우고 진류陳留땅 근처에 이르렀을 때, 달려온 사자로부터 무신군 항량이 죽었다는 소식을 전해 들었다.

"뭐라고! 숙부님께서 전사하셨다고?"

아버지 같은 존재이자 스승이었던 숙부의 죽음을 들은 항우는 짐승처럼 울부짖었다. 유방도 눈물을 쏟고 말았다.

"장한! 너의 뼈를 갈아먹으리라!"

항우는 입술을 깨물었다.

"나도 항우 장군을 도와 총사령관의 원수를 갚는 데 목숨을 아끼지 않겠소!"

항우와 유방은 항량의 원수를 갚자고 결의하고는, 늦추어졌던 진류성 공격에 박차를 가했다.

"뭣들 하는 거냐? 성벽을 기어올라라! 성문을 때려 부숴라!"

항우와 유방이 소리치며 군사들을 내몰았으나, 군사들의 사기가 이미 떨어져 퇴각하고 말았다.

"군사들의 사기가 이 모양이니, 더 이상의 공격은 무의미합니다."

"전열을 가다듬고 때를 기다립시다!"

이때 거지 행색의 범증이 찾아왔다. 정도에서 포위당했던 범증은 소란을 틈타 변복을 하고 성을 탈출하는 데 성공했다. 주름이 조글조글한 이 노인을 진의 군사들은 아무도 항량의 최측근으로 보지 않았던 것이다. 진의 군사가 앞을 가로막으면 범증은 망령 난 노인 행세를 했다.

"우리 아비가 나를 내쫓았소. 밥 좀 주오."

젊은 군사들은 도리어 범증의 행색을 보고는 코를 틀어막고 피해 버렸다.

항우는 찾아온 노인을 박대할 수가 없었다. '내가 없을 때는 범증을 나 대하듯 하라'는 충고를 항량에게서 여러 번 들은 터였다.

항우와 유방은 의논 끝에 동쪽으로 후퇴하여 사수군泗水郡의 팽성彭城에 이르렀다.

이 무렵, 진승의 부하였던 여신이 부하를 이끌고 합류했다. 그때 진승의 부하였던 장이張耳와 진여陳餘가 조趙나라 왕손 조알을 왕으로 받들어 조趙 왕국을 재건했다. 진나라 장한은 조정의 명을 받아 조나라 쪽으로 진군하고 있었다.

팽성에 자리를 잡은 항우는 곧 군사를 끌어모으며 군세를 확장시켜갔다. 그러던 어느 날, 장한의 공격을 받은 조나라가 회왕에게 원군을 요청했다.

"진군이 강성하여 고전을 면치 못하고 있습니다. 성안의 식량도 모자랍니다."

장한이 조나라 거록鉅鹿을 점령하고 나면 곧바로 팽성으로 쳐들어올지 모른다는 위기감 때문에 군사 회의를 거듭하고 있었다.

"어찌하면 좋겠소?"

"항우와 조정이 알아서 할 문제입니다. 섣불리 나서면 물러서기가 어렵습니다."

소하의 말에 유방은 머리를 끄덕였다. 이렇다 할 의견들이 나오지 않자 흥분한 항우가 소리쳤다.

"아무 소리 안 하고 있는 사람은 장한이 공격해오면 달아나겠다는 거요, 뭐요?"

그때 회왕이 느닷없이 한마디 했다.

"우리의 최종 목적은 관중關中을 무너뜨리는 데 있소!"

회왕의 말에 모두들 어리둥절했다. 항우도 기가 막힌다는 듯 반문했다.

"관중이 문제가 아니라 우리가 팽성을 어떻게 지켜야 하는 것이 문제요! 그런데 어째서 관중을 쳐야 한다는 말이 나오는 것입니까?"

그러나 회왕은 주위를 둘러보며 다시 말했다.

"우리 것을 지키려면 적의 땅, 중심을 치는 게 가장 좋은 방법이오. 내가 지난날 시골에서 양을 칠 때 이리 떼의 습격으로 골머리를 앓은 적이 있었소. 나는 그때 이리 떼의 소굴을 찾아 불을 질러 물리친 적이 있소."

좌중은 조용해졌다. 어쩌면 그 작전이 맞을지도 모른다는 생각들을 하고 있었다.

그렇지만 관중을 이리 떼의 소굴로 비유할 수 있을까. 관중은 곧 관소關所의 안쪽이라는 뜻이었다. 관중을 에워싸고 있는 관문은 무관武關, 산관散關, 소관蕭關으로, 그곳은 진나라 군대가 철벽처럼 지키고 있었다.

관문 중에서 대표적인 곳이 함곡관函谷關인데, 그 안쪽을 관중이라 불렀다. 즉 관중은 중국 대륙의 안방인 셈이다.

함곡관을 통해 관중으로 들어가면 광대한 분지盆地가 나타난다. 이곳은 관동보다 고지대에 위치하면서도 수리水利가 발달되어 있었다. 즉 위수渭水로 옥토가 형성되어 있어 많은 인구의 식량 문제를 해결할 수 있었던 것이다.

그런 터에 회왕이 느닷없이 관중을 들먹거리자, 항우를 비롯하여 장수들 모두가 입을 딱 벌릴 수밖에 없었다. 그렇지만 회왕의 말은 문제의 정곡을 찌른 것이었다.

이때 송의가 나섰다.

"장한의 전술은 결집력과 강하게 밀어붙이는 강타 작전 한 가지밖에 없습니다. 그는 대군으로 조나라의 거록성을 치는 데에만 정신이 팔려 있습니다. 관중으로 가는 길목은 텅 비어 있을 것입니다."

그 말에 좌중은 물을 끼얹은 듯 조용해졌다. 회왕은 자신감이 넘치는 표정으로 선언했다.

"여러분은 앞 다투어 진나라와 싸우시오. 누구든지 관중에 가장 먼저 들어간 장수를 관중의 왕으로 삼겠소!"

관중왕關中王이 된다면, 결국 이 대륙의 주인이 되는 것이었다. 물론 회왕이 관중왕을 약속할 만한 위치도 아니었지만, 장수들의 가슴은 설레었다.

어쨌든 결론은 초楚의 주력 부대, 총사령관 항우가 이끄는 부대는 송의와 함께 조나라 거록성으로 진격하고 유방의 별동대는 장한군의 결집을 와해시키기 위해 관중으로 출진하기로 했다.

"차라리 잘되었습니다."

범증이 항우에게 속삭였다.

"유방 장군으로 하여금 팽성을 지키게 하고, 내 주력군으로 장한군을 무찌를 참이었는데……."

항우가 멋쩍은 듯 말했다.

"그건 안 됩니다. 장군께서 싸우고 있을 때 누군가가 관중 땅에 힘 안 들이고 들어가면 어떻게 되겠습니까? 유방의 별동대만으로는 장한군의 일부라 할지라도 맞서 이길 수 없을 것입니다. 그때 장군께서는 장한의 분산된 군을 휩쓸며 관중 땅을 밟으십시오."

항우는 어쩔 수 없이 거록성행을 승낙하고야 말았다.

별동대가 먼저 출진했다. 유방과 소하는 수레를 타고 관중으로 향했다. 소하가 유방에게 목소리를 낮추고 말했다.

"급히 갈 필요가 없습니다. 우리의 적은 장한이 아니라 항우입니다."

"그게 무슨 말이오?"

유방이 놀란 얼굴로 묻자, 소하가 침착하게 말을 이었다.

"우리는 잠시 항량군에 의지하러 왔지, 영원히 그를 받들기 위해 온 게 아니잖습니까? 항량이 죽고 없는 지금, 우리가 언제까지나 그들에게 의지할 수는 없게 되었습니다. 지금 우리는 항우의 미끼 구실을 하고 있는 것입니다. 장한의 밥으로 내동댕이쳐진 셈이지요. 무엇 때문에 항우의 미끼가 되고, 장한의 밥이 되어야 합니까?"

유방은 소하의 말에 머리를 끄덕이더니 관을 고쳐 썼다.

별동대는 한밤중에 조용히 떠났지만, 항우군의 출진은 어마어마했다.

송의도 항우의 출진에 동행했다. 송의가 회왕 및 문관들과 함께 팽성에 남아 있겠다고 하자, 항우는 동행을 강요했다. 범증이 항우에게 그렇게 하도록 미리 귀띔했던 것이다.

항우는 숙부의 원수 갚을 일에 몸이 달아 있었지만, 송의는 제齊나라에 아들을 보내기 위해 안양安陽에서 행군을 멈추고 제나라 사신을 위해 연회를 마련하느라 여념이 없었다. 제나라와의 외교는 이미 회왕에게 사전 승낙을 받은 바 있던 터라 항우의 눈치를 살피지 않아도 되었다.

며칠 후, 송의는 진지를 떠나 아들 송양宋襄이 제나라의 재상宰相으로 뽑혀 떠나게 되는 송별 잔치를 베풀기 위해 무염無塩으로 향했다.

송의가 없는 사이 몰아치는 추위에 떨고 군량이 넉넉지 못해 굶기를 밥 먹듯 하던 군사들이 불만을 토해냈다.

항우는 이때를 놓치지 않고 군사들에게 물었다.

"이게 사람 먹으라는 밥상이냐?"

"흉년이 들어 군량이 모자라기 때문입니다."

"흠, 형편이 이러하거늘 누군 제 자식을 위해 기름진 음식을 차려 놓고 송별연을 베푼담?"

그러자 군사들도 더욱 노골적으로 웅성거리기 시작했다.

모든 일엔 때와 장소가 있다. '지금이 그때고 여기가 그 장소다.' 항우는 결심했다. 장수들이 펄펄 뛰며 자기들이 송의를 해치우겠다고 나서는 걸 항우가 말리는 척했다.

"그놈의 목은 내가 베어야 한다. 너희는 내가 왜 송의를 베었는지를 부하들에게 알려라."

항우는 송의의 처소로 가 단칼에 송의의 목을 베었다.

"폐하의 명으로, 여러분을 굶겨 죽이려던 송의를 처단했다. 그는 또 제나라의 첩자였으니, 죽어도 마땅하다. 놈은 우리 식량을 빼돌려 제 아들 잔치를 벌였다. 즉시 창고를 열고 고깃국을 끓여 군사들을 배불리 먹여라!"

"역시 항우 장군님밖에 없어!"

배불리 먹은 군사들은 당연히 먹여준 자에게 열광했다. 항우는 군사들의 사기를 더욱 북돋웠다.

"거록성만 점령하면 모든 것은 너희 차지다! 장한의 군사는 비실거리는 노역자들이니, 30만 대군이라 해도 우리 초군이 능히 해치울 수 있다!"

군사들은 환호했다.

'초나라!' '항우!'를 계속하여 외치는 군사들의 사기는 하늘을 찌를 듯했다.

"회왕께 이 글을 바치고, 송의를 처단한 경위를 보고하시오."

항우는 회왕에게 환초를 보냈다. 그러나 이는 다만 형식에 불과했다. 항우에게 있어 회왕은 한낱 껍데기 왕에 지나지 않았다.

"항우 장군을 총사령관에 임명하겠소."

마침내 항우는 회왕이 인정하는 총사령관으로서 세상에 이름을 떨치게 되었다.

항우의 대학살극

'먹히지 않으려면 먹어야 한다.'
항우가 초나라 사람들을 위해 복수를 해주었다고는 하나,
그 야차夜叉와 같은 잔악함에
초나라 사람들마저도 고개를 저었다.

　　　　　드디어 항우는 거록성鉅鹿城을 향해 군사를 내몰았다. 거록은 이미 겨울이었으므로, 차가운 바람이 군사들의 옷깃을 파고들었다. 항우는 군사들의 행군을 독려하면서 범증에게 다가가 말을 건넨다.

"저는 일찍부터 숙부를 부모처럼 모셨습니다. 그러나 이제 숙부께서 안 계시니, 대신 범증 어른이 미욱한 나를 살펴주셔야겠소이다. 추호도 사심이 없는 부탁입니다."

범증은 항우의 말을 어떻게 받아들여야 할지 잠시 망설였다. 역전노장의 범증은 거친 옥처럼 다듬어지지 않은 항우의 순진한 열정이 귀엽기도 했지만, 장수로서는 결함이 많은 그에게 두뇌가 필요하다는 것을 누구보다도 잘 알고 있었다.

"이 늙은 것이 무슨 영화를 바라겠습니까? 숙부께서도 친자식처럼 장군을 끝까지 돌봐달라고 하셨습니다. 그 약속을 이 목숨이 다

하는 날까지 지키겠습니다."

항우가 언제 변덕을 부릴지 모르지만, 범증은 그래도 자신을 믿어 주는 것이 고마웠다.

"앞으로 사부師父로 모시겠습니다."

항우가 공손한 어조로 말했다.

항우는 모사로서의 범증의 능력을 높이 평가했고, 범증은 두려움을 모르는 항우의 용맹을 좋아했다. 항우는 계책을 구하기 위해 범증을 모사로 받아들인 것이었다. 모사의 무기는 바로 계책이었다.

항우가 이끄는 초군은 차츰 거록성에 가까워지고 있었다. 군사들은 배를 채우자 군소리 없이 항우를 따랐다.

"송의 놈 저 혼자만 잘 처먹고, 제나라 놈들과 가족끼리 배 터지게 먹여 식량이나 축내고……."

그러한 원성은 항우에게 유리하게 작용했다.

항우는 3만의 영포 장군 부대를 선발대로 앞서 나가게 했다. 어느덧 초군은 황하 강가에 다다랐다. 강 건너편의 거록까지는 사흘 정도의 거리다.

모든 군사가 황하를 건너자, 항우가 병사들을 향해 외쳤다.

"타고 왔던 배는 모두 불태워라! 누구도 살아서 이 황하를 건널 생각은 하지 마라!"

목숨을 담보로 싸우는 것이 항우의 전법이었다. 항우는 그것을 주지시키기 위해서 배를 모조리 강에 처넣어버렸다.

또한 항우는 모든 군사들에게 사흘치 식량만을 지니고 있도록 지시했다.

황토로 뒤덮인 광활한 거록 들판은 전운戰雲이라고는 찾아볼 수 없이 고요하기만 했다. 지평地平 여기저기에 무더기 같은 것이 두드러져 흉물스러웠다. 진군秦軍의 진지에는 많은 군사들이 포진해 있고, 진지와 진지는 용도甬道로 연결되어 있었으며, 군사들은 밖으로 드러나지 않게 용도로 왕래하였다. 들판 전체가 큰 요새나 마찬가지였다.

대·연·제에서 온 지원군 부대도 멀찍이 떨어져 진지를 구축하고 있었다. 그 진지들은 초라했으며, 몇 개의 깃발만이 삭풍에 펄럭이고 있었다.

20만 대군을 거느린 장한은 초의 접근을 대수롭지 않게 여겼다. 초군이 거록 평야에 처음으로 모습을 드러낸 것은 황하를 떠나온 지 사흘 만이었다. 영포가 이끄는 3만의 선봉대가 주력인 항우군보다 먼저 밤에 도착하여 공격을 서둘렀다.

"용도로 달려 나가 진나라 군사의 보급로부터 끊어라."

영포가 떠나기 전에 항우가 내린 명령이었다.

진나라 군대가 있는 여기저기서 아침을 짓는 연기가 피어오르고 있었다.

"용도를 향해 밀고 들어가 부수어라!"

이윽고 영포가 군사들에게 외쳤다.

진지와 진지를 잇는 용도는 죽은 뱀처럼 길게 누워 있었다. 조용하던 거록 들판은 초군의 함성으로 뒤덮였다. 진의 군사들은 아침밥을 먹다 말고 뛰쳐나왔다. 초군 선봉대는 용도로 달려가 닥치는 대로 쳐부수었다. 눈 깜짝할 사이에 몇 리의 용도가 박살 났고, 파괴된 용도는 초군이 차지하였다. 큰 타격을 입은 진군이 술렁거리기 시작했다.

항우의 군사들은 태풍처럼 진군하여, 진의 상장군 왕리王離의 진지를 순식간에 포위하고 맹공격을 퍼부었다.

한 번에 안 되면 두 번, 세 번, 항우의 뚝심에 무려 아홉 차례의 공격이 이어졌다. 영포군 또한 몸이 마비되는 상태에 다다랐다.

"조금만 더 밀어붙여라!"

아무리 찌르고 베어도 진나라 군사들은 지겹도록 나타났다. 그때였다.

"공격! 이놈들아, 나는 항우다."

끊임없이 나타나는 진나라의 새로운 부대에 맞서느라 경포군이 피곤에 지쳐갈 무렵, 항우의 주력군이 나타났다. 벽력같은 고함 소리가 거록 평야를 뒤흔들었다. 영포는 몸을 벌떡 일으켰다.

초의 주력군은 4만 정도였다. 진군이 보기에는 별것 아니었으나, 영포에게는 백만의 원군이 아닐 수 없었다. 영포는 항우를 보자 힘이 절로 솟구치는 것을 느꼈다.

"부수자!"

진나라의 장수 소각蘇角은 초의 주력이 몰려오는 것을 보자 아연실색啞然失色했다. 적이 헐떡거리며 제풀에 나가떨어지려는 찰나에 난데없이 호랑이가 나타났기 때문이었다. 항우가 맨 앞에서 말을 박차며 달려오자, 소각은 정신이 번쩍 났다.

"왕리 장군께 알려라! 섭간 장군께도 응원을 청하라!"

남부 전선 사령관인 소각은 황급히 말 위에 올라 이리저리 뛰었다. 그러나 일은 소각의 뜻대로 되지 않았다. 넓은 곳이라면 대군을 휘몰아 초군을 쓸어버리는 것이 그리 어려운 일이 아니겠으나, 막힌 용도와 파괴된 용도가 방해물이 되었다.

그와 반대로 진군이 구축한 요새는 초군에게 긴요한 요새가 되어 주었다. 초군에게는 천운이 아닐 수 없었다.

그러나 아무리 찌르고 베어도 진의 대군은 좀처럼 줄어들지 않았다. 더구나 초군을 향해 계속 파도처럼 밀려드는 데는 초군의 용맹에도 한계가 있었다. 초군은 점점 지치기 시작했다.

이때 중원의 연합군은 수적으로 비교도 되지 않는 초군과 진군의 싸움을 팔짱을 낀 채로 구경만 하고 있었다. 패할 것이 뻔한 전투에 군사들을 내보내 떼죽음을 시키는 항우의 무지한 용맹에 혀를 끌끌 찼다.

성안에 있는 사람들도 마찬가지였다. 장이張耳와 그의 군사들도 성 위에서 이 기막힌 싸움을 물끄러미 볼 뿐이었다.

항우는 고지 위에 우뚝 서서 왕방울 눈을 이리저리 굴리며 영포가 사투를 벌이고 있는 모습을 지켜보았다. 항우는 목표물을 찾고 있었다. 문득 한 표적이 눈에 띄었다. 수많은 깃발에 에워싸인 채 온갖 호화로운 치장을 한, 검은 가죽 전포를 입고 황금 투구를 쓴 소각이었다.

항우는 소각을 발견한 순간 말을 박차며 바위가 구르듯 아래로 힘차게 달려 내려갔다.

"비켜라!"

진군의 무리는 항우가 휘두르는 쌍날창에 목이 싹둑싹둑 잘려 나갔다. 항우가 갑자기 적진으로 돌진하자 초나라 본대도 광기 어린 집단처럼 뒤따라 내달렸다. 몰려드는 진나라 병사들을 무 베듯 날려 버리니 뒤따르는 군사들은 칼을 휘두를 필요가 없었다.

항우는 큰 구덩이를 뛰어넘거나 그 아래를 훑으며 일직선으로 거침없이 내달았다.

"와아……."

구경꾼들은 저도 모르게 환호성을 올렸다.

소각은 얼빠진 듯 보고 있다가 항우가 자신을 향해 달려들고 있다는 것을 알고는 소스라치게 놀랐다. 주위에 있던 호위 군사들도 손발이 떨려 감히 칼을 빼 들 생각도 못 하고 있었다.

소각은 눈 깜짝할 사이에 코앞까지 달려온 항우를 보고 황급히 칼을 빼 들었다. 그의 머리 위에서 항우의 창이 번뜩이는가 싶더니 투구가 쪼개지며 머리가 두 동강 나고 말았다. 맞싸우고 뭐고 할 것이 없었다. 마치 독수리가 먹이를 잔뜩 노리고 있다가 낚아채버린 형국이었다.

대장이 항우의 창에 쓰러지자, 진군은 맥없이 무너지기 시작했다. 그걸 본 초군이 이때다 하고 진군을 닥치는 대로 쳐부수기 시작했다. 살겠다고 도망을 치던 진군도 여지없이 초군의 창칼에 맞아 쓰러졌다.

"칼을 버리고 항복하는 자는 살려주겠다!"

범증은 때를 놓치지 않고 군사를 내몰았다. 진군은 도망치고 있었지만 워낙 수가 많아 아무리 짓밟아도 몰살시킬 수는 없었다.

진군은 구원이라도 받은 듯 무기를 버리고 바닥에 주저앉았다. 항우는 말을 타고 달려와 그들을 한 번 휘둘러보면서 한마디 던졌다.

"너희는 모두 살아서 고향으로 돌아갈 것이다!"

투항한 진의 군사들은 '항우 장군 만세!'라고 외쳤다. 장한은 지금껏 한 번도 '고향에 보내준다'는 말을 한 적이 없었다. 진군의 대다수는 노역자로 끌려온 죄수들이었으므로, 그들에게는 '고향에 보내준다'는 말처럼 고마운 것이 없었다.

그날 새벽만 해도 거록 평야에서는 진군의 위세가 하늘을 찌를 듯했으나, 항우의 등장으로 양상이 완전히 뒤바뀐 것이었다.

그때였다. 성안의 백성들이 술과 고기를 들고 몰려나오며 외쳤다. "항우 장군 만세!" 환호성이 온 들판을 진동했다.

조왕과 장이, 그리고 대·연·제나라 연합군 제후들은 모두 항우에게 무릎을 꿇었다. 제후들은 얼굴도 들지 못하고 있었다. 항우의 이름이 바야흐로 천하에 떨쳐 울리게 된 것이다.

항우는 진의 중군장 소각을 죽이고 상장군 왕리를 포로로 잡았다. 섭간 장군은 분신자살했다.

'고작 반나절 전투로 천하의 구 할을 얻다니.'

항우를 지켜보며 범증은 다시 한번 감탄하지 않을 수 없었다.

거록 땅에서의 대승리는 항우의 운명을 바꾸어놓았다.

항우는 이제 초나라뿐 아니라 진나라에 대항하는 모든 군사들의 총사령관이 된 것이다.

이때 진나라 본대를 거느린 장한은 극원棘原 땅에 있었다.

"이번엔 장한이다. 놈의 뼈를 갈아먹겠다!"

항우가 숙부의 원수를 갚고자 입버릇처럼 내뱉는 말이었다. 장한은 이 소문에 몸서리를 치며 꽁무니를 빼고 있었다.

이 무렵 진나라에는 2세 황제 호해가 있었으나, 그는 꼭두각시에 지나지 않았다. 승상 이사李斯를 죽이고 환관 조고趙高가 승상에 올랐으니 이제 조고의 나라였던 것이다.

'왜 싸우지 않느냐?'

싸움을 재촉하는 황제의 칙서가 날아들었다.

'2세 황제는 이름뿐이고 이건 조고가 보낸 것이다.'

장한은 눈앞의 적인 항우도 두려웠지만, 언제 자신을 내칠지 모르는 조고의 눈치를 살피느라 이중으로 고민하고 있었다.

장한은 지원군을 얻기 위해 사마흔司馬欣을 함양으로 보냈다. 그러나 조고는 사마흔을 거들떠보지도 않았다.

'조 승상은 우리 장군을 믿지 않는다. 그렇다면……'

깊이 생각할 필요도 없었다. 사마흔은 삼십육계 줄행랑이 최상책이라고 생각하여 그날로 장한에게로 왔다.

"장군! 승상이 우리를 내치고 있습니다. 이 싸움에서 이기든 지든, 우리는 죽은 목숨일 뿐입니다."

그때 항복을 권유하는 글이 도착했다.

장군! 이제 장군이 살 수 있는 길은 항복뿐입니다. 지난날 진의 백기白起 장군을 보십시오. 그는 언鄢과 영郢을 평정했을 뿐만 아니라, 북방 마복군馬服君의 대군을 무찔렀습니다. 군공軍功이 이토록 놀라울 정도였으나, 결국 소왕昭王에 의해 함양에서 쫓겨난 후 자결을 명 받지 않았습니까? 몽염蒙恬 장군은 또 어떻습니까? 시황제의 명에 따라 제齊를 쳐서 큰 공을 세웠고, 흉노를 쫓아 장성長城을 보수했으며, 국경 수비를 튼튼히 했음에도 부소 황자와 더불어 환관 조고의 책략으로 죽임을 당했습니다.

공적이 지나치면 장수에게 상으로 내릴 토지가 없어서 법의 올가미를 씌워 주살하는 것이 진의 전통적인 방식입니다. 장군께서는 진秦나라 사람이니 진의 방식을 잘 알고 계실 것입니다.

진 제국의 인심은 나날이 흉흉해져서 반기反旗를 든 무리들과 장수가 늘어가고 있습니다. 장군의 군세가 줄어든 것도 민심이 이미 진을 떠났기 때문입니다. 이것은 진의 멸망을 뜻하며, 또 하늘의 뜻이기도 합니다.

거록 전투에서 왕리의 야전군은 한번 싸워보지도 못하고 투항했습니다. 진의 대군도 와해되고 있습니다. 군사들이 겉으로는 복종하는 것처럼 보이는 것은 다만 먹고살기 위한 행위일 뿐입니다.

진의 궁중에 둥지를 틀고 앉아 있는 환관 조고도 공을 세운 장군을 황제의 명령임을 내세워 처단하려 들 것입니다. 아마 백기나 몽염처럼 가족까지 몰살할 것이 분명합니다. 장군이 역적으로 몰려야 하는 것이 진의 어길 수 없는 법이고 방식이기 때문입니다.

장한 장군! 장군과 장군의 가족을 살리는 방법은, 제후들과 연합하여 함양을 치는 길밖에는 없습니다. 그리하여 진의 땅을 분할하십시오. 그것이 상책입니다. 장군이 왕이 되실 수 있는 이 방법을 좇지 않는다면, 결국 억울한 죄인으로 요참腰斬될 뿐입니다.

장군도 머지않아 참형을 면치 못할 것이라 하니, 이참에 항복하십시오. 그러면 후히 대접하겠습니다.

천하의 명문장가라고 알려진 위나라 출신의 유학자 진여陳餘가 작성한 항복 권유 문서였다. 결국 장한은 부하 시성을 보내어 항복의 뜻을 밝혔다.

"편지 한 통에 항복할 장한이 아니다."

항우는 장한의 항복을 받아들이지 않았다.

'무릎을 꿇고 항복의 예를 갖추는 그 순간까지, 성을 접수하고 새롭게 진지를 편성할 때까지 사람의 마음은 변할 수도 있다. 발등을 찍는 건 항상 믿는 도끼다.'

항우는 영포 장군을 불러 명령했다.

"진군을 한 차례 더 두들겨 정신을 차리게 하시오."

그리고 항우 자신도 전 병력을 휘몰아 진군에게 압력을 가했다.

장한은 다시 항복을 청하는 사자를 보낸 뒤, 자신도 웃통을 벗고 나와 항우 앞에 무릎을 꿇었다.

'숙부를 죽인 원수! 간을 씹어 먹어도 시원찮을 원수였는데……, 어찌한다…….'

흐느끼는 장한의 눈물을 보자 항우의 마음이 약해지고 있었다. 그뿐만 아니라 같은 장수로서 장한의 지휘 솜씨는 비록 적장이라 할지라도 칭찬받을 만했다. 항우가 인간을 판단하는 기준은 간단했다. 악당인가, 아닌가. 용감한 자인가, 비겁한 자인가. 그런 의미에서 항우는 장한이 마음에 들었다. 항우는 자신에게도 원수를 사랑하는 마음이 있음을 확인했으며, '용서'라는 것을 배우게 되었다.

장한의 항복으로 장애물이 사라지자, 항우는 이제 함양 쪽으로 눈을 돌렸다. 진 타도의 서광이 눈앞에 비치고 있었다.

항우는 이 기회에 전력을 다해 서진西進하여 함곡관을 무너뜨린 뒤 곧장 관중으로 밀고 들어갈 작정이었다.

항우는 황하의 흐름을 거슬러 서진했다.

"황하 유역의 식량 저장 창고를 모조리 공격하라!"

항우는 가는 도중에 관청의 창고를 급습해 군량을 모두 거둬들였다. 그 덕분에 군사들은 부른 배를 두드리며 진군할 수 있었다.

물론 관창을 수비하는 진군이 있었으나, 그들은 항우의 대군 앞에 속수무책이었다.

항우군은 낙양洛陽을 거쳐 하남성의 신안新安에 이르렀다. 그들이 거쳐 가는 땅은 한결같이 풍요로웠다.

"일단 이곳에서 잠시 쉰다."

항우는 먼 길을 오느라 지쳐 있는 군사들을 쉬게 했다.

초군은 원래 유민들이었다. 유민들은 거의가 진의 노역에 종사하던 사람들이었다. 노역에 종사할 때 진군에게 당한 설움은 평생 잊지 못할 만큼 혹독한 것이었다. 걸핏하면 얻어맞고 노예 취급을 당했던 것이다. 그 설움은 한으로 맺혀 있어서 투항한 진의 무리들에 대한 감정이 좋을 리 없었다.

"저놈들에게 당했던 일을 생각하면 이가 갈린다."

초군 사이에서는 항복군에 대한 적개심이 일기 시작했다. 그 보복 심리로 초군은 진병을 노예처럼 다루었다.

"무섭게 먹어 치우는군?"

항우가 먼발치에서 20만의 진나라 포로들이 식사하는 광경을 바라보다 못마땅한 얼굴로 투덜대고 있었다.

장한이 이끌고 와 투항한 진군은 10만이었다. 그리고 항우가 데리고 있던 포로와 합치면 20만에 달했다.

'저놈들까지 거둬 먹여야 한단 말인가?'

항우에게는 그것도 큰 걱정거리였다.

"어쩌다 우리가 이 꼴이 됐지?"

진영을 옮긴 지 며칠이 지나지 않아서 항복한 진의 군사들이 초군과 다투는 일이 종종 벌어졌다.

하루아침에 양지에서 음지로 전락한 진의 군사들 중에는 반란을 기도하는 자도 생겨났다.

"노예처럼 사느니, 차라리……."

반란의 기미가 엿보인다는 소식을 전해 들은 항우는 정신이 번쩍 들었다.

"어찌하시겠습니까?"

"쓸어 없애야 하지 않겠소?"

범증은 항우의 눈 속에 번뜩이는 살기를 보며 섬뜩함을 느꼈다. 형양에서도 수천의 포로를 생매장한 항우가 아니던가.

"장한과 사마흔, 동예만은 살려둡시다. 세 사람은 진나라 병사들과 격리시키시오. 그 외는 아무 쓸모가 없소. 포로 20만이 관중 입성 도중에 반란을 일으킨다면 우리에게는 치명적이오."

범증은 무슨 말을 해야 할지 몰랐다.

그날 밤, 항우는 영포 장군을 불렀다. 항우가 귓속말로 명령을 내리자, 영포의 눈이 휘둥그레지더니 꾹 감겼다.

"알았습니다."

다시 눈을 뜰 때 이마에 새겨진 문신이 꿈틀거렸다. 영포는 문신만으로도 지옥의 사자로 보였다.

진의 항복군 야영지는 황토 골짜기 낭떠러지 위였다. 날씨가 덥기 때문에 그곳에 자리 잡은 것이다. 한밤이 되자 깊은 잠에 빠진 항복군의 막사에 초의 군사들이 난입했다.

"모두 일어나! 빨리 일어나, 어서!"

군사들은 옷도 입지 못하고 두 손을 쳐들어야 했다.

"따라 와!"

이제야말로 진시황의 혹독한 정치에 학대받던 원한을 풀 기회가 왔다.

"모조리 해치워라!"

영포가 군사를 내몰았다. 초군은 진의 항복군을 향해 창칼을 휘두르며 밀고 들어갔다. 창칼을 피해 뒤로 밀리던 진의 항복군은 서로에게 짓밟히는 가운데 아우성과 함께 캄캄한 절벽 아래로 떨어져 내렸다.

지척을 분간할 수 없는 어둠 속에서 항복군은 창칼에 찔려 죽는가 하면, 대부분은 뒤로 밀려서 골짜기에 떨어져 죽었다.

20만의 병사들이 절벽 아래로 떨어지며 내지르는 비명은 오랫동안 천지를 뒤흔들었다. 문자 그대로 아비규환阿鼻叫喚이었다.

다음 날 아침, 항우군은 진나라 병사들의 시신이 쌓여 있는 절벽에 흙을 뿌렸다. 20여만 명이 잠든 사상 최대의 무덤이었다.

다음 날 자신의 군사들이 모두 산 채로 매장당했다는 것을 알게 된 장한의 얼굴에서는 핏기마저 사라진 채 아무런 말도 못 했다.

이후 장한에게서는 지난날의 패기는 찾아볼 수 없게 되었고, 더욱 몸을 굽히며 목숨을 부지했다. 사마흔도, 동예도 자살은커녕 항우에게 아첨하며 벼슬을 누렸다.

'먹히지 않으려면 먹어야 한다.'

이 세상이 생겨나고 최대의 학살극을 부른 한마디였다. 그러나 천

하의 인심은 이때부터 항우에게서 등을 돌리기 시작했고 대군을 이끄는 인간적 매력도 더 이상의 흡인력을 갖지 못했다.

항우가 초나라 사람들을 위해 복수를 해주었다고는 하나, 야차夜叉와 같은 잔악함에 초나라 사람들마저도 고개를 저었다.

"나이 많은 범증이 말렸어야 했는데……."

초나라 사람들도 범증을 탓했다. 그러나 항우의 잔혹함에 가장 치를 떨며 분노한 것은 진나라 사람들이었다. 항우는 그런 것을 염두에 두지 않았다.

"빨리 관중으로 가야 한다."

항우는 자기보다 유방이 먼저 관중에 입성하지 않았을까 조급해하고 있었다.

관중 땅이야말로 천하의 대권을 좌우하는 드넓은 중원中原의 안방이 아닌가. 유방이 먼저 관중을 차지한다면, 지금까지 진군과 싸워온 노력도 모두 허사가 되고 말 것이었다.

번뜩이는 장량의 용병술

지금까지의 싸움은 군사를 강하게 만들기 위함이었소.
진의 병기를 빼앗을 수 있는 데까지 빼앗고,
군사들에게 싸우면 반드시 이긴다는 승전의 긍지를 돋워
우리의 위명威名을 떨쳐야 하오.

관중 정벌의 별동대를 이끌고 팽성을 떠나는 유방
군의 임무는 거록성에 집결한 진의 대군을 끌어내는 작전이었다.

그러나 유방은 그렇게 생각지 않았다. 그 이유를 번쾌가 물었다.

"함양咸陽으로 가는 길은 많습니다. 지름길로 내처 가지 않고 갈지
之자를 그어가며 이리저리 가는 이유가 뭡니까?"

"군사를 늘려야 하기 때문이다. 이쪽저쪽 나아가면서 군사들을 확
보해야 한다."

그제야 번쾌는 유방이 서쪽으로 삐뚤삐뚤 나아가는 이유를 알게
되었다.

"저기 성읍이 보입니다!"

성이 적으면 인구가 적다. 번쾌가 가리킨 성은 그 규모가 보잘것
없었다.

"번쾌야! 네가 저 성을 함락시켜 보아라."

"네엣!"

시원스럽게 대답한 번쾌가 출발하려 했다.

"백성들에게 피해가 없어야 한다. 창칼을 들이미는 군사들만 굴복시켜야 한다."

번쾌는 선발된 일부 군사들을 이끌고 성을 향해 달렸다. 그런데 이상하게도 성문이 활짝 열려 있고 쥐 죽은 듯 조용했다.

'무슨 계략이 있구나!'

번쾌는 멈칫했다. 군사 몇 명을 뽑아 백성의 옷을 입힌 다음 성안으로 들여보냈다. 얼마 후 그들이 돌아왔다.

"지금 성안에는 존경받던 장로 한 분이 돌아가셔서……."

"상喪을 당했구나! 무턱대고 성을 들이쳤으면 백성들의 원망만 살 뻔했다."

번쾌는 군사들과 함께 되돌아왔다. 유방은 신중히 처리한 번쾌를 칭찬했다.

"1천 군사의 마음을 얻기는 쉬워도 한 사람 백성의 마음을 얻기란 힘든 법이다."

유방은 인물이 출중한 군사 열 명을 뽑아 문상問喪 갈 채비를 갖추도록 지시했다. 그들은 상복을 입고 곡식 한 자루씩을 메고 상갓집으로 갔다.

"어디서 온 분들이시오?"

"유방 장군의 명을 받들어 문상하러 왔습니다."

"삼가 조의를 표합니다!"

"장례에 보태 쓰시라고 군량을 좀 가져왔습니다."

군사들은 저마다 한마디씩 했다.

"그러면 그렇지. 이 성을 지키던 군졸들일 리가 없어!"

젊은이들은 뜻밖의 문상객들을 반갑게 맞아주었다. 이렇게 유방군은 성에 들어가 가난에 찌든 백성들에게 식량을 나눠주고 정성스레 장례를 치러주었다.

그러자 그들이 떠날 때 1백여 명의 젊은이들이 따라나섰다.

"그대들은 무기 대신 입으로 싸울 생각을 하게."

"입으로요? 입으로 어떻게 싸운단 말입니까?"

젊은이들이 궁금해하자 번쾌가 나섰다.

"유방 장군님은 붓 한 자루로 피 한 방울 흘리지 않고 성을 차지하신 분이시다!"

유방이 입으로 싸우는 방법을 설명했다.

"그대들은 우리 군사가 함락할 성안에 먼저 들어가 동정을 살피고, 그대들이 우릴 보고 느낀 그대로를 퍼뜨리는 것일세."

젊은이들은 그제야 입으로 싸우라는 뜻을 알아차렸다. 선전부대원들에게는 군복도 무기도 필요치 않았다. 그들은 유방 본대보다 한발 앞서 함락할 성에 들어가 군사의 규모와 백성들의 상황들을 파악했다.

그들의 활약은 눈부시게 빛났다. 고급 정보를 물어왔을 뿐만 아니라, 성안의 민심을 유방 쪽으로 돌려놓았다. 유방에 대한 소문은 눈덩이처럼 불어났다.

"유방 장군의 덕망은 태산보다 높다네."

"유방 장군은 용의 얼굴인데, 장차 요순 임금처럼 큰 정치를 펼칠 분이라는군."

백성들은 오히려 유방이 언제쯤 자기 성에 올 것인지 호기심을 품고 기다렸으며 세상을 바꾸겠다는 결의로 유방을 따라나서는 젊은이들도 하나둘 늘었다.

그런 유방의 앞길에도 걸림돌이 있었다. 군세가 튼튼한 창읍昌邑
은 아무리 꾀를 내어 공격해도 함락시킬 수가 없었다. 성이 무척 견
고했다.

"저기, 성벽에 나와 우리와 싸우는 자는 군사가 아니구나!"

성을 유심히 바라보던 유방이 번쾌에게 물었다.

"백성들이 나와서 대적한다고 합니다."

"그렇다면 창읍을 함락시킬 수 없겠구나. 군사와 백성이 한마음 한뜻이라면, 그 누구도 함락시키지 못한다."

유방은 창읍을 떨어뜨릴 수 없음을 깨닫고 물러났다.

"차라리 율栗을 공격하는 게 좋겠다. 거기에도 식량은 많이 있다."

"그럼 남하하자는 말씀이신가요?"

부장들은 어리둥절했다.

"서진하기 위해서는 북진도 하고 남하도 하는 것이다."

유방은 식량을 확보하고 군세만 증강시킬 수 있다면, 나아가는 방향은 아무래도 좋다고 여겼다. 어쨌든 지금의 군세로 진의 성을 무너뜨리기는 역부족이었다.

유방군이 율 근처에 닿았을 때, 첩자로부터 뜻밖의 정보가 날아왔다. 자기들보다 앞서 이미 성을 포위한 군사가 있다는 것이었다.

"그들과 손을 잡고 성을 함락시킨 뒤, 식량과 무기와 포로를 나누면 되지 않겠습니까?"

소하는 오히려 잘된 일이라고 말했다.

그는 강무후剛武侯라는 자였다.

"그대는 어느 나라 장수요?"

유방이 묻자, 강무후는 뜻밖의 대답을 했다.

"회왕께서 보내서 왔습니다."

"회왕?"

유방은 깜짝 놀라 그를 뚫어지게 쳐다보았다.

소하는 강무후에게 군사를 이끌고 이곳으로 오게 된 까닭을 물었다. 산적 두목이었던 강무후는 5천의 무리를 거느리고 떠돌아다니다가 팽성에 갔는데, 회왕이 진군을 공격하기 위해 앞서 떠난 초군을 찾아가라고 했다는 것이다. 그래서 강무후는 군사를 이끌고 초군을 찾아 나섰고, 도중에 식량이 떨어져서 율을 공격하기에 이른 것이다.

"그렇다면 아주 잘되었소!"

소하는 강무후의 손을 덥석 잡았다.

"우리가 바로 초군이오. 그리고 이분은 유 장군이시오."

강무후는 그제야 자기가 찾던 초군을 만났음을 깨닫고는 크게 기뻐했다. 소하가 유방에게 귓속말을 했다.

"5천의 군사를 얻었으니, 다시 북진하여 창읍을 치는 게 어떻겠습니까? 진군은 우리가 도망친 줄 알고 마음 놓고 있을 것입니다. 게다가 율성은 창읍보다 방비가 더 튼튼합니다. 율성을 지키는 대장 또한 위나라 출신의 장수 황흔皇欣인데, 가벼이 여길 자가 아닙니다!"

소하는 첩자들로부터 얻은 정보를 들려주었다.

유방은 강무후의 군사와 합세해도 율성 함락이 어렵다는 소하의 말을 듣자, 창읍을 치는 게 이롭다고 여기고는 하는 수 없이 창읍으로 말머리를 돌렸다.

유방군은 다시 북진해서 창읍을 포위했다. 성벽 위에서는 진군이 방어 태세를 갖추고 있었다.

유방이 공격 명령을 내리자, 오히려 성벽 위에 있던 진군이 줄을 타고 내려왔다. 어찌 된 영문인지 도리어 수비하는 쪽에서 공격할 태세로 나오고 있었다.

창읍성은 소하가 짐작했던 것과는 달리 군사들이 마음을 놓고 있던 것이 아니었다. 반대로 언제 쳐들어올지 모르는 적에 대한 준비를 철저히 해놓고 있었다.

"창읍 함락은 힘들겠습니다."

강무후가 유방에게 말했다.

유방은 다시 물러나는 수밖에 없었다. 진군은 달아나는 유방군을 뒤쫓지는 않았다. 혹시 뒤쫓다가 유방군의 계략에라도 말려들까 염려하는 듯했다.

"이제 서쪽으로 나아갈 수밖에 없지 뭐, 허허허……."

유방은 태평했다. 군사가 늘어났다는 것만으로도 만족해하는 듯했다.

어느 날 유방군의 행렬이 고양성高陽城 문 앞을 지날 때, 번쾌가 의아스럽다는 듯 유방에게 말했다.

"고양성 문지기는 책을 읽고 있습니다."

"그렇다면 고양성도 피해 가야겠구나. 책 읽는 문지기를 본받아 백성들도 독서를 즐길 게 아니냐?"

"고양성의 백성들은 책을 많이 읽는다, 그 말이지요?"

"그렇지. 책을 좋아하면 머리가 늘 깨어 있고, 머리가 깨어 있으니 매사에 빈틈이 없겠지."

유방은 고양성이 무력으로 진압할 수 있는 곳이 아님을, 또 함락하지 않아도 대세에 따라 슬기롭게 변화하는 사람들임을 깨달은 것이다.

고양성 문지기의 이름은 역이기酈食其였다. 사람들은 '광생狂生'이라 불렀는데, 광狂은 후세에 사상가·문인이 현실을 초탈했다는 뜻으로 흔히 사용하는 말이다.

역이기는 예순 살이 되도록 책 읽기를 좋아했고 가난하게 살았다. 그리고 유가儒家를 따랐으며, 말재주가 뛰어났다.

"저 사람이 패공 유방이란 말인가?"

역이기는 성문 앞을 지나는 유방을 흘끗 보더니 중얼거렸다.

'용의 얼굴에 인자한 웃음, 호걸이구나!'

유방을 본 순간, 역이기는 이 고장 출신 유방의 장졸을 만나 유방 뵙기를 청했다.

"아하, 책 읽던 성문지기!"

유방은 그를 또렷하게 기억하고 있었다.

"삼가 성스러운 덕을 지니신 상(相)이옵기에, 입 좀 놀릴까 합니다."

"한평생 책만 읽고 사셨으니, 보통 입이 아니겠지요? 우선 제 막사나 지키며 독서를 계속하시지요."

그날부터 역이기는 유방의 막사를 지키며 찾아오는 사람들을 안내했다. 그러다 힘이 들면 언제든지 막사 안 한구석에 있는 침구에 몸을 뉘고 쉬었다.

하루는 유방이 물었다.

"입 놀릴 거리를 찾았습니까?"

첫 물음이었다.

"여기 올 때 가져온 생각이 하나 있긴 합니다만."

"내 그럴 줄 알았소! 하나 아무리 좋은 계책도 때를 놓치면 쓸모가 없지요. 아직도 유효합니까?"

역이기는 오래 참았던 계책을 털어놓았다.

"여기 가까운 곳에 진류성陳留城이 있는데, 그곳에 진秦의 곡물 창고가 있습니다. 그곳을 함락하면 풍족한 식량을 얻을 수 있습니다. 제가 그 유수留守와 친분이 있습지요."

유방은 정신이 번쩍 드는 듯했다. 군사들의 식량을 해결할 수 있다는 말은 10년 가뭄에 단비 소식과도 같았다.

유방은 역이기를 광야군廣野君으로 높여 부르고 책사策士가 되어줄 것을 청했다.

역이기는 무예가 출중한 자기 동생 역상酈商까지 거두어줄 것을 부탁했다.

"제가 그 유수에게 항복을 권해보겠습니다. 듣지 않으면 그때 쳐도 우리에겐 손해가 없지요."

유방은 역이기를 사자로 삼아 진류성으로 보냈다. 역이기는 유방의 됨됨이를 하나하나 풀어놓으며 득得과 실失을 따져 항복을 권했다.

"아하! 책은 죽을 사람도 살린다는 말이 맞는군. 자네가 아니었다면 나는 벌써 반란군에게 죽은 목숨이었을 것이네."

유수는 역이기의 권고를 따르기로 흔쾌히 약속했다.

'천하의 요충지 진류성을 차지해야 한다!'

유방은 진류성의 유수가 항복하지 않을 때를 대비하여 군사들을 출동시켰다. 진류성 앞에서 역이기와 마주쳤다.

"장군! 항복하겠답니다. 저기 백기가 걸렸습니다."

"수고했습니다, 광야군!"

저항하는 진군은 하나도 보이지 않았다. 역상은 즉시 관창官倉에 쌓인 곡물을 모두 유방군 진지로 옮겼다.

소문은 금세 널리 퍼져, 멀리 있는 유민군의 귀에도 들어갔다.

"유방 장군 밑으로 들어가면 굶어 죽지는 않겠다."

진류성에 주둔한 유방은 군사 훈련에 심혈을 기울이는 한편, 군사들을 잘 먹였다.

"기름진 음식에 편안한 휴식, 이제는 그 값을 해야지."

이 무렵 유방의 군사들은 강성해져 있었다.

유방은 역이기를 통해 만물의 이치를 깨달을 수 있었다. 그리고 그를 통해 원대한 뜻을 세우고, 용병用兵의 지략을 갖춘 지도자로서의 모습을 보여줬다.

훌륭한 참모를 얻는 일은 장수에게 가장 흐뭇한 일이었다. 역이기를 비롯하여 여러 재주와 지략을 갖춘 인재들로 유방군은 활기가 넘쳤다. 그중에서도 산적 두목이었던 강무후와 그의 무리 5천 군사의 활약은 두드러졌다.

진류성에서 힘을 기른 유방은 여러 성을 차지하며 서쪽으로 진군했다. 그러던 중, 유방군을 비웃기라도 하듯 철옹성 같은 성을 만나게 되었다. 개봉성開封城이었다.

관중으로 가기 위해서는 개봉성을 점령해야 했다. 그러나 도저히 무너뜨릴 수가 없었다.

"어찌하면 개봉성을 무너뜨릴 수 있겠는가?"

유방은 장수들을 불러 의논했다.

"제가 들쥐 작전을 펴겠습니다."

강무후가 또 들쥐 작전을 들고나왔다.

"곡식을 물어 나르는 게 아니라 성을 함락시키는 일이다."

일전에 식량이 없어 어려울 적에 강무후 군사가 마을에 내려가 식량을 구해 온 것을 두고 하는 말이었다. 그들은 곡식을 다 퍼내 오는 것이 아니라 주인이 먹을 것은 남기고 가져왔다.

"들쥐 작전에도 종류가 있습니다. 이번 작전은 곡식이 아니라 군사를 물어 나르는 일입니다."

"군사를 물어 날라? 어떻게?"

유방이 의아해하자 강무후가 서슴없이 대답했다.

"졸개들을 성 아래로 보내 심한 욕질을 하게 하면 그들은 필시 화가 나 성문을 열고 나올 것입니다. 그때 그들을 에워싸고 들이쳐 성을 함락시키는 것입니다."

"그거 재미있겠군. 시험 삼아서라도 한번 해보게."

유방은 쾌히 승낙했다. 그렇게 함으로써 진군의 전력을 가늠해볼 수도 있다는 것이 유방의 계산이었다.

원래가 산적 출신인 강무후의 부하들인지라, 상대방에게 퍼붓는 욕설은 지독했다. 그들은 갖은 욕설을 성문을 향해 퍼부어댔다.

진나라 군사들은 처음에는 대꾸가 없었다. 그러다 그들의 부모와 조상까지 들먹이며 욕을 퍼붓자 어지간히 분통이 터지는지, "망할 놈들, 네놈들을 그냥 둘 줄 아느냐!" 하고 맞고함을 치며 성문을 열고 나왔다. 강무후는 싸우는 척하다가 물러나 그들을 유인했으나, 그들에게는 먹히지가 않았다.

두 번째 시도는 한밤중에 성문을 부수는 것이었다. 통나무를 들고 뛰어가 성문에 부딪힌 뒤 그 자리에 놓아두고, 그다음 차례가 다시 달려 나갔다.

얼마 후 성문 앞에 통나무가 수북이 쌓이자, 성문을 향해 불화살을 쏘게 했다. 기름칠을 한 통나무에 불이 붙었다. 유방군은 그 틈에 성벽을 기어올랐다. 그러자 진군은 성벽 위에서 펄펄 끓는 물과 돌덩이 세례를 퍼부었다.

두 차례에 걸친 공격에도 진군의 철옹성 같은 기세가 꺾이지 않자 유방군의 사기만 꺾였다. 강무후의 들쥐 작전에도 꿈쩍하지 않았고, 역이기와 역상이 계책을 써 성을 공격했으나 많은 군사만 잃었을 뿐이었다.

"성을 함락시킬 묘책이 없을까?"

유방이 다시 역이기에게 물었다.

"성안에 용병에 능한 장수가 있는 게 분명합니다. 군사가 아무리 많고 강하더라도 허점이 보이게 마련인데, 적은 허虛를 보이면서도 실實을 기하는 아주 묘한 계책을 쓰고 있습니다."

"그렇다면 어찌했으면 좋겠소?"

"일단 물러나는 것이 상책일 듯싶습니다."

유방은 역이기의 말을 들어 군사를 물러나게 했다.

한동안 시름에 빠져 오도 가도 못 하고 있을 즈음, 한韓나라에 갔던 장량張良이 온다는 전갈이 왔다. 유방은 장량이 온다는 전갈을 받자 뛸 듯이 기뻐했다.

"내 자방子房이 온다! 그가 오면 개봉성 열 개라도 짓뭉갤 방책을 세울 수 있을 거다."

"그분이 그렇게도 용하신가요?"

옆에 있던 강무후가 물었다.

"용하다마다. 천리 밖을 내다볼 줄 아는 전술의 대가지. 소하와 번쾌에게 물어봐라. 얼마나 용한지. 우리가 전에 승승장구하던 때를 잊지 못하겠구나."

유방은 그날부터 장량이 오기만을 학의 모가지처럼 늘어뜨리고 기다렸다.

장량은 유방이 개봉에서 발이 묶였다는 소식을 듣고 불길한 예감에 사로잡혀 있었다. 관중까지 가려면 시간이 없었다. 항우보다, 그 어느 누구보다 먼저 관중을 점령해야 했다.

장량은 말에 박차를 가했다. 멀리 동쪽 하늘 아침 햇살을 받으며 달려오던 한 떼의 군마가 언덕 위에 멎었다.

군막 곳곳에서 연기가 피어올랐다. 아침 식사를 준비하고 있는 유방군이었다. 소식을 들은 유방이 벌떡 몸을 일으키며 군막 밖으로 달려 나갔다. 말에서 내리는 장량이 보였다.

"자방인가?"

유방이 두 손을 번쩍 치켜들었다.

"패공, 이제야 찾아온 소장을 용서해주십시오."

장량이 유방 앞에 넙죽 엎드렸다.

"용서라니, 당치도 않소. 이제 자방이 내게 왔으니, 무슨 걱정이 있겠소?"

유방이 장량과 인연을 맺은 것은 유방이 항량을 찾기 이전이었다. 장량은 유방의 참모가 되어 많은 활약을 했다. 그가 한나라에 가게 된 것은 한나라를 지키고 한 왕조를 세우기 위해서였다. 그것은 어

디까지나 유방과의 합의에 의해 이루어진 일이었다.

장량은 대대로 한나라를 섬긴 집안의 후손이었다. 5대에 걸쳐 한 왕을 섬긴 가문답게 엄청난 재산이 있었고, 거느리는 하인만도 수백 명이었다. 그러나 한의 멸망은 이러한 부귀영화를 하루아침에 앗아 가 버렸다.

그는 시황제 순행길에 박랑사博浪沙에서 장사를 시켜 시황제를 죽이려다 실패한 후, 하비 땅으로 숨어들어 살았다.

어느 날 정체 모를 노인으로부터 병법의 대가 〈태공망太公望의 병 서兵書〉를 받아 읽고 깨달아 책략가가 되어 있었다.

어쨌든 장량과 다시 만난 유방의 기분은 하늘을 나는 듯했다.

"그동안 어찌 지냈는가?"

장량은 한나라를 다시 일으키기 위해 악전고투한 애기를 털어놓았다.

"저는 전투 체질이 아닌 모양입니다. 병법을 더 연구하여 전략가로 활약하고 싶습니다."

유방은 자신의 장단점을 솔직하게 드러낼 줄 아는 장량의 소탈함이 마음에 들었다.

"자네만 곁에 있어 준다면 천하를 얻은 것이나 다름없네."

장량은 계책에 천부적인 재능을 가지고 있었다. 유방은 장량의 남다른 강점을 이미 꿰뚫어 보고 있었던 것이다.

"자, 이제 어찌했으면 좋겠나?"

장량이 전장戰場을 살펴본 결과는 이랬다. 유방군의 병기는 보잘것없는 데다가 무기를 갖춘 병사도 많지 않았다. 그에 비해 개봉군의 진군은 우수한 무기를 갖춘 듯했다. 그러므로 필요한 것은 많은 활과 화살촉이었다.

"우선은 진군의 화살을 몽땅 가져와야겠습니다."

장량은 유방에게 자신의 계략을 이야기해주었다.

"역시 나의 장자방이오. 나는 구경만 하고 있으면 될 것 같소."

장량은 비어 있는 병참 수레에 큰 두 기둥을 세우고, 검은 천으로 가려 장막 뒤가 보이지 않게 꾸몄다. 그리고 어둠이 밀려오자 조를 짜 각각 수레를 밀면서 성벽으로 다가갔다.

성 위에서는 갑자기 나타난 검은 물체에 빽빽이 서서 화살을 쏘아대기 시작했다. 화살이 비 오듯 날아 장막에 마구 꽂혔다. 불화살도 날아왔으나, 미리 천에 물을 흠뻑 적신 터라 연기가 나다 말았다.

군사들은 장량의 명에 따라 장막을 바꿔가며 성 가까이 갔다가 물러나기를 밤새 반복했다. 그렇게 해서 거두어들인 화살이 산더미처럼 쌓였다.

또 그다음 날 밤, 미리 준비한 쇠판으로 수레를 덮게 하고 성벽 밑에까지 밀고 나갔다.

"또 초군이 나타났다!"

성 위에서는 펄펄 끓는 물을 퍼붓고 바윗덩이를 굴러 내렸다.

"수레 밑에 바짝 붙어라! 그래야 다치지 않는다!"

밤새도록 수레 위로 펄펄 끓는 물이 쏟아져 내렸다.

"지난번에는 화살촉을 얻었지만, 이번에는 얻은 것이 없잖습니까?"

어느 장수가 장량에게 물었다.

"모르는 소리! 성안에서 물을 데우느라고 얼마나 많은 나무를 태웠겠느냐. 그리고 바윗덩이도 동이 나고 쇠붙이와 창도 많이 떨어졌다. 몽땅 수레에 실어라!"

"⋯⋯."

"쇠붙이를 녹여서 이번에는 더 큰 쇠지붕을 만들어라!"

그러는 중에 장량은 고민에 빠졌다.

개봉성이 워낙 견고하여 함락하려면 몇 달이 걸릴 것 같았다. 그래서 장량은 병기도 웬만큼 갖추었으니 일부 군사만 남겨 적의 보급로를 끊게 하고 다른 성을 쳐서 군사를 훈련시키는 것이 좋겠다고 유방을 설득했다.

유방과 다른 장수들도 장량의 의견을 받아들였다.

장량은 새로 개발한 쇠지붕 수레를 끌고 다니며 남방 일대를 점령했다.

　군사들 사이에서 왜 개봉을 치지 않고 남방을 휩쓸고 다니는지 불평하는 목소리가 높아지자 장량은 여러 장수들을 모아놓고 그 이유를 설명했다.

　"나는 개봉을 치기 위해 남하한 것이 아니오. 결론적으로 우리의 목표는 관중행이 아니겠소? 지금까지의 싸움은 군사를 강하게 만들기 위함이었소. 진의 병기를 빼앗을 수 있는 데까지 빼앗고, 성을 함락시킴으로써 군사들에게 싸우면 반드시 이긴다는 승전勝戰의 긍지를 돋우려고 했던 것이오. 항우군은 북방의 거록에서 진의 정규군 30만 명을 섬멸하는 쾌승을 거두었소. 우리 군도 진의 대군을 궤멸하고 우리의 위명威名을 떨쳐야 하오."

장수들은 장량의 말을 듣고서야 고개를 끄덕였다.

유방군이 남양을 거쳐 곡우에 이르자, 진의 장수 양웅楊熊이 지키고 있었다. 장량은 양웅을 성 밖으로 끌어내어 첩자를 이용한 유격 전법을 썼다.

그들의 움직임을 미리 간파하여 장례 행렬이나 화전민, 또는 행상으로 변장하여 혼란에 빠뜨리고, 매복군으로 길을 지키고 있다가 덮쳤다. 장량은 양동陽動, 기습, 포위 작전을 자유자재로 구사했다. 그 바람에 양웅은 가까스로 목숨을 구해 형양성에 숨어들었다가, 싸움에 패한 죄상罪狀을 물어 죽임을 당했다.

한편, 진의 대군을 철저히 무너뜨린 유방군의 기쁨은 컸다. 그들도 항우군에 못지않다는 자신감을 얻은 것이 무엇보다도 중요한 성과였다. 양웅은 시황제 때부터 6국을 섬멸한 상장군이 아니던가!

진군이 유방군에 패했다는 소식이 함양에 알려졌다. 완성宛城은 옛날에 초나라 영토였으나 전국시대에 한나라 영토가 된 적이 있었기 때문에, 성안에는 한나라 재상의 유복자인 장량을 아는 사람이 많았다. 또한 그들은 장량이 옛 한의 백성들을 동족으로 여기고 한나라를 부활시키고 있다는 사실도 잘 알고 있었다.

장량은 태수를 잘 아는 진회陳恢에게 서찰을 써서 항복을 권유하게 하였고, 태수의 항복을 받아들여 그를 후侯에 봉했다.

이렇게 해서 남양南陽과 곡우曲隅, 형양성滎陽城, 완성宛城까지 철저히 쳐부순 유방군의 사기는 하늘을 찌를 듯했다.

유방이 가는 곳마다 성문이 활짝 열리고 백성들은 마중을 나왔다. 유방은 장량의 첩보 활동과 계책으로 피 한 방울 흘리지 않고 마침내 진의 국경 지역에 머무르게 되었다.

"우리도 항복하겠소!"

"우리도……."

성에 닿기도 전에 사자가 달려와 항복을 청하기도 했다.

마침내 유방군이 무관성武關城에 도달했다.

"무관만 돌파하면 진나라다!"

"와아!"

무관 태수는 성문을 굳게 닫고 유방군과 싸울 것을 명했다. 그러나 유방군이 성을 에워싸자 군사들이 동요하기 시작했다.

"아무래도 유방군을 막아내기가 힘들 것 같습니다."

그때 군사들이 성문을 열고 도망친다는 보고가 들어왔다.

"하늘이 진을 버리는구나."

태수도 군사들과 함께 도망칠 수밖에 없었다. 나머지 군사들은 앞쪽 성문을 열고 유방군에 항복했다.

"싸우지 않고 이긴다는 것은 이를 두고 말함인가!"

유방은 껄껄 웃으며 기뻐했다.

장량은 완성을 떠나기 전에 태수로 하여금 서진 도중에 길을 가로막을 여러 성에 항복을 권고하는 서찰을 보내게 했었다. 유방으로부터 후侯에 봉해진 태수는 유방군이 서진하는 길목에 있는 여러 성에 연락을 취했다.

유방군을 쳐도 죽고, 치지 않아도 죽습니다. 진의 명장이 모두 사라진 이 마당에 살길은 오직 성문을 열고 대세를 따르는 것밖에 없습니다. 지금 함양에서는 충신마저 모두 죽이고 있습니다. 진 제국은 이미 기운 지 오래고, 머지않아 관중도 떨어질 것입니다. 기울 대로 기운 진秦을 위해 목숨을 바쳐야 하는지 신중히 생각해보시기 바랍니다.

완성의 완현 태수가 각 성에 보낸 항복 권유 서찰이었다. 그 서찰의 효과가 매우 커, 유방군의 서진은 순풍에 돛을 단 격이었다.

더욱이 싸우지 않고도 이겼으니, 천운天運을 얻은 셈이었다.

유방, 관중^{關中}에 들다

사내가 뜻을 세우고자 함이 무엇인가?
이런 호사스러움과 미인을 가까이해보고 싶은 마음이 없고서야,
어찌 사내라 하겠는가?
내 여기 마음껏 도취해보리라!

　　그 무렵 진나라 함양의 조고는 항우군이 거록을 점
령한 후 함곡관을 향하고 있고, 유방군이 무관을 거쳐 황궁으로 향
한다는 소식에 진의 패망을 예측하고 있었다.
　'이참에 황제를 없애고 내가 나서서 점령군과 타협한다면 살아날
수 있지 않을까?'
　조고는 자신이 유리한 쪽으로 엉뚱한 생각을 했다. 그래서 먼저
군신君臣들이 자기에게 얼마나 동의해줄지 시험해보기로 했다.
　조고는, 어느 날 잘생긴 사슴 한 마리를 여러 신하들이 지켜보는
가운데 2세 황제에게 바치며 물었다.
　"폐하, 이것이 무엇입니까?"
　"사슴이 아닌가?"
　"사슴이 아니라 말이옵니다. 아름다운 말이라 폐하께 드리려고 가
져온 것입니다."

2세 황제가 아무리 살펴보아도 그것은 분명 사슴이었다.

"승상도 재미있군. 사슴을 말이라 하니……."

"좌우 군신들에게 물어보십시오."

조고가 정색을 하자, 2세 황제는 어색한 웃음을 지으며 물었다.

"경들이 보기에는 사슴인가, 말인가?"

군신들 사이에 무거운 침묵이 흐르는 가운데, 군신들은 조고와 황제의 눈치를 보느라 눈망울만 굴렸다.

"예에, 말이옵니다."

"폐하 말씀대로 사슴이옵니다."

입을 다물고 있는 대신들도 있었다.

"그대는 왜 아무 말도 하지 않는가? 사슴인가, 말인가?"

그러자 그가 말했다.

"입을 열지 않는 것이 소신의 대답입니다."

그날 밤, 여러 대신들이 죽었다. 사슴이라고 답한 자들이었다.(지록위마 指鹿爲馬: 윗사람을 농락하여 권세를 마음대로 함.)

또한 조고는 황제만이 사냥할 수 있는 상림원에다 측근을 시켜 양민 하나를 황제의 화살로 쏘아 죽여 놓고는 2세 황제를 범인으로 못박았다.

"난 기억이 없소. 요즘 사냥한 적도 없단 말이오."

"요즘 폐하의 정신 상태가 온전치 못하십니다. 말을 사슴이라 하시고……, 황궁을 떠나 망이궁望夷宮으로 가십시오."

이렇게 해서 조고는 2세 황제 호해를 자결케 하고, 호해 황제의 형이자 부소의 아들 자영子嬰을 황제가 아닌 진왕秦王으로 삼았다.

한편, 유방군은 무관을 점령한 후 요관嶢關에서 진군의 완강한 저항에 부딪혔다. 요관은 무관에서 함양으로 가는 길목으로, 그곳은 천연 요새要塞였다. 성벽이 겹겹으로 둘러쳐져 있어서 날아가지 않는 한 통과할 수가 없었다.

"무엇이 문제요?"

유방이 답답하여 물었다.

"진나라 백성들이 저토록 완강하니……."

"그렇다면 어떻게 하는 게 좋겠소?"

"강한 것은 약하게, 많은 것은 적게 하는 것이 상책입니다."

장량은 잠시 생각에 잠겼다. 지형이 험한 요관은 군사들의 무작정 공격만으로 무너뜨릴 수 없을 것이었다.

며칠 후, 첩자가 알려온 요관의 수장守將은 용맹스럽기는 하나 농민도 선비도 아닌 상인 출신이었다.

'그렇다면 매수買收가 가능할 것이다.'

"수장이 장사치 출신이니, 재물을 주면 매수할 수 있을 것입니다."

장량이 유방에게 말했다.

"그 방법을 써야겠군."

유방은 장량의 계책을 받아들였다. 장량은 외교의 달인 역이기에게 황금을 주어 성안으로 잠입시켰다.

"나는 무산에서 30년 도를 닦은 도사요. 장군께 긴히 드릴 말씀이 있어서 찾아왔소."

요관을 지키는 수장이 보기에도 역이기는 도인의 풍모를 지니고 있었다. 역이기는 대뜸 주머니에서 황금덩어리를 꺼내놓았다.

"웬 금덩이요?"

수장이 놀라 물었다. 첩보에 의하면 수장은 장사꾼이라고 했으니, 역이기는 군더더기 없이 간단히 말했다.

"이것은 장군께 드리려는 것 중 일부에 불과합니다. 이보다 열 배, 백 배도 드릴 수 있습니다."

역이기는 자기가 찾아온 목적을 이해득실을 따져 설명했다. 결국 수장은 뇌물을 듬뿍 준다면 성문을 열어주겠다고 했다.

역이기가 돌아와 수장과 있었던 일을 말하자, 유방이 장량에게 물었다.

"그를 수하로 받아들이는 것이 어떻겠소?"

장량은 고개를 저었다.

"장사치를 믿어서는 안 됩니다. 놈은 뇌물을 받고 성문을 열어주지만, 그 밑의 장수들은 다를 것입니다. 성문이 열리는 즉시 진군을 철저히 때려 부숴야 합니다."

마침내 요관 공격의 때가 왔다. 수장과는 이미 성문을 열어주기로 밀약이 되어 있었다.

다음 날 유방군은 성문을 향해 다가갔다. 성 위의 진나라 군사들은 겁먹은 눈길로 유방군을 지켜보고 있었다.

유방은 전군에 공격 명령을 내렸다.

"오늘이 너희 제삿날이다, 이놈들아!"

요란한 징소리와 함께 수많은 군사들이 들이닥치자 약속대로 성문이 열렸다.

"어느 놈이 적과 내통했다!"

"도적 떼거리들을 모조리 무찔러라!"

성안의 장수들은 부하들을 이끌고 유방군에 대항하여 혈전을 벌였다.

"도망쳐야 산다!"

"성문을 빠져나가자!"

첩자들의 선동에 의해, 진군은 사기가 꺾여 도망치기 시작했다. 마침내 요관, 명실공히 진나라 땅이 함락되었다. 장량은 이미 한 떼의 군사를 성문 밖에 매복시켜 놓고 있었다.

"달아나는 진군을 철저히 섬멸하라!"

두 번 다시 대항하지 못하도록 진나라 군사를 치는 한편, 유방은 군사들에게 또 다른 엄명을 내렸다.

"백성을 보호하라! 누구든지 백성들 재물에 손을 대는 자는 그 즉시 목을 베리라!"

이렇게 유방군은 진군을 몰아치며 관중으로 밀고 들어갔다.

유방군이 함양성 가까이 이르자, 조고는 옥새를 어루만지며 어떻게 유방군과 흥정할지를 두고 골몰했다.

그런데 아무래도 진왕 자영이 목에 가시처럼 걸렸다. 왜냐하면 패공이라는 유방이 자기보다는 진왕을 상대할 것이기 때문이었다.

'자영을 죽이자.'

조고가 이럴 즈음 진왕 궁에서도 조고를 없앨 궁리를 하고 있었다. 진왕은 몸이 불편하다는 핑계로 조고를 불러들였다.

"어디가 편찮으십니까……?"

조고가 진왕 자영에게 다가갈 즈음, 장막 뒤에 숨어 있던 시종이 비수를 빼어 들고 달려 나갔다.

"헉!"

비수는 조고의 등에 깊숙이 꽂혔다. 진시황이 살아 있을 때부터 백성들을 가난과 고통 속에 몰아넣으며 권력에 빌붙어 온갖 아첨으로 햇볕만 바라보고 살았던 환관 조고의 삶은 이렇게 끝이 났다.

이를 계기로 함양성에는 새로운 기운이 돋아나는 듯했다.

한편, 유방군은 장량의 철저한 진군 섬멸 작전으로 인해 아직도 함양성에 입성하지 못하고 있었다.

"언제쯤 함양에 들어갈 생각이오?"

유방이 묻자, 장량은 단호한 어조로 말했다.

"한 놈의 진군도 얼씬거리지 못하게 만든 후 들어가야 합니다."

장량은 함양 입성보다도 함양을 에워싸고 저항하는 진군의 무리를 쳐부수는 일이 더 중요하다고 생각했다.

어느 누구보다도 진을 증오하는 장량은 진군 섬멸에 혼신의 힘을 기울였다.

이윽고 유방의 대군은 함양성 일대를 모두 함락시키고 패상霸上에 다다라 함양성에 입성할 날만을 기다리고 있었다.

함양성에는 위수渭水가 흐르고 있었다. 위수는 관중을 흐르는 가장 큰 강으로, 함양 동쪽에도 그 지류가 흐르고 있었다.

3세 황제 자영은 진의 멸망을 눈앞에 두고 남아 있는 중신들과 장수들을 불러 모아 앞일을 논의했다.

"황제 폐하께서 항복하심이 최선의 길이 아닌가 합니다."

"항복해야만 백성을 살리고 폐하께서도 사실 수 있는 길이 될 것입니다."

모든 대신들이 침통한 가운데 한 마디씩 말하자, 자영이 무겁게 입을 열었다.

"이곳에 온 적장 유방은 덕德을 지닌 장수라고 하니, 그나마 다행스러운 일이다. 시황제께서 이룩하신 업적이 이렇게 끝나게 됨은 애석한 일이다. 그러나 이 또한 하늘의 뜻이라면, 어찌하겠는가!"

3세 황제는 머리를 푹 숙였다. 머릿속이 온갖 생각으로 착잡했다.

'백성을 살리는 길.'

항복한다고 해서 적군이 살려주리라고는 믿지 않았다. 그렇다고 죽음이 두렵지도 않았다.

유방은 하루라도 빨리 함양으로 쳐들어가고 싶었다.
"이제 때가 된 것이 아니오?"
"그렇습니다. 군사들을 정비한 후 곧 쳐들어갈 것입니다."
장량도 함양성 공격을 서둘렀다.
그런 어느 날 패상의 유방에게 사람이 찾아왔다. 자영이 보낸 사자였다.
"진의 황제께서 항복하시겠답니다."
"항복?"
유방은 너무도 뜻밖이어서 어리둥절한 얼굴로 사자를 쳐다봤다.
'아직 함양성을 공격하지도 않았는데 황제가 항복을 해오다니……'
도무지 믿어지지 않는 일이었다. 싸움을 하지 않고 함양성을 차지한다면, 그것처럼 기쁜 일은 없었다.
'그렇다 하더라도 황제의 목숨을 살려준다면, 뒷날 화근이 되는 것은 아닐까? 하지만 항복한 자를 죽일 수는 없잖은가?'
유방은 곧 장수들을 불러 의견을 물었다. 모든 장수들이 시황제의 죄를 물어 자영의 목을 베야 한다고 말했다. 진나라에 대한 원한이 사무쳤던 것이다.
'죽여?'
유방은 가타부타 말을 하지 않고 골똘히 여러 생각을 하며 상념에 잠겼다.
"죽여야 합니다!"

장수들이 목소리를 높였다.

유방은 장량을 바라보았다. 장량은 못 본 척 입을 앙다물고 있었다. 장량 역시 자영을 죽여야 한다고 생각하고 있었다.

한韓의 귀족 출신인 장량은 진과의 전쟁에서 어떤 보상도 바라지 않았다. 오로지 진에 대한 복수의 일념으로 이날까지 지내왔다.

그는 박랑사에서 시황제 암살을 시도했지만 실패했다. 이후 진을 멸하겠다는 일념으로 전장을 누벼온 그였다. 그리고 진군을 짓이기며 함양에 다다라 진의 항복을 받기에 이른 것이다.

'황제를 죽여야 한다!'

장량은 계속 앞을 바라본 채 입을 꾹 다물고 사태의 추이를 지켜보고 있었다.

그렇지만 장량은 죽이자는 말을 입 밖에 내지는 않았다.

'유방을 지켜보는 수밖에 없다. 죽이고 싶지만, 내 입으로 먼저 죽이자고 말할 수는 없다.'

장량은 깊은 한숨을 쉬고 나서 고개를 떨어뜨렸다.

유방은 자영을 살릴 생각을 가지고 있었다. 관중을 다스리려면 먼저 민심을 거두어들이고 믿음과 바람, 곧 신망을 얻어야 했다.

'자영은 신망을 얻는 데 필요한 이용물로 살려두어야 한다.'

이런 생각 때문에 유방은 가만히 있을 수밖에 없었다.

관중은 그 자체가 거대한 성곽으로 식량과 물자가 풍부했다. 한마디로 보물 창고인 셈이다. 이 축복받은 땅을 기반으로 천하를 얻으려는 야망을 품은 유방은 장량과는 애당초 시작부터 생각이 달랐다.

장량도 유방의 그런 속마음 정도는 헤아리고 있었다. 그 때문에 진왕을 죽이고 싶어도 죽이자는 말을 차마 못 하고 꿀 먹은 벙어리가 된 것이다.

'장량도 죽여야 한다고 생각하고 있군.'

유방은 장량의 심중을 꿰뚫어 보고 있었다.

'모두 죽이자고 나서니, 큰일이군.'

벌떡 일어난 유방이 역이기에게 시선을 던졌다. 역이기도 유방을 바라보고 있었다.

"그대도 죽여야 한다고 생각하는가?"

유방은 못내 안타까워하는 기색을 짓더니, 밖으로 나가버렸다. 일부러 자리를 피해주는 것 같았다. 역이기는 유방이 자기에게 무엇을 원하는지를 알아차렸다.

"나도 패공처럼 자영을 죽이면 안 된다고 생각하오. 예로부터 항복해온 적군의 왕은 죽이지 않는 것이 법도요. 우리는 이미 진군을 철저히 두들겨 부수었는데, 항복한 진왕秦王을 죽일 것까지는 없을 것 같소."

역이기는 3세 황제를 진왕이라 칭했다. 잠시 후, 안으로 들어온 유방은 자리에 앉으면서 기다렸다는 듯 입을 열었다.

"그대들 모두가 죽여야 한다고 해도 나는 따를 수 없소. 생각해보시오. 항우는 저희 숙부를 죽인 장한도 살려주었소. 그런데 내가 어떻게 진시황도 아니고 2세 황제도 아닌 허수아비 진왕을 죽일 수가 있단 말이오? 거기다 비록 왕이라 하나 그는 스스로 항복을 해왔소. 옛말에도 '항복해온 자는 죽이지 않는다.'라고 하였으니, 그를 살려주자는 것이 내 뜻이오."

유방은 자기의 의중을 밝혔다. 그래도 장수들은 생각을 굽히지 않았다.

"안 됩니다. 자영을 살려두면 언젠가는 다시 진을 일으켜 세우려는 자들이 힘을 합해 그를 황제로 받들 것입니다. 그를 살려두는 것은 곧 화근을 남기는 것과 같습니다."

그러자 유방이 한참 동안 천장을 응시하다가 불쑥 한마디 뱉었다.

"우리가 죽이지 않아도 그는 이미 죽을 운명에 처해 있소. 무엇 때문에 우리 손에 더러운 피를 묻혀가며 많은 사람들의 원망을 사려는 거요? 안 그렇소, 장자방?"

유방은 장량을 향해 말꼬리를 돌렸다. 장량은 불에 덴 듯 화들짝 놀라 고개를 들고 낮은 목소리로 말했다.

"패공의 말씀이 옳습니다. 자영은 우리 손으로 죽이지 않아도 죽게 되어 있습니다. 죽게 되어 있어요."

장량이 말하자, 그때까지 죽이자고 고집하던 장수들도 더 이상 입을 열지 않았다.

"어차피 죽을 사람이라면 살려두어 민심이나 얻읍시다!"

유방이 이처럼 결정을 내리자 소란스럽던 논의도 끝이 났다. 잠시 후 따로 장량을 부른 유방이 나직하게 말했다.

"고맙소."

"무엇을 고맙다 하십니까?"

장량이 쑥스러운 듯 고개를 돌렸다.

"그대가 자영을 죽이고 싶어 하는 마음을 아오. 그것을 참아준 것 말이오."

"아닙니다. 패공께서는 생각에 있어서도 저보다 위입니다. 언젠가는 회왕이나 항우가 죽일 자영이 아닙니까? 그 생각을 미처 하지 못했습니다."

장량이 밝게 웃으며 말했다. 유방은 장량의 손을 잡고 흔들었다. 장량은 곧 사자를 3세 황제에게 보내 항복을 받아들인다는 뜻을 전했다.

이튿날.

자영은 흰 상복을 입고 목에는 옥새를 건 끈을 걸었다. 그리고 흰 수레에 올라 유방이 있는 패상으로 향했다. 눈물이 주르륵 흘러내렸다. 지난날들이 주마등처럼 스쳐 지나갔다. 아버지 부소의 죽음, 칼날 위에 선 듯한 나날들, 조고趙高의 횡포, 전란의 위기 속에서 진왕

등극 등 파란만장한 과거였다.

붉은색의 초나라 깃발이 펄럭이고 군사들이 줄지어 선 높은 자리에 유방이 앉아 있었다.

자영은 처자를 데리고 수레에서 내려 유방 앞으로 걸어가 무릎을 꿇었다.

유방은 몸을 일으켜 자영을 맞았다.

"오시느라 수고하셨소."

유방의 목소리는 부드러웠고, 승자로서의 거만함도 없었다.

"하늘이 진秦의 사직社稷을 버리신즉 이제 패공께 항복하오니, 옥새를 받으시고 만백성을 구하옵소서."

자영은 유방 앞에 무릎을 꿇은 채 절을 올렸다. 그리고 들고 온 옥새 상자를 바쳤다.

상자 안에는 새璽·부符·절節이 들어 있었다. 새는 황제의 도장이고, 부는 황제가 사자를 보낼 때 그 징표로 내리는 것이며, 절 또한 황제가 사신이나 장수들에게 내리는 신표였다. 이 세 가지는 황제가 진 제국의 관료를 움직이게 하는 절대권을 행사하는 도구였다.

유방은 다시 이것을 회왕에게 바쳐야 했다.

유방은 자영에게 보복행위가 생기지 않도록 잘 보호해주라 일렀다. 자영의 신병身柄을 군중軍中에 두지 않은 것도 보복의 우려 때문이었다.

이제 함양에 입성할 일만 남아 있었다.

"자, 출발하자!"

유방은 전군에게 함양으로 향할 것을 명했다.

함양은 천하의 재화와 미인들로 가득 찬 진 제국의 수도였다. 유방은 위수에 비치는 궁궐들을 보고 놀랐다. 아방궁阿房宮은 함양과 마주 보는 위수 남쪽에 자리 잡았으나, 시황제는 궁의 완성을 보지 못한 채 세상을 떠났다.

진의 궁궐 36궁宮은 눈을 현란하게 했고, 잘 가꿔진 정원과 석교는 왕실의 웅장함을 자랑하고 있었다.

유방군은 조용하고 질서정연하게 군사를 앞세우고 함양성에 들었다.

"술은 안 됩니다!"

함양 궁궐에 들어가는 즉시 승리의 축배를 들리라 생각하던 유방에게 번쾌가 불쑥 외치듯이 큰 소리로 다짐하듯 말했다.

그러자 또 이번엔 장량이 나섰다.

"술 한 잔 하시겠습니까?"

유방의 귀가 번쩍 뜨였다. 그러나 바로 곁에 번쾌가 왕방울만 한 눈을 크게 뜨고 지켜보고 있었다.

장량은 눈짓으로 번쾌를 가리키며 말했다.

"안 드시는 편이 낫겠습니다."

유방은 장량의 말이라면 팥으로 메주를 쑨다 해도 받아들였다.

"과연……, 천하제일의 장대함이로다!"

유방의 입에서는 감탄의 말이 절로 터져 나왔다. 소복을 입은 수많은 궁녀들이 다소곳이 줄지어 유방 일행을 맞았다. 패공은 눈이 휘둥그레지며 황홀경에 빠진 듯 넋을 잃고 있었다. 장수들도 서로 쳐다볼 뿐 말문을 잃었다.

유방의 눈길은 내궁의 별실에 쌓여 있는 휘황찬란한 금은이나 주옥보다 3천 명에 달하는 궁녀들에게 쏠려 있었다.

궁녀들 대부분은 조고에게 외면당한 천하의 미녀들이었다. 조고는 자기편이 아닌 듯싶은 궁녀는 쥐도 새도 모르게 처단했고, 나머지는 광대한 궁궐을 장식하는 도구로 삼았다. 조고가 황제의 침실에 넣어준 궁녀의 수는 실제로 얼마 되지 않을 터였다.

"황제의 침실에 들지 못한 여인들은 앞으로 나와라!"

옆에서 말릴 새도 없이 갑자기 유방이 궁녀들을 향해 외치자, 궁녀들이 너도나도 몰려들었다. 뜻밖이었다. 장량과 번쾌가 옆에 붙어 있었지만, 멍하니 유방을 바라볼 뿐이었다.

"사내가 뜻을 세우고자 함이 무엇 때문인가? 이런 호사와 미인을 외면할 수 있다면 어찌 사내라 하겠는가? 내 여기에 진을 치고 마음껏 도취해보리라!"

유방은 어느새 양손에 두 궁녀를 잡고 침실로 향하고 있었다.

호위대장인 번쾌가 황급히 뛰어가 앞을 가로막았다.

"안 됩니다. 황음방탕荒淫放蕩함이 나라의 사직을 무너뜨렸습니다. 방금 전 황제가 목에 끈을 매고 무릎걸음으로 항복하는 걸 보시지 않았습니까? 그런데도 이것들에 취하려 하십니까?"

"잠깐이면 돼. 다른 사람들 눈에 안 띄게 네가 문을 좀 지켜다오."

유방이 번쾌에게 통사정하듯 애원했다. 장량도 번쾌의 뒤를 따라왔다.

"진나라는 방탕함으로 인해 교만하고 무도無道해졌습니다. 패공이 이 자리에 설 수 있게 된 것도 그 때문입니다. 먼저 진나라의 무도함을 응징했다는 것을 천하에 알리기 위해서라도 지금 당장 패상으로 돌아가셔야 합니다."

"이곳에 머무르면 군졸들이 재물을 약탈하고 궁녀들을 겁탈하게 되어 관중에서 신망을 잃게 됩니다."

번쾌가 다시 말하며 유방을 끌어안고, 장량이 앞길을 막았다. 그

제야 유방은 하는 수 없이 궁녀들의 손을 놓고 발길을 돌려야 했다.

유방은 초 회왕과의 약속에 따라 자신이 '관중의 왕'이 되었으면서도, 궁중에서 축하주 한 잔 없이 물러나는 것이 못내 서운했다.

유방은 곧바로 군사들에게 엄명을 내리고 패상으로 돌아갔다. 승리감에 들떠 있던 부하 장수들과 군사들 모두가 엄숙해졌다.

"백성들의 안위를 살펴라! 궁궐 안팎에 있는 모든 재물에 손대지 마라! 그대로 현 위치에 보관한다!"

유방의 명령은 서릿발 같았다.

이때 소하는 심복들과 함께 도서圖書 창고에 있었다. 법과 행정에 밝은 그는 함양에 입성하자, 다른 것보다 법령이나 행정 기록, 도서 따위를 압류하여 군영에 옮기도록 했다. 병참과 군정을 담당한 소하가 관심을 둔 것은 진 제국의 행정 자료였다. 소하가 손에 넣은 서류나 책에는 천하의 요험지要險地, 인구, 지역 특성 따위의 자료들이 들어 있었다. 이 모든 것은 민생치안의 기초이며, 전국을 헤아려볼 수 있는 중대한 문건들이었다.

인근 지역의 원로들과 모든 현의 우두머리들이 불려왔다. 그들이 모인 자리에서 유방이 공식적인 선포식을 거행했다.

"오랫동안 진나라의 학정에 고초가 많으셨소. 회왕께서는 제일 먼저 이곳 관중 땅을 밟는 장수가 '관중의 왕'이 돼라 하셨소. 그러므로 나는 비상시국에 걸맞은 법을 제정하여 공포하겠소. 이제 여러분을 괴롭혔던 진나라 법法은 없어졌소! 첫째, 사람을 죽인 자는 사형에 처한다. 둘째, 타인에게 상처를 입히면 그에 합당한 죄로 처벌한다. 셋째, 남의 물건을 빼앗는 자는 중벌로 다스린다. 이상이오!"

유방이 펼친 법은 약법삼장約法三章으로 간단했다. 누구나 알기 쉽고, 지키기 쉬웠다.

정복자가 행할지도 모를 보복 행위를 방지하며, 혼란한 틈을 노리는 도둑을 방지함으로써 질서를 유지하자는 목적이었다.

'약법삼장'이 선포되자, 백성들은 너나없이 감격에 겨워 유방을 칭송했다.

호랑이 굴, 홍문^{鴻門}의 잔치

'항우의 어리석음이 스스로 제 무덤을 파고 있구나.
지금 유방을 죽이지 않으면 자기가 죽는다는 것도 모르다니.'
'천하를 평정해놓고 고향 땅 가까운 팽성으로 돌아가는 꼴이라니……'

　　　　　　항우군은 조나라 거록에서 진군을 섬멸한 지 석 달
이 지나서야 함곡관 앞에 당도했다. 서진 도중 항우는 맹장답게 진
의 여러 도성을 함락시키며 연전연승했다. 그는 유방이 관중을 정벌
한 사실을 전혀 알지 못하고 있었다.
　"무엇이? 함곡관을 맡고 있는 군사들이 유방군이라니……."
　항우가 벌떡 몸을 일으켰다.
　"분명 진군이 아니고 유방군이란 말이지?"
　"그렇습니다."
　"우리 군사라고 말을 했는데, 막더란 말이지?"
　"예에!"
　항우가 눈을 부라리며 말에 뛰어올라 함곡관으로 달려갔다. 과연
성루에는 붉은 깃발이 무수하게 펄럭이고 있었다.
　"이놈을 당장!"

항우는 길길이 날뛰며 화를 냈다. 이때 뒤따라 범증이 다가왔다.

"들이쳐야 합니다!"

"당연히 짓밟아 흙구덩이에 묻어야겠지. 우리가 힘들여 싸우는 동안 어부지리漁父之利를 취하고 우리의 관중 진입을 막다니……."

이대로 놔둘 수 없다고 항우는 생각했다. 그리고 이를 부드득 갈았다.

이튿날, 날이 밝기도 전에 항우의 수십만 대군은 힘들이지 않고 함곡관을 통과했다.

"와아……."

항우 군사들은 환성을 질렀다. 범증이 척후병으로부터 받은 내용을 항우에게 귀띔했다.

"유방이 패상에 있답니다."

"뭐, 패상?"

항우는 뜻밖의 말에 의아해했다. 진의 수도 함양에 들어가 있지 않은 까닭이 궁금했다.

"왜 함양을 버려두고 패상에 있다는 말인가?"

"아마 다른 술책이 있나 봅니다."

"이제 함곡관이 무너졌거늘, 제 놈이 와서 무릎을 꿇어야 하리라!"

항우가 씹어뱉듯 말했다. 항우는 궁성으로 들어가기보다 홍문鴻門 고지에 진을 쳤다.

그날 밤, 패상에 머물고 있는 유방 진지에 그림자 하나가 어른거렸다.

"누구냐?"

불을 끄고 누우려던 장량의 눈에 달빛을 가리는 그림자가 나타난 것이다.

"쉬잇!"

그림자의 목소리는 의외로 침착했다.

"나 항백이오!"

항우의 막내숙부 항백이었다. 장량은 초나라가 망한 뒤 살인죄로 유랑 생활을 하던 항백을 막다른 골목에서 구해준 일이 있었다.

그러므로 불을 켜지 않은 상태에서 그를 맞으면서도 침착할 수 있었다.

"한밤중에 어인 일이십니까?"

"지난날의 은공을 갚으러 왔소. 날이 밝으면 항우의 수십만 대군이 여기를 들이칠 것입니다."

장량은 소스라치게 놀랐다. 물론 항우와 유방의 야심이 언젠가는 부딪힐 것이라는 예상은 하고 있었지만, 이렇게 빨리 닥칠 줄은 몰랐다.

"항우는 유방군이 함곡관을 지킨 사실에 분개하여 유방군을 흙구덩이에 몰아넣는다 했습니다."

장량은 사태가 급해 우선은 항백에게 감사의 말을 전하고, 곧장 잠든 유방을 깨웠다.

"가만히 있다가 몰살당할 뻔했습니다. 어찌하면 좋겠습니까?"

유방은 자신이 장량과 상의도 없이 부하들 말만 믿고 함곡관을 지키도록 한 사실이 잘못되었음을 솔직히 인정했다.

"항우와 맞설 입장이 아니라는 것은 장군께서도 더 잘 아실 것입니다. 우선은 항백 님께 부탁하여 변명은 했습니다만, 날이 밝는 대로 항우를 찾아가 사죄해야 살아날 수 있습니다. 항우는 단순하니, 화가 곧 풀릴 것입니다."

유방과 장량은 밤새워 의논했다. 그리고 장량의 부탁을 받은 항백

은 항우의 진지인 홍문으로 돌아갔다. 패상에서 홍문까지는 산길로 이십 리, 가까운 거리였다. 다행히 항우는 잠들기 전이었다.

"조카, 자는가?"

"아닙니다, 숙부! 들어오십시오."

항백은 별 관심 없다는 듯이 한마디 던졌다.

"하도 심심해 여기저기 말을 달리다 유방에게 가 있는 장량을 만났네."

"장량이라면?"

"저번에 얘기했지, 내가 유랑 생활로 죽게 되었을 때 내 목숨을 살려준 은인이라고."

"아, 네!"

항백은 오랜만에 조카와 더불어 술 한잔하자며 술자리를 만들었다. 몇 잔을 주고받으니 분위기가 한결 부드러워졌다.

"참, 장량이 조카에게 전하라는 말이 있었네."

"……."

"함곡관에 도적 떼와 진나라 패잔병들이 들끓어 병사들을 파견해 지키게 했다더군. 관중으로 오시는 항우 장군께 걸림돌이 될까 봐서…."

"아니 그럼, 함곡관의 유방군은 우릴 막으려던 게 아니었단 말씀이세요?"

"그렇다더군. 부하들을 단속하지 못해 항우 장군께 누를 끼치게 되었다며 내일 날이 밝는 대로 유방과 함께 이곳으로 오겠다더군. 사과를 올리겠다고 말이지."

"그게 사실입니까?"

"사실인지 아닌지는 내일이면 밝혀지겠지! 유방이 오지 않으면, 그때 가서 군사를 움직여도 늦지 않을 것이네. 자네는 백만 대군을 이끄는 상장군이 아닌가?"

"숙부 말씀이 옳습니다. 공연히 피를 흘릴 필요는 없지요!"

"장량이 그러더군. 함양성 안에 있던 보물도 그대로 놔두었고, 술과 계집이라면 환장하는 유방이 술 한 방울 마시지 않았다더군. 그리고 궁녀들도 항우 장군께 바치겠다며 손도 대지 못하게 단속하고 있다고 하더군."

숙부의 설득에 항우는 유방을 응징하려던 마음을 고쳐먹었다. 다른 사람이라면 몰라도 숙부 항백을 의심할 수는 없었다.

그때 유방은 잠을 이루지 못하고 몸을 뒤척였다.

'차라리 군사를 이끌고 멀리 물러날까?'

'섶을 지고 불구덩이에 뛰어드는 것은 아닐까?'

장량 또한 불안하기는 마찬가지였다.

'항우가 유방을 죽이려 들지 모른다.'

'아니다. 패공은 천운을 타고난 자다. 용은 하늘을 오를 것이다.'

장량은 항우를 만났을 때 어떻게 해야 할지 골몰했다.

홍문에 머물고 있는 항우도 유방 생각으로 뒤척였다.

'죽일 수도 살려둘 수도 없으니 난감한 처지로군.'

그러나 범증의 생각은 달랐다.

'항우가 유방을 죽이지 않는다면, 내 손으로라도 죽여야 한다.'

지루한 밤이 지나고 날이 밝았다. 항백의 말대로 홍문을 향해 걸어오는 유방의 대열이 나타났다.

단지 몇 사람의 군사들 호위를 받으며 홍문 앞에 도착한 유방이 무릎을 꿇고 조아렸다.

"신 유방, 멀리 조나라 땅을 구하고 돌아오신 항우 총사령관님께 문안드리옵니다!"

유방의 깍듯한 예우는 항우를 당혹스럽게 했다.

"우리 사이에 새삼."

황급히 유방의 손을 잡아 일으킨 항우는 잔칫상이 준비된 곳으로 이끌었다.

누각의 넓은 마루에 제법 화려한 술상이 차려져 있었다.

항우와 항백과 범증이 한쪽을, 유방과 장량이 맞은편에 앉았다. 장량과 마주 앉은 범증은 무언가 골똘히 생각하고 있었다.

'어젯밤까지 유방 진지를 쑥대밭으로 만들겠다더니…….'

생각할수록 모를 일이었다. 그리고 항백의 태도는 또 뭔가?

조나라에서 진군을 격파하던 얘기에 정신이 팔려 있는 항우의 모습 어디에도 어제까지의 결심을 읽을 수 없었다.

범증의 의심은 술자리가 익어갈수록 더욱 깊어졌다.

"장한의 목을 베지 않은 항우 장군의 용단에 감동을 받았습니다."

유방은 항우를 은근히 부추겨주었다.

"내가 항량 숙부로부터 공부하지 않는다고 꾸중을 들은 적이 있었지. 무작정 엉엉 울었더니, 그럼 너는 무술을 배워라 그러시더군. 포로가 되어 내 앞에 앉아 있는 장한을 바라보는 순간 숙부님의 얼굴이 떠오르지 뭔가. 숙부님께서 용서해주어라 하시는 것 같았어. 그래서 나도 장한을 용서하자 결심했지."

"숙부님을 죽인 원수를 숙부님 생각에 용서하셨군요. 장하십니다. 백을 가진 자가 열을 가진 자를 죽이면 사람들이 졸장부라고 손가락질을 하지요."

백만 군사를 가진 항우 당신이 겨우 십만 가진 유방을 치려 하느냐, 유방은 은근한 비유로 자신의 생각을 드러냈다.

술자리는 점점 항우의 목소리로 떠들썩해졌다. 하지만 대화의 주도권은 조용히 한 마디씩 던지는 유방이 이끌고 있었다.

범증만이 이 분위기에 휩쓸리지 않고 있었다. 그는 빈틈을 노리고 있었다.

'유방, 저놈이 더 크기 전에 지금 해치워야 한다. 항우 장군의 허락은 일을 치른 뒤에 받아도 될 것이다.'

결심을 굳힌 범증이 일어섰다.

"갑자기 마련한 자리라 접대가 소홀한 듯합니다. 춤추는 아이를 불러 여흥을 마련하겠습니다."

범증은 항우의 대답도 듣지 않고 항우의 눈빛을 피한 채 횅하니 사

라졌다. 장막 밖으로 나온 범증은 하늘을 우러러 탄식했다.

'항우의 어리석음은 스스로 제 무덤을 파고 있구나. 지금 유방을 죽이지 않으면 자기가 죽는다는 것도 모르다니.'

"장군, 범증이 자객들을 여자로 꾸며 데려올 것이니 잠시 후 살짝 빠져나가십시오. 뒷일은 제가 알아서 하겠습니다."

장량이 유방의 귀에 대고 속삭였다. 이 말을 들은 유방은 술을 마시다 말고, 배를 쓸며 항우에게 양해를 구했다.

"뱃속을 비우고 온다는 걸, 급히 오느라 깜빡했습니다. 곧 다녀오겠습니다."

항우는 고개를 끄덕이며 껄껄 웃었다.

유방은 군문 밖으로 나와 번쾌가 있는 곳으로 갔다.

"항우에게 작별 인사도 못 하고 나와버렸는데, 어찌하면 좋겠소?"

"대사大事를 앞에 두고 소사小事에 구애될 수는 없습니다. 지금 우리는 도마 위의 생선과 다름없습니다. 목숨이 위태로운 판에 작별 인사를 어찌 갖추겠습니까?"(조상육俎上肉 : 도마 위에 오른 물고기).

유방 역시 도망치는 것이 상책이라 생각했다.

유방이 일어서 나가고 얼마 후, 범증은 십여 명의 무희들을 데려
왔다. 그들이 여장한 자객이라는 사실을 아는 사람은 범증과 장량뿐
이었다.

유방이 자리에 없는 것을 확인한 범증의 눈빛이 당황하는 것 같았
다.

"흥겨운 춤판을 벌이려는데, 유방 장군이 보이지 않는군요."

아무것도 눈치채지 못한 항우가 걸걸하게 대꾸했다.

"큰일을 보러 가던데, 아마 엉덩이를 한 손으로 쥐고 나가는 걸 보
니 좀 오래 걸릴 것이야. 그냥 춤판을 벌여!"

범증은 맥없이 무희들에게 눈짓을 하며 자리에 앉았다. 어색한 춤
판이 벌어지고 있었다.

아무리 기다려도 유방이 돌아오지 않자, 범증은 안절부절못했다.

"제가 잠깐 다녀오겠습니다."

이번에는 장량이 일어섰다.

'지금쯤이면 패상에 도착했겠지?'

다시 잔치판으로 돌아온 장량이 항우 앞에 무릎을 꿇고 엎드리며
말했다.

"이 머슴이 제 주인을 잃었습니다."

"유방 장군이 어찌 되었는가?"

항우는 물론, 범증과 항백도 그게 무슨 말인가 싶어 놀랐다.

"죽었는가?"

항백이 외쳐 물었다.

"찾아봐야 알겠습니다. 대변이 길 쪽에 이어진 걸 보면 누가 끌고
간 모양인데……."

장량이 벌떡 일어나다가 춤추는 무희의 치맛자락을 홱 낚아채며 외쳤다.

"네가 봤다고 했지?"

그 바람에 춤추던 무희의 치마가 벗겨지고 허리에 찬 칼이 드러났다. 모두의 눈길이 여장 차림의 군사에게 쏠렸을 때 장량은 밖으로 뛰쳐나갔다.

아무것도 모르는 항우가 치마를 추스르는 군사를 불렀다.

"이게 무슨 짓이냐?"

"무희가 모자라서 제가 대신……."

"그런데 칼은 왜 찼는가?"

"두 마리 용龍 가운데 하나는 없애야 하겠기에 제가 꾸민 일입니다. 상장군께서는 모르고 계셔야 군심을 수습하는 데 좋을 것 같아서 그랬습니다."

"그래도 그렇지, 이번 일은 숙부께서 미안하게 되었다고 전해주시오."

항우가 쐐기 박듯 한마디 던지고 연회를 마치었다. 군막 밖으로 나온 범증은 장탄식을 하였다. 모두가 교활한 장량의 계책에 속아 넘어갔지만, 범증만은 이 불상사를 예상하고 있었다.

'천하는 유방의 것이 되고 말겠구나.'

범증은 장량에게 동조한 항백이 원망스러웠다.

항백은 양쪽이 다 좋게 없었던 일로 하고 세상의 웃음거리가 되지 않도록 앞으로 우정을 나누자는 편지를 써서 유방 편에 보냈다.

한편, 홍문에서 도망쳐 나온 유방은 장량이 어찌 되었는지 걱정이 태산이었다.

그때 항백이 보낸 군사가 패상에 왔다. 번쾌가 편지를 받아보니, 장량에게 보내는 것이었다.

"장량 공께서는 행방불명이다! 죽은 것 같다고 전하여라."

항백은 심부름 보낸 군사가 돌아오길 기다렸다.

"장량 공께서 행방불명이 되었답니다. 편지는 번쾌 장수에게 전했습니다."

"장량이 없어졌어!"

항백은 적이 놀랐다. 이 사실은 곧 항우에게도 전해졌다.

"장량을 보더라도 죽이지 말고 돌려보내라 하시오."

항우가 범증에게 명했다.

그런데 며칠 후 항우의 신경을 건드리는 소문이 나돌았다. 그것은 '함양의 백성들이 들고일어나 유방을 황제로 떠받들려 한다'는 소문이었다.

"못된 것들! 내 그냥 진나라 놈들을 싹 쓸어버려……."

항우는 코를 팽 풀고 당장 대군을 휘몰았다.

"함양성을 잿더미로 만들어버려라! 황궁의 보물이고 궁녀고 모두 너희 몫이다. 진나라의 잔재를 몽땅 쓸어버려라!"

가뜩이나 유방에게 선수를 빼앗겨 마음이 뒤틀려 있었는데, 그 분풀이가 엉뚱한 데로 솟구친 것이다. 이에 범증을 비롯하여 몇몇 지혜로운 참모들이 아무리 간청하고 말려도 소용이 없었다.

"내가 얼마나 무서운 사람인가를 만천하에 알릴 필요가 있다."

유방이 덕德을 내세워 백성들의 존경을 한 몸에 받은 반면에, 항우는 첫째도 힘이요 둘째도 힘을 내세웠다.

항우는 함양의 시가지를 난장판으로 만들며 입성했다. 입성하자마자 제일 먼저 한 일은 유방의 아량으로 보호하고 있던 3세 황제 자영을 끌어내 저잣거리에서 죽여버린 일이었다.

항우가 자영의 목을 베는 광경을 수많은 백성들이 지켜보았다. 자영의 목이 땅에 떨어지며 붉은 피가 솟구치자, 백성들은 비명을 지르며 눈물을 흘렸다.

항우는 슬피 우는 백성들을 향해 벽력같이 소리쳤다.

"너희를 괴롭혔던 진나라 왕의 목을 베었는데 마땅히 기뻐해야 하거늘, 어찌하여 눈물을 흘린단 말이냐? 저것들도 필시 진 왕실의 일파들일 것이다. 모두 잡아 베도록 하라!"

저잣거리는 금세 수천 명의 백성들의 목에서 흘러내린 피로 바다를 이루었다.

'이로써 진을 말살해버렸다!'

항우는 붉게 흘러내리는 피를 바라보며 진나라를 멸했다는 도취감에 빠졌다. 그는 명을 내렸다.

"이 황궁을 싹 쓸어버리고, 아방궁에도 불을 질러라!"

물에도 썩지 않고 불에도 타지 않을 만큼 견고하고, 백성들의 한과 피눈물로 잘 지었다는 아방궁에 불길이 치솟았다.

"잘 탄다, 잘 타!"

살아남은 백성들은 아방궁이 사라지는 것을 아쉬워하면서도 쑥덕대며 좋아했다. 진시황의 실체가 불타버리는 듯한 짜릿한 전율을 느끼고 있었다.

궁궐이 사라짐에 따라 가혹하기만 했던 한 시대도 역사의 저편 구석으로 사라졌다. 불길은 석 달이 지나도록 꺼지지 않았다.

항우의 군사들은 악머구리 떼처럼 함양성 안 이곳저곳을 들쑤시며 마구잡이 노략질에 나섰다. 시황제가 거느렸던 3천 궁녀들은 굶주린 맹수처럼 달려드는 군사들에게 갈가리 찢기는 욕을 보았다.

찬란함과 웅장함을 뽐내던 함양 궁궐은 삽시간에 폐허로 변하고 말았다.

항우군에는 낭중郎中 벼슬에 있는 한신韓信이라는 자가 있었다. 그가 하는 일이란 긴 창을 들고 항우를 따라다니며 신변을 호위하는 하찮은 일이었다.

한신은 이곳저곳을 기웃거리며 구경만 하였을 뿐 약탈군에 끼지는 않았다. 또한 그는 여인 하나 취하지 않았다.

한신은 항우가 함양을 불바다로 만드는 것도 구경했다. 항우의 방화는 엄청난 것이어서 몇 날 며칠이고 위수의 물까지 끓을 정도였다. 불길은 아방궁과 모든 전각들을 태워버렸다.

'유방은 먼저 함양에 들어왔으면서도 왜 그 많은 재물을 고스란히 남겨 두고 궁녀들도 취하지 않았을까?'

한신은 궁금증이 일었다. 그리고 한신은 탄식했다.

'항우는 모처럼 얻은 보물을 철없는 어린애 장난처럼 불살라 잿더미로 만들었구나.'

한신은 그런 항우가 어리석게만 보였다.

진나라를 멸한 항우는 이제 서둘러 도읍을 정해야 했다. 누군가가 항우 앞에 나서서 말했다.

"도읍은 관중에 두어야 합니다. 진이 강대했던 것은 관중에 근거를 두었기 때문입니다. 관중은 다른 왕국이 혹시 배반하여 연합하더라도 함부로 들어올 수 없는 천혜의 요충지입니다. 진이 그동안의 수많은 싸움에서 자유자재로 군사들을 내보낼 수 있었던 것은 비옥한 관중 땅에서 식량을 무한정 조달할 수 있었기 때문입니다. 대왕께서도 시황제처럼 관중에서 천하를 지배하셔야 합니다. '관중을 얻으면 천하를 얻는다'는 말도 있지 않습니까?"

"나보고 시황제를 닮으라고?"

시황제가 싫어서 그가 있던 함양을 불바다로 만든 항우였다. 항우는 관중을 도읍으로 삼아야 한다는 의견을 받아들이지 않았다.

'팽성이라면 언제라도 고향을 밟을 수 있다.'

항우의 머릿속을 맴도는 것은 그저 고향으로 돌아가고 싶다는 생각뿐이었다.

"거듭 말해두지만, 나는 관중에 주저앉고 싶지 않다."

모두들 동요했다. 관중을 차지하기 위해 그 많은 성과 진지를 쳐부순 장수들이었다.

'우리는 관중을 목표로 하여서 여기까지 오지 아니하였던가?'

장수들은 망연자실茫然自失, 할 말을 잃었다.

"그러시다면 어디에 도읍을 정하시겠습니까?"

"팽성!"

"그곳에서 관중왕이라고 하실 수는 없지 않습니까?"

"나는 서초西楚의 패왕霸王이 될 것이다!"

모두들 또 한 번 놀랐다. 관중왕이 되어야 대륙 여러 왕의 맹주盟主가 되는데, 항우가 서초왕이 된다면 손안에 있는 보물을 버리는 것이 아니고 무엇인가. 서초란 지금의 성명省名으로 따져서 안휘성 일부와 강소성, 절강성 따위의 옛날의 초楚 판도가 대부분이었다.

"어찌하여 팽성으로 가신다는 말씀입니까?"

항우는 잠시 생각하다가 불쑥 한마디 뱉었다.

"나는 천하를 얻었다. 그런데도 금의환향錦衣還鄕하지 않는다면, 밤중에 비단옷을 입고 길을 걷는 것과 무엇이 다른가."

항우에게 질문을 던졌던 장수는 어처구니없는 대답에 자리를 물러나며 중얼거렸다.

'서초 사람들을 보고 원숭이라더니, 천하를 평정해놓고 팽성으로 돌아가는 꼴이라니……. 원숭이가 나무를 타지 않고 무엇을 하겠다는 것인가? 금의환향이라니, 당치도 않은 미친 짓이다.'

항우는 진나라를 멸하는 데 공을 세운 장졸들에게 벼슬과 상을 내리는 논공행상을 시행했다. 항우는 궁리 끝에 회왕에게 '의제義帝'라는 칭호를 주기로 했다. 다음으로 항우는 유방의 처우 문제를 다루어야 했다.

"어찌하면 좋겠소?"

항우가 묻자, 범증은 자신의 의견을 말했다.

"벽지僻地로 내모는 게 좋겠습니다."

이것은 곧 귀양을 보내자는 말이어서 항우의 마음에도 들었다.

"파촉巴蜀과 한漢의 땅을 주어 왕으로 봉한다."

항우는 유방의 처우에 대해 결정했다. 그러나 항우 자신도 그곳이 어디로 가야 하는지 알지 못했다. 파촉은 글자 그대로 벌레들이나 사는 하찮은 이민족의 지역 정도로 알고 있는 사람이 많았다. 한(漢, 한중) 또한 드러나지 않은 땅으로, 관중에서 멀지는 않으나 지세地勢가 험준하기 이를 데 없었다.

"참 잘하셨습니다. 유방이 군사를 이끌고 그 벽지로 들어간다면, 군사들 대부분이 도망칠 것입니다."

"하하하, 파촉·한중이 그토록 지독한 곳인가?"

"산세가 험하고 낭떠러지로 에워싸인 땅으로, 나는 새들도 쉬지 않으면 넘지를 못한다는 곳입니다."

"그렇다면 군사들은 다 도망치고 유방은 절대로 빠져나오지 못하겠군."

오랜만에 항우와 범증은 죽이 척척 맞았다.

"관중은 누구에게 맡겨야 하겠소?"

범증은 이 문제를 놓고 심사숙고한 끝에 관중을 삼등분하기로 하였다.

관중이 워낙 중요한 곳인지라 누구 한 사람에게 맡길 수 없다는 것이 항우의 생각이기도 했다. 그래서 범증은 진秦의 장수였던 장한과 그의 막하였던 사마흔, 그리고 동예를 추천했다.

"진나라 사람들을 다스리려면 아무래도 진인을 내세워야 할 것 같습니다. 장한을 옹왕雍王, 사마흔을 새왕塞王, 동예를 책왕翟王으로 하여 관중을 삼등분하는 것이 어떻겠습니까?"

항우는 범증의 말을 옳다고 여기고 이에 따르기로 했다.

'유방을 파촉·한중으로 유배 보내어 그곳에서 죽게 한다. 그리고 만일 탈출을 시도하면 한중과 관중의 경계에서 장한으로 하여금 없애게 한다'는 것이 범증과 항우의 계산이었다.

한신은 한 치 앞도 내다보지 못하는 범증과 항우가 한없이 어리석다고 생각했다. 함양을 중심으로 한 관중의 민심이 이미 항우에게서 멀어져 있음을 한신은 잘 알고 있었다.

'장한은 유방의 출구를 지키기보다는, 진나라 사람들의 자기에 대한 분노가 두려워 집 밖으로 나오지 못할 것이다. 만약 유방이 탈출하여 한중에서 나온다면, 그가 죽는 게 아니라 오히려 문지기인 장한이 죽게 될 것이다. 진나라 20만 군사를 땅속에 파묻고 혼자 살아 돌아온 그가 관중을 지킨다는 것 자체가 모순이다.'

항우는 유방을 비롯하여 열여덟 명의 왕을 만들고 후侯도 세웠는데, 누가 왕이고 후가 되었는지 항우 자신도 알 수 없을 정도로 그 수가 많았다.

항우의 논공행상은 얼핏 보면 대단한 은덕을 베푼 것 같았으나 실제로는 그렇지 않아, 모두들 불만을 터뜨렸다.

항우는 유방을 궁벽한 벽지로 몰아내고, 진짜 관중의 노른자위 땅은 자기에게 충성을 맹세한 진나라 장수였던 장한과 사마흔, 동예에게 떼어주었다.

"유방이 쳐들어오면 철저히 막아야 한다."

항우가 그들에게 은밀히 맡긴 책임이요, 절대명령이었다.

여기에서 항우가 세운 왕은 열여덟 명으로, 항우 자신은 '왕 중의 왕' 행세를 하기 시작했다.

항우는 함양의 황궁과 아방궁에 불을 지르기 전 유방이 고스란히 보관해두었던 진귀한 보물과 빼어난 미인들을 빼돌렸다. 그리고 팽성으로 돌아가는 길에 여산의 진시황릉을 파헤쳐 묻혀 있던 재물들도 약탈했다.

항우는 의제義帝, 즉 회왕을 장사長沙의 침현(郴縣, 호남성)으로 내쫓으며 부하 장수에게 은밀한 지시를 내렸다.

"의제의 뒤를 쫓아라!"

항우의 입에서 의제를 죽이라는 말은 없었다. 그러나 뒤를 쫓던 부하 장수는 의제를 죽여버렸다. 이 일은 두고두고 항우를 괴롭혔다. 항우에 대항하여 반란을 일으키는 자들에게 빌미를 준 것이다.

"항우는 불공평하다! 본래의 땅 주인이었던 왕들에게는 나쁜 곳을 떼어주고, 좋은 곳은 제 심복들에게만 나눠주었다!"

이렇게 해서 항우는 반란의 불길을 잡기 위해 이리저리 바쁘게 뛰어다니며 싸워야만 했다. 항우의 철학은 간단명료했다.

"말이 안 통하면 힘으로 눌러야 한다!"

한신韓信 대장군의 활약

너희 형제들을 배반하고 항우에게 항복한
장한, 사마흔, 동예를 죽여라!
그들 때문에 너희 백성들이 얼마나 죽었는지 아느냐?
고향으로 돌아가라. 너희를 집으로 돌려보내주러 왔다!

　　　　　한편, 논공행상이 모두 끝난 후 유방은 장수들과 함께 패상으로 돌아왔다.

장수들은 한결같이 유방이 한중왕漢中王으로 봉해진 것에 저마다 불만을 터뜨렸다. 장수들이 불만을 터뜨리자 유방도 울화를 억누를 수 없었다.

"관중왕으로 세운다는 회왕의 약조도 마다하고 항우에게 관중을 바치지 않았는가? 그런데도 나를 파촉으로 내몰다니. 파촉으로 쫓겨 가느니, 차라리 항우와 맞서 싸우리라!"

유방이 이처럼 화를 내기는 처음이었다. 이를 본 소하가 재빨리 유방의 말을 막았다. 이때 장량은 '홍문의 회會' 이후 몸을 숨겨 한韓 나라에 피신해 있었다. 유방과 함께 있으면 범증이 항우를 부추겨 자신을 살려두지 않으리라 생각했기 때문이다.

"지금 항우와 범증은 패공을 해칠 기회만을 노리고 있습니다. 빨리 그들의 손에서 벗어나야 합니다. 촉 땅은 험한 산이 가로막혀 외침을 막아주는 천혜의 요새입니다. 또 땅이 기름지고 양곡의 생산이 넉넉하여, 능히 백만 군사를 기를 수 있습니다. 우리는 지금 범의 아가리에 들어 있는 처지입니다. 그들과 맞서 싸우려 해도 우리의 군세는 그들과 비교조차 할 수 없습니다. 장량 군사도 지난날 저에게 한 말이 있습니다. 우선 몸을 낮추고 피하는 게 상책입니다. 차라리 이걸 기회로 삼아 내일의 대업을 준비하기 위해, 파촉으로 빨리 가야 합니다."

소하의 긴 설득에 유방과 장수들은 가까스로 분노를 가라앉혔다. 유방이 문득 생각난 듯 말했다.

"그런데 자방은 왜 소식이 없는가?"

'홍문의 회' 이후 사라져 돌아오지 않는 장량이었다.

유방은 그가 오기를 기다렸다. 인편으로 '한나라에 잠시 일이 있어 그곳에 갑니다'라는 내용의 편지만 전해졌다.

유방은 소하의 말에 따라, 일단 힘을 기르기 위해 파촉 땅 한중漢中으로 갈 수밖에 없었다. 항우는 유방에게 3만의 군사만을 허용했다.

한중은 그곳으로 흐르는 한수漢水의 강 이름에서 비롯된 지명으로, 사람들은 그 지역을 '한漢'이라 불렀다. 누구든 한 번 들어가면 나오기가 어려운 곳이었다. 그러기에 한중으로 가는 길 또한 험난한 산과 골짜기를 수없이 넘나들어야 했다.

유방의 일행 중에는 한신韓信이라는 자도 있었다. 한신은 본래 초나라 회음淮陰 사람이었다.

회음은 부근에 회하淮河가 흘러 연못과 늪이 많은 비옥한 땅인지라 식량이 넉넉했다. 그렇기 때문에 자연히 거리에 상업이 번성하고 인구가 늘어갔다.

한신은 그처럼 번화한 마을 구석의 한 가난한 집에서 태어났다. 한신은 자라면서 의지할 집 한 칸도 없어 이 집 저 집 구걸하며 끼니를 때웠다. 그런 한신이었지만 허리에는 항상 칼을 차고 다녔다. 하루는 마을 도살장 패거리들한테 걸려든 적이 있었다.

"너, 허우대 멀쩡한 놈이 거들먹거리며 칼 차고 다니는 걸 보니, 싸움깨나 하겠는데 나하고 맞장 한번 뜰래! 아니면 내 바짓가랑이 밑으로 기어 나갈래?"

그러자 한신은 싸워본댔자 아무것도 아니라 생각하고 백정놈 바짓가랑이 밑으로 기어 나갔다.

사람들은 한신을 배알도 없는 겁쟁이라며 놀렸다. 하지만 뒷날 한신이 명장名將으로 그 이름을 떨치자, 사람들은 그가 도살부의 가랑이 사이로 빠져나간 것은 용기 있는 행동이었다고 여기게 되었다.

그렇게 그는 성 안팎을 기웃거리며 조롱이나 받다가 항량을 따라나섰으며, 항량이 죽자 항우를 위해 계책을 세우기도 했으나 무시만 받던 항우의 경호 장교였다.

그런데 항우가 관중 땅에 들어와 벌이는 행패와 논공행상 등을 처리하는 걸 보고 실망한 그는 최후의 승자는 유방일 거라 생각하고 한중으로 가는 유방을 따라나섰다.

이 무렵, 유방의 일급 참모는 병참을 관리하는 소하였다. 그동안 유방의 전술가였던 장량이 한韓나라로 떠나간 이후 그 자리가 너무나 크게 남아 있었다.

"싸움의 기본은 보급補給, 병참兵站이야. 제아무리 군사의 진퇴가 뛰어난 장수라 할지라도 보급이 이루어지지 않을 때는 그 어떤 일도 할 수 없지."

소하는 한신에게 이렇게 말했다. 당시 한신은 함양을 떠난 지 얼마 되지 않아 고향 사람을 통해 소하를 소개받아, 군 양식을 보관하고 출납하는 병참직을 맡아보고 있었다.

한신은 자신의 원대한 포부를 펼치려 대장군 자리를 원했다. 그러므로 소하가 자신을 가둬두고 있는 것이 불만이었다.

'촉으로 가는 길은 청천青天을 오르는 것보다 더 어렵다'는 말처럼, 험한 벼랑 같은 곳에 낸 길인 잔도棧道를 건너는 일이야말로 황천길과 다름없었다.

"차라리 관중으로 돌아가 항우와 싸우는 편이 낫겠다!"

유방조차 번쾌와 하후영, 두 사람에게 번갈아 업혀가며 불만을 뱉었다.

그럴 때마다 소하가 유방을 일깨웠다.

"쭉정이는 알곡 속에 끼지 못하는 법입니다. 쭉정이를 추리는 작업을 한다고 생각하십시오. 우리 군은 쭉정이가 너무 많습니다. 항우의 군사들처럼 알곡만 추릴 필요가 있습니다."

항우의 정예화된 군을 늘 부러워하던 소하였다. 아군이 오합지졸 잡군임을 한탄해온 터라, 소하는 낙오자를 쭉정이로 보았다.

"그럼 지금 알곡을 추리는 작업을 하는 것이오?"

이때 어디서인지 우렁찬 고함 소리가 들려왔다.

"산악 전지훈련을 이겨내야 자신을 지킨다! 죽으려거든 도망쳐라! 도망쳤다가 다시 돌아와도 받아들이겠다!"

유방은 이 말을 듣고 소하를 쳐다봤다.

"누구요?"

"한신韓信이라는 자입니다."

"그자가 언제 지휘권을 잡았지?"

"걷다가 꿈을 꾸며 곧잘 헛소리를 합니다."

"허허허, 그리고 보니 그자가 어느덧 전군全軍을 부리는 장수가 되어버렸군."

그러자 기다렸다는 듯 또 한신의 고함이 들려왔다.

"우리는 지금 천명天命으로 천하를 휘어잡는 산악 훈련에 들어가 있다. 팔다리는 이미 무쇠처럼 단단해지고 있다. 가자, 어서 빨리 가자! 모두가 힘차게 걷자!"

"가자! 어서 빨리 가자!"

한신이 소리치자 군사들이 호응하고 있었다.

"저놈 제법 쓸모가 있겠다."

유방은 그 고함 소리를 듣고 번쾌의 등에서 내려 제 발로 걸어갔다. 그때 또 한신의 고함 소리가 온 산을 쩌렁쩌렁 울렸다.

"우리는 천명을 받은 군사들이다! 절대로 죽지 않는다! 죽으려거든 차라리 도망쳐라! 떨어져 죽는 것보다는 도망치는 게 낫고, 도망치는 것보다는 귀신도 놀래는 산악 훈련을 견뎌내는 게 낫다!"

"잘한다, 잘해!"

이것은 유방이 아닌 번쾌의 외침이었다.

한신의 고함은 갈수록 전군의 사기를 북돋우는 효과를 나타냈다.

"그래, 우리는 군사 훈련을 받고 있는 거야!"

"항우의 군사보다 강해지기 위해서라면 참고 견뎌야 해!"

한신은 어느새 전군에 친숙해졌다.

한신도 이제는 지쳤다. 그 정도로 고함을 쳤으면 유방이 전군의 지휘를 맡겨줄 만도 한데, 그럴 기미는 보이지 않았다.

며칠 후, 유방은 본영을 설치했으나 기가 막힌 소식을 들었다.

"장수들이 모조리 도망쳤습니다!"

"무엇이, 도망을 쳐!"

모두 힘을 합하여 진군하는 줄만 알았는데, 뜻밖의 소식을 접한 것이다. 한신의 고함과 화답이 끊어진 지 이틀 만의 일이었다.

"소하도 도망쳤습니다!"

"뭣이, 소하가?"

외마디 소리와 함께 유방은 그 자리에 주저앉듯 쓰러졌다.

한중韓中이 가까워진 지역이었다. 땅의 끝이어서, 그곳에서는 늪에라도 빠진 듯 헤어나지 못한다는 두려움을 갖고 있었다.

"소하를 붙잡아라!"

유방은 소하의 배신에 괘씸한 생각보다 '이제는 죽었구나!' 하는 생각이 제일 먼저 들었다.

"빨리 소하를……, 오지 않으면 목이라도 베어 오너라!"

유방은 거의 제정신이 아니었다. 번쾌와 하후영이 사라졌다가 다시 들어왔다.

"승상 소하가 돌아오고 있습니다!"

"돌아와?"

유방은 눈을 부릅뜬 채 버티고 서 있다가 소하를 보자 벽력같이 소리를 질렀다.

"감히 나를 두고 도망을 쳐!"

"도망이라니, 누가 그따위 모함을 했습니까?"

유방 앞에서 단 한 번도 눈을 치켜뜨거나 언성을 높인 적이 없었던 소하였다.

"도망가지 않았으면?"

"도망자를 쫓고 있었습니다!"

"누구를?"

"한신입니다!"

그제야 유방의 목소리가 가라앉았다.

"한신이 도망을……? 그까짓 한신 하나쯤 갖고서……."

유방은 기어드는 소리로 말했다.

"그냥 이곳에 머물러 계시겠다면 한신은 필요 없습니다. 하지만 항우의 초군과 패권을 다투시겠다면 한신을 붙잡으십시오. 한신이 없으면 불가능합니다. 한신은 목이 터져라 전군 지휘권을 요구했으나 아무 반응이 없자, 이곳에 환멸을 느낀 것입니다. 한신의 요구를 들어주십시오."

'한신은 장량 이상으로 계책에 밝은 큰 인물이구나.'

소하는 이미 오래전부터 한신을 자기 부장으로 두고 지켜보면서 큰 인물임을 알아봤다. 소하는 마침내 유방에게 보고했다.

"천하를 얻으시려면 한신을 귀하게 쓰시고 그에게 계책을 물어야 합니다."

그래서 유방은 한신에게 전군을 통솔하는 대장군이라는 파격적인 임무를 맡겼다.

"장량은 나를 위해 신묘한 계책을 말해주었는데, 그대는 나에게 어떤 계책을 가르쳐주겠는가?"

"항우를 누르고 천하를 얻을 계책을 말씀드리겠습니다."

"천하를 얻을 계책?"

유방은 한신의 말에 귀를 기울이기 시작했다.

"저는 지난날 항왕을 따라다니며 지켜보았습니다. 그래서 그의 장단점을 훤히 알고 있지요."

　한신은 항우의 장점부터 설명했다.

　항왕은 첫째, 많은 군사와 자기편의 왕들을 곳곳에 두고 있다. 둘째, 자기 부하만은 끔찍이 여겨 정을 베풀 줄 안다. 셋째, 호령 한 마디로 산을 뽑을 만큼 용맹스럽다.

　유방은 고개를 끄덕거렸다.

　그리고 한신은 항우의 단점을 꼽았다.

　항왕은 첫째, 성미가 급하고 화를 잘 내며, 아랫사람의 의견을 무시하고 잘 다스리지 못한다. 둘째, 항복한 군사를 파묻어버리는 등 잔인하여 온갖 파괴와 살상을 서슴지 않는다. 셋째, 모든 일에 공평치 못하여 옛 왕들이나 귀족들의 원성을 사고 있다.

　유방의 표정이 조금은 밝아졌다.

　"그대는 과연 남을 꿰뚫어 보는 통찰력이 있소!"

　한신이 다시 입을 열었다.

"한 가지 여쭙겠습니다. 항왕과 군왕 중, 지금 어느 누가 낫다고 할 수 있겠습니까?"

"그야 나보다는 항왕이 훨씬 낫지!"

이때 한신이 벌떡 일어서더니, 유방에게 큰절을 올렸다.

유방은 어리둥절했다.

"바로 그렇게 생각하시기 때문에 군왕께로 천하를 통일할 수 있는 대세가 기우는 것입니다. 항우는 자기 이외에 다른 사람은 없다는 교만함이 가득 차 있습니다. 항왕은 지금 막강한 힘을 가지고 있지만, 속 빈 강정입니다."

"무슨 말인가?"

"패자가 될 기회를 놓친 것조차 모르고 금의환향한답시고 팽성으로 떠났습니다."

"행여 그 말을 항왕이 들을까 무섭소."

유방은 한신의 손을 덥석 잡았다.

"항왕이 함양에서 저지른 실수는 천하의 민심을 모두 잃었습니다. 초나라 의제義帝마저 죽이고……. 이제 우리는 동쪽 관중으로 진격해야 합니다. 진나라 함양의 백성들이 대환영할 것입니다."

"오오! 내 눈이 어두워서 이제야 그대를 만났구려!"

유방은 한신의 손을 잡고 흔들며 감격했다.

유방이 군사들에게 선포했다.

"자! 우리는 고향 땅을 찾아야 한다. 이곳 벽촌에서 우물 안 개구리로 살다가 죽을 수는 없다. 관중으로 가자!"

군사들은 기다렸다는 듯 함성을 질렀다.

"와아……, 싸워서 고향을 되찾자!"

"부모님과 아내, 자식들을 만나러 가자!"

사기가 하늘을 찌를 듯했다.

한신은 준비를 서둘러야만 했다. 유방은 한중으로 들어올 때 잔도의 시설물을 모두 불태워버렸다. 우선 항우를 안심시키고 더 이상 달아나는 군사가 없도록 하기 위해서였다. 그 때문에 다시 관중으로 돌아가기 위해서는 새로 길을 만들며 나아가야 했다.

그러나 유방이 항우의 감시와 추격군을 염려해 잔도를 불태운 것은 잘한 일이었다. 항우를 안심시킬 수 있었기 때문이다. 그의 측근들도 유방이 다시 한중에서 나오리라고 생각하는 사람은 아무도 없었다. 함양 땅을 지키고 있는 장한 또한 꿈에도 생각지 않았다.

"길이 없어졌으니 어떻게 하오?"

유방이 묻자, 한신이 웃으며 대답했다.

"뜻이 있는 곳에 길은 있게 마련입니다. 우리는 각자 이곳으로 들어오는 동안 이미 겨드랑이에 날개가 돋쳤습니다."

들어왔으니 나갈 수도 있다는 말이었다. 한신은 그날로 관중으로 나가는 길을 만들기 시작했다.

"우리는 이제 동쪽 관중으로 간다!"

한신은 군사들을 풀어 나무를 베어 오게 해서 바위에 구멍을 뚫고 기둥을 세워 다리를 만들었다.

한왕 유방의 군사들은 자신들이 지나왔던 산을 넘고 골짜기를 건너며 고단한 행군에도 불평 한 마디 없이, 고향 땅을 되찾는다는 단꿈에 젖어 있었다.

"조심하라. 우리는 행군하며 훈련한다. 모두 조심하라!"

군사들의 사기는 한층 높아졌다.

한신은 몸을 다친 군사를 발견하면 부축해주고, 목마른 군사에겐 물을 떠다 주었다. 이제 군사들은 한신 대장군과 한마음 한뜻이 되어 있었다.

"장군님, 약초 캐는 노인인데, 수상해서 데려왔습니다."

선발대로 나아갔던 군사가 건장한 노인을 데려왔다.

"노인장은 어느 나라 사람이오?"

"진나라 사람이외다."

"약초를 캐러 다니시기만 합니까?"

"함양에서 장한의 부하들이 정보를 알려주면 상을 내리겠다고 합니다."

한신이 공손하게 묻자, 노인이 차분하게 대답했다. 한신은 약초 캐는 노인을 한왕 유방에게 데려갔다.

"천하를 평정하실 분이 어찌하여 첩첩산중에서 이 고생을 하십니까? 우리 함양의 백성들 모두가 대왕을 그리워하고 있습니다."

"허허허, 그래서 관중 땅으로 가는 길입니다. 어르신! 혹시 지름길은 없습니까?"

"있지요! 이 늙은이가 안내해드리지요."

이렇게 하여 유방의 군사들은 노인의 안내를 받아 힘들이지 않고 진군할 수 있었다. 노인은 또 함양의 소식을 아는 대로 들려주었다.

군사들은 한결같이 고향에도 가보지 못하고 죽도록 고생만 하고 있으며, 항우가 세운 세 장수 장한과 사마흔, 동예를 죽이지 못해 한탄하고 있다. 그러니 정작 싸움이 시작되면 장수들의 말을 잘 따르지 않을 것이라는 동정을 알려주었다.

"이제 관중으로 돌아간다!"

한신과 군사들은 가슴 벅찬 일념으로 똘똘 뭉쳤다.

고향 땅이 아니어도 좋았다. 군사들은 야만의 땅을 벗어나 사람이 사는 곳으로 간다는 생각에 오직 전진하는 일에 매달렸다.

　"우리는 산악 특수 훈련을 받는 중이다. 우리는 하산하면 어떤 적이라도 쳐부술 수 있다!"

　절벽을 오르내리는 것은 체력과 기동력 훈련이었다. 평지에서 말이나 달리고 작전에 따라 나아가고 물러가고 하는 전법戰法은, 이와 비교하면 아이들 장난과 다를 바 없었다.

　그로부터 얼마 후, 한왕 유방의 군사들은 마침내 관중 땅을 밟을 수 있었다.

　한신은 위수 부근에서 장한과 대결하게 되었다. 그가 지휘하는 첫 싸움이었다.

　"유방의 한군이 쳐들어왔다!"

　"뭐? 한군은 한중 땅에 처박혀 있을 텐데……."

"한중에 가지 않고 남아 있던 한군이 있었나?"

"유방군이 땅에서 솟아났단 말이냐, 하늘에서 떨어졌단 말이냐?"

함양의 장한군은 산악 훈련으로 단련된 막강한 한군이 불쑥 나타나 앞뒤로 덮치자, 우왕좌왕 싸움 한 번 제대로 못 해보니, 허약하기 이를 데 없는 어린아이에 불과했다.

"고향으로 돌아가라! 너희를 집으로 돌려보내주러 왔다!"

한신이 외쳤다.

기이한 일이었다. 장한군은 한군의 급습으로 졸지에 전멸당할 줄 알았는데, 한군은 창칼을 겨누기만 할 뿐 공격하지 않는 것이었다.

"너희를 죽이지는 않겠다. 무기를 버리고 당장 고향으로 돌아가라! 만약 싸우려 드는 자들이 있으면, 당장 목을 벨 것이다!"

한신이 다시 한 번 큰 소리로 외쳤다. 그러자 장한군은 무리 지어 무기를 버리고 너도나도 달아나기에 바빴다.

관중에 들어오는 동안 한군은 장한군과 마주치면 창칼을 겨눈 채 외치기만 했다.

"부모 형제들이 기다린다!"

"무기를 놓고 고향으로 돌아가라!"

"장한을 죽여라. 고향으로 돌아가라!"

"너희 형제들을 배반하고 항우에게 항복한 장한, 사마흔, 동예를 죽여라!"

"그들 때문에 너희 백성들이 얼마나 죽었는지 아느냐?"

'함양의 군사들은 밤낮으로 고향을 그리워하며 운다'는 사실을 파악한 한신은 그들을 굳이 들이칠 필요가 없다고 여겼다.

산악에서 다져지고 힘이 오른 한군漢軍에 비하면 그들은 철부지 아이들이요, 힘없는 아이들이나 같았다.

장한은 스스로 제 목을 찔렀다. 사마흔과 동예도 한과 맞서 싸울 의기마저 잃었다. 장한의 군사들은 '고향으로 돌아가라!'는 한군의 외침에 금방 뿔뿔이 흩어져 버렸다.

이윽고 유방이 관중으로 들어오자, 사람들은 모두 거리에 나와 유방이 지나갈 길을 깨끗이 쓸고 향불을 사르며 그치지 않고 환호성을 질러댔다. '약법 3장'으로 살기 편하게 해준 유방이 쫓겨났다가 일 년도 못 되어 다시 돌아온 것이다. 백성들은 마치 원정길에서 적을 크게 무찌르고 돌아오는 군주를 맞는 듯 열렬히 환영했다.

"그대의 재주가 놀랍소."

유방은 주연을 베풀고 한신 대장군의 노고를 진심으로 치하했다.

"이번 관중 함락은 이미 예약된 것이나 다름없었습니다. 저는 다만 그것을 실천에 옮겼을 뿐입니다. 관중에는 풍부한 먹을거리와 항우가 미련하게 내팽개친 귀중한 보물이 있다는 것을 알았기 때문입니다."

한신의 말 그대로였다.

일찍이 관중을 점령하고도 털끝만큼도 약탈하지 않은 유방과 그 군사들을 관중의 백성들은 기다리고 있었던 것이다. 관중을 점령하면서 한군의 군사가 엄청나게 늘어난 것 또한 한신의 계략에 의한 것이었다.

"황하에 있는 군사 진지를 새로이 하여 모두 튼튼한 방책으로 세우라!"

유방이 명령했다. 항우의 공격에 대한 방어선 구축이었다.

"쓸 만한 인재들을 모아라! 군사 1만 명이나 1개 군을 가지고 항복해오는 자는 제후諸侯에 봉하리라!"

유방이 선포하자, 여러 곳에서 호응해왔다.

이 밖에도 유방은 백성을 위한 여러 가지 일을 하였다. 우선 질서를 확립하고 죄수들을 석방한다든가, 긍휼미를 풀어 가난한 백성을 돕고 지역을 대표하는 장군들을 우대하였다.

장량은 '홍문의 회' 이후로 한왕韓王 성成에게로 와 한왕을 돕고 항우 아래에 들어가 있었다. 항우가 유방의 관중 진입을 알고 펄펄 뛸 때, 뜻밖에도 장량이 나타난 것이었다.

장량을 보자 항우는 칼을 빼어 치켜들었다.

"이놈아, 네가 네 죄를 알고 죽으러 왔느냐?"

"죽어야 마땅하다면 죽겠으나 죄목이나 알려주십시오."

장량은 태연했다.

"네놈이 유방을 관중으로 나가도록 책략을 꾸미지 않았느냐?"

"천만의 말씀입니다. 저는 한왕을 섬기는 일에만 전념해온 터입니다. 제가 패상으로 돌아가지 않고 아무도 모르게 곧장 한의 땅으로 돌아가 한왕을 섬긴 일을 대왕도 이미 잘 알고 계시지 않습니까?"

"그건 맞는 말이다."

"대왕님의 잘못된 논공행상에 불만과 역심逆心을 품은 자들이 한둘이 아닙니다. 그리고 특히 장한은 관중에서 시황제처럼 군림하면서 불로초까지 구하고 역심을 품은 것을 유방이 토벌한 것입니다. 장한과 사마흔, 동예가 초나라 사람입니까? 그들은 진나라 사람이었습니다. 진나라 장수에게 진秦 땅을 준 것이, 호랑이 새끼를 굴속에 들여보낸 것과 무엇이 다릅니까?"

"범증이 진 땅은 진나라 사람에게 맡겨야 한다고 하길래……."

"답답하십니다. 쓸모없는 회왕을 세우자고 주장한 자도 범증입니다. 그리고 그는 무신군이 돌아가셨을 때도 태연히 혼자 살아서 돌아왔습니다. '홍문의 회' 때도 그는 역심을 품었었습니다.

"끄응!"

항우는 주먹을 불끈 쥐었다. 그렇다고 지금 범증의 목을 벨 수 있는 처지도 아니었다.

"그럼 좋은 계책이 있느냐?"

"대왕님의 자존심을 크게 건드린 제나라부터 멸하셔야 합니다. 제를 그대로 두면 대소大小 반란자들이 진승을 흉내 내 도처에서 일어날 것입니다."

"……."

항우는 장량의 말이 맞다고 생각했다. 관중에 나타난 유방보다 발등의 불을 끄는 일이 급했다. 장량이 밖에서 항우의 눈을 가리는 동안 유방은 나름대로 세력을 키웠다.

유방은 나라를 세웠다 하여 편하게 눌러앉아 있지 않았다. 황하를 건너 동쪽으로 나아갔다.

"서위왕 위표魏豹가 나라를 바치고 우리 편이 되겠다고 합니다."

"오, 위표가……."

그리고 장량이 나라를 세우기 위해 고군분투하다가 항우에게 빼앗긴 한韓나라를 다시 되찾고 하남왕 신양과 은나라 사마공까지 받아들여 군세를 늘려갔다. 이때 장량이 돌아왔다. 장량은 유방이 세력을 키우는 동안 항우를 제나라라는 큰 먹잇감을 물어주는 계책을 내고 유방한테로 온 것이었다.

여기저기에서 보낸 연합군을 합해보니, 무려 50여 만이었다.

유방은 항우가 제나라 정벌에서 발이 묶여 꼼짝 못 하고 있다는 사실에 우쭐한 마음이 생겼다. 자신이 직접 전군을 지휘할 욕심이 생긴 것이다.

"항우가 도읍을 정한 팽성을 칩시다! 회왕 의제를 죽인 항우의 본거지를 칩시다! 이번 팽성 공략에는 내가 직접 군사를 지휘 통솔하겠소!"

유방은 제후들과 원로들의 부추김에 대장군 한신에게 주었던 군사 지휘권, 인수를 회수하고 곧 팽성을 치기로 마음을 정했다.

"아직 팽성을 칠 때가 아닙니다. 지금은 군세를 정비하는 일이 우선입니다."

장량과 한신이 간곡히 말렸지만, 들뜬 유방의 마음을 꺾지 못하였다. 그길로 장량과 한신은 함양으로 돌아갔다.

유방은 연합군과 힘을 합해 50만이라는 군세만 믿고 팽성으로 쳐들어갔다.

"와아……!"

군사들의 함성이 하늘과 땅을 뒤흔들었다.

"이거 어찌한다. 큰일 났네!"

팽성을 지키던 환초桓楚는 들판을 뒤덮은 연합군의 엄청난 대군을 보고는 겁에 질려 싸울 엄두도 못 냈다. 초나라 군사들은 모두 항우가 이끌고 제나라에 갔으므로, 성은 빈껍데기인 셈이었다.

"성문을 닫아걸어도 소용없어!"

"차라리 성문을 활짝 열고, 머리를 땅에 대고 엎드려 있자고. 유방은 항복한 자는 살려준다 하지 않던가!"

성안에 남아 있던 군사들은 항복하는 길밖에 없었다.

유방은 유유히 초나라의 본거지 팽성 안으로 들어가, 백성들에게 외쳤다.

"우리는 항우처럼 시가지를 때려 부수거나, 불을 질러 약탈하거나 백성들을 포로로 잡지 않는다!"

그러자 백성들은 '유방 만세!'를 불렀다.

한편, 이 소식을 들은 항우는 길길이 날뛰었다.

"뭐? 유방 그 촌놈이 우리 도읍 팽성에 있다고? 하아, 이놈!"

항우는 아직도 제나라에서 전횡田橫과 싸우고 있었다. 항우가 제나라로 진격할 때, 한왕韓王 성成은 물론 장량도 없애버리려고 한 것은 측근들의 간언에 의한 것이었다. 그런데 한왕은 죽였으나 장량은 놓치고 말았다. 이에 장량이 유방에게로 완전히 돌아간 것이었다.

항우는 이래저래 장량에게 속으면서 우왕좌왕하지 않을 수가 없었다.

"이럴 줄 알았더라면 유방부터 쳤어야 하는 건데, 장량 그놈이 제나라가 어쩌구 하는 바람에…, 하 참!"

"그래도 코 밑의 제나라가 우선……."

어느 장수가 말하자, 항우는 그를 발길로 걷어찼다.

"이놈아, 이제 와서 그게 무슨 소용이 있느냐! 팽성이 도륙당하고 있는데!"

항우 앞의 여러 장수들은 목을 잔뜩 움츠렸다. 항우는 그저 골똘히 생각에 젖었다.

팽성에는 미인들이 많았다. 보물도 잔뜩 쌓여 있었다.

'으음, 항우가 함양에서 좋다는 것은 모두 쓸어 가지고 왔군.'

유방은 적이 놀랐다. 함양이 사흘 동안 불탈 때, 유방뿐만 아니라 모든 사람들이 그 많은 보물도 잿더미로 변한 줄 알고 있었다. 미인들도 뿔뿔이 흩어진 줄로만 알았다. 그런데 알고 보니, 항우는 미인과 보물을 뒤로 빼돌리고 함양 궁전에 불을 지른 것이었다.

많은 미인들은 적이 쳐들어오자 방에 엎드려 벌벌 떨고 있었다. 그중에서 나이 지긋한 여인이 말했다.

"……우리 주인께서는 지금 제나라에 원정 중이시다. 팽성이 함락되었다는 소식을 들으면 이곳으로 반격해오실 것이야."

어느 미인이 나서서 말을 받았다.

"그동안이 문젭니다! 그동안에 우리는 적에게……."

"내 말을 끝까지 들어라! 우리가 살길은 우리 주인을 섬긴 것처럼, 쳐들어온 적을 섬기는 거다. 무엇이 걱정이니?"

"주인이 오시면 적을 섬긴 우리를 가만 놔둘까요? 모조리 목을 칠 것입니다."

"호호호……."

나이 많은 여인은 간드러지게 웃고 나서 다시 말했다.

"우리가 적을 섬기자는 말은, 적을 새 주인으로 맞자는 게 아니다. '미인계美人計'라는 말이 있지 않느냐? 싸움은 창칼로만 하는 게 아니

야, 우리도 미인계를 써서 적을 유인하자는 말이다."

"아아, 주인이 오실 동안 적을 정신 못 차리게 흔들어놓자는 말씀
이군요?"

미인들은 바삐 움직였다. 몸단장을 하고, 음식상을 잔뜩 차린 다
음 한곳에 모여 앉아 있었다.

유방의 장수들이 들이닥쳤다.

"아이구, 어서들 오십시오! 기다리고 있었사옵니다."

미녀들은 기다렸다는 듯이 장수들을 반갑게 맞이했다.

"우와! 잔칫상에 여자들까지."

"우선 먹고 보자."

장수들은 너 나 할 것 없이 미인들을 하나씩 꿰차고 왁자지껄 술을

마셔대기 시작했다.

이때 유방과 번쾌가 들어왔다.

"아니, 이거 웬일들이지?"

유방이 놀라워하자, 번쾌가 눈치를 채고 한마디 거들었다.

"오랫동안 싸움에 지친 장수들이니, 그냥 내버려두시지요. 진시황 놈만 미인들과 술 마시라는 법은 없지 않습니까?"

"으음……."

유방은 얼굴을 잔뜩 찌푸렸으나 자신도 모르게 침을 꿀꺽 삼켰다. 그도 술 생각이 간절하던 참이었다.

더군다나 그 자리에는 유방이 하는 일마다 일일이 간섭하던 장량도, 한신, 소하도 없었다. 전에는 술을 동이째 마셔도 직성이 풀리지 않던 유방이었다. 그런데 전투를 하고부터는 술을 입에 대지 않았던 그였다.

번쾌가 유방에게 속삭였다.

"딱 한 잔만 드시고 물러나십시오."

이리하여 유방도 그 자리에 끼게 되었다.

"캬아, 좋구나!"

얼마 만에 마셔보는 감미로운 술인가! 유방이 얼른 술잔을 비우고 이어 술병째 들이키자, 장수들이 너도나도 '만세!'를 외쳤다. 장수들보다도 미인들의 박수 소리가 유난히 더 컸다.

번쾌가 유방에게 속삭였다.

"오늘만 특별히 마시는 겁니다?"

"핫핫핫, 그래. 눈물겹도록 고맙다! 우리가 굴속에서 지내던 생각이 나는구나. 너도 한 잔만 마셔라."

"형님, 차라리 그때 그 시절로 되돌아갔으면 좋겠습니다. 그러면

한 잔이 아니라 한 통이라도 마시겠습니다. 하지만 지금은 전쟁 중
입니다."

"내일 일은 내일 정할 것이다!"

그런데 다음 날도, 또 다음 날도 한 번 입에 대기 시작한 유방의 술
잔치는 끝이 날 줄 몰랐다. 번쾌도 이젠 말리지 않았다.

'한번 혼쭐이 나봐야 정신이 번쩍 들지.'

하지만 번쾌는 안절부절못하였다. 항우 진영 소식을 알려 해도 알
수 없었던 것이다.

"50만 대군이 성을 철통같이 지키고 있다! 미인도 보석도 몽땅 우
리 것이다! 우리 거……, 끄윽!"

술에 취한 유방은 매일 밤낮으로 큰소리를 뻥뻥 쳤다.

만일 이 자리에 한신 대장군만 있었더라도, 유방이 흥청망청 술을
마시지는 않았을 것이다. 번쾌는 관중 땅으로 돌아가버린 장량과 한
신이 그리워졌다.

그즈음, 항우는 남장을 한 여인과 긴밀한 밀담을 나누고 있었다.

"지금 팽성에서는 저희가 미인계를 써서 연일 술잔치를 벌이고 있
습니다. 유방과 장수들은 술과 놀이에 빠져 헤어날 줄을 모릅니다."

"잘했다. 가서 계속 그놈들을 붙들고 구워삶아라. 날랜 군사를 붙
여줄 테니 도착한 지 사흘째 되는 저녁에 우왕좌왕 밖으로 나서지 말
고 모두들 조용히 집에 있도록 하라!"

항우는 제나라 전횡과의 싸움을 종리매鍾離昧와 용저龍且에게 맡기
고 날랜 군사 5만을 뽑아 팽성으로 달렸다.

"50만이라지만, 모두 술독에 빠져 있는 놈들이다! 유방이 있는 중
앙을 공격하라!"

성을 지키던 유방의 군사들은 술에 취해 비틀거리다가 맥없이 쓰러졌다.

"이놈들!"

한군들은 항우의 한마디에 혼비백산하여 이리저리 서로 아우성치다가 짓밟혀 죽거나 다친 군사의 수가 이루 헤아릴 수 없었다.

사수泗水와 곡수穀水까지 쫓겨 달아나던 한군과 연합군은 강물에 빠져 10만 군사가 떼죽음을 당했다.

"유방의 본진을 포위하라!"

항우의 서릿발 같은 명령이 떨어졌다. 유방은 뒤늦게 번쾌의 보고를 받고 그제야 술에서 확 깨어났다.

"형님에게 술을 권한 제가 잘못이었습니다. 제 목을 쳐주십시오!"

번쾌가 울면서 말했다.

"아아, 이 망신스러운 꼴을 어쩌면 좋단 말이냐?"

유방은 하늘을 우러러 탄식했지만, 이미 때늦은 후회였다.

"흐흐흐, 유방 이놈을 어찌한다."

유방의 본진을 겹겹이 포위한 항우가 덫에 갇힌 짐승을 노려보듯 잔뜩 벼르고 있었다. 우리 속에 갇힌 유방은 장수들과 살아날 궁리를 하고 있었다.

"포위망을 뚫고 나갈 방법이 없겠소?"

"수레를 이용하여 모실 계책이 있습니다."

번쾌가 자신이 세운 계책을 하후영과 유방에게 속삭였다. 유방은 고개만 끄덕거렸다. 논의가 끝나자 하후영이 바쁘게 움직였다.

말 세 마리가 끄는 크고 튼튼한 수레 위에 술통을 여러 개 실었다.

모두 빈 통이었다. 수레 바닥은 쇠판을 깔아 불이 붙지 않도록 했다.

　바로 그 가운데 단단히 고정시킨 통 속으로 유방을 비롯한 몇몇이 들어갔다. 또 마부의 자리에 있는 술통도 쇠판으로 고정시켜 구멍을 앞뒤로 내고 들어갔다.

　나머지 통은 나무로 된 것을 앞뒤에 끈을 묶어서 쌓아 기름을 묻혔다. 그리고 그 나무통을 쇠줄로 묶어, 하후영이 잡아당기면 떨어지도록 만들었다.

　준비를 갖추고 날이 어두워지기를 기다렸다.

　항우의 군사들은 산길같이 험한 곳을 철통같이 지킬 뿐 잘 닦여진 큰길에는 별로 신경을 쓰지 않았다. 땅거미가 질 무렵, 유방의 군사들은 수레가 나아갈 반대쪽 험한 산길로 돌출구를 마련하듯 공격해 나아갔다.

　항우군은 산길로 도망치는 한군한테 신경이 곤두서 있었다.

　"저쪽으로 수레가 한 대 갑니다!"

　군사가 외치자, 항우가 손을 저었다.

　"저건 속임수다! 적이 공격하는 쪽이나 신경 써라."

　하후영은 잘 닦여진 큰길로 말을 몰다가 수레 위에 있는 나무통에 불을 댕겼다. 그러자 세 마리의 말이 울음소리를 요란하게 내며 마구 달렸다.

　길을 지키던 항우의 군사들은 불붙은 수레가 달려오자 피하느라 정신이 없었다.

　"마차 위에 불이 나니까 말들이 놀라서 뛰는 거야!"

　"내버려둬!"

　길을 지키던 군사들은 아무런 의심도 하지 않았다.

　수레에 탄 사람이 한 명도 보이지 않자, 빈 수레에 불이 나서 놀란 말들이 도망치는 것으로 여겼다.

초패왕의 5만 군사에게 50만의 한군과 연합군은 지리멸렬 철저히 무너져 내렸다. 항우는 아무리 포위망을 좁혀가며 싸워도 유방이 보이질 않자 부하 장수에게 물었다.

"그 수레에 유방이 타고 도망친 게 아닐까?"

"그 수레는 불이 붙어서 얼마 못 가서 재가 되었을 것입니다. 수비대의 말을 빌리자면, 술통 모두가 불길에 휩싸였다고 합니다."

"그래?"

항우는 고개를 갸우뚱하더니, 잠시 후 아무래도 미심쩍어 부하 장수에게 다시 명령했다.

"그 수레가 수상하다. 군사들을 이끌고 추격하라!"

"넷!"

이렇게 하여 유방이 탄 수레는 뒤늦게나마 추격을 당하게 되었다.

하후영이 몰고 가는 유방의 수레는 다음 날 아침 패 땅에서 멈추었다. 통 속에서 나온 번쾌가 수레에서 뛰어내려 지나가는 포장마차를 가로막았다.

"잠깐만 이리 오시오! 여기 있는 금은보화를 드릴 테니 마차를 바꿉시다."

이렇게 유방 일행은 술통 수레에서 포장마차로 갈아탔다.

얼마 후 수레를 바꿔 탄 사람은 초의 추격병들에게 붙들려 닦달을 받고 있었다.

"소인은 아무것도 모릅니다. 포장마차와 이 수레를 바꾸었을 뿐입니다."

"포장마차?"

　추격병들은 포장마차의 색깔과 모양새를 물어보고는, 다시 말을 달렸다.

　"저기 포장마차가 간다!"

　하지만 그 포장마차에는 유방도 번쾌도 타고 있지 않았다.

　추격병들이 달려가 눈에 띄는 대로 그 많은 포장마차마다 살펴보 았으나, 유방 일행은 없었다.

　번쾌가 포장을 걷어 버린 지 이미 오래였던 것이다. 또 유방은 물 론 일행 모두 군복을 벗고 백성의 옷으로 갈아입어서 추격병이 찾아 낸다 해도 알아볼 수조차 없었다.

　하후영은 마차를 유방의 옛집으로 향하다. 길에서 유방의 아들 효 혜孝惠와 딸 노원魯元을 만나 태우고는 마차의 방향을 돌렸다. 아들

효혜는 열 살로 이름이 영盈이었고, 노원은 열세 살이었다.

한편, 항우는 성 안팎을 샅샅이 뒤졌으나 유방이 보이지 않자 부하들만 닦달했다.

"어떻게 된 거냐!"

그때, 추격병 둘이 마차를 몰고 왔다.

"유방의 아버지 유태공과 그의 아내 여씨 부인을 잡아왔습니다!"

항우는 귀가 번쩍 뜨였다.

"오, 그래?"

그제야 항우의 화가 조금은 풀어졌다.

"아비와 아내를 인질로 잡아두면, 제깟 놈이 언젠가는 내 앞에 무릎을 꿇겠지!"

항우는 유태공과 여씨 부인을 정중히 맞아 후하게 대접하면서, 부하들에게 잘 감시하도록 하였다.

배수^{背水}의 진^陣,
위^魏·조^趙·연^燕을 얻다

내가 배수의 진을 친 것은,
적의 자만심을 부추겨 미리 함정을 파놓고 끌어들이려 한 것이 첫째요,
둘째는 사지^{死地}에 빠져야만
목숨을 구할 수 있다는 병법을 응용한 것이었소.

한편, 아들과 딸을 찾은 유방은 변장을 한 채 하읍^下
^邑에 있는 처남 여택^{呂澤}을 찾아갔다. 여택은 반가이 맞이해주고 자
신의 군사까지 내주었다. 하읍은 유방의 처 여씨의 아버지인 여공^呂
^公이 오랫동안 머물며 사람들에게 은혜를 베푼 곳이었다.

초패왕과의 싸움에서 참패를 당하자 큰소리 탕탕 치던 유방의 낙
담은 이만저만한 것이 아니었다. 특히 장량과 한신의 말을 듣지 않
고 군사를 팽성으로 몰아 계집들과 술에 빠져 50만 군사를 잃은 데
대한 반성을 뼈저리게 하고 있었다.

한왕이 머무르는 동안 형양성^{滎陽城}으로부터 사자가 찾아왔다. 뜻
밖에도 장량이 보낸 사자였다.

한왕은 그 즉시로 여택과 작별 인사를 나누고 형양으로 떠났다.
형양은 물산이 풍부하고 양식이 넉넉하여 수십만의 군사를 먹일 수

있는 곳이었다.

한왕 유방이 형양에 있다는 소문은 금세 널리 퍼졌다. 소식을 듣고 흩어졌던 군사들이 떼 지어 몰려왔다.

이때 항우는 가는 곳마다 싸움에서 이김으로써 백전백승하는 무적 군사임을 자랑으로 여겼다.

"이 세상에서 우리 초군이 제일 강하다!"

그럼에도 그의 마음은 늘 편치 못했다.

"유방의 연합군 50만을 무찌르고 가는 곳마다 싸움에서 이겼지만, 항우는 얻은 게 없소."

"바쁘기만 했지."

이런 말을 하는 사람들이 늘어났다. 그렇지만 사람들의 생각은 '항우에게 붙어야 산다.'는 것이었다. 사마흔과 동예도 유방에게 항복했다가 항우의 기세가 드높아지자 다시 그쪽으로 넘어갔다.

그 밖의 몇몇 제후들도 항우에게 빌붙어 있었다. 몇 날을 형양성에서 고민하던 유방이 장량에게 물었다.

"항우의 발을 묶어놓고, 천하를 거머쥘 방도가 어디 없겠소?"

장량이 계책을 내놓았다.

"천하를 차지할 욕심을 가지면 모두 다 잃습니다."

"무슨 말이오?"

"관중 동쪽(관동) 땅을 떼어 미끼로 쓰십시오."

장량의 계략은 이러했다.

유방이 천하의 패자가 되려면 구강왕九江王 영포英布와 양왕梁王 팽월彭越을 자기편으로 굳히고, 한신을 가까이 두어야 한다. 그러자면 이 세 사람에게 관동 땅을 나누어주겠다는 약속을 하고 실제로 주어야 한다.

크게 베풀어야 큰 것을 받는다는 것이다. 그러면 제아무리 전투의 천재요, 막강한 항우라도 감히 이쪽을 넘보지 못한다고 하였다.

"좋은 계책이오!"

유방은 장량의 말을 주저 없이 받아들였다.

구강왕 영포는 본래 항우 편이었다. 그렇지만 항우가 제나라를 치러 갈 때 부하 장수에게 군사만 주어 보내서 미움을 사고 있었다.

'제후들이 항우에게 등을 돌리는 까닭이 무엇일까?'

제齊와 조趙나라가 반기를 들고, 유방이 항우와 대적하는 것을 본 영포는 항우의 기반이 결국에는 붕괴될지도 모른다고 생각했다.

영포는 항우와 유방을 놓고 이리저리 저울질하며, 그 어느 쪽에도 쏠리지 않고 있었다.

"항우에게 가면 나를 가만두지 않을 것 같고, 그렇다고 유방 편에 설 수도 없고……."

이때였다.

"한왕 유방의 사신이 왔습니다."

영포는 정신이 번쩍 났다. 사신은 힘주어 말했다.

"살길을 알려주러 왔습니다. 한왕 유방께서는 전하가 오기만을 기다리고 계십니다. 힘이 되어주신다면, 관동 땅을 아낌없이 나누어주신다고 약속하셨습니다. 아니, 약속만 한 게 아니라 실행에 옮길 준비를 하고 계십니다."

그래도 영포는 응하지 않고 우물쭈물했다.

"항왕이 그것을 빌미로 나를 치지 않겠소?"

"절대로 못 칩니다! 전하께서 항우에게 대항하시면 초군들은 발이 저절로 얼어붙습니다."

"왜?"

"천하의 제후들이 너도나도 한왕 유방 편이 될 테니까요."

"그렇게 될까?"

"만일 유방 쪽이 유리하지 않다면, 전하께서 거짓 항복한 체하고 항우 쪽으로 가시면 될 것 아닙니까? 그런 자유도 주시겠답니다."

그제야 영포는 귀가 솔깃하여 유방 쪽으로 붙었다. 유방에게 갔다가 싫으면 다시 항우 쪽으로 돌아설 생각이었다.

그 뒤, 항우가 영포의 군사를 모조리 죽이는 일을 저질렀다. 그뿐만 아니라 구강성에 있던 그 가족들을 찾아내어 모조리 죽였다.

소식을 들은 영포는 이를 갈며 부르짖었다.

"언젠가는 내가 네놈의 목을 베어 한을 풀리라!"

영포는 아예 유방 편으로 굳혔다. 그리고 항우에게 여러 성을 빼앗긴 팽월은 쉽게 유방 편이 되었다.

한왕 유방은 영포를 맞아들인 후 초패왕 항우가 쳐들어올 것에 대비하여 형양의 방어를 튼튼히 했다. 그리고 부족한 군사를 채우기 위해 각처에서 끌어모았으며, 인재를 구하기에도 힘썼다.

그러던 어느 날, 측근의 신하가 유방에게 물었다.

"폐하, 진평陳平이라는 자를 아시는지요?"

"항우 밑에 있는 초의 장수가 아니오?"

"그렇습니다."

"느닷없이 왜 그자의 이름을 꺼내는가?"

유방이 의아한 표정으로 물었다.

진평은 양무현 사람으로, 용모가 준수했다. 그러나 진평은 형수에게서 밥벌레로 취급받으며 커나가다가, 부자인 장부張負의 딸을 얻어 출세한 사람이었다.

"진평이 항우를 떠나 폐하의 신하가 되고자 합니다. 받아주시겠습니까?”

“우리에게 온다면 쌍수를 들고 환영할 일이 아니겠는가? 진평은 지난날 홍문의 회합에서 내가 자리를 빠져나가는 것을 알고도 모른 척 눈감아주었네. 그의 지모智謀가 비범하다는 것은 천하가 알고 있지 아니한가. 그가 나에게 온다면, 이는 하늘의 도움이 아닐 수 없네. 그자는 지금 어디 있는가?”

“형양성에 와 있습니다.”

한왕 유방은 기뻐하며 진평을 받아들였다.

진평이 항우에게 있을 때의 일이다. 그 당시에 은殷나라가 반란을 일으켰다. 이때 항우는 진평에게 신무군信武君이라는 칭호를 내리고 은나라를 평정하라 했다. 진평은 밤낮을 도와 은나라에 당도했다.

진평은 성을 기습하기로 하고 군사들을 여러 갈래로 나누었다. 그리고 낮에 매복하고 있다가 밤이 되기를 기다려 성으로 다가갔다. 그때까지도 은나라 군사들은 진평이 군사를 이끌고 온 것을 알지 못했다.

진평은 몇 대의 수레에 군사들을 태운 채 휘장으로 가렸다. 그러고는 아침이 되기를 기다렸다.

“성문이 열리거든 그때 한꺼번에 들이친다.”

진평은 일반 복장을 하고 있었으며, 일부 군사들도 서민이 입는 옷으로 갈아입게 했다.

날이 밝자, 성문이 열렸다. 진평은 태연하게 다가갔다.

“무슨 일로 어디서 온 누구요?”

성문을 지키는 병사가 진평의 범상치 않은 풍채를 보고 조심스럽게 물었다.

"은왕을 알현코자 하오. 나는 북방에서 온 상인이오. 특산물을 싣고 왔소."

진평은 수레들을 손짓하여 가까이 오도록 했다.

"잠시 기다리시오."

감시병은 동료에게 이 사실을 상관에게 알리도록 하고, 수레를 검사하기 위해 휘장을 젖혔다. 순간 진평의 군사들이 튀어나와 감시병들을 순식간에 쓰러뜨리고 성문을 활짝 열어젖혔다. 이어 신호를 받은 진평의 군사들이 물밀듯이 성안으로 쳐들어갔다.

진평은 군사들을 이끌고 은왕의 처소를 향해 달렸다. 은왕의 궁궐은 금세 쑥대밭이 되었다. 은왕은 잠결에 일어나 옷도 제대로 입지 못하고 있었다.

"초패왕을 배반하다니!"

은왕은 기겁하여 도망치려 했지만 몇 발자국도 가지 못하고 진평이 내리친 칼을 맞고 쓰러졌다. 진평은 항복한 군사들을 너그럽게 대했다. 장수들에게도 죄를 묻지 않았다.

번개처럼 은을 정벌하고 개선하자, 항우는 매우 기뻐했다. 그런데 얼마 후 은나라가 또 배반을 했다.

진평이 은나라 장수들과 짜고 그들을 죽이지 않은 것이라 판단한 항우는 매우 노했다. 그러자 진평은 그날 밤 장사꾼으로 변장하고 도망쳐 유방에게로 왔던 것이다.

그 후 진평은 유방 곁에서 끝까지 충신으로 남아 있게 된다.

그 무렵, 한신은 자신이 고안해낸 전차戰車를 만들며 군사들을 훈련시키고 있었다. 2개월 남짓 지나자 많은 전차를 만들 수 있었고, 군사들도 이전의 잡군이 아니라 제법 쓸 만한 군사들로 변모했다.

이제 대장군 한신은 항우군과 충분히 맞설 채비가 갖추어졌다고 생각했다. 그때 본국으로부터 한왕 유방의 사자가 당도하여 말을 전했다.

"항우가 더 이상 쳐들어오지 못하게 막아주신 데 대해 큰 땅을 떼어 상賞으로 내리신다 합니다. 벼슬도 높여드리고요."

그러자 한신이 조용히 말했다.

"내가 적과 싸우는 것은 부귀영화를 바라서가 아니라 한왕에겐 믿음이 가고 항우가 싫기 때문이니, 아무 걱정 말라 이르시오."

이 말을 전해 들은 유방은 기뻐했다.

"그렇다 하더라도 한신에게 그런 의지를 보여준 것은 잘한 일입니다. 한신이 아무런 욕심이 없는 인물일지라도, 전하가 그토록 자기를 생각해준다는 것을 알고 싶어 할 것입니다. 한신도 인간이기 때문입니다."

"옳은 말이오!"

유방이 자신을 그토록 생각해준다는 것을 알게 된 한신은 더욱 충성을 다짐했다.

"우리 한나라 군사 50만은 언제든지 초패왕과 싸울 태세가 갖추어졌습니다. 초패왕에게 도전장을 보내도록 허락해주십시오. 신이 그에게 모욕적인 글을 써, 성질이 불같은 초패왕이 앞뒤 가리지 않고 군사를 급히 몰고 나오도록 하겠습니다."

한신의 말에 한왕은 크게 기뻐했다.

"여부가 있겠소. 항우는 그러지 않아도 이 형양성을 치러 올 것인즉, 대장군이 먼저 나아가 그들을 친다면 그보다 더 바람직한 일이 어디 있겠소."

한왕은 그렇게 말하며 지난번 팽성을 치러 갈 때 거두어들였던 대장군의 인부를 다시 내렸다. 한신은 그것을 받들고 물러나 곧 항우에게 보내는 선전 포고문을 쓴 후, 사자를 보내 전하게 했다.

초패왕은 지난날 투항한 진군 20만을 생매장하고, 회왕의 명을 받들어 함양성에 입성한 이후에도 진의 도성을 불태우고 백성들을 무참히 도륙했소. 그뿐만 아니라 스스로 제위에 오르고자 회왕마저 시해했으니, 그 죄가 하늘을 가리고 땅을 뒤덮을 지경이오. 이에 한나라 대원수 한신은 하늘을 대신해 초패왕에게 죄를 물어, 위로는 천하의 대의大義를 밝히고, 아래로는 초패왕의 발길이 닿는 곳마다 울부짖는 백성들의 원한을 씻고자 하오.

항우는 그 글을 보자 격노해 서찰을 발기발기 찢으며 소리쳤다.
"한낱 낭중에 지나지 않던 놈이 어쩌다 유방에게 빌붙더니 오만방자한 소리를 지껄이는구나! 여봐라, 당장 출진할 채비를 하라. 내, 이놈의 목을 한칼에 베어버리리라!"
초 패왕은 군사를 점검하며 출전을 서둘렀다.
'한신의 꾀에 넘어가 일을 그르치고야 말겠구나!'
범증은 길게 탄식만 내뱉을 뿐이었다.

"하아, 내 참! 제나라에서는 전횡이 골치를 썩이더니, 이번에는 한신 놈이 물고 늘어지는구나!"
항우는 출전할 때마다 번번이 한신에게 패했다. 더 이상 진격할수 없게 된 것은 한신 때문이었다.
한신이 거느린 군사는 변변치 못했다. 패잔병을 모은 군사들이었으며, 수적으로도 항우군에 비할 바가 못 되었다. 그러나 한신은 매번 작전을 바꾸어 항우의 군사들을 야금야금 갉아먹고 있었다.

기병 3백 명을 숲속으로 유인하여 말을 빼앗았다. 칠흑같이 어두운 그날 밤, 항우는 약이 오를 대로 올라 대군사들로 포위망을 펴고 한신이 숨어 있다는 산에 올랐다.

그러나 한신의 군사들은 들판 둑 밑에 숨어 있었다. 말들은 재갈을 물린 채였다.

"적은 수만 대군이다. 자, 내 뒤를 따르라!"

한신은 적이 포위망을 펴서 헛수고를 하는 동안에 항우 군사의 옷을 갈아입고 항우의 본진으로 향했다.

달이 뜨고 있었다.

항우의 본진에는 몇 천의 군사들이 지키고 있었다. 그들은 달빛을 받으며 달려오는 기병들을 보고 눈만 끔벅거렸다.

"왜 우리 군사들이 되돌아오지?"

항우의 군사들은 무기도 손에 들지 않고 어슬렁거리며 한신의 기병을 맞이했다. 한신의 군사들은 말을 타고 노래 부르며 충분히 접근한 다음 창을 휘둘렀다. 수천 명의 초나라 군사들은 순식간에 전멸당하고 말았다.

한신을 찾기 위해 밤새워 헛수고하고 돌아온 항우와 수만의 대군은, 저희 군사들의 시체를 땅에 묻느라 비지땀을 흘려야 했다.

그 뒤부터 항우는 한신을 두려워하며 그에게 이를 갈고 팽성에 머물러 있었다.

"한신이 있는 한 형양성을 치기는 어려울 것입니다. 그러니 그를 다른 곳으로 따돌려야 합니다."

범증이 한동안 깊은 생각에 잠겨 있다가 입을 열었다.

"어떻게 그를 딴 곳으로 보낼 수 있겠소?"

"서위왕西魏王 위표로 하여금 반란을 일으키게 하면 될 것입니다."

항우는 의아스러운 얼굴로 범증을 쳐다봤다.

위표는 유방에게 항복했다가 팽성 싸움에서 대패한 후, 다시 항우 쪽으로 넘어간 자들 중 하나였다. 한 마디로 기회주의자였다.

이 무렵, 한신에겐 좌승상의 벼슬이 주어져 있었다.

"무엇이? 한신이 나를 치러 온다고?"

위표는 당황했다.

'천하의 전술가 한신을 어찌 무찌른다?'

걱정이 태산 같은 위표는 생각 끝에 위나라 대군을 황하 골짜기로 보냈다. 한신은 군사를 이끌고 강가에 도착했다. 그런 뒤, 배를 잔뜩 준비하라고 명령했다.

"한신이 배를 타고 강을 건널려는 모양이군. 강을 건널 때 독화살을 퍼부어 적을 물고기 밥으로 만든다!"

위표의 장수가 전략을 세웠다.

그렇지만 한신의 군사들은 잔뜩 준비해놓은 배를 타고 건너오지는 않고 고기를 잡고 있는 것이 아닌가. 위표의 장수는 고개를 갸웃거렸다.

그날 밤, 한신의 진영에서는 횃불을 환하게 밝혔다. 이윽고 군사들의 노랫소리가 처량하게 들려왔다.

'고향 생각이 절로 난다. 죽이고 죽느니 차라리 강물에 빠져 죽고 싶구나!'

처량한 노랫소리가 밤새 끊이질 않았다. 위표의 군사들은 밤새도록 잠을 이루지 못했다.

날이 밝았다.

"어? 그 많던 배가 모두 어디로 갔지?"

위표의 군사들은 적진을 바라보며 눈이 휘둥그레졌다.

한신은 이미 강 상류를 건너 위표가 숨어 있는 안읍을 공격하고 있었던 것이다.

"한신이 쳐들어온다!"

깜짝 놀란 위표가 도망치기 위해 뒷문을 나섰다.

"이놈, 배반자 위표야! 그럴 줄 알고 기다렸다. 하하핫! 네놈이 뛰어봤자지."

사로잡힌 위표는 유방을 배신한 것을 두고 후회했지만 때는 이미 늦었다.

'유방만 생각했지, 왜 한신을 미처 생각지 못했을까.'

한신이 위표를 처치하자 위나라 땅도 한나라의 영토가 되었다. 유방은 이곳을 한동군이라 하였다.

연전연승하는 한신의 인기는 단연 으뜸이었다. 따르는 군사들 모두가 한신을 믿고 있었다. 그 무리는 10만이 넘었으나 형양성에서 고전하고 있는 유방에게 군사를 거의 다 넘겨주고 자신은 2만 군사만 데리고 있었다.

"이참에 아주, 조趙나라도 쳐야겠소."

한왕은 방금 승리하고 돌아온 한신에게 말했다. 한신은 몹시 지쳐 있었지만 명령을 받들 수밖에 없었다.

"한신 대장군이 나가주어야 내 마음이 놓인다네. 이번에는 조나라의 진여陳餘와 원수진 장이張耳 장군과 함께 가시오!"

한신은 정형성井陘城 앞 30리에 진을 치고 대장 장이張耳와 대책을 의논했다.

말 두서너 필이 드나들 수 있을 정도의 좁은 길을 형陘이라 불렀다. 형 중에서 정형井陘이라는 도로는 더욱 험난하기로 이름이 높았다. 한신군이 하북 평야로 나오려면 정형을 통과하지 않으면 안 되었다.

한편, 조나라에서는 한나라 한신이 군사를 이끌고 쳐들어오자, 곧 회의를 소집했다.

"우리에게는 20만 대군이 있습니다. 천연의 요새 정형에 장벽을 쌓고 기다리다가, 그곳에서 단번에 쓸어버립시다."

그리하여 조나라 군사들은 산길이 뚫려 있는 요새에 진을 쳤다.

한신과 장이는 작전 계획을 짜느라 골머리를 앓고 있었다.

'정형성만 지키고 있으면 어떤 적이라도 막을 수 있다.'

조나라는 어떤 대군도 이 요새를 넘을 수 없다고 여기고 있었다.

"이번 싸움은 적의 수가 많은 것이 문제가 아니라, 단 한 사람 때문에 골치가 아픕니다."

"한 사람, 그자가 누구입니까?"

"이좌거李左車라는 사람인데, 지략이 매우 뛰어난 명장입니다. 그자가 어떤 계책으로 나올지……."

한신은 얼굴을 찌푸렸다. 그러나 조나라의 이좌거 역시 한신을 두려워하고 있었다.

"좋은 계책을 세웠소? 말해보시오."

조나라의 대장군 진여가 이좌거에게 물었다.

"한신은 지략이 높은 데다 위나라를 무찔러 그 기세가 하늘을 찌를 듯합니다. 지금 그와 싸워 물리치기는 어렵습니다. 그러나 저들은 군량을 천 리나 떨어진 곳에서 가져와야 하는 형편입니다. 그러니 3만의 군사를 이끌고 적의 뒤를 쳐서 보급로를 끊겠습니다. 저에게 군사를 떼어주십시오."

"우리 법에는 혼자만 아는 계책을 쓰지 말라고 되어 있소."

진여는 병법에 밝기는 하나 속이 좁은 사람으로, 이좌거와 대립하고 있었다.

"한신은 천하의 명장입니다. 귀신도 깜짝 놀랄 전법을 쓰고 있습니다. 그러나 아무리 신출귀몰하는 적이라도 먹지 않고는 싸울 수 없을 것입니다. 그래서 저는 따로 군사를 내어 보급로를 끊겠다는 것입니다. 그렇게 되면 하는 수 없이 군사를 돌릴 것입니다. 그때 그들을 뒤쫓아가 급습하면 아무리 강한 군일지라도 무너지게 될 것입니다."

그러나 진여의 생각은 달랐다.

"우리에게는 20만 대군이 있소. 적은 고작 2만에 불과하니, 맞붙어 싸운다 해도 충분히 밀어버릴 수 있지 않겠소?"

진여는 이좌거의 말을 듣지 않았다. 이좌거는 속으로 탄식할 수밖에 없었다.

'백만의 군사가 장군 한 사람이 부리는 이치도 모르다니. 한신을 가벼이 보아서는 안 되거늘.'

이 일로 이좌거는 후방으로 쫓겨 가고 말았다. 한신은 이좌거가 이번 전투에서 손을 떼고 한직閑職으로 물러났다는 말에 한시름 놓았다. 한신은 이좌거에 대해 존경과 두려움을 함께 가지고 있었다.

"이젠 됐다, 됐어!"

진여의 군사들을 상대로 언제든지 좋은 계책을 쓸 수 있겠다 생각했다.

한신은 군사를 셋으로 나누고 작전에 활기를 띠었다.

"제1군은 오늘 밤 적의 요새에 접근하여 숨는다. 그리고 갈 때는 모두 한나라 붉은 깃발을 가지고 간다. 제2군은 배수背水의 진陣을 친다."

배수의 진이란 강을 등지고 진을 치는 것이다.

"제3군은 골짜기로 들어가 적의 요새를 공격하는데, 조나라 대군이 몰려나오면 패한 척하고 달아난다."

그때 요새의 성곽에서 적의 대군이 쏟아져 나오면, 숨어 있던 군사들이 옆으로 돌아가 성곽을 점령하고 한나라 붉은 깃발을 단다는 전략이었다. 한밤중, 한신의 세 군대는 각자 임무를 맡은 장소에 자리를 잡았다.

이튿날. 날이 밝자 조나라 군사들은 요새의 성벽 위에서 '배수의

진'을 친 것을 내려다보고는 깔깔 웃었다. 진여도 배를 잡고 웃어젖혔다.

"핫핫핫, 대군을 상대로 싸우러 온 녀석들이 강을 등지고 싸우는 전법을 쓰다니⋯⋯. 죽고 싶어서 왔나 보구나."

강을 등지고 싸우는 배수의 진은 죽음을 각오한 최후의 선택. 결연한 의지가 아니고는 쓰지 않는 전술이었다. 적이 정면과 좌우에서 쳐들어오면 뒤로 도망갈 수가 없기 때문이다.

"천하의 전술가라더니, 알고 보니 한신도 바보 천치로구나!"

진여가 한신을 비웃고 있을 때, 요새 입구 골짜기로 적이 공격해 온다는 보고가 날아들었다.

"총공격하라! 배수의 진까지 밀어붙이면, 적은 몽땅 고기밥이 될 것이다."

조나라 군사들은 물밀듯이 밀고 내려오고, 골짜기로 들어선 한신의 군사들은 도망치느라 바빴다.

그때, 숨어 있던 한신의 제1군이 옆으로 돌아서 천연의 요새 성곽을 점령해버렸다. 군사들은 조나라 깃발을 내리고 그 자리에 한나라 깃발을 달았다.

요새의 성곽에서 때 아닌 북소리가 울리자, 총공격에 나섰던 조나라 군사들이 뒤를 돌아다보았다.

아뿔싸, 진여는 순간 가슴이 철렁 내려앉는 듯한 느낌을 받았다.

"배수의 진은 요새를 점령하려는 속임수였구나! 그렇다고 이대로 물러설 수는 없다. 공격하라! 전멸시켜라!"

진여는 마지막 안간힘을 써서 공격 명령을 내렸다.

그런데 일은 엉뚱한 데서 터져버렸다.

"저 강변에서 솟아오르는 검은 연기는 뭐냐? 연기를 뚫고 앞으로 나가라!"

한신은 강변에 검은 연기를 내뿜는 연막 재료에 불을 지르고 함정을 깊게 파놓았었다.

"공격! 적들은 오합지졸이다. 한 놈도 살려 보내지 마라!"

"와아……."

한신군이 강기슭까지 밀렸다. 한신이 칼을 치켜들고 적진으로 뛰어들며 외쳤다.

"등 뒤에는 강이다. 더 이상 물러설 곳이 없다. 죽고 싶지 않으면 싸워라!"

한신이 그렇게 외치며 칼을 휘둘러 순식간에 조군 수십 명을 베자, 군사들도 사기가 치솟았다.

조나라 군사들은 원래 한신군의 수가 자기들보다 적다고 가볍게 여겼었다. 그런데 대부분은 강기슭에 닿기 전에 함정에 빠져 몰살당했고, 그나마 살아난 자는 오랫동안 싸움터를 누벼온 한신군의 용맹을 대적할 수가 없었다.

진여가 우왕좌왕하며 밀리는 군사들에게 발만 동동 구르다가 군사를 돌려 성 앞에 이르고 보니, 성은 한나라 군에 정복되고 성루에는 한나라의 붉은 기가 펄럭이고 있었다.

진여는 아연실색했다. 더 이상 물러날 곳도 없게 된 그는 남은 군사들과 함께 뒤쫓아온 한신의 관영 장수에게 목이 떨어졌다.

사방으로 포위한 한신의 군사들은 갈팡질팡 허우적대는 적들을 사정없이 무찔러 전멸시켰다. 2만의 군사가 20만 대군을 몰살시킨 것이다.

크게 승리한 한신은 약속대로 전군에게 아침밥을 먹게 하고 휴식을 주었다.

"만세! 한신 대장군 만세!"

"배수의 진, 만세!"

군사들은 믿기지 않는 승리감에 도취되어 환호성을 질렀다. 한신이 부하 장수들에게 말했다.

"다른 작전 없이 '배수의 진'만으로는 백발백중 패한다! 내가 배수의 진을 친 것은, 적의 자만심을 부추겨 미리 함정을 파놓고 끌어들이려 한 것이 첫째요, 둘째는 '사지死地에 빠져야만 목숨을 구할 수 있다(함지사지이후생陷之死地以後生)'는 병법을 응용한 것이었소. 이는 물러날 길이 없을 때, 힘을 다해 싸워 이길 수 있다는 뜻이오."

장수들은 고개를 끄덕이며 감탄해 마지않았다.

배수의 진 전술은 삽시간에 여러 나라로 퍼졌고 놀라지 않는 사람이 없었다. 이제 한신의 명성은 천하가 들썩거릴 만큼 높아만 갔다.

한신과 같이 싸웠던 장이張耳 장군에게 조나라 왕의 자리가 주어졌다. 이 소식에 누구보다도 화가 나고 배가 아픈 사람은 항우였다.

"조나라를 한신 놈이 꿀꺽해! 도대체 배수의 진이 무엇이길래 진여의 20만 군대가 전멸을 했더란 말이냐, 엉?"

항우는 소식을 전하러 온 조나라 군사에게 물었다.

"제가 성벽 위에서 본 바로는, 강을 등지고 수천 명의 군사가 우글거렸습니다."

"그까짓 걸 고기밥으로 만들지 못해? 진여의 대군이 그냥 몸으로 밀어붙여도 적은 물귀신이 되고 말았을 터인데……."

"저희도 그렇게 생각했지요. 그래서 요새에 있던 대군이 밀고 나아갔습니다. 그런데 그게 아니더란 말씀입니다."

"뭐가 그게 아니야?"

"네. 한신이 요술을 부려 갑자기 모래사장에서 연기를 피워 올리고 암흑세계로 만들더니, 그 뒤에 구덩이가 파이고, 우리 군사는 그대로 나아가 꽥꽥거렸습니다."

"한신이 언제부터 요술을 부렸지?"

"그건 잘 모르겠습니다. 하지만 순식간에 연기를 피우고 우리 군사들을 구덩이로 몰아넣은 건 사실입니다. 그뿐만이 아닙니다. 한무리의 군사를 구름에 태워 우리 성곽 요새 위에 옮겨놓기까지 했습니다."

"뭐라고? 한신이 신선의 도술을? 에라 이놈아!"

항우는 계속 지껄이는 조나라 군사를 한 손에 들어 패대기 쳤다.

조나라를 꺾은 한신은 조나라의 병법가 이좌거李左車를 찾아내어 정중히 대접했다.

"장군에게 가르침을 받고 싶소."

한신은 이좌거를 죽이지 않고 중용하여 조나라의 인심을 거두어 들이는 한편, 그의 계책도 구하고 싶었다. 이좌거는 뜻밖에 한신이 자신을 정중히 예를 갖추어 대하자 크게 감격해 마지않았다.

그러던 어느 날 유방의 사신이 당도했다.

"연燕나라와 제齊나라도 정벌하라는 분부십니다."

천하를 평정할 꿈에 부푼 유방으로서는 당연한 주문이었다.

한신은 고민에 빠졌다. 자신에게 주어진 임무가 너무 무거웠다. 한신은 한참을 심사숙고한 끝에 여러 장수와 이좌거를 불러 모아 의견을 들었다.

"연나라와 제나라를 정벌할 좋은 방도가 없는가?"

"명령만 내려주시면 저희가 군사를 이끌고 나아가서 들이치겠습니다."

한신은 손을 내저었다. 그러고는 자리에서 일어나 이좌거에게 정중히 인사를 올렸다.

"어떤 계책을 써야 할지 좋은 가르침을 주십시오."

"싸움에 패한 장수가 무슨 낯으로 병법을 말할 수 있겠습니까?"

이좌거는 말하기를 사양했다. 한신은 그의 마음을 헤아려 잠시 뜸을 들였다가 재차 계책을 물었다. 그러자 이좌거는 한참을 망설이다가 무겁게 입을 열었다.

"지금은 모두가 지쳐 있습니다. 군사를 일으키지 않고 적을 이기는 것이 최상책이라 했습니다. 장군께서는 이곳에 머물러 계시면서 군사들을 훈련시키십시오. 그러면 연나라와 제나라는 자기네 땅을 치기 위해 군사를 훈련시키는 것으로 알고 흔들릴 것입니다. 그때

사신을 보내 이로움과 해로움을 따져 항복하라고 하십시오."

그리하여 한신은 그날부터 군사를 훈련시키며 변설에 능한 수하隨
何로 하여금 항복을 권하는 글을 써 연왕燕王에게 보냈다.

"지금 천하는 덕 있는 유방과 힘으로 살상을 서슴없이 저지르는 항
우와의 결전입니다. 이 두 인물 중에 누가 천하를 거머쥘 수 있다고 생
각합니까? 그리고 유방에게는 한신 장군이 있습니다. 항우도 한신을
어쩌질 못하고 두려워하고 있습니다. 지금 한신은 연나라와 제나라를
정벌코자 군사들을 훈련시키고 있습니다. 항우조차도 두려워하는 그가
쳐들어온다면 막아낼 재간이 있겠소? 모두가 편안히 지내는 것이 어떻
겠소."

연왕이 한신이 보낸 글을 보고는 어찌할 바를 모르고 있는데, 괴철이 아뢰었다.

"제가 한신에게 가서 그쪽의 허실을 살피고 오겠습니다."

연왕이 이를 허락하자, 괴철은 수하와 함께 한신의 진으로 갔다. 괴철을 마주한 한신은 그를 노려보며 소리쳤다.

"대부는 알량한 세 치 혀로 나를 달래 싸움을 막아보자는 거요? 내가 그 말에 넘어가 싸움을 그만둘 것 같소? 모든 나라들이 한왕이 인군仁君임을 알고 따르고 있는데, 오직 연燕나라만이 거역하고 있으니, 될 일이기나 하오?"

한신은 이렇게 말하고 괴철을 감금시켜 버렸다.

며칠 후, 이좌거가 괴철을 찾아가 '하늘을 거스르는 자는 망하고 하늘의 뜻에 따르는 자는 흥한다'는 말로 연왕의 항복을 권했다.

그 후 연왕은 성문을 열고 항복 문서를 한신에게 바쳤다. 한신은 이좌거의 계책대로 피 한 방울 흘리지 않고 연왕이 항복하자 크게 기뻐하고 그 항복 문서를 한왕에게 보냈다.

반간계反間計에 떨어지는 범증

잘못을 저지르고서도 고치지 않고
남의 말에 귀를 기울이지도 않으며 더한 잘못을 저지르니 이는 교만이요,
남의 생각이 자기와 다르다는 이유로
그를 그르다고 함은 오만이 아니던가!

　　초패왕 항우는 이래저래 화가 났다. 한신을 치려고
군사를 내어도 번번이 싸움 한 번 못 해보고 실패하고, 위魏나라와
조趙나라에 이어 연燕나라까지 한신의 수중에 떨어졌을 뿐 아니라 믿
었던 제후들마저 하나둘씩 유방 쪽에 붙었다는 소문만이 무성했다.
　　'차라리, 이참에 한신을 상대로 발목을 잡는 것보다는 유방 놈의
뒤통수를 치는 게 낫겠다!'
　　항우는 이를 부드득 갈았다.
　　항우는 침을 튀겨가며 식식거리고 열변을 토했다.
　　"지금, 한신이 없는 유방은 빈집이나 다름없다. 우리는 형양성滎陽
城으로 유방을 잡으러 간다!"
　　한편, 유방은 형양성에서 장량과 진평 등과 함께 항우의 침략에
대한 대비를 서두르고 있었다.
　　그중에서도 가장 큰 일은 황하 강가에 있는 오창敖倉의 군량미를

운반해오는 것이었다. 그러기 위해 형양성과 오창의 길 양쪽에 벽을 쌓아 안전한 곡식 운반로를 개척해야 했다.

한나라 군사들은 벽돌을 만들어 용도甬道를 구축했다. 용도는 수송물을 운반하기에 적합했고 병사들이 안전하게 왕래할 수 있었으며, 또 가까이 다가오는 적을 무찌를 수도 있었다. 그 때문에 이 용도는 한군의 거대한 성이었고 동맥動脈이라 할 수 있었다.

"유방의 밥줄을 끊어버리자!"

항우가 외치자 초군들은 함성을 지르며 따랐다. 그렇지만 유방이 곳곳에 설치해놓은 용도가 견고해서 쉽게 진격할 수가 없었다.

항우는 군사들을 출동시킨 뒤, 언덕 위를 가리켰다.

"저 방어벽을 넘는다!"

언덕 위에 성벽처럼 쌓은 돌벽이 곧 방어벽이었다.

유방의 요새요, 한나라 유방의 진지였다. 그 방벽 위에는 한나라의 붉은 깃발이 수없이 꽂혀 펄럭이고 있었다.

"저 방어벽만 부순다면 성안의 사람들은 굶어죽는다!"

항우가 외쳤다.

"방어벽이 무너지면 우리 모두 굶어 죽는다! 죽기를 작정하고 지켜내야 한다!"

그렇지만 한군의 방어벽 수비는 항우가 생각했던 것보다 견고했다. 형양성을 몇 겹으로 에워쌌으나 쉽게 무너뜨릴 수 없었다.

항우는 달리는 말을 채찍질하며 외쳐댔다.

"저기만 넘으면 술항아리가 득시글하다! 뭣들 하느냐 부숴야 한다!"

"와아……."

군사들은 항우의 용맹에 감동하여 방어벽 밑으로 달라붙어 쇠줄을 걸고 올라가기 시작했다.

"힘을 내라. 용도를 무너뜨려라!"

항우의 고함에 초군은 죽기를 다하여 손과 발을 움직였다. 하지만 그럴수록 한군도 완강하게 맞서왔다. 결국 초군은 그 싸움에서 작은 승리만을 거두고 일단 물러났다.

"용도의 무너진 곳을 보수하라!"

한군은 피곤을 무릅쓰고 용도를 고치는 일에 나섰다.

"진秦의 용도와는 다르구나."

항우는 일찍이 거록 싸움에서 선봉대로 하여금 진군의 용도를 부수게 한 바 있었다. 그렇게 해놓고 군사를 내몰아쳐 진의 장한군을 일격에 부숴버렸던 것이다. 그런데 한군의 용도는 무너뜨리기가 쉽지 않음을 깨달았다.

"진평陳平의 군사들이 힘을 다해 막는 데다, 우리가 부순 곳을 재빨리 보수하고 있습니다."

장수 하나가 말했다.

"진평이라면 우리에게서 도망친 놈이 아닌가?"

"그렇습니다."

"진평 놈이 나에게 큰 해를 끼치는구나. 놈을 잡을 방법은 없겠느냐?"

초패왕이 물었다.

"진평은 성안에서 용도 방어만을 맡고 있다 합니다."

"놈의 직책이 무엇인가?"

"호군 중위라 합니다."

"흐음, 놈에게 더 높은 관직을 주었더라면 오늘날 이 고생은 안 해도 되는 것인데……."

항우는 새삼스럽게 뉘우쳤지만 이미 물 건너간 후였다.

한편, 진평은 초군이 일단 물러가자 군사들에게 용도 바깥쪽에다 구덩이를 파게 했다.

"적이 눈치채지 못하도록 함정을 파라!"

진평은 구덩이의 함정이 만들어지자, 그 바닥에 창날을 세워 묻고 위를 풀로 덮게 했다. 항우는 다시 용도 공격에 더 많은 군사를 내몰았다. 자신은 나서지 않고 용감한 부장으로 하여금 군사를 이끌도록 했으며 저녁 무렵을 택했다. 그러나 그것은 함정을 생각지 못한 잘못된 전략이었다.

"와아……."

초군이 들판을 새까맣게 뒤덮으며 파도처럼 용도를 향해 밀려왔다. 어둠이 짙어가는 저녁 무렵이어서, 그들이 용도를 덮쳤을 때는 앞이 잘 보이지 않았다. 용도의 벽으로 돌진해가던 초군은 미처 구덩이를 발견하지 못하고 잇따라 떨어졌다. 그들은 거꾸로 박아놓은 창에 찔려 죽거나 심한 상처를 입었다. 이에 초군은 더 이상 공격을 하지 못하고 날아오는 화살을 피해 물러날 수밖에 없었다.

항우는 이를 갈며 분개했으나 어쩔 수 없었다.

진평은 초군의 야습에도 대비했다.

용도 밖에서 창끝이 보이도록 무수한 창을 안벽 가장자리에 세웠다. 그리고 그 창 허리에는 줄을 기다랗게 매어서 한 군사가 그 끝을 잡고 당겼다 놓으며 창이 자연스레 움직이게 했다.

밖에서 보면 그것은 수많은 군사들이 늘어서서 창을 어깨에 메고 움직이는 것처럼 보였다.

진평은 용도 아래쪽 통로를 길다랗게 파게 한 후, 군사들을 그 안에 매복시켰다. 항우는 다음 날 밤 대군을 휘몰아쳐 다시 용도를 들

이쳤다.

"용도 안에 군사들이 잔뜩 모여 있다. 공격하라!"

초군은 창만 세워놓은 용도를 향해 물밀듯이 밀어닥쳤다. 그러다 가까이 다가간 한 군사가 외쳤다.

"속임수다! 군사들은 없습니다."

장수가 소리쳤다.

"잘됐다. 부숴라!"

초군들은 갈고리로 용도를 부수기 시작했다.

그러나 그때 용도 아래 구덩이를 파고 매복해 있던 한군이 땅에서 불쑥 튀어나와 초군을 창칼로 찔렀다.

칠흑 같은 어둠 속에서 반격을 당한 초군 진영은 아수라장이 되고 말았다. 창을 세워놓은 용도 안 바닥에 지하 통로가 뚫려 있다는 것을 몰랐던 것이다.

이것 역시 진평의 전략이었다.

역습을 받은 초군은 용도의 상부 벽을 얼마간 부수었지만, 죽거나 부상자만 속출했다. 화가 치솟은 항우는 물러나지 않았다.

밤이 되자, 기진한 초군은 가까스로 탈환한 용도 안에서 쓰러져 잠을 잤다.

그런데 이게 웬일인가!

용도에서 잠을 자던 초군은 갑자기 사방에서 치솟는 불길에 휩싸였다. 한군이 용도 아래 통로로 기름을 흘러내리게 한 후 불을 놓은 것이다. 초군은 대부분 타 죽거나 화상을 입어 살아서 도망친 자들은 얼마 되지 않았다.

항우는 노발대발했다.

"용도를 지켜라!"

초군의 대부대가 다시 몰려와 불이 난 용도를 지켰다. 그리고 용도 아래 통로를 막아 다시 기름이 흘러들어오지 못하게 했다.

일단 용도의 일부를 장악한 초군은 그곳을 기반으로 용도를 하나씩 부수어 나갔다. 용도는 마치 누에가 뽕잎을 갉아먹듯 들쭉날쭉한 형상이었다.

마침내 한군의 용도가 하나하나 무너지기 시작했다.

"용도만 부수면 형양성이 떨어진다."

범증이 초군을 독려했다.

사실 오창으로부터 식량 보급이 끊어지면 성안에 있는 모든 한군은 먹을 게 없으므로 큰 어려움에 처하게 될 것이었다. 진평은 용도를 되찾고 초군을 일거에 쓸어버릴 계책을 찾기에 골몰했다.

그러던 중 비가 내리기 시작했다. 진평의 머릿속에 한 가지 계책이 떠올랐다.

"됐다."

진평은 무릎을 쳤다. 비가 오는 밤은 앞을 분간할 수 없을 만큼 어둡게 마련이었다. 그렇게 되면 초군은 빼앗은 용도에서 장막을 치고 비를 피하며 식량 보급을 기다릴 수밖에 없었다. 이것을 이용하자는 것이 진평의 계책이었다.

용도에서 초군의 본진까지는 거리가 멀었다.

밤이 되었다. 굳은비가 주룩주룩 내리는 가운데 수레 세 대가 용도의 초군 장막을 향해 움직였다. 용도를 지키던 초군이 수레로 다가갔다.

"본진에서 보내주는 고기와 술이다. 고향 생각이 날 것이니, 야참으로 먹으라는 대장님의 특별 배려다."

그렇지 않아도 출출하던 판이어서 초군들은 얼씨구나 좋아했다.

"먹다가 부족하면 불붙은 장작개비를 공중으로 던져라. 그러면 신호로 알고 형편이 닿는 데까지 더 보내줄 것이다."

그런데 야참은 용도의 초군들이 술 한 잔씩 마시기에도 모자라는 양이었다. 고기 또한 한 점씩도 돌아가지 않았다.

"에이, 입만 버렸네. 간에 기별도 안 가는군."

군사들이 투덜거리자 보초병이 말했다.

"불붙은 장작개비를 신호로 보내보시오."

그러자 군사들은 불붙은 장작개비를 공중으로 마구 던졌다. 얼마 뒤 이번에는 열 대가 넘는 수레가 나타났다.

"고기는 없고 술만 가져왔소."

"고기가 없어도 좋소."

초군은 독한 술을 안주 없이 몇 잔씩 연거푸 마셔댔다. 그러자 하나둘씩 비틀거리며 곯아떨어졌다. 곧 용도에 있던 초군이 조용해졌다. 비 오는 소리만이 들릴 뿐 고요만이 주위에 감돌았다.

다음 날 아침 괴이한 일이 벌어졌다.

'이럴 수가……'

순찰을 돌던 본진의 초군 병사는 생시인지 꿈인지 자기 눈이 의심스러웠다. 부서진 용도가 말끔하게 새로 세워져 있는 데다가 초군은 한 명도 보이지 않았다.

순찰병은 말을 달려 본진으로 가서 이 사실을 장수에게 알렸다.

"그럴 리가……"

아연실색한 장수는 항우에게 이 사실을 보고했다. 항우도 놀라 즉시 부장들을 데리고 달려갔다. 그런데 눈앞의 용도는 자신들이 점령하기 이전과 마찬가지로 부서진 곳이 없이 멀쩡했다.

그리고 초군은 아무 데도 보이지 않았다.

"어찌 된 일이냐? 군사들은 왜 보이지 않느냐?"

항우는 장수들에게 다그쳐 물었으나, 그 까닭을 알 리 없었다.

그날 밤 항우군 본진에 쪽지를 매단 화살이 날아왔다.

용도를 점령한 초군은 몽땅 한군에 투항했다. 술과 고기를 주지 않으니 점령지를 지킬 힘이 나지 않아서 항복한 것이다. 용도는 한군 모두가 나서서 복구했다.

초패왕 항우를 비롯한 여러 장수들은 그만 어리둥절하고 말았다. 귀신이 곡할 노릇이었다. 이때 군사 범증이 나서서 말했다.

"필시 적의 흉계가 숨어 있을 것입니다. 섣불리 나서는 행동은 하지 않는 것이 좋을 듯합니다."

이렇게 말한 범증도 밤사이에 일어난 수수께끼를 풀지 못했다. 아무튼 진평은 기묘한 계략으로 또 한 번 초군을 물리친 것이다.

한왕 유방은 진평이 싸움에서 크게 공을 세운 것에 대해 그를 불러 치하했다.

"그대의 계략은 귀신도 깜짝 놀랄 만하도다!"

그러나 진평은 우쭐대지 않고 겸손하게 말했다.

"앞으로가 문제입니다. 독이 오른 초군이 대대적으로 용도 공격을 감행할 것입니다. 그러니 하루빨리 오창과 형양성을 잇는 지하 통로

를 비밀리에 뚫어야 합니다. 그렇게 한다면 형양성은 철옹성의 요새가 될 것이지만, 그렇지 않으면 위태로워질 것입니다."

"장량과 의논해보겠네."

유방은 별로 위급해하는 기색을 보이지 않았다. 그 중요성을 파악하지 못하는 듯했다.

"지하 통로에 대해 아무 말씀도 안 계시면 반대하시는 것으로 알겠습니다. 지금 제가 펼친 계략은 임시방편에 지나지 않는다는 것 또한 말씀드립니다."

"하하하. 다음에도 그런 계략을 짜내게."

진평은 물러났다.

그런데 유방은 장량과 지하 통로 설치 문제를 상의한다고 해놓고, 그 일을 그만 까맣게 잊어버렸다.

'장량 군사가 반대했기 때문일 것이야.'

진평은 그렇게 생각했다. 군사인 장량의 미움을 산다면, 월권행위를 한 진평도 운신의 폭이 좁아질 것 같았다. 그래서 몸을 움츠렸다.

한편, 항우는 다시 장수들을 불러 모으고 용도를 부술 일에 관해 의논했다.

"전군을 내몰아 죽기 살기로 싸워 용도를 들부숴야겠다!"

장수들도 항우의 의견에 따랐다. 그때 범증이 나섰다.

"용도를 부수는 일은 힘들뿐더러 효과가 별로 없습니다. 적들은 성안에서 이를 복구할 벽돌을 얼마든지 만들 수 있습니다. 그보다는 용도를 점령해서 활용할 방법을 강구해보십시오."

범증의 말에 생각에 잠겨 있던 항우가 입을 열었다.

"아부의 의견이 옳을 것 같구먼. 용도 부수는 데는 그만큼 힘을 더 쏟아야 하니, 오히려 점령한 후에 이를 이용하는 방도를 찾는 것이 좋겠소."

항우도 몇 번의 공격에서 용도를 깨뜨리는 것이 생각보다 어렵다는 것을 체득한 터였다. 항우와 장수들은 치밀한 작전을 세웠다.

이때 한군 쪽에서는 용도를 보수하기 위해 흙으로 벽돌을 만들어 내는 일로 바빴다. 범증은 적의 그러한 사정을 미리 알아채고 용도 분쇄를 중단하도록 한 것이다.

"벽돌을 많이 만들어라!"

한의 장수들은 군사들을 매일 닦달했다.

'지하 통로를 만들어야 하는데, 벽돌만 만들고 있으니……'

진평은 속이 탔다. 그렇다고 벽돌 만드는 일을 그만두게 할 처지도 못 되었다. 유방까지도 나서서 그 일을 채근하고 있었다.

초군의 용도 공격은 갈수록 거세어졌다. 거기다 범증의 계략이 받아들여져 형양성과 오창 사이의 군량미를 나르는 길을 끊거나 방해했다.

초군의 거센 공격에 용도가 군데군데 잘려 나갔다. 그러다 보니 한군은 군량미를 빼앗기지 않기 위해서 용도 밖으로 나와 에워싸고 있는 초군과 싸우지 않을 수 없었다.

한군이 성에서 나와 싸우게 되자, 싸움의 형세는 조금씩 달라지기 시작했다. 초군에 이로운 쪽으로 기울기 시작한 것이다.

한군은 차츰 군량미가 부족해져 갔다. 식량이 줄어들자 군사들의 사기도 떨어지기 시작했다. 유방은 처음 형양성 안에 비축해둔 식량이 넉넉해 오창과의 용도가 끊겨도 몇 달은 견딜 수 있으리라 생각했었다. 그러나 그것은 잘못된 판단이었다.

형양성에 있는 대군이 하루에 먹어 치우는 양은 실로 엄청났다.

'큰일이구나. 이 일을 어찌하면 좋겠는가?'

유방은 근심스러운 얼굴로 길게 한숨을 내쉬었다. 형양성은 머지 않아 바다 한가운데 떠 있는 외로운 섬과 같은 형국이 될 것이었다.

"한신 장군을 기다리며, 일단 주변 각지에 사자를 보내 초군을 공격하게 하는 게 어떻겠습니까?"

유방은 장량의 의견에 따라 각지로 사자를 보냈다. 그러나 아무도 초패왕에게 맞서겠다고 나서는 자가 없었다. 그러자 성안의 군사들의 사기도 갈수록 떨어져 갔다.

초군을 곧 물리칠 것이라며 독려했지만, 믿으려 하지 않았다.

'하늘이 무너져도 솟아날 구멍은 있다.'

유방은 희망을 잃지 않으려고 안간힘을 썼다. 그러나 항우군의 사기는 하늘을 찌를 듯했다.

초나라 군사들은 쇠갈고리를 방어벽에 걸어 부수기 시작했다.

"이 방어벽만 부수면 형양성이 떨어진다!"

"으핫핫핫……."

쇠줄을 타고 방어벽에 올라온 항우가 호탕하게 웃어젖혔다. 항우의 모습과 웃음소리에 질려버린 한나라 군은 대항할 힘을 잃어버리고 우왕좌왕하고 있었다.

"도망치자!"

한나라 군사들은 도망치기에 바빴고, 쇠줄을 타고 올라온 초나라 군사들은 추격하느라 바빴다.

황하 남쪽으로 거슬러 올라가 관중에 이른 소하가 부족한 병사와 식량을 보내주고 있었는데, 이제 초군의 포위로 그것마저 끊겨버린 터였다.

"관중으로 물러나는 것이 어떻겠습니까?"

장수 하나가 이런 말을 했을 때 유방은 그를 꾸짖었다.

"비겁하게 도망치란 말인가!"

유방은 결코 관중으로 도망친다는 생각은 하지 않았다.

"우리가 지금 달아난다면, 재기할 수 없다."

패주한다면 군졸이 그를 따르지 않고 흩어질 것이고, 치솟던 기세마저 시들어버릴 것이었다. 이와는 반대로 항우는 막강한 초군을 몰아 일거에 관중을 휩쓸 것이 분명했다.

유방은 더 이상 초패왕과 싸움만 하고 있을 수는 없었다. 우선 시간을 벌었다가 한신이 돌아오면 다시금 세력을 뻗칠 셈이었다. 궁여지책으로 초패왕에게 형양성을 경계로 동서쪽을 갈라, 영토를 둘로 나누자는 화평안을 제의하기로 했다.

"천하는 대왕의 것입니다. 한왕께서는 다만 형양의 서쪽만 한의 영토로 삼겠다 하십니다."

사자가 항우 앞에 허리를 굽혀 읍하며 공손하게 말했다. 오랫동안 형양성을 두고 싸워온 초패왕도 지쳐 있었다.

항우는 침을 꿀꺽 삼켰다. 그렇지 않아도 도읍 팽성에 군량미가 넉넉지 못해 걱정하던 참이었다.

그런데 범증과 부하 장수들이 말렸다.

"절대 화평을 받아들여서는 안 됩니다. 저들은 군량미가 바닥나고 군사들의 사기가 떨어져 더 이상 성을 지켜낼 수 없기 때문에 화평을 청한 것입니다. 이참에 형양성을 들이쳐 성을 무너뜨리십시오. 이는 시간을 벌며 한신이 돌아오기를 기다리자는 장량의 꾀일 것입니다. 총공격해서 밥줄을 끊으면 곡창은 몽땅 우리 것이 되는데, 뭐 하러 협상을 합니까?"

그러나 항우의 심신은 지쳐 있었다. 그리고 아무리 방어벽을 부수고 점령한다 해도 밤낮 그 타령이었다. 새롭게 군영을 짤 필요성이 있었다.

이렇게 무작정 유방의 뒤꽁무니만 쫓아다닐 것인가 의문이 나기도 했다. 해서 한나라 진영을 살펴볼 필요가 있었다. 항우도 마침내

유방에게 사신을 보내기로 했다.

　장량과 진평은 꾀를 내어 이참에 항우와 범증 사이를 갈라놓을 반간지계反間之計를 짜느라 골똘했다.

　"우리의 화평 제의를 반대하는 자는 필시 범증과 종리매일 것이니, 뇌물을 써서 그들이 모반할 뜻을 품고 있다고 헛소문을 퍼뜨립시다. 불같은 초패왕은 그 소문을 들으면 범증을 일단 의심하게 될 것입니다. 그렇게 되면 다시 술책을 써서 범증이 쫓겨나지 않고는 배겨내지 못하도록 해보겠습니다.”

유방은 그 말에 크게 기뻐하며 황금 4만 근을 내려 사람들을 매수하게 했다. 진평은 곧 수하들을 풀어 황금으로 적의 첩자들을 매수하여 헛소문을 퍼뜨리게 했다.

‘범증과 종리매는 지금까지 초패왕을 위해 많은 공을 세웠으나, 아직까지 한 뼘의 영지도 받지 못해 한을 품고 있다. 그들은 한왕과 내통하여 초나라를 뒤엎고 왕위에 오르려는 간계를 꾸미고 있다.’

첩자들이 퍼뜨린 소문이 팽성에 퍼져나가고, 중신들의 귀에도 이소문이 전해졌다. 한 중신이 항우에게 귀띔하자, 초패왕은 벽력같이 화를 내면서 펄펄 뛰었다. 그러나 주변에서 말리는 사람들이 있어 유방에게 간 사신의 이야기를 들어보기로 하고는, 간신히 참고 있었다.

초패왕은 그 뒤부터 범증이 화친을 받아들이지 말고 성을 치라고 한 말이 아무래도 의심스러웠다. 항우는 날짜만 흘려보내다 한신이 군사를 이끌고 와 등 뒤를 칠지도 모른다는 생각을 했다. 항우는 범증이 끝까지 화친을 반대하자, 마침내 그에게는 알리지 않고 우자기虞子期를 사자로 화친에 응할 뜻을 전하게 했다. 우자기는 우미인虞美人의 오빠라, 그만은 믿을 수 있다고 여겼기 때문이다.

“한왕에게 가서 화친 제의를 받아들이겠다고 전하고, 그쪽의 움직임을 살펴보고 오라.”

우자기가 초패왕의 사자로 형양성으로 온다는 전갈을 듣고 진평은 무릎을 치며 기뻐했다.

‘이제 일은 이루어진 것이나 다름없다.’

진평이 장량과 함께 한왕에게 나아가 아뢰었다.

“사신이 왔으니, 이제 초패왕과 범증 사이를 갈라놓을 계책을 쓰

겠습니다. 지켜만 보십
시오."

한왕은 고개를 끄덕
이며 미소를 지었다.

형양성에서는 항우의 사
신이 기다린다는 말을 듣
고, 상다리가 휘어지도록 음식을 준비하도록 하였다.

그런 다음, 사신을 공손히 맞이했다. 사신의 눈이 휘둥그레졌다.
이토록 잘 차린 음식상은 처음이었던 것이다. 사신이 연회석에 자리
를 잡자, 장량과 진평이 마주 앉았다.

"먼 길 오시느라 수고가 많으셨습니다. 자, 우선 이 잔을 받으시
지요."

"이처럼 환대해주시니 정말 고맙습니다."

술이 몇 순배 돌았을 때 장량이 사신에게 조용히 물었다.

"그래, 범증 선생께서는 오늘 무슨 말씀을 전하라 하셨습니까?"

뜻밖의 말에 사신은 놀란 얼굴로 장량을 바라보았다. 그러자 장량이 짐짓 당혹스러운 표정으로 되물었다.

"아니, 그렇다면……. 범증 선생께서 보내시지 않았다는 말입니까?"

장량의 물음에 불쾌한 얼굴로 사자가 대답했다.

"저는 지금, 초패왕의 사자로 한왕을 뵙기 위해 왔습니다."

사신의 말에 장량과 진평은 얼굴빛을 달리하며 매우 난처하고 곤혹스러운 표정을 지었다. 진평이 입을 열었다.

"저희는 범증 선생이 보낸 사자인 줄 잘못 알고 이 방으로 모셨습니다. 자리를 객사客舍로 옮겨야겠습니다."

진평은 시종을 불러 그들을 객사로 데려가도록 했다.

어리둥절해진 사신 일행이 시종을 따라 객사로 가보니, 그곳은 전에 있던 방과는 비교가 되지 않는 형편없는 식사와 초라하기 짝이 없는 방이었다. 사신이 속으로 생각했다.

'범증이 한왕과 내통하고 있었단 말인가?'

장량과 진평은 어쩐 일인지 객사에는 얼굴도 비치지 않았다. 사신은 어렵사리 통사정하여 한왕을 만나고 초패왕의 뜻을 전한 후 되돌아가려는데, 장량과 진평이 은밀히 청해 객사에 들었다.

"돌아가시거든 저희와 주고받은, 범증 군사에 관한 이야기를 초패왕에게만은 절대 말하지 말아주십시오."

애걸하듯 통사정하는 말투였다.

"그럴 수는 없소."

사신이 머뭇거리며 거절의 뜻을 밝히자, 진평은 가져온 꾸러미를 사신 앞에 디밀었다.

"이것이 무엇이오?"

"나중에 끌러보시오."

진평은 사신의 행장 속에 넣어주며 성 밖까지 배웅하며 신신당부하듯 범증에 관한 말을 하지 말아달라고 부탁했다.

사신은 초나라 진영으로 돌아가자 형양성에서 있었던 일을 초패왕 항우에게 낱낱이 고한 후, 받아온 황금 보따리도 보여주었다.

항우의 얼굴이 대번에 씰룩거리며 붉게 일그러지더니, 문짝이 떨어져 나가듯 소리쳤다.

"범증이 어찌 이리도 배은망덕할 수 있는가! 당장 범증을 옥에 가두어라!"

범증은 항우의 벽력같은 고함과 함께 끌려왔다.

"늙은이가 잔머리를 굴려 나를 농간하다니."

항우가 화를 삭이지 못하고 씩씩거리자, 범증이 그 앞에 무릎을 꿇고 말했다.

"제 나이 일흔이 넘었습니다. 더 이상 무슨 영화를 누리자고 딴마음을 품었겠습니까? 장량과 진평의 무리가 폐하와 저를 이간시키기 위해 꾸민 반간계反間計입니다. 폐하께서는 부디 이 모략을 잘 살피시기 바랍니다."

그러나 항우는

여전히 화난 얼굴로 소리쳤다.

"듣기 싫소! 무슨 잔소리로 나를 또 희롱하려 드는가? 내치거라! 더 이상 이곳에 머물게 해서는 안 된다!"

그러자 범증은 모든 것을 체념한 듯 하늘을 우러러보며 탄식했다.

"이제 모든 일은 끝난 것 같습니다. 제가 폐하의 곁에 머물러 있을 수 없다면, 이 늙은 신하가 해골을 빌어 고향으로 돌아갈 수 있도록 너그러움을 베풀어주십시오."[天下事大定矣 君王自爲之 願賜骸骨歸卒伍, 천하의 일은 대체로 정하여졌나이다. 뒷일은 군왕이 스스로 행하십시오. 원컨대 나는 해골을 빌어 졸오(팽성)로 돌아가려 하오.]

초패왕도 그간의 인정으로 보아 차마 범증의 목을 베라고 할 수는 없었다.

"그를 고향으로 보내주도록 하라!"

범증은 무사들에 이끌려 초패왕 앞을 물러나며 탄식했다.

"잘못을 저지르고서도 고치지 않고 남의 말에 귀를 기울이지도 않으며 더한 잘못을 저지르니 이는 교만이요, 남의 생각이 자기와 다르다는 이유로 이를 그르다고 함은 오만이 아니던가! 또한 큰일을 이루기 위해 법을 폐하고 자신의 공명만을 내세운다면 이는 외람됨이라, 비록 꾀가 있으나 그 꾀로 남을 침범하고 제 이익만을 도모한다면 이는 탐貪이라 했던가. 이제 무슨 미련이 있겠는가……."

범증은 그길로 고향에 돌아가 감정을 삭이지 못하고 등창이 나 숨을 거두고 말았다. 그의 나이 일흔한 살이었다. 범증이 죽었다는 소식을 들은 항우는 뒤늦은 후회로 가슴을 치며 목 놓아 울었다.

"칠십이 넘은 나이에도 나를 따라 싸움터를 누비며 온갖 충언과 지모를 아끼지 않았던 범증이 아니던가? 그런 그가 무엇 때문에 나를 음해하려 했겠는가? 내가 어리석어 충신을 잃었구나!"

항우는 범증의 장례를 엄숙하게 치르라고 지시한 후, 장수들을 불러 모았다.

"내가 어리석어 장량과 진평의 계략에 넘어가 범증을 죽게 했다. 범증은 일찍부터 유방을 살려두어서는 안 된다고까지 했다. 내가 그의 말을 듣지 않다가 오늘날 이 지경에 이르렀다. 이제 형양성을 쳐 그 한을 씻으리라!"

항우는 장수들에게 그렇게 말한 후, 팽성에 있는 군사들까지 형양성으로 불러들였다.

형양성의 공방전攻防戰

한왕 기신도 몰라보느냐?
이 똥돼지 같은 놈아! 네놈은 도대체 누구인데?
어느 에미 똥을 처먹어서 그렇게 몸뚱이가 크냐?
이 미련퉁이, 곰탱아!

　　형양성 안의 한왕 유방은 범증이 죽었다는 소식을
듣자 몹시 기뻐했다. 항우 곁에 범증이 없다면, 이제 그는 이빨 빠진
외로운 호랑이에 지나지 않을 것이라고 여겼다.
　　그러나 그 기쁨도 잠시, 항우가 팽성의 군사까지 동원하여 공격한
다는 소리에 겁부터 덜컥 났다.
　　"공연히 긁어 부스럼 만든 꼴 아닌가."
　　유방은 초군을 어찌 막아낼지 어두운 얼굴로 한숨만 내쉬었다.
　　성안에는 10만 정도의 군사와 백성이 있었다. 방어벽 용도를 놓고
공방을 벌인 지 1년, 용도를 빼앗기거나 탈환을 반복하면서 초군과
대결해왔다. 이제 형양성은 성난 돌풍 앞의 등불처럼 위태로웠다.
장량이 유방에게 말했다.
　　"양식이 바닥난 데다 초군이 만약 형양강에 둑을 쌓았다가 일시에
그 둑을 터뜨려 물을 성안으로 흘려보내기라도 한다면, 우리는 꼼짝

없이 성안에서 물귀신이 되고 말 것입니다."

"이제 머지않아 여름이 될 것인데, 큰일이오."

유방은 장량의 말에 암담한 표정을 지었다. 그는 진평을 불렀다.

"이 위기를 헤쳐 나갈 계책이 없겠는가?"

"이제 더 이상 형양성에 있을 수는 없습니다. 살 수 있는 길은 먼저 폐하를 모시고 이 성을 빠져나가는 것인데, 성을 빠져나가려면 항복하는 길밖에 없습니다. 그러나 우리가 항복한다면 항우는 한 사람도 살려주지 않을 것입니다."

"당연한 말이오. 그러니 어서 밝은 계책을 말해보시오."

"그러나 항복을 한다고 하면 우선 적은 경계를 풀 것이니, 거짓 항복 선언을 하는 겁니다. 한 장수가 폐하를 가장하고, 성문을 열어 항복하고 나가는 동안 성을 탈출해야 합니다."

진평은 이를 성사시키기 위해서는 한왕 대신 죽어주어야 할 사람이 두 사람은 있어야 한다고 말했다.

"어려운 일이구려."

"폐하와 나라를 위한 일이니, 목숨을 바칠 자들이 있을 것입니다."

"나로서는 할 말이 없소."

"소신이 찾아보겠습니다. 서둘러야 합니다."

진평은 한왕과 같은 고향 패沛 땅에서 여기까지 함께 온 군사 중 기신紀信과 주가周苛라는 자를 찾아냈다.

기신이라는 자는 패현 풍읍 태생으로, 욕쟁이로 소문난 자였다. 그는 한왕 앞에서도 '여자에게 빠져 다리 힘이 없는 왕'이라며 욕을 하고 사라진 자였다. 그리고 주가는 기신과 둘도 없는 친구였다. 그 둘은 항상 붙어 다니며 전쟁터를 누벼온 충성스러운 군사였다.

기신이 욕하기 시작하면 한도 끝도 없었다. 욕설을 퍼부을 때는 눈의 흰자위가 번뜩여서 누구나 피해버릴 정도였다. 어느 때는 바지가 흘러내려서 여자들이 비명을 지르며 도망쳐도 모를 정도로 혼자 열을 올려 욕설을 퍼부어댔다. 그 욕의 대상이 누구인지 알 수 없을 때도 많았다.

그러나 그는 욕만 잘하는 게 아니라 일도 열심히 했다. 기신이 욕설을 퍼부을 때는 일을 열심히 할 때라고 보아도 되었다. 기신의 욕설이 온 들녘에 쩌렁쩌렁 울리면 마을 사람들은 한결같이 맞장구를 쳐주었다.

"잘한다, 잘해!"

욕을 잘한다는 게 아니라 일을 잘한다는 칭찬이었다. 그러면 기신은 목에 핏줄을 세워가며 더욱 욕설을 퍼부었다. 욕설과 함께 또 열심히 일을 하니, 기신에게는 욕설이 곧 일이었다.

다음 날, 진평은 주가를 먼저 불러 계책을 말했다.

"그대의 친구 기신과 이 일을 맡아주어야겠소."

진평은 단도직입적으로 말했다. 주가는 한참을 뜸 들여 생각하다가 천천히 입을 열었다.

"기신에게 물어보아야겠습니다."

"그대의 생각은 어떻소?"

"좋은 계책입니다."

"그대와 기신의 목숨이 걸린 일이오. 그래도 할 수 있겠소?"

"기신만 동의한다면……."

한편, 기신은 뒤늦게 소식을 듣고 진평을 찾아왔다. 진평은 아무 말 없이 두 사람을 남겨둔 채 밖으로 나갔다.

"우리가 해야 할 일이 생겼다. 너는 한왕 유방이 되어야 한다. 그리고 나는 이 성을 끝까지 지키는 대장이 될 것이다. 성에서 한왕과 백성, 군사들이 빠져나가면, 너는 항우 앞에 나아가 한왕 대신 항복을 해야 한다. 알겠는가?”

주가의 말에 기신은 그제야 자기와 주가 둘만이 남아 있는 까닭을 알게 되었다.

“너는 한왕을 위해 죽으러 온 셈이구나!”

기신이 말했다.

“너도 마찬가지야. 기신, 너는 한왕을 위해 전쟁터에서는 항상 앞장서지 않았느냐?”

“싸움터에 나온 이상 주군主君을 위해 목숨을 버리는 것은 당연한 일 아닌가? 자네와 함께라면 기꺼이 하겠네.”

기신이 주가의 손을 잡았다. 이때 진평이 장막 뒤에 있다가 나타났다.

“두 사람의 충정은 길이 남을 것이오.”

진평은 두 사람을 끌어안았다. 지금까지 기신은 한왕을 좋아한 만큼 욕을 퍼부으며 열심히 일했고, 공도 세웠다. 그 결과 이제 한왕을 대신해 그 자신이 한왕이 되는 것이다.

'이젠 죽어도 좋다!'

기신은 자기처럼 한왕을 좋아하는 사람은 아무도 없다고 생각했다. 그래서 한왕을 위해 죽어도 좋다는 결심이 섰다. 이윽고 그 자리에 유방이 나타났다.

"내가 살자고 어찌 그대들을 희생시킬 수 있다는 말인가!"

한왕의 말에 기신이 큰 소리로 말했다.

"대왕이시어, 이렇게 죽을 수 있다는 것은 실로 영광스러운 일입니다."

기신이 욕설을 섞지 않고 한 말은 평생 이때가 처음이었다. 한왕은 감격해 울먹이며 그들을 끌어안았다.

진평의 '위장 항복' 계책은 일사천리로 진행되었다. 초패왕 항우에게 보낼 표문은 역이기가 짓고, 그것은 사자를 통해 즉시 항우에게 전해졌다.

"뭐, 유방 놈의 항복 사자가 왔다고?"

항우는 항복 사자가 가져온 문서를 발기발기 찢어 팽개치며 소리쳤다.

"이제 식량이 바닥나니 항복하겠다는 것이냐?"

"폐하, 진정하십시오."

장수들이 나서며 항복을 받아들일 것을 주청했다. 항우는 그제야 화를 누그러뜨리고 한의 사자에게 물었다.

"그래, 언제 성을 나오겠다고 하더냐?"

"대왕께서 투항을 받아들이신다면, 오늘 밤에라도 성을 나오겠다고 하셨습니다."

"알았다. 물러가라!"

항우는 사자를 돌려보내고 나서 백여 명의 무사를 불러 한왕이 투항하면 지체 없이 죽이라고 명했다. 그러고는 다음 날에 항복을 받아들이겠다는 사자를 보냈다.

다음 날 오후가 되어서야 한왕의 항복 절차가 진행되었다.

"초나라 군사들은 모두 동문 밖에 정렬하고 항복의 예를 받으시오!"

형양성 성루에서 여러 번 이런 외침이 들려왔다. 초나라 군사들은 포위망을 풀고 한왕이 나타날 동문 밖에 모여 웅성대며 본진까지 길을 내어 두 줄로 늘어섰다.

해가 서산에 걸릴 즈음 동문이 열렸다. 그런데 한왕의 수레는 나오지 않고 여자들만 열을 지어 쏟아져 나왔다.

"와! 한결같이 미인들이군."

초나라 군사들은 줄지어 나오는 수많은 여자들에게 정신이 빼앗겼다.

이윽고 여자들 뒤로 누런빛 휘장을 두른 한왕의 수레가 천천히 미끄러져 나오기 시작했다.

"초나라 만세!"

"초패왕 만세!"

초군들은 만세를 부르며 승리의 기쁨에 들떴다. 그 때문에 그 누구도 수레에 앉은 한왕이 가짜라고 생각하는 자는 없었다. 유방을 아는 초군이 수레 안을 살폈다면 한왕의 탈출은 쉽지 않았을 것이다.

동문으로 가짜 한왕 수레가 나갈 즈음에 서문이 열렸다. 서문 밖에는 초군의 그림자조차 없었다. 모두 동문으로 나아가 여자 얼굴

구경하기에 정신이 없었던 것이다.

한왕 유방이 탄 수레와 많은 백성들과 군사들이 성문을 빠져나와 성고성成皐城을 향해 달리기 시작했다.

한편에선, 초군이 양쪽에 끝도 없이 늘어선 사이로 기신이 탄 수레가 아주 조신하게 나아갔다. 수레를 끄는 마부는 한왕 유방의 마차를 모는 하후영을 닮은 자였다.

수레와 마부는 영락없는 한왕의 것이었다. 그것을 보고 항우가 외

첬다.

"항복하는 마당에 계집을 앞세우고 와서 무슨 수작으로, 수레에서 내리지도 않다니……. 여봐라, 어서 저놈을 끌어내려라!"

군사들이 수레로 다가갔다.

"어서 수레에서 내려 예를 갖추어라!"

그러나 가짜 한왕 기신은 얼른 내리지 않았다. 항우가 다시 소리치자, 기신은 그제야 마지못한 듯 천천히 수레에서 내렸다.

"앗! 유방이 아니다!"

유방을 아는 장수가 소리쳤다.

"무엇이? 유방이 아니라고?"

항우는 불에 덴 듯 자리에서 튕겨 일어났다. 그제야 항우는 유방에게 속은 것을 알았다. 기신은 꽁꽁 묶여 항우 앞에 끌려왔다.

"네놈은 누구냐?"

기신은 자신이 죽으러 왔다는 생각이 들자, 냅다 욕설을 퍼부어댔다.

"한왕 기신도 몰라보느냐? 이 똥돼지 같은 놈아! 네놈은 도대체 누구인데? 어느 에미 똥을 처먹어서 그렇게 몸뚱이가 크냐? 이 미련퉁이, 곰탱아!"

"뭐라고? 저놈의 혓바닥부터 잘라라!"

항우는 길길이 날뛰며 씩씩댔다. 기신은 혀가 잘렸는데도 계속 항우에게 손가락질하며 입을 놀렸다.

"저놈의 사지를 찢어 죽여라."

가신의 행동은 항우의 포학함에 불을 댕긴 것과 같았다. 기신이 사지가 찢긴 후에도 계속 버둥거리자, 이번에는 아예 불구덩이에 던져 불태워 죽이게 했다.

항우는 밤새 군막을 들락거리다 술통만 박살내고는, 날이 밝자 형양성으로 총진격했다. 그러나 형양성에는 기신의 친구 주가가 성문을 굳게 닫아걸고 지키고 있었다.

"형양성에 있는 자들은 한 놈도 남기지 말고 씨를 말려 죽여라!"

항우는 더욱 화가 나서 소리쳤다. 그러나 주가와 함께한 한나라 잔병들은 쉽게 무너지지 않았다.

"내 친구 기신은 목숨을 아끼지 않고 항우에게 대적하다 의롭게

죽었다. 그 용기의 백분의 일이라도 내어라!"

"우리도 죽을 때까지 싸운다!"

"다 함께 싸우다가 다 함께 죽자!"

주가와 함께 남은 잔류병들은 똘똘 뭉쳤다. 성벽을 기어오르는 초군을 향해 통나무를 던지고 끓는 물을 퍼붓는 등 필사적으로 막았다. 덕분에 형양성은 초군의 총공격에도 쉽게 무너지지 않았다.

"성안에는 가짜 유방 기신의 친구 주가라는 용장勇將이 있다!"

초군 사이에는 이런 소문이 퍼졌다. 그런데 공교롭게도 이때 항우에게 급보가 전해졌다.

"보급로가 끊어졌답니다!"

"무엇이? 어느 놈의 짓이냐?"

"팽월군의 짓입니다."

군량미를 나르는 길이 끊겼다면 큰일이 아닐 수 없었다. 항우는

341

군사들에게 소리쳤다.

"일부만 남기고 나머지는 나를 따르라!"

항우는 팽월을 정벌하러 떠났다. 그 때문에 형양성의 공격은 흐지부지되었다. 형양성이 꽤 오래 버티고 한왕이 멀리까지 탈주에 성공한 것은, 주가의 용맹도 있었지만 팽월의 공이었다.

항우는 가까스로 보급로를 회복한 뒤에 다시 돌아왔다.

"아직도 성을 떨어뜨리지 못했는가?"

항우가 여러 장수들을 꾸짖었다.

"성안에 기신의 친구 주가라는 자가 있는데, 용맹스럽기가 표범과 같다 합니다."

항우는 의아했다.

"주가라는 놈이 어떤 놈이냐?"

성루에 있던 주가가 껄껄 웃으며 말했다.

"아, 네놈이 바로 항우라는 미친놈이로구나! 내 친구 기신을 갈기갈기 찢어 불태워 죽였다지? 너 같은 미친놈은 내가 사로잡아 장작불에 활활 태워 죽이겠다!"

주가의 원한은 뼛속 깊이 사무쳐 있었다.

"저놈을 잡아라!"

항우는 대군을 주가가 있는 쪽으로 휘몰아쳤다. 주가는 죽을힘을 다해 싸웠으나, 군사가 너무 적었다. 마침내 초군이 물밀듯이 성안으로 들어왔다. 주가는 결국 생포되어 항우 앞으로 끌려갔다.

항우는 기가 막혔다. 몇 만도 아니고 고작 천 명이 그토록 오랫동안 성을 지켜낼 수 있었다니…….

"네 친구 기신이 나에게 죽으러 왔다. 너도 죽으려고 성에 남아 있었느냐?"

"그렇다! 한왕을 위해 죽을 군사는 우리 둘 말고도 수없이 많다!"

'한왕에게 이토록 충성스러운 장수들이 있었단 말인가! 나에게도 이런 충신이 있을까?'

항우는 주가에게 분노하기보다 그의 충절忠節을 가상히 여겼다.

"내가 살려준다면, 나를 위해 죽어줄 장수가 되겠는가?"

"싸우다 패한 장수에게는 죽음뿐이다. 내 이름을 더럽히지 마라!"

항우는 주가가 끝내 항복을 거절하자 군사에게 명했다.

"저놈을 태워 죽여라!"

주가도 기신이 그랬던 것처럼 불에 타면서도 항우를 꾸짖으며 죽었다.

성고성에 든 유방은 장량, 진평 등과 앞일을 의논하고 있었다.

장량이 한왕에게 말했다.

"머지않아 항우가 군사를 몰고 올 것입니다. 영포와 팽월에게 사자를 보내, 팽월은 외황外黃에서 초군을 막으면서 팽성 쪽으로 나아가게 하고, 영포에게는 군사를 이끌고 가 초군을 교란시키라 하십시오. 그렇게 하면 항우는 팽성이 걱정되어 군사를 돌릴 것입니다. 그리고 한신으로 하여금 초군의 등을 치라 하십시오. 이렇게 사방에서 초군을 공격하면, 그들을 어렵지 않게 깨뜨릴 수 있을 것입니다."

한왕은 장량의 말에 따라 곧 사신을 영포와 팽월, 한신에게 보냈다. 팽월과 영포는 자기가 잃었던 땅을 회복할 수 있는 절호의 기회라 생각하고 초군을 쳤다.

이때 항우는 성고성의 유방을 치기 위해 진격하고 있었다.

"팽월에게 외황을 빼앗겼다 합니다."

또 척후병이 달려와 아뢰었다.

"영포가 한왕을 돕기 위해 군사를 거느리고 남계를 지났다고 합니다."

항우는 크게 놀랐다.

"유방 놈이 내 뒤통수를 치는구나."

항우는 성고성을 치는 것보다 팽월을 치는 것이 더 급하다고 생각했다. 그 당시 팽월은 외황성을 함락하고 수양성睢陽城을 공격하고 있었다.

한왕은 팽월과 영포를 움직여 항우의 발목을 붙들게 한 장량의 계책으로 성고성을 무사히 빠져나와 수무성修武城에 들었다.

팽월의 군사는 많지 않았지만 특유의 유격 전술로 재빨리 움직여 외황성을 함락했던 것이다.

"이번에는 결단코 그놈을 요절내리라."

항우로서는 팽월을 그대로 놓아둘 수 없었다. 팽월이 유격전으로 옆구리를 찔러 오면 유방을 칠 수 없기 때문이었다.

팽월로서는 당황하지 않을 수 없었다. 항우가 그처럼 신속히 대군을 몰아올 줄 예상치 못했기 때문이다.

"장군이 떠나시면 항우는 성안의 모든 사람들을 죽이려 할 터인데, 어떻게 대처해야 할지 그게 걱정입니다."

팽월이 여러 사람에게 방책을 물었지만 묘책이 있을 리 없었다. 모두들 한숨을 쉬고 있는데, 한 어린아이가 나와 태연히 말했다.

"너무 염려하지 마십시오. 제가 나서서 초패왕 항우가 이 성을 빼앗더라도 백성들 터럭 끝 하나 손대지 못하도록 해보겠습니다."

팽월은 물론 모든 사람들이 아이의 말을 듣고 깜짝 놀랐다.

"너는 누구이며, 어린 네가 어떻게 그런 일을 할 수 있다는 말이냐?"

"제 맏아들 구숙仇叔입니다."

성 원로인 구명이 나섰다.

"그렇소. 영특한 아들을 두셨구려!"

"열세 살인데, 다섯 살 때부터 시서詩書를 읽어 사람들이 신동이라 부르기도 합니다."

구명의 말에 팽월은 더욱 호기심이 일어 아이에게 말했다.

"그렇다면 무슨 수로 항우를 달래겠느냐?"

그러자 구숙은 빙그레 웃더니, 아이답지 않은 신중한 목소리로 대답했다.

"기밀이 새어나가면 아니 되오니, 사람들을 물려 주십시오."

아이는 팽월에게 귓속말로 무슨 말인가를 해주었다. 말을 듣고 난 팽월은 감탄해 마지않았다.

"나이 어린 꼬마에게 이토록 뛰어난 지략이 있다니……. 너라면 충분히 항우에게서 백성들을 구해낼 수 있을 것이다."

그리고 여러 사람들에게 말했다.

"모두들 구숙의 계략에 따르십시오. 이 아이는 장차 천하의 큰 인재人材로 쓰이게 될 것이오."

팽월과 그 군사들은 구숙의 계략을 믿고 떠났다.

며칠 후, 항우는 군사를 이끌고 성에 당도하여 무조건 불화살부터 날렸다. 백성들이 어쩔질 못하고 구명의 집으로 몰려들자, 구숙이 외쳤다.

"백성들에게 성문을 열고 나가게 하십시오. 그리고 향을 사르며, '우리는 초나라 사람들입니다. 한나라 군사의 창칼 앞에 하는 수 없

345

이 시키는 대로 따랐을 뿐입니다.'라고 큰 소리로 말하게 하십시오. 그러면 초패왕도 백성들을 죽이지는 못할 것입니다."

모두 구숙의 말을 따를 수밖에 없었다. 마침내 성문이 열렸다. 항우는 백성들이 향을 사르며 열을 지어 나오는 것을 보고 불같이 화를 내며 소리쳤다.

"이놈들, 그동안 팽월이 시키는 대로 우리에게 대항하다가 성이 위태로워지니 항복하려 드는구나. 봐줄 것 없다. 열다섯 살 이상 된 사내는 모두 목을 베고, 성안을 불태워버려라!"

그때였다. 어린아이 하나가 초패왕 항우 앞으로 자박자박 걸어왔다. 항우는 어린 구숙이 무릎을 꿇고 절을 하자 의아하게 여겼다.

자신의 성난 얼굴을 보고 어른들 모두는 벌벌 떨고 있는데, 어린아이가 하는 짓이 놀라웠다.

"너는 내가 무섭지 않으냐?"

"신은 폐하의 아들이옵고, 백성들의 어버이는 폐하이십니다. 자식이 부모님을 뵙는데, 어찌 무서움이 있겠습니까?"

구숙이 또렷한 목소리로 대답했다. 성난 호랑이 같은 기세의 항우 앞에서도 조금도 움츠러들거나 두려워하는 기색이 없었다.

항우의 성난 표정이 점차 누그러졌다.

"네 말이 어긋나지는 않구나. 그런데 무슨 말을 하려고 이렇게 나왔느냐?"

"폐하께서 이곳 성에 드시어 백성들을 해치려 하신다기에, 제가 드릴 말씀이 있어 찾아뵈었습니다."

"……."

항우는 멍하니 바라볼 수밖에 없었다.

"양곡을 먹어 치우는 쥐가 있다 하여 그 쥐를 잡기 위해 집에 불

을 지르지는 못합니다. 쥐를 잡을 수 있을지 모르지만, 집이 무너지고 불타버리기 때문입니다. 지난번 팽월이 성을 침범했을 때 백성들은 목숨을 부지하기 위해 그에게 항복하여 고초를 겪었습니다. 이제 폐하께서 팽월을 물리치시매 백성들은 비로소 죽음에서 벗어났다고 기뻐하고 있는데, 오히려 폐하께서 백성들을 죽이신다면 팽월과 다를 바가 무엇이겠습니까? 제가 알기로는 '천하를 사랑하는 사람은 백성을 사랑하고, 천하를 미워하는 사람은 백성을 미워한다.'고 하였습니다. 폐하께서는 이를 잘 살펴주시길 바랍니다."

구숙이 거침없이 그렇게 말을 끝맺자, 항우는 고개를 끄덕이더니 소리 내어 한바탕 크게 웃었다.

"어허……, 네 말에 한 치의 어긋남이 없구나!"

항우는 구숙을 일으켜 세웠다. 그리고 영을 내려 백성들을 해치는 일을 금하고, 일체 재물에도 손대지 못하도록 했다. 백성들은 구숙 덕분에 살아나자 모두 달려 나와 환호하며 기뻐했다.

유방은 항우가 팽월을 치기 위해 성고성을 떠났다는 소식을 듣자 성고성으로 군사를 돌려 성을 되찾았다. 그러자 구강왕 영포와 진류 태수 진동陳東이 각각 군사 3만을 거느리고 한왕을 도우러 왔다.

한왕은 그들을 반가이 맞았다.

"지금이 가장 좋은 때입니다. 즉시 형양성으로 나아가야 합니다."

장량이 말했다.

"항우가 즉시 달려올지 모르지 않소."

유방이 머뭇거렸다.

"항우가 오기 전에 쳐야 합니다. 이곳은 영포 장군과 진동 태수에게 지키게 하면 됩니다."

장량의 말에 다른 장수들도 형양성 공격을 주청했다. 한왕 유방은 용기를 얻어 형양성 공격에 나섰다. 형양성을 지키는 초의 장수는 오단吳丹이라는 자로, 한왕 유방을 잘 모르는 자였다.

오단은 한왕이 성 밖에 진을 치자 두려움이 앞섰다. 그는 성안의 원로들에게 '유방이 어떤 사람인가?' 하고 물었다.

원로들은 한결같이 한왕에 대해 '천하에 둘도 없는 어진 군왕이고 덕이 많은 장군'이라고 칭찬을 아끼지 않았다. 그러자 오단은 항복을 결심하고 성문을 열어 한왕을 맞이했다.

화살 한 대 날리지 않고 성을 손안에 넣은 한왕의 기쁨은 컸다. 그는 성에 들자, 자기를 대신해 거짓 항복으로 죽은 기신과 주가의 장례를 치르고, 백성들을 위로하며 창고에 든 곡식을 풀어 백성들에게 나누어주었다.

항우는 팽월에게 **빼앗겼던** 성을 되찾고 성고성을 향해 달렸다. 행군 도중 사자가 달려와, '성고성은 한군의 속임수에 떨어지고 형양성 오단은 싸우지도 않고 항복했다.'는 소식을 전했다.

항우는 화가 치밀어 올랐으나 이미 넘어간 성고성을 되찾을 수는 없는 일이라, 일단 광무산廣武山 아래에 진을 쳤다.

괴통의 삼분지계三分之計

한과 초가 다투다가 그중 하나가 망하고 천하가 통일된다면,
대왕의 운명이 어찌 될지 아무도 점칠 수 없습니다.
토끼 사냥이 끝나면 사냥개를 삶는다 했으며,
용기와 계략이 주인을 능가하면 신상이 위태로워진다 했습니다.

성고성과 형양성을 되찾은 한왕 유방은 항우의 공격에 대비했다. 그러던 어느 날, 역이기가 한왕 유방을 찾아와 뵙기를 청했다.

"무슨 일이오?"

"제齊나라에 관해 말씀드리고 싶습니다."

"제나라에 무슨 일이라도 있소? 한신 장군이 공격할 텐데……."

"그래서 드리는 말씀입니다."

역이기는 한왕의 얼굴을 살폈다.

"왜 주저하시오. 궁금하오."

"제나라는 한신 장군이 위魏, 조趙와 연燕나라를 무너뜨리자 두려움에 차 있습니다. 그러니 신이 제나라로 가 제왕에게 항복하도록 달래보겠습니다. 성공하면 화살 한 대 쏘지 않고도 제나라 70여 성을 얻게 될 것입니다."

"한신 장군의 공격은 어찌하시구요?"

"피 흘려 차지하는 것보다는 백 번 좋은 방법입니다. 제가 실패할지도 모르니, 한신 장군께는 비밀로 해두십시오. 아니, 폐하와 저만 알았으면 합니다."

한왕은 역이기의 말을 받아들였다.

"그렇게만 된다면 얼마나 다행이겠소."

한왕은 역이기를 사신으로 보냈다. 제齊나라는 예부터 70여 성으로 둘러싸인 강국으로, 조나라나 연나라와는 견줄 수 없는 큰 나라였다. 전田 씨들이 들고일어나 전광이 왕위에 올랐고, 재상 전횡田横이 실권을 잡고 있었다.

역이기는 한왕 유방이 써준 조서를 가슴에 품고 황하를 건넜다.

"한왕의 사자 역이기가 온다."

제나라에서는 역이기를 환영했다.

"어서 오십시오."

역이기의 수레가 제나라의 수도 임치臨淄에 이르자, 제왕의 사자가 정중히 역이기를 맞이하였다. 성안은 그 어느 곳보다 번화했다. 한눈에 보아도 생활이 풍족한 듯했다. 역이기는 궁전 안에 들어가 제왕을 뵈었다.

"대왕 폐하……."

"먼 길에 고생이 많으셨소."

제왕은 젊은 나이에 위엄 같은 것은 전혀 보이지 않았다. 3일 동안 계속된 연회는 풍성하게 진행되었다. 나흘째 되던 날, 역이기는 제왕에게 온 뜻을 정식으로 밝혔다.

"천하가 누구의 것이 된다고 보십니까? 초패왕 쪽입니까, 아니면 한왕 쪽입니까?"

역이기의 물음에 제왕은 마지못해 대답했다.

"알 수 없는 일이지요."

"폐하께서는 천하의 형세를 잘 살피셔야 태평성대를 누릴 수 있습니다. 이를 소홀히 여기시면 백만 대군이 있다 해도 안전을 도모하기 어려울 것입니다."

사실 중원의 판도는 한漢과 초楚, 즉 유방과 항우 둘 중에서 어느쪽이 패권을 잡느냐에 따라 달라질 것이었다.

제왕이 역이기에게 반문했다.

"그렇다면 공은 어느 쪽이라 생각하시오?"

"제가 한에서 왔다고 해서 드리는 말씀이 아니라, 틀림없이 한 중심으로 천하가 돌아갑니다."

역이기가 서슴없이 대답하자, 제왕이 다시 물었다.

"그 까닭은 무엇이오?"

"초패왕과 한왕이 벌판에서 마주 싸운다면 강자인 초패왕이 이깁니다. 초패왕이 천하의 주인이 될 수 있습니다. 그러나 인의仁義를 저버리고 힘이나 권모술수로는 천하 백성의 주인이 될 수 없다는 것이 하늘의 이치입니다."

"흐음, 틀린 말은 아니지만, 왜 초패왕은 안 된다고 생각하시오."

"지난날 초패왕은 그가 모시던 회왕을 죽였으며, 아부亞父라고까지 하던 범증도 억울하게 죽게 만들었습니다. 그뿐입니까? 죄 없는 백성을 수십만 명씩 생매장하지 않았습니까. 그가 이르는 곳은 어디든 피비린내가 진동합니다. 그러니 설령 초패왕이 힘으로 천하를 거머쥔다 하더라도, 모두 등을 돌릴 것입니다. 폐하께서는 진秦 시황제의 일도 잊으셨습니까?"

제왕은 입을 다물고 있었다.

역이기는 다시 말을 이었다.

"그에 비하면 한왕은 어떠합니까? 먼저 관중을 점령하고도 '약법 3장'으로 백성들을 편하게 하고 민폐 끼치는 것을 금하셨습니다. 그 후 초패왕에게 밀려 파촉巴蜀으로 갔습니다만, 1년도 못 되어 다시 돌아와 관중을 차지했습니다. 그때 백성들은 마치 어버이를 만난 듯 한왕을 환영했습니다. 지금 한왕은 초패왕보다 세력은 약하지만, 우선 노른자위 땅인 관중을 손에 넣고 있습니다. '누구든지 관중을 손에 넣는 자가 천하를 쥔다'는 말을 들어보셨을 것입니다. 포악한 초패왕은 함양을 잿더미로 만들어서, 진나라 사람들의 노여움을 샀습니다. 한왕은 학살과 약탈을 일삼는 초패왕과는 반대로 백성들을 보호했습니다. 한군이 가는 곳에 약탈이란 있을 수 없었습니다. 이렇게 볼 때 누가 하늘의 뜻에 맞는 분인가는 절로 분명해질 것입니다."

"그래도 초나라는 아직 한왕보다 강하오."

제왕의 말에 역이기는 재차 입을 열었다.

"지금 천하의 형세로 보면 초패왕은 점점 힘을 잃어가고 있습니다. 그 끝은 패망일 뿐입니다. 초나라가 잃는 힘만큼 한왕의 힘이 더욱 강해지기 때문입니다. 지금 한왕은 백만 대군을 거느린 데다, 그 휘하에는 한신을 비롯한 신기神技의 장수들과 장량 등 지모가 뛰어난 수많은 모사들이 있습니다. 거기다 한왕은 지금 초패왕의 목을 꽉 조이고 있습니다."

"초패왕의 목을 조이다니, 그건 무슨 말이오?"

"초군이 아무리 강한들 식량이 부족하면 그 힘이 유지되겠습니까? 초군이 현재 강한 것처럼 보이는 것은 호랑이 같은 항우 때문입니다. 툭하면 목을 치니까, 그것이 두려워서 군사들이 따라주고, 죽기 살기로 싸우는 것뿐입니다. 아무리 강한 초군도 먹을 것이 없으면 힘을 쓰지 못할 것입니다."

"......"

"초군은 먼 남방에서 식량을 날라다 먹고 있습니다. 그 보급로를 한漢에서 끊는다면, 초패왕과 그 군사들은 거지꼴이 됩니다. 이미 한군은 그 보급로를 끊기 시작했습니다."

"초가 정녕 식량 보급에 어려움을 겪고 있단 말이오?"

제왕은 눈이 휘둥그레졌다. 전횡도 정신이 번쩍 났다.

"진 제일의 오창도 한에게 이미 빼앗겼습니다. 이 사실은 알고 계시겠죠?"

"알고 있소."

"그렇다면 초가 남방의 곡식에 의존할 것은 불을 보듯 뻔한 이치가 아닙니까? 초패왕은 어리석게도 남방만 믿고 관중도 오창도 모두

버렸다고 할 수 있습니다. 그러나 남방과 초의 전선과는 거리가 너무 멉니다. 한군이 동맥을 끊듯이 중간을 끊는다면, 초가 어디서 필요한 군량미를 얻을 수 있겠습니까?"

식량만 풍부하면 군사는 얼마든지 모을 수 있었다. 잘 먹이면 잘 싸우고, 못 먹이면 도망치게 마련이었다. 이번에는 전횡이 나섰다.

"공의 말대로 설령 초패왕이 패망한다 해도, 우리가 한군을 두려워할 까닭이 무엇이오? 우리 제나라는 부강하고 군사도 강한데, 무엇 때문에 한왕 밑으로 들어가겠소?"

그러자 역이기가 꾸짖듯 목소리를 높였다.

"이제 관중과 주변 모든 나라가 한왕에게 항복했으며, 남은 건 초나라와 제나라뿐이오. 초가 쓰러지면 한을 거스른 제나라를 어찌 그대로 두겠소? 이런 천하의 형세를 알면서도 모른 척한다면, 그것은 곧 손바닥으로 해를 가리자는 것이나 다름없소이다."

그 말에 제왕과 재상 전횡은 입을 다물고 있다가 마침내 한나라를 따를 것을 정했다.

세 치 혀로 제왕을 설득해 제나라를 굴복시킨 역이기의 기쁨은 컸다. 그는 일이 무사히 성사됐음을 자축하며 날마다 즐거운 시간을 보냈다.

이 무렵, 한신은 군사를 이끌고 제를 치기 위해 평원진平原津에 이르렀을 때 뜻밖의 소식을 듣게 되었다.

"역이기가 한왕의 사자로 제나라에 가 화친을 맺고 제를 한에 귀속시켰다 합니다. 제의 궁성에서는 매일 이를 경축하는 잔치가 벌어지고 있다 합니다."

한신으로서는 믿을 수 없는 말이었다.

"뭐라고? 대왕께서 나도 모르게 역이기 놈을 사신으로 보내셨을 리가 없다."

한신은 그럴 리가 없다고 생각했다.

'역이기 놈이 나의 공로를 가로채기 위해 제齊로 가서 멋대로 화친을 맺은 게 틀림없다!'

소하와 더불어 한왕과 가까운 조참도 전혀 모르는 일이었다.

"대왕께서 나를 대장군에게 딸려 보내어 제를 치라고 하셨는데 역이기를 화친의 사자로 보내셨을 리가 만무합니다. 대왕은 나를 패시절부터 한 가족처럼 생각해오셨습니다. 역이기를 사자로 보내셨다면, 우리에게 반드시 알려주셨을 것입니다."

한신의 의심은 눈덩이처럼 커져갔다.

"배신당한 느낌이오. 하지만 지금 제를 치기 위해 평원 나루를 건널 필요는 없을 것 같소."

한신이 뒤틀린 심사를 억누르며 말하자, 괴통蒯通이 다가섰다.

"대장군께서는 평원진을 건너셔야 합니다."

"무슨 뜻이오?"

"한왕은 장군께 조칙을 내려 제나라를 치라 명하셨습니다."

"그러니 일이 난감하게 된 게 아니오?"

"하지만 장군께서는 한왕으로부터 공격을 중지하라는 조칙을 받지 않으셨습니다."

"그래서 더욱 난감한 것이 아니겠소."

한신은 치밀어 오르는 노기를 가까스로 억눌렀다. 그러한 그를 부추기듯 괴통이 말했다.

"역생(역이기)은 일개 유생에 지나지 않습니다. 그런데 그는 세 치 혀를 날름거려 제나라 70여 성을 단숨에 항복시켰습니다."

"무슨 말을 하려는 거요?"

"들어보십시오. 장군께서는 수만의 대군을 이끌고 한 해가 넘도록 싸워 위나라를 쳤고, 조나라 50여 성밖에 항복시키지 못했습니다."

"하지만……."

"결과적으로 장군의 공은 일개 유생의 공보다 못하다고 인정된 것입니다."

"그렇다면?"

"한왕으로부터 어떤 연락이 오기 전에 황하의 평원진을 건너 제나라를 치십시오."

한신은 괴통의 말을 받아들였다. 괴통의 괴蒯는 낙양(洛陽, 하남성) 옆에 있던 지명이었는데, 괴통은 바로 그 지명을 성姓으로 사용하고 있었다. 괴통은 유도儒道 사상을 배운 지식인이 아니라 계책의 연구

가로서 권모에 길들여진 자였다. 그는 '한신만큼 훌륭한 자질을 갖춘 사람은 없다.'는 생각을 품고 있었다. 한신의 천재적인 군사 지휘 능력을 간파한 것이다. '한신은 자신의 그릇이 얼마나 큰지 알지 못하고 있다.' 이 점이 괴통으로서는 참으로 안타까웠다.

그즈음 제나라의 수도 임치臨淄에서는 매일 연회가 베풀어졌다.

"이제 우리 제나라는 한왕만을 믿고 따를 것이오."

제왕은 역이기에게 연거푸 술을 권하며 태평가太平歌를 부르고 있었다. 그 무렵 한신은 황하를 건너 전방前方의 제나라 군사를 전멸시키다시피 하며 수도 임치로 향하고 있었다. 그 소식은 제왕에게도 전해졌다.

"폐하, 한신 장군이 군사를 이끌고 성 밑에 오고 있다 합니다. 아무래도 역이기에게 속은 것 같습니다."

그 말에 제왕은 크게 놀랐다. 놀란 것은 제왕뿐만이 아니라 역이기도 마찬가지였다.

"대왕께서는 염려 마십시오. 저는 이미 한왕의 조서를 받들고 이곳으로 온 몸, 제가 한신 장군에게 글을 써 보내 이곳으로 오지 말도록 조처하겠습니다."

제왕은 역이기가 그렇게 나오자 곧 서찰을 써 보내도록 했다. 역이기가 한왕의 조서를 받들고 나가 제왕을 설득하여 제나라의 70여 성을 한왕에게 귀속시켰다는 내용이었다. 한신은 역이기의 글을 보자 잠시 망설였다. 그러자 괴통과 조참이 나섰다.

"제齊를 쳐야만 합니다! 무얼 망설이고 계십니까? 지금은 천하를 얻기 위한 큰일을 도모해야 할 때입니다. 어찌 사사로움에 얽매이려 하십니까?"

"역이기는 원수께서 제나라를 치러 간다는 것을 누구보다 잘 알고 있었을 것입니다. 그런데도 사신을 자청한 것은, 원수를 시샘하여 자기가 제를 귀속시킴으로써 공을 자신에게로 돌리려 함일 것입니다. 제나라를 한나라에 완전히 복속시키기 위해서는 군사로 제압하는 것이 가장 좋은 방법입니다."

조참까지 나서며 권하자, 한신도 다시 제나라를 치기로 마음을 굳혔다.

조참은 한왕 유방이 진을 치기 위해 거사하기 이전부터 패沛 땅에서 승상 소하, 하후영, 번쾌와 더불어 관여한 인물이다. 조참에 대한 유방의 신임은 대단했다. 조참을 한신의 군영에 둔 것도 한신을 감시하기 위해서라고 할 수 있었다.

한신의 공격이 멈추지 않자, 제왕과 그의 신료들은 펄쩍 뛰며 크게 낙심했다.

"유생 놈의 말장난에 속아 넘어가다니, 당장 역이기 그놈을 가마솥에 삶아 죽여라."

"대왕이시여! 한신이 한왕을 배반하여……."

역이기의 말이 끝나기도 전에 그의 입에 몽둥이가 내려쳐졌고 그의 몸은 펄펄 끓는 가마솥에 던져졌다.

제왕은 군사들에게 성을 굳게 지키게 하는 한편 초패왕 항우에게 원군을 청하는 사자를 보냈다.

역이기가 제왕에게 잔혹한 죽임을 당했다는 소식은 한신에게도 전해졌다. 예측한 일이기는 했지만, 가슴 아픈 일이었다. 괴통은 한신을 위로하면서 말했다.

"때로 변사의 혀는 그 자신을 죽이기도 합니다. 변사로서는 영광된 죽음입니다."

　한신이 임치성을 공격해 들어갔을 때 이미 제왕과 군신들은 성을 빠져나가고 없었다.

　한신은 임치성에 들어선 다음 날부터 바쁘게 움직였다.

　"장군께서 해야 할 일은 이제부터입니다. 제나라는 70여 성의 광활한 영토입니다. 그 성들을 제압하지 않고는 제나라를 항복시켰다고 할 수 없습니다."

　괴통이 말했다.

　"내가 어떤 일부터 해야 하겠는가?"

　"민심을 끌어들이는 일입니다."

　성안에는 일부의 군사들만 두어 백성들을 진정시키는 특수 임무를 맡겼다. 그러다 보니 수도 임치 거리는 통치자가 바뀌었음에도 예전과 다름없었다. 백성들은 평소와 같이 왕래하며 자신의 생업에 종사했다.

한신은 곳간을 풀어 식량을 백성들에게 나누어주고, 갖가지 선행으로 제나라 사람들의 마음을 사로잡아 갔다. 적군을 제압하는 것도 힘들지만, 민심을 다독이는 일은 더욱 어려웠다.

"백성을 조금이라도 괴롭히는 자는 엄벌에 처할 것이다! 백성들이 입은 피해는 반드시 보상해준다."

군율은 착오 없이 진행시켰다. 그 대신 백성들에게도 엄중한 포고령을 내렸다. 그것은 전田 씨 일족에 관한 것이었다.

〈전 씨 일족을 돕는 자는 그 가족까지 몰살한다〉는 포고령을 내리는 한편, 그들에 대한 정보를 제공하는 사람에게는 상당한 보상을 약속했다. 전 씨 일족이 제齊에 발붙일 한 치의 땅도 허용치 않겠다는 의지를 보인 것이다.

임치성은 전쟁을 잊은 듯 평온했다. 평복으로 갈아입은 군사들이 주민들 속에 섞여 밤낮으로 치안에 힘썼기 때문에 도적들도 발을 붙이지 못했다.

주민들은 활기차게 생업에 종사했으며, 한신의 통치에 잘 따랐다.

초패왕 항우는 제나라 왕이 임치성을 버리고 고밀현(高密懸, 산둥반도)으로 도망쳤다는 소식을 듣고 크게 놀랐다. 유일하게 남은 동맹국인 제나라마저 한신에게 짓밟혔다면 큰일이 아닐 수 없었다.

항우는 가장 뛰어난 장수 용저龍且와 주란周蘭을 불러, 한신군을 쳐부수라고 했다. 군령을 받은 용저와 주란은 그날로 군사를 이끌고 제나라로 향했다.

패전한 제왕齊王은 고밀성으로 도망친 후, 유수濰水를 천연 요새로 삼아 한신을 막으려 하고 있었다. 용저는 한신이 있는 임치성을 칠까 하다가 고밀성으로 들었다.

　한신은 전군을 몰아 유수 방어선까지 나아갔다.

　'저 강물을 이용하여 잘 싸워야 한다.'

　강물은 폭이 넓고 강 수위가 부쩍 높았다.

　"나무를 잘라 통桶을 만들어 배 대신으로 하여 강을 건넌다."

　한신이 군사들에게 명령한 후 조참을 따로 불러 은밀히 명을 내리자, 그는 군사를 데리고 어디론가 떠났다.

　한신은 나무통을 한 줄로 묶어 띄우고 군사들과 함께 그 위를 딛고 강을 건넜다. 그것을 전해 들은 용저가 배를 잡고 웃었다.

　"어리석은 놈! 또 배수背水의 진을 치는구나."

　지난날 정형의 싸움에서 한신이 배수진을 쳐 조나라 군사 20만을 섬멸한 것을 용저가 기억한 것이다.

　강을 건넌 한신과 군사들은 갑자기 북을 울리며 언덕 위로 올라갔다. 멀리서 용저의 제 · 초 연합군이 새까맣게 몰려왔다.

　한신은 언덕 위에서 용저의 군사들을 보고 크게 놀란 척했다. 그리고 부하들에게 일렀다.

　"접전하는 척하며 서서히 물러나라. 강을 건널 수 있을 것이다!"

　그랬다. 한신은 사기를 북돋우며 절반으로 줄어든 강물 속으로 뛰어들었고, 그를 따라 군사들도 강물 속으로 뛰어들었다. 그들이 강을 다 건너왔을 때, 강가에 다다른 용저가 외쳤다.

　"모든 군사는 강을 건너 한군을 쓸어버려라!"

　한신은 강을 건너 섶에 불을 질렀다. 어느새 날이 어두워 오고 있었다. 제 · 초 연합군이 무리 지어 강을 건너고 있었다. 그때 갑자기 강 상류로부터 물벼락이 쏟아져 내리기 시작했다. 이것은 한신이 미리 조참에게 지시한 계책으로, 포대에 흙을 담아 강의 상류를 막았다가 일시에 흙 포대를 무너뜨린 것이었다.

강을 건너가던 초군은 갑자기 불어난 강물에 빠져 죽는 자, 떠내려가는 자, 갑옷을 벗고 본진으로 달아나는 자들로 아비규환을 이루었다.

그렇게 되니 초군은 강 이쪽과 저쪽, 두 편으로 나누어지고 말았다. 20만의 대군 중 강을 건넌 초군은 몇 만 정도에 불과했다. 거기에 용저와 주란도 끼어 있었다.

강을 뒤로하고 고립된 용저와 그의 군사들은 몇 겹으로 포위당해 날아오는 화살에 맞고 하나둘씩 쓰러졌다.

용저는 덫에 걸려 울부짖는 호랑이 같았다.

강물이 본래대로 불어나서 이젠 건널 수도 없었다. 빠져 죽든지 싸워서 이기든지, 양자택일을 해야 할 궁지에 몰렸다.

항우 밑에서 가장 용맹을 떨치던 용저는 날아오는 화살과 칼에 맞아 피투성이가 된 채, 잡군이라고 깔본 한신의 군사들에 의해 최후를 맞았다.

고밀성에 있던 제왕은 전횡과 함께 성을 빠져 달아나다가 얼마 못 가 사로잡혀 죽고 말았다. 이로써 제는 완전히 멸망했고, 한신의 이름은 천하에 떨치게 되었다.

한신이 제나라를 평정하자 누구보다 기뻐한 것은 괴통이었다.

'이제 한신이 마음만 먹는다면 항우, 유방과 대등한 위치에서 천하 패권을 다투게 될 것이다.'

한신에게 말한 적은 없지만 괴통은 한신의 제국을 만드는 것이 목표였다. 자신이 모시는 인간을 천하의 패자로 만드는 것이 변사의 존재 의미다. 제국을 만든다면 한신을 왕위에 앉힌 자신도 태양 같은 존재가 될 것이었다.

제나라를 완전히 평정한 한신은 제의 백성들에게 안심하고 생업에 힘쓸 것을 선포한 후 임치성으로 회군했다. 한신이 싸움에 지친 인마人馬를 쉬게 하면서 궁내에서 쉬고 있던 어느 날 괴통이 그에게 다가왔다.

"이제 장군께서는 여섯 나라를 평정하여 그 이름을 천하에 떨치셨으니 한왕께 세운 공은 어떤 상을 내리신다 해도 모자랄 것입니다. 그러니 한왕께 제왕의 위를 내려달라고 상주하십시오. 그런 다음 천혜의 요새인 이곳 제나라에서 그동안 싸움에 지친 몸을 편안히 하시며 뒷일을 도모하십시오."

괴통의 말에 한신은 한동안 입을 열지 않았다.

이때 한왕으로부터 구원해달라는 조서詔書가 당도했으나, 한신은 제나라를 수습하기 위해 제나라 왕으로 봉해줄 것을 상주했다.

한왕 유방은 괘씸하긴 했으나 장량의 권고에 따라 제왕의 인印을 내렸다. 초패왕 항우는 제의 구원병을 보낸 용저가 한신에게 패했을 뿐만 아니라 목숨마저 잃었다는 소식을 듣고 망연자실했다.

그러자 항백이 나서서 항우에게 말했다.

"한신이 형양성으로 가 유방과 군사를 합치면 우리가 성을 떨어뜨릴 수 없습니다. 그러니 한신이 형양성으로 가기 전에 세객說客을 보내 그를 달래보도록 하십시오. 한신을 끌어들인다면, 유방은 절로 무너질 것입니다."

항우는 그 말을 듣고 무릎을 쳤다. 며칠 후 한신은 무섭武涉이라는 초의 사자를 맞이했다.

"초패왕께서는 한신 장군과 화친을 맺고, 한왕과 더불어 천하를 셋으로 나누어 영원히 부귀영화를 함께 도모하자고 말씀하셨습니다. 만약 그렇지 아니하고 한왕과 함께 초패왕을 치려 하시다가는,

장군의 앞날이 어찌 될지 알 수 없는 일입니다."

한신은 고개를 저으며 결연히 거절했다.

"지난날 초패왕은 내게 낭중郎中이라는 하찮은 직을 주고 내 계책을 받아들이지도 않았다. 그러나 한왕은 나를 대장군으로 삼아 전군을 다스리게 하셨으며 제왕의 봉작도 주셨거늘, 무엇 때문에 초패왕을 따르겠소? 새도 좋은 나무를 찾아 깃들고 신하는 자기를 알아주는 주군主君을 가려 섬긴다 하였소."

한신은 그렇게 말하고 무섭을 물리쳤다. 그러자 괴통이 조용히 찾아왔다.

"지난날 진시황은 천하를 통일했으나, 20년이 채 안 되어 한漢과 초楚로 나뉘었습니다. 지금 그 두 나라가 대왕의 뜻에 따라 운명이 판가름 나는 형세가 되었는데, 이는 곧 대왕께서 지금의 근거지를 바탕으로 황제의 위位로 나가라는 하늘의 뜻이기도 합니다."

괴통의 그 말은 천하를 셋으로 나누어 그중 하나의 황제가 돼라는 말이었다.

"……."

"한과 초가 다투다가 그중 하나가 망하고 천하가 통일된다면, 대왕의 운명이 어찌 될지 아무도 점칠 수 없습니다. '토끼 사냥이 끝나면 사냥개를 삶는다(兎死狗烹)' 했으며, '적국을 쳐부수고 나면 모신은 버림을 받는다(敵國破謀臣亡)' 했고, '용기와 계략이 주인을 능가하면 신상이 위태로워진다(勇略震主者身危)' 했습니다."

한신은 그 말을 들으니 가슴이 철렁 내려앉는 듯했다. 그때 대부 육가陸賈가 뛰어 들어왔다.

"대원수께서는 절개를 꺾어서는 아니 될 것입니다. 초패왕은 뛰어난 모사 범증마저 죽게 했으며, 이전에 그를 받들던 맹장들도 하나둘 그의 곁을 떠났습니다. 이는 곧 하늘이 그를 버렸으며 대세가 한漢으로 기울어질 것임을 뜻하는 것입니다."

괴통은 육가의 말에 그 자리를 박차고 나가고 한신이 고개를 끄덕였다.

"대부의 말씀이 금옥金玉과 같습니다. 잠시 어지러운 말에 마음이 흔들려 부끄럽습니다. 이제부터라도 군사를 거느리고 한왕의 뜻을 받들어 초나라를 칠 터인즉, 대부께서는 좋은 가르침을 주시기 바랍니다."

초패왕 항우의 본진은 형양성 서쪽 광무산廣武山 아래에서 한왕을 치기 위해 3년이 넘도록 지지부진한 싸움만 계속하고 있었다. 한신과의 거래도 끝이 났다. 항우는 초조했다.

"유방 놈이 비겁하게 내 뒤통수만 노리며 빼앗아! 이번에는 내 손으로 잡고야 말겠다."

항우는 팽성에서 올라온 군사와 합쳐 무서운 기세로 30만 대군을 이끌고 나아갔다. 성고성에 이어 형양성까지 재차 탈환한 유방은 항우의 대군이 온다는 소식을 들었다. 유방은 순간 한신이 한 말을 떠올렸다.

"언젠가는 항우와 한판승부를 겨루어야 합니다. 그러나 아직 때가 이릅니다. 그때가 올 때까지 정면 대결은 꼭 피하십시오!"

유방은 군사들을 재정비하고 성곽을 더 튼튼히 하는 한편, 요새를 각처에 더 늘려갔다.

팽월이 초나라 곡식을 모조리 불태워서 항우는 군량이 넉넉지 못했다. 항우는 하루빨리 싸움을 끝내야 할 처지에 놓여 있었다.

"항복하지 않으면 너의 아비를 삶아 죽이겠다!"

항우는 한사코 일전을 회피하는 유방을 협박했다. 유방은 한동안 입을 다문 채 항우 쪽을 노려보다가 이윽고 입을 열었다.

"마음대로 하여라! 하지만 우리가 함께 희왕을 모실 때 형제의 의를 맺은 이상 내 아버지는 너의 아버지이기도 하다."

유방의 논리에 항우는 할 말을 잃었다. 이 노부를 죽여봐야 유방은 눈 하나 깜짝하지 않을 것이다. 오히려 항우만 비난받을 것이다. 항우는 분노로 얼굴이 달아올랐다.

"말 많은 졸장부로구나. 다른 병사들은 제쳐두고 우리 둘이서 승패를 가리도록 하자!"

항우의 외침에 유방도 소리 높여 외쳤다.

"내가 군사를 일으킨 것은 천하를 다투려 함이 아니라, 너의 죄가 하늘을 뒤덮을 정도이니 의義를 짚어 불의不義를 응징하고자 함이다!"

유방의 외침에 항우가 소리 내어 웃었다.

"웬 말이 그렇게 많은가? 싸움에는 오로지 승패만이 있을 뿐이다!"

유방이 다시 소리를 높였다.

"너의 죄를 일러줄 테니 잘 들어라! 첫째 너는 관중에 먼저 든 자가 왕이 되기로 한 약속을 저버리고 나를 파촉·한중 땅으로 내몰았으니 그 죄가 하나요, 조나라를 평정한 후 회왕께 알리지도 않고 군사를 위협해 관중으로 이끌었으니 그 죄가 둘이다. 또 네놈은 우리를 도운 송의宋義를 죽이고 그 자리를 차지했으니 그 죄가 셋이고, 함양 궁전을 불태우고 시황제의 무덤을 파헤쳐 재물을 강탈함이 그 죄가 넷이요, 항복한 진황제의 아들 자영子嬰을 죽였으니 다섯째 죄다. 그리고 신안 땅에서는 투항한 진나라 군사 20만을 무참히 땅 구덩이에 묻었으니 여섯째 죄요, 일곱째 죄는 봉읍封邑을 나눌 때 마음에 드는 장수에게만 주고 본래의 주인인 영주領主들을 내쫓은 것이다. 여덟째 죄는 의제義帝를 내쫓고 스스로 왕이라 칭한 것이며, 아홉째 죄는 의제를 시해하여 강물에 던진 것이고, 저 스스로 왕위에 올라 사사로운 욕심만 탐하고 백성들을 도륙한 것이 열 번째 죄다. 너의 죄가 이러하거늘 네놈은 어찌 감히 힘 겨루기 하듯 나선단 말이냐. 그보

다 너 스스로 몸을 묶어 내 앞에 무릎 꿇어 벌을 청해야 할 것이다!"

항우는 유방의 말에 아무런 제지도 하지 않은 채 다만 칼을 휘두르며 굳게 성문으로 내달았다.

유방이 황급히 몸을 돌리고 한 차례 화살 세례를 퍼부었다. 그날 늦게까지 항우는 끝장내려 애썼으나, 팽월이 또 보급로를 끊어 양곡을 모두 잃었다는 비보에 고함만 지르다 군사를 이끌고 광무산으로 돌아갔다.

한나라 진영에서는 한왕 유방을 비롯하여 장량과 진평이 이마를 맞대고 계책을 짜려 해도 별 신통한 것이 없어 잠시 쉬고 있었다. 이때 장량과 진평이 서로 눈짓하며 물러났다가 다시 한왕 유방에게로 왔다.

"저희는 잠시 며칠간 머리 좀 식히고 돌아올 테니, 초군이 총공격을 해온다 해도 대적하지 마시고 적당히 피하기만 하십시오. 며칠이면 됩니다."

유방은 깜짝 놀랐다.

"항우가 또 무슨 짓을 저지를지 모르는데, 어딜 간다는 거요?"

그렇지 않아도 유방은 연일 초군 항우의 기습으로 마음이 불안해 견딜 수 없었다.

"제장들에게 충분히 일러놓고 갈 테니, 너무 걱정하지 마십시오."

십면매복十面埋伏을 뚫는 신장神將

하늘에는 두 개의 해가 있을 수 없으며,
백성들에겐 두 임금이 있을 수 없다 했습니다.
초패왕을 살려 보내심은 곧 천기를 놓치심이며,
이는 호랑이를 놓아주어 나중에 화를 자초하는 일이 될 것입니다.

유방은 혼자 골똘히 생각에 잠겼다.

'독이 잔뜩 오른 항우를 구슬릴 방도가 없을까?'

고민 끝에 유방은 군사들이 먹을 식량인 군량미 원조 작전을 펼쳤다.

"다음에 오는 군량미는 이 서찰과 함께 항우에게 갖다주어라."

이튿날, 열 대의 군량 수레가 항우의 진지 쪽으로 향했다. 항우는 곧 유방의 편지를 펼쳐보았다.

약소하지만 군량미를 보내니, 군사들에 장군님의 체면이 깎이지 않도록 하십시오. 그리고 한 가지 부탁을 올리겠습니다. 인질로 잡고 계시는 저희 아버님과 아내를 돌려보내주십시오. 그리하면 다음에는 몇 배의 군량미를 바치겠나이다.

371

항우는 편지를 부욱 찢고, 부하 장수에게 눈을 찡끗했다. 이튿날부터 유방은 군사들로 하여금 매일 열 대분씩의 군량미를 나르게 했다. 유방은 장량이 없는 틈을 타 항우가 쳐들어올까봐 두려웠다. 그러므로 시간을 벌어야 했다.

"내가 미쳤다고 항우 놈에게 곡식을 갖다 바쳤겠느냐? 인질로 잡히신 아버님을 생각해서 한 일이다. 하하하!"

부하 장수들은 그제야 유방을 효자로 떠받들었다.

곡식을 받은 항우는 마음이 많이 누그러들었다. 그만큼 식량이 절박하기도 했다.

바람이나 쐬고 돌아오겠다고 한 장량과 진평은 한신을 찾아갔다. 한신은 두 사람을 반가이 맞아주었다.

"어쩐 일로 이 먼 곳까지 다 오셨습니까?"

한신이 물었다.

"아무래도 대장군의 힘을 빌려야지, 저희로서는 대책이 안 섭니다. 항우를 함정에 빠뜨리든가 해야겠습니다. 워낙 사나워서 가만히 있다가는 큰일 나게 생겼습니다."

장량과 진평, 한신 세 사람은 이마를 마주 대고 항우를 함정에 빠뜨려 올가미를 씌울 계책을 짰다.

"이렇게 하면 어떻겠습니까?"

한신은 머리에 떠오른 생각을 두 사람에게 설명했다.

"항우를 계속 한왕과 마주 보게 하지 말고, 그곳에서 떠나게 하는 겁니다."

장량과 진평은 손을 꽉 잡았다.

"저희가 생각한 것도 바로 그것입니다! 그런데 떠나게 하는 바로 그 방법이 잘 떠오르지 않아서 여기까지 찾아온 것입니다."

"그 방법을 좀 생각해주십시오."

한신은 '내가 한왕 곁으로 가면 좋겠지만, 그러면 거의 다 다져놓은 제나라를 잃게 됩니다.' 하고 중얼거리듯 말하고 나서 곰곰이 생각했다.

"화친和親을 선언하면 어떻겠습니까?"

한신이 말하자, 장량과 진평은 말없이 마주 바라보기만 했다.

"물론, 항우를 물러가게 하기 위한 임시방편의 화친이지요. 그뿐 아니라 유태공과 여씨 부인이 인질로 잡혀 있는 한 마음 놓고 공격할 수도 없잖습니까?"

한신은 장량과 진평에게 평화 협상에 대한 화친을 열심히 설명했다. 유방과 항우가 싸우지 않고, 양쪽 다 이득을 취하는 방법이었다.

"항우가 말을 들을까요?"

장량이 물었다.

"말을 듣도록 제가 만들어놓겠습니다. 제가 팽성과 가까운 초나라 지역을 마구 휩쓸어놓을 테니, 두 분께서는 그때 한왕께 협상 전술을 쓰도록 권하십시오."

한신이 말하자, 장량과 진평은 무릎을 쳤다.

"어쩌면 그렇게도 뛰어나십니까? 우리 두 사람은 대장군께서 군사를 총동원하여 항우를 그쪽으로 움직이게 하는 계책을 세워 보았습니다만, 화친을 맺자는 생각은 미처 하지 못했습니다."

"화친도 큰 조건을 내세워야 합니다. 시시한 고기는 항우의 눈에 차지 않습니다. 땅덩어리를 차라리 크게 나누십시오. 그러나 군량미는 넘겨주지 마십시오. 그들이 철저하게 배고픔을 당해야 나중에 우리가 이길 수 있습니다. 그것은 한왕과 의논하십시오."

"역시 함께 머리를 맞대니까 좋은 계책이 나오는군요."

한편, 항우는 성루에도 나가지 않은 채 혼자 밤낮으로 생각에 잠겼다.

'인질을 곡식과 바꾸어버릴까?'

대치한 지 두 달이 넘도록 진전이 없자 항우는 안달이 나기 시작했다. 계곡 하나만 건너면 유방이 있다. 이번 싸움이야말로 초·한 투쟁의 마지막이 되어야 한다. 항우는 이런 생각도 해보았다.

'이 기회에 총공격을 해서 끝장을 내버려!'

항우는 장막 안에서 빙글빙글 서성이며 골머리를 앓고 있었다. 그것은 한신이 언제 쳐들어올지 알 수 없는 상황이었고, 장량과 진평을 두려워하기 때문이었다.

이때, 유방 진지에 소리 없이 장량과 진평이 돌아왔다.

"그래, 두 분이 무슨 좋은 계책이라도 생각해내셨습니까?"

유방이 물었다.

"한신 대장군께 가서 계책을 마련하고 왔습니다."

"한신?"

"그렇습니다. 머지않아 좋은 일이 벌어질 것입니다. 그때까지 꾹 참고 기다리는 게 좋겠습니다."

진평이 말하자, 장량은 고개를 끄덕거렸다. 유방은 더 이상 묻지 않았다. 유방은 장량과 진평에게 술을 내리고 비로소 마음 놓고 한 번 껄껄 웃어 보였다.

항우 진영에서는 식량 때문에 문제가 생겼다.

"대왕님, 이젠 하루에 한 끼 먹을 양식밖에 남아 있지 않습니다."

부하 장수가 와서 말하자, 항우가 눈을 부릅뜨고 호통을 쳤다.

"굶겨!"

항우가 신경질적으로 대꾸했다. 이때 전령이 들어와 급한 보고를 올렸다.

"한신 놈이 초나라 땅에 있어?"

항우는 부아가 치밀었지만, 상의할 사람도 없었다. 오로지 자신이 해결해야 했다.

"그렇다고 이곳에서 물러날 수도 없지 않은가! 답답해 미치겠군!"

그때였다.

"유방이 또 편지를 보냈습니다."

천하를 반으로 나누어 서쪽은 한나라가 차지할 테니, 동쪽은 초나라가 가지십시오! 홍구를 기점으로 나누는 것입니다.

홍구는 영양에 있는 운하였다. 항우는 유방의 화친 제안을 받아들여야 할지, 거절해야 할지 생각에 잠겼다.

'군량은 바닥났고, 한신이 초나라를 휩쓸고 나면 반드시 이곳을 포위해버릴 것이다.'

달리 방법이 없었다. 항우는 화친을 받아들인다는 표시로 답을 써서 유태공에게 들려 보냈다.

제의에 찬성한다. 유태공을 돌려보내는 것은 나의 결심이 확실하다는 증거를 보여주기 위함이다. 만일 배신을 한다면, 남아 있는 네 아내의 목에 칼이 들어갈 것이다. 물론, 화친이 이루어지면 네 아내도 돌려보내주겠다.

이렇게 하여 유방과 항우 사이에 평화 협상이 이루어져서 그 절차를 밟았다.

초패왕 항우는 다음 날 유방의 여후呂后를 수레에 태우고 화친을 맺기로 한 홍구로 갔다. 한왕은 미리 홍구에서 항우를 기다리고 있다가 반갑게 서로 맞았다.

양쪽 군사들이 다 같이 만세를 부르며 좋아했다. 이제 전쟁은 끝난 것이나 다름없었다. 유태공과 여씨 부인은 별 고생 없이 건강하게 지내다가 돌아왔다.

협상 문서의 중요 내용은 다음과 같았다.

……만민을 전쟁의 고통 속에서 구하기 위하여 항우와 유방은 천하를 반으로 똑같이 갈라 갖고, 싸움을 중지하노라.

협상이 이루어지자, 항우가 먼저 군사를 이끌고 초나라 팽성 땅으로 향했다. 진군 행렬은 끝도 없이 이어졌다.

광무산에서의 1년의 대치를 끝내고 한시름 덜게 된 유방은 장량과 진평을 불러 앞으로의 일을 의논했다.

"앞으로 어찌하면 좋겠소?"

장량이 먼저 나섰다.

"지금 초나라는 보름달과 같아서 차차 기우는 형세이고, 우리 한나라는 초승달과 같아서 날이 갈수록 커지는 형세입니다. 초나라 군사들은 식량이 부족하기 때문에 사기가 땅에 떨어졌습니다."

진평 또한 장량과 같은 의견을 내놓았다.

"항우는 발톱도 빠지고 이까지 흔들리는 호랑이입니다. 지금이야말로 천하를 얻을 더없이 좋은 기회입니다."

유방이 조용히 듣고만 있다가 곤혹스러운 듯 입을 열었다.

"협상을 깨자는 말이오?"

"그렇습니다. 장수들이 그동안 대왕님을 모시고 싸움터를 누빈 까닭은 천하를 평정한 뒤 동쪽에 있는 고향으로 돌아가기 위해서였습니다. 그런데 초나라와 화친을 맺은 채 서쪽의 함양으로 돌아가신다면, 누가 대왕을 따르려 하겠습니까?"

"'하늘에는 두 해가 있을 수 없으며(天無二日), 백성들에겐 두 임금이 있을 수 없다(臣無二王)'고 했습니다. 초패왕을 살려 보내심은 곧 천기天機를 놓치심이며, 이는 호랑이를 놓아주어 나중에 화를 자초하는 일이 되고 말 것입니다."

장량의 말에 귀를 기울이고 있던 한왕 유방이 무거운 목소리로 입을 열었다.

"그러나 초패왕과 화친을 굳게 약조하고 이미 문서까지 주고받지 않았소? 그런 터에 그것을 배신하여 군사를 몰아간다면, 세상 사람들이 나의 신의 없음을 꾸짖을 것이오."

"작은 신의에 얽매여 대의를 잃어버림은 밝은 지혜를 가진 사람이 취할 길이 아닙니다."

장량과 진평, 육가, 수하 등 모든 모사들이 이구동성으로 외쳤다. 그런데 거기에는 먼저 이루어야 할 문제가 남아 있었다. 한신과 영포와 팽월을 불러들여 이 전투에 참여시키는 문제였다.

장량이 나섰다.

"폐하께서는 지난날 한신에게 마지못해 제왕의 벼슬을 내리셨으나, 정식으로 영토를 내어주시지는 않았습니다. 그리고 팽월과 영포 또한 항우를 배반하고 폐하께 귀순하여 많은 공을 세웠으나, 아직까지 그에 버금가는 봉작을 내리지 않으셨습니다."

"흠……."

한왕 유방은 장량의 말에 깨우치는 바가 있었다.

"폐하께서도 아시다시피 팽월은 전부터 위나라를 수도 없이 평정하였으니 그 공이 큽니다. 그런데도 팽월을 위왕에 세우지 않으셨습니다."

"팽월에게는 위나라의 수양 이북으로부터 곡성까지의 땅을 주면서 왕으로 삼으십시오. 그리고 한신에게도 진陳 땅 동쪽에서 동해에 이르기까지의 초楚의 땅을 주십시오."

"한신이 왜 그쪽의 땅을 원한단 말이오?"

"한신의 땅이 바로 초 땅에 있기 때문입니다. 그는 언제나 고향 땅을 얻고 싶어 합니다. 그러니 폐하께서 한신과 팽월 그들이 원하는 땅을 내어주신다고 하면, 두 사람은 바로 폐하께 달려올 것입니다. 폐하께서 이를 받아들이지 않으시면 저 또한 뒷일을 예측할 수 없습니다."

장량의 말에 한왕은 고개를 끄덕였다.

"자방의 말이 옳소. 한신을 삼제왕三齊王으로 삼고, 영포를 회남왕淮南王, 팽월을 대량왕大梁王으로 삼아 그곳을 다스리도록 하겠소. 그러니 공이 수고스럽지만 그들에게 인부印符와 함께 나의 뜻을 전해주길 바라오."

유방은 뒤늦게나마 깨달아 주먹을 불끈 쥐고 고개를 끄덕거렸다.

"고맙소. 우리가 다 함께 힘을 합쳐 이 기회에 항우를 굴복시킵시다!"

이렇게 하여 한나라 군사들은 항우의 뒤를 따라서 초나라로 진격했다.

한편, 제나라에 간 장량은 한신을 만나자 한왕이 내린 삼제왕의 봉작封爵과 조서詔書를 전했다.

"대왕께서 제게 이토록 큰 은혜를 베푸시고 패업霸業의 뜻을 세우셨다니, 어찌 달려가지 않겠습니까? 군사를 거느리고 나아가 초나라를 멸하고, 천하통일의 대업을 이룩하는 데 힘을 쏟겠습니다."

한신의 말에 장량은 그의 손을 덥석 잡았다.

"이때를 놓치지 말고 급히 군사를 이끌고 대왕께 나아가십시오. 저는 이 길로 회남과 대량으로 달려가 영포 장군과 팽월 장군에게도 함께 군사를 일으켜 대장군과 힘을 합하도록 하겠습니다."

한신이 군사를 정돈하여 유방에게 나아갈 채비를 갖추고 있을 때, 뜻밖에도 지난번 사라졌던 괴통이 찾아왔다.

"앞으로 대왕께 닥칠 재앙을 보고만 있을 수 없어서 찾아뵈었습니다."

한신이 놀란 얼굴로 물었다.

"앞으로 닥칠 재앙이라니, 그게 무슨 말씀인가?"

"지난번 한왕은 형양성에서 항우에게 포위당해 위급에 빠지셨을 때 대왕께 사자를 보내 구원을 요청하셨습니다. 그리고 고밀성에서도 대왕을 불렀으나 이에 응하지 않으시자, 한왕은 대왕의 마음을 사로잡고자 이번에 삼제왕을 제수하신 것입니다. 이는 대왕의 큰 공에 대한 은상이 아니라 왕위王位라는 미끼를 던져 대왕의 힘을 빌려 천하통일을 이룩하려는 술책에 지나지 않습니다. 천하가 통일되면 한왕은 필시 지난날 부름에 응하지 않았던 죄와 제나라 왕위를 청한 죄를 들어 대왕께 벌을 내릴 것입니다. 그러니 대왕께서는 한왕의 부름에 응하지 마시고 이곳을 지켜, 천하를 셋으로 나눠 갖도록 하십시오."

괴통의 말은 지난번 제나라를 평정했을 때 했던 말과 같았다. 그러나 한신은 이미 출병을 약속했고 한왕의 은혜를 입은 처지라, 한왕을 배반하고 싶지 않았다.

한신이 고개를 저으며 괴통의 말을 물리치자, 괴통은 발을 구르며 안타깝게 말했다.

"대왕께서는 제 말을 듣지 않으셨다가 뒷날 크게 뉘우칠 것입니다."

그러나 한신은 그 말에 귀도 기울이지 않고 군사를 이끌고 한왕이 있는 성고성을 향해 떠났다.

며칠 후, 한신이 성고성에 이르자 한왕은 크게 기뻐하며 그를 맞았다. 또한 영포와 팽월, 그리고 다른 지방의 제후들도 하나둘 군사를 거느리고 모여들었다. 연왕燕王의 군사 15만, 영포의 군사 5만, 팽월의 군사 5만, 위魏의 군사 20만, 장도의 군사 3만, 한왕韓王의 군사 3만, 삼진三秦의 군사 6만, 그리고 소하가 낙양에서 15만 군사를 이끌고 왔다. 여기에 한신의 군사 15만과 한왕 유방의 군사 20만이었다.

한왕은 한신에게 대원수의 병권兵權을 모두 맡겼다. 한신이 각처에서 온 군사를 점검해보니 100만이 되었으며, 장수들도 8백이나 되었다.

한신은 그날부터 연합군의 군사들을 훈련시키고, 소하·진평·하후영에게 삼진三秦으로부터 군량과 물자를 나르게 하여 결전에 대비했다. 한신의 훈련을 거친 군사들은 창칼을 쓰는 법과 말 달리는 법, 싸움에 임해 나아가고 물러남이 제법 체계가 갖춰졌다.

한왕은 관중의 양곡이 넉넉한 곳을 모두 차지하고 있어 군량미를 걱정할 필요가 없었다.

"한신은 군사를 이동시키기에 앞서 수십 명의 기병을 보내 초나라 항우군과 마주치게 될 곳의 지리를 샅샅이 살펴오게 했다. 그리고 그들이 가져온 정보에 따라 구리산九里山 남쪽의 해하垓下의 높고 험한 산에 군사를 매복시킬 것을 정하고 이를 한왕에게 보고했다.

"대원수 한신 장군은 즉시 출정하여 초패왕을 치시오!"

이윽고 한왕 유방의 출정 명령이 떨어졌다.

한편, 초패왕 항우는 우미인과 더불어 한가한 나날을 보내고 있다가 소식을 접하고는 길길이 날뛰었다.

"유방, 이 비겁한 놈! 제나라에 있던 한신이 언제 왔다는 말인가? 그게 사실인가?"

항백과 종리매, 계포 등 제장들이 달려왔다.

"폐하, 너무 상심하지 마십시오. 지금까지 우리는 숱한 싸움을 치러왔습니다. 이번에도 한군을 물리칠 수 있을 것입니다. 지금 각처에서 온 군사들과 팽성의 군사들을 합해보니, 50만의 군세軍勢가 되었습니다."

종리매가 어물어물 말했다.

"50만 군사로 어찌 백만 대군을 막아낼 수 있단 말인가!"

항우는 고개를 들고 허공을 바라보다가 휙 칼을 빼어 장막을 내리찍었다.

"까짓, 백만이면 어떠랴? 가자! 한신이고 유방이고 싹 쓸어버리자!"

이때 한신은 구리산에 십면매복十面埋伏을 시켜놓고 항우를 끌어들여 단숨에 박살을 내기 위한 계책을 세워놓고 있었다. 그리고 적과 아군을 가릴 수 있도록 번쾌로 하여금 깃발과 횃불로 신호를 보내고 그 신호에 따라 군사들이 움직이도록 했으며, 장수 열 명에게 각각 부장副將 열여섯과 군사 4만 5천씩을 거느리게 했다.

그리하여 왕릉은 구리산 계곡의 서쪽에, 노관은 북쪽에, 조참은 동북쪽에, 팽월은 동남쪽에, 영포는 동쪽에, 주발은 남쪽에, 장이는 서남쪽에, 장도는 서쪽에 각각 나아가 군사들을 매복하게 했다. 하후영에게는 군사 10만을 주어 한왕의 뒤를 따르게 하고, 장량과 진평은 각각 방호사防護使와 구응사救應使로 삼아 군사 10만씩을 이끌고 한왕의 왼편과 오른편을 호위케 하여 좌우의 날개가 되게 했다. 또한 공희孔熙와 진하陳賀로 하여금 각각 군사 2만으로 한왕의 선봉을 맡게 하고, 여마통과 여황은 군사 2만씩을 이끌고 한왕의 앞과 뒤, 좌우를 살피게 했다.

장수들은 한신의 말을 듣고 더욱 의기가 솟아올랐다.

"대왕께서는 공희와 진하를 좌우에 거느리고 나아가시어 항우와 싸우시되, 서쪽 회해會垓 쪽으로 달아나십시오. 신이 그곳에서 항우를 기다리고 있겠습니다."

한왕이 기쁜 얼굴로 한신의 말에 쾌히 응했다.

결전의 날이 밝았다.

"목숨을 버릴 각오로 나아가자. 내 뒤를 따라라!"

모든 장수들은 항우의 명이 떨어지자 앞으로 나아갔다.

항우가 한나라 진영 앞에 이르렀다. 한나라 진영도 군사들이 바삐 움직이는 듯 먼지가 하늘 높이 피어올랐다.

초패왕이 한군 진영 앞에서 소리 높여 외쳤다.

"유방은 듣거라. 한신을 내보내 간사한 꾀나 부리지 말고, 직접 나와 승부를 가리자!"

유방은 항우가 오기만을 기다리고 있던 터라, 한신이 추천한 두 장수 공희, 진하와 함께 말을 내몰아 앞으로 나섰다.

한왕을 본 초패왕이 다시 소리쳤다.

"이번에야말로 결판을 내보겠다는 것이냐? 나는 한군과 5년 동안 70여 차례나 싸웠으나 그대와는 한 번도 직접 싸운 적이 없다. 그러니 오늘은 나와 당당히 승부를 겨루자!"

이에 유방이 껄껄 웃으며 대답했다.

"그대는 언제나 혈기가 지나쳐 큰소리부터 치는구나. 그건 용맹이 아닐진대, 내가 어찌 두려워하겠는가? 승패란 지모智謀에 의함이지, 필부의 혈기에 의한 것이 아닐지니라."

유방의 말에 항우는 머리끝까지 화가 치밀었다. 유방이 달아나기 전에 덮치려고 말에 박차를 가하며 달려 나갔다. 달려오는 항우를 보며 유방은, 또다시 껄껄 웃으며 말했다.

"어리석은 자로다!"

항우가 그 소리에 대꾸도 하지 않고 달려가는데, 유방의 좌우에서 공희와 진하가 달려 나와 항우의 앞을 가로막았다.

"네놈들이 감히 어디라고 나서느냐?"

항우의 창이 번뜩였다. 그러나 공희와 진하도 항우의 번개 같은 창을 맞아 물러나지 않고 50여 합이나 부딪쳤다.

세 사람이 숨 돌릴 틈도 없이 창칼을 휘두르며 말과 말이 부딪치자, 하늘이 울고 땅에는 먼지가 자욱했다.

그러나 싸움이 길어질수록 항우의 창검술은 더욱 힘이 뻗치는 반면, 진하와 공희는 주춤거리기 시작했다.

"조무래기 같은 놈들, 어서 목을 내놓아라."

항우의 입에서 우레와도 같은 고함 소리가 터져 나왔다. 그 소리에 공희와 진하가 멈칫하는 순간, 항우의 창이 눈 깜짝할 사이에 진하의 가슴을 찔렀다. 진하는 외마디 비명을 지르며 말 아래로 나뒹굴었다.

그걸 본 공희는 진하를 구하려고 항우를 향해 온 힘을 다해 덤벼들었다. 그러나 항우의 창이 어느새 그의 얼굴로 날아들었다. 공희가 급히 머리를 숙이자, 투구가 땅에 떨어졌다. 공희는 더는 견디지 못하고 말머리를 돌려 본진으로 달아났다.

그러자 이번에는 근흡과 시무가 달려 나왔다. 항우가 그들과 2, 3합을 부딪치다 고개를 들어 보니, 유방이 맞은편 언덕 위에서 싸움을 지켜보고 있는 것이 아닌가.

항우는 창을 내질러 근흡과 시무를 수십 보나 물리친 후, 나는 듯이 오추마를 몰아 유방이 있는 언덕 위로 달려갔다.

그때였다. 하후영이 군사 한 떼를 거느리고 달려 나왔다. 하후영이 길을 막았지만, 항우는 주저하지 않고 말을 몰며 창을 휘둘렀다. 하후영은 겨우 2, 3합을 부딪치고는 말머리를 돌려 달아났다.

항우가 힘을 다해 5리쯤을 쫓다 보니, 유방은 보이지 않고 하후영과 졸개들만이 앞에서 달아나고 있었다.

"폐하, 너무 앞서지 마옵소서."

계포가 항우 옆으로 급히 달려와 뒤쫓는 것을 말렸다.

항우도 지난번 한신과 싸울 때 유인 계책에 말려들었던 생각이 떠올라 말고삐를 늦추며 사방을 둘러보았다.

그때였다. 갑자기 북소리, 꽹과리 소리가 요란스럽게 울리더니 사방에서 한군이 벌 떼처럼 몰려나왔다.

'아뿔싸, 계략이었구나!'

항우는 몰려드는 한군을 닥치는 대로 찌르고 쳤다. 그러나 먼 길을 달려온 항우의 군사들은 매복하고 기다리던 한나라 군사들을 당해낼 수 없었다.

군사들이 쓰러지자 항우는 물러날 수밖에 없었다.

그때 철포 소리가 울리더니, 한신의 군사가 몰려나와 순식간에 초군을 에워쌌다.

예기치 못한 상황에 순간 항우도 크게 당황했다. 계포와 종리매가 항우를 호위하며 포위망을 뚫는데, 한漢의 근흡, 시무, 공희가 달려들었다. 항우는 말을 돌려 겨우 포위망을 뚫고 달아났다.

그때 마침 본진에 있던 주란이 군사를 이끌고 달려왔다. 항우는 그제야 숨을 돌리며 흩어졌던 초군이 모여들기를 기다려 본진으로 돌아왔다.

초패왕 항우가 본진에 이르렀을 때였다. 우자기가 항우를 기다리고 있었다는 듯 달려 나오며 굳은 얼굴로 입을 열었다.

"폐하! 사실인지는 알 수 없으나, 우리가 팽성을 비운 사이 한신이 군사를 보내 폐하의 가족을 잡아들였다는 소문이 나돌고 있습니다."

항우는 그 말에 펄쩍 뛰었다.

"팽성을 빼앗겼다고? 그게 사실인가?"

우자기는 그런 항우를 달래며 말했다.

"아직은 잘 모르는 일입니다. 설사 그렇다 할지라도 적의 예기銳氣를 잠시 피하신 후에 여러 지방의 군사를 모아, 다시 전열을 가다듬어 뒷일을 도모하심이 좋을 듯합니다."

그러나 항우는 고개를 가로저었다.

생각에 잠긴 항우가 땀을 씻기 위해 잠시 쉬고 있는데, 갑자기 철포 소리가 어지럽게 들려왔다. 항우가 깜짝 놀라 사방을 둘러보니 남쪽에 한군이 진을 치고 있고, 언덕과 산 위를 한나라 깃발이 온통 뒤덮고 있었다.

"어찌하여 이곳에 한나라 군사가 이토록 많은가? 천하의 모든 군사들이 한나라 군사로 둔갑했다는 말인가?"

항우가 일그러진 얼굴로 소리쳤다. 그러자 종리매가 말했다.

"앞에도 적, 뒤에도 적이 있는 걸 보면 팽성도 온전할 리 없습니다. 이곳에서 더 이상 지체하시다간 위험을 자초할 것이니, 급히 산동으로 가시어 다시 기회를 노리는 것이 좋을 것 같습니다."

종리매의 말에 항우는 벌컥 화를 냈다.

"내가 일찍이 수많은 싸움터를 종횡했으나 지금껏 한 번도 패한 적이 없다. 유방이 지금 군세가 강하다 하나 어떻게 감히 나와 대적하겠는가. 너희는 내 뒤를 따르라. 내가 적군을 모조리 쓸어 없애리라!"

항우는 군사를 이끌고 바삐 팽성으로 향했다. 그런데 이상하게도 한군은 함성만 지를 뿐 앞으로는 나서지 않았다. 항우가 한동안 진군을 계속하고 있는데, 척후병이 달려왔다.

"팽성은 이미 적에게 떨어졌으며 성루에는 온통 붉은 깃발뿐이었습니다. 사대문도 한나라 군사들이 물샐틈없이 지키고 있었습니다."

항우는 망연자실했다. 그러나 이대로 물러날 수는 없었다. 그는 투구 끈을 단단히 매며 소리쳤다.

"기필코 팽성을 되찾고 말 것이다!"

항우는 군사를 되돌려 구리산을 향해 말을 몰았다. 모든 장수들이 항우를 뒤따르며 달려가고 있을 때였다.

구리산 꼭대기에서 커다란 깃발이 한 번 펄럭이는가 싶더니, 돌연 서북쪽에서 한군의 복병이 벌 떼처럼 일어났다. 앞선 장수는 왕릉이었다. 이어 북쪽에서는 노관이, 동북쪽에서는 조참이 군사를 거느리고 나왔다.

　또한 동쪽에서는 영포, 동남쪽에서는 팽월, 남쪽에서는 주발, 서
남쪽에서는 장이, 서쪽에서는 장도가 군사를 이끌고 나왔다.

　한군은 사면팔방에서 물방울 하나 흘러나갈 틈새도 없이 항우 군
을 에워싸기 시작했다. 그러나 항우는 과연 영웅이었다. 다른 장수
같으면 여덟 장수가 한꺼번에 달려오는 것만 보고서도 간담이 서늘
해져 맞서 싸울 의욕을 잃었을 것이다. 그러나 항우는 그들을 둘러

보면서도 조금도 두려워하는 기색이 없었다.

"내 앞을 가로막는 자는 이 창이 용서치 않으리라."

항우는 고함과 함께 이를 부드득 갈며 적군 앞으로 달려 나갔다.

항우는 창을 휘두르며 눈앞의 적장을 치는가 하면 어느새 등 뒤의 적장을 찔렀다. 그 빠르기가 실로 번개 같은 데다 그의 창을 가로막은 적장은 그 힘에 밀려 몇 걸음이나 뒤로 물러났다. 그렇게 여덟 장수가 한동안 싸웠으나, 항우 한 사람을 당해내지 못하고 물러났다.

이어 다섯 장수가 한꺼번에 말을 달려 나왔다. 그러자 초군에서도 종리매, 주란, 계포가 나와 항우를 도왔다. 양쪽 장수들이 어우러져 창칼을 번쩍이며 싸우자 먼지가 뿌옇게 일어 어느 쪽이 적이고 어느 쪽이 아군인지조차 분간할 수 없었다.

"이얍!"

항우가 희뿌연 먼지 속에서 자기를 향해 칼을 휘둘러 오는 적장 손가회를 향해 기합 소리와 함께 창을 내질렀다.

"흐억!"

손가회는 항우의 창에 가슴이 찔려 말에서 굴러떨어졌다. 이를 본 척사가 달려 나와 손가회를 구하려 했으나, 그 또한 항우의 창에 나뒹굴고 말았다. 다른 세 장수는 말머리를 돌려 달아났다.

그러자 이번에는 성녀산 동쪽에서 진희, 부관, 오예가 군사를 이끌고 나와 항우를 공격했다. 그러나 그들 역시 항우의 적수는 아니었다. 그들은 몇 합을 부딪치다 말고 말머리를 돌리고 말았다.

그들 세 장수마저 물러나자 한군 장수들 중에 선뜻 앞으로 나서서 항우와 맞서려는 자가 없었다. 십면十面에 매복해 있던 한의 장수가 60여 명이었으나, 항우를 당해내지 못한 것이다. 실로 무서운 힘이요, 용맹이 아닐 수 없었다.

　그렇게 한군을 물리치고 나서도 항우는 지친 기색을 보이지 않았
다. 창을 힘껏 꼬나들어 움켜쥔 채 부릅뜬 눈으로 사방을 휘둘러보
고 있었다.

　초의 장수들은 입을 모아 항우를 칭송했다.

　"폐하께서는 하늘이 내리신 신장神將이십니다. 60명의 적장을 혼
자 몸으로 물리치신 그 용맹을 어찌 땅 위의 장수들이 따를 수 있겠

습니까?"

항우는 흡족한 표정을 지으며 말했다.

"허허허, 제장들이 나를 도와 싸워준 덕분이오."

항우가 진중으로 돌아가니, 우희가 달려 나와 맞았다.

밤이 되자 주란이 장막 안으로 들어와 말했다.

"폐하! 적은 아직 물러간 것이 아닙니다. 혹시 오늘 밤 적의 야습이 있을지도 모르니, 경계하는 것이 좋을 듯합니다."

주란의 말에 항우는 모든 장수들을 불러 군사를 사방에 매복시키고 경계를 엄히 하도록 명했다. 장수들이 명을 받고 물러나자 우미인이 항우의 손을 잡아 술자리로 이끌었다.

사면초가四面楚歌 항우의 눈물

힘은 산을 뽑을 듯하고 기운은 세상을 덮건만
때는 나에게 불리하여 추騅가여, 너마저 나아가지 않는구나.
추마저 가지 않으니, 어찌할 것인가?
우야, 우야 너를 또 어찌해야 좋단 말이냐?

며칠 뒤 항백과 계포가 항우를 찾아와 아뢰었다.

"이제 군량이 바닥나고 말을 먹일 풀도 떨어졌습니다. 이곳을 떠나 형주, 양양을 거쳐 강동江東으로 가시는 것이 좋겠습니다."

항우의 얼굴빛이 굳어졌다. 먹을 것이 없어졌으니 언제 군사들의 사기가 떨어질지 몰라 크게 염려되었던 것이다.

"그렇다면 여기서 더 머무를 수도 없는 노릇인데 적의 포위를 헤쳐 나가는 것도 쉬운 일이 아니니, 어찌하면 좋겠소?"

항우가 침통한 목소리로 물었다.

"폐하! 아직 우리에게는 8천의 정예 군사가 있습니다. 그들은 폐하를 위해 목숨을 돌보지 않는 충성스러운 군사들입니다. 폐하께서는 그들을 거느리고 포위망을 뚫도록 하십시오. 저희는 우후虞后를 모시고 뒤따르겠습니다."

주란이 그렇게 말하자, 항우는 고개를 끄덕이며 말했다.

"알았소. 내일 밤에 내가 적의 포위를 헤쳐 나가겠소."

항우가 두 사람의 의견에 찬동하자, 그들은 군사들에게 퇴각할 준비를 하게 했다.

갑자기 퇴각령이 내려지자 군사들은 마음이 더욱 어수선해 물러날 채비를 하면서도 한탄이 절로 나왔다. 때마침 계절은 추운 겨울로 접어들려 하고 있었다.

한편, 한신은 겹겹으로 골짜기마다 매복하고서도 항우를 사로잡지 못하자 초조해졌다.

"역시 초패왕 항우는 천하에 둘도 없는 맹장이로구나!"

한신은 장량과 진평, 여러 책사들을 불러 계책을 의논했다.

"아무리 항우의 용맹이 뛰어나다 하나 그것은 우리 속의 용맹에 지나지 않습니다. 문제는 항우가 거느리고 있는 장수와 강동에서부터 데려온 8천 명입니다. 그들은 설령 군량이 바닥나더라도 목숨을 돌보지 않고 항우를 위해 싸울 정예 군사들입니다. 이들이 항우 곁에 있는 한 쉽게 꺾을 수는 없습니다. 그 장수들의 마음을 뒤흔들고 군사들을 뿔뿔이 흩어지게 한다면, 항우를 사로잡을 수 있을 것입니다."

장량의 말에 한신은 가슴이 탁 트이는 느낌이었다.

"그렇다면……, 어떤 계책으로 항우의 군사 8천을 뿔뿔이 흩어지게 할 수 있겠습니까?"

한신은 장량의 계책을 재촉했다.

"젊은 시절에 나는 하비下邳라는 곳에서 퉁소를 기가 막히게 잘 부는 사람을 만난 적이 있습니다. 그 사람의 퉁소 소리는 어찌나 처량한지, 애간장을 녹이는 듯했지요."

　자리에 어울리지 않는 이야기에 모두들 어안이 벙벙했다. 그러나 장량은 그에 아랑곳하지 않고 말을 이었다.

　"그 퉁소 소리는 즐거운 사람이 들으면 더욱 즐거워지고 슬픈 사람이 들으면 더욱 슬퍼지니, 고향에서 멀리 떠나 있는 사람이 들으면 고향 생각이 절로 나는 소리입니다. 나는 그때 간곡히 청해서 그 어른으로부터 퉁소 부는 법을 배우게 되었습니다."

　"그렇다면 그 퉁소 소리로 항우의 군사들을 흩어지게 하시겠다는 말씀입니까?"

　"그렇습니다. 한밤중에 산 위에 올라가 퉁소를 구성지게 분다면, 모두 고향과 가족들이 그리워 애간장을 태울 것입니다."

　장량의 말에 한신은 간곡히 청했다.

"선생께서는 오늘 밤 당장 퉁소를 부시어 초군을 뿔뿔이 흩어지게 해주십시오."

장량은 쾌히 승낙하고 퉁소를 불 때 함께 노래 부를 군사도 모집하였다. 그럴 동안 한신은 전차戰車로 초군을 겹겹이 에워싸게 하고 군사들을 매복시켰으며 도망자는 내버려두고 항복하는 자는 거둬들이기로 하였다.

늦은 가을 밤이었다.

은은한 퉁소 소리가 바람을 타고 들려왔다. 군사들은 처량한 퉁소 소리에 넋을 잃고 가만히 귀를 기울였다.

그날따라 달빛은 눈이 시리도록 밝았다. 군사들은 끊어질 듯 이어지는 구성진 퉁소 소리에 절로 고향 생각이 나서 눈시울을 붉혔다. 이윽고 퉁소 소리와 함께 애잔하게 부르는 노랫소리까지 들려왔다.

깊고 깊은 가을에
서리 날리고 바람 불어오네
하늘 높고 물은 말라가는데
기러기 슬피 울며 날아가누나.
창칼 집고 일어서니
고향 떠나 어언 10년
부모와는 생이별
처자식 또한 얼마나 외로우랴.

백발이 된 부모 싸리문에 서서
휘영청 밝은 달 쳐다보시누나
어린 자식은 굶주려 우니

아, 어찌 슬픈 일이 아니랴.

초나라 군사들 중에는 퉁소의 선율과 노랫가락으로 인해 무릎에 얼굴을 파묻고 흐느끼는 자도 있었다.
노랫가락은 그치지 않고 이어졌다.

늦은 가을밤에
간절한 고향 생각
어서 초군을 떠나면
죽음 면할 수 있으리.

덕이 높은 한왕은
달아나는 군사 죽이지 않으며
고향으로 향하는 군사는
그 길을 막지 않네.
어찌 빈 진영 지키려 하는가
군량마저 떨어지고
머지않아 사로잡히면
금과 옥이 함께 다치리.

흐느끼는 듯한 퉁소 소리와 구슬프기 그지없는 노랫소리에 초나라 진영 군사들의 마음은 더욱 아프게 저며 왔다. 그리운 고향 생각에 마음을 달랠 길 없어 모두들 눈물을 글썽였다.
이윽고 퉁소 소리가 멎고 노래가 끝났다.
잠시 후, 군사들 사이에 수군거리는 소리가 들렸다.

"살려준다고 하네, 차라리 달아나 고향으로 돌아가세."

"그러게나 말일세. 여기서 버텨봤자 죽기밖에 더하겠나, 그야말로 개죽음이지……."

초군은 이런 말을 주고받으며 하나둘 사라졌다. 그걸 본 다른 군사들도 앞 다투어 사라지더니, 나중에는 떼를 지어 달아났다.

장수들도 달아나는 졸개들을 막기는커녕 앞서서 종적을 감췄다. 그렇게 되니 삼경이 될 무렵에는 남은 군사가 겨우 8백이었다.

종리매가 주위를 돌아보더니 계포에게 말했다.

"군사들이 뿔뿔이 달아나 진영에 남은 군사는 1천여 명도 되지 않는 듯하오. 한나라 군사가 쳐들어온다면 제대로 싸워보지도 못하고 궤멸될 것이 뻔하오. 폐하 또한 죽거나 사로잡힐 것이니, 우리 또한 목숨을 잃을 게 뻔하지 않소? 그렇게 되기 전에 우리가 군사들과 함께 이곳을 떠나 목숨을 보전했다가 뒷날 오늘의 원수를 갚도록 함이 어떻겠소?"

"그렇게 하는 것이 오히려 목숨을 버리는 것보다 나을 것이외다."

종리매의 말에 계포가 곧바로 찬동했다.

"그게 좋겠소. 이곳에서 헛되이 목숨을 버리느니 잠시 피해 있다가 뒷일을 도모하는 것이 좋겠습니다."

"그렇다면 폐하가 잠에서 깨어나기 전에 어서 진영을 빠져나가도록 합시다."

그들은 서둘러 짐을 꾸려 진영을 빠져나갔다.

항백은 여러 장수들과 군사들이 모두 진영을 버리고 달아나는 것을 보자 대세는 이미 기울었다고 여겼다. 이렇게 된 이상 지난날 장량을 구해주었고 '홍문의 회'에서는 유방의 목숨도 살려준 바 있으니, 차라리 한나라에 귀순하리라 마음먹었다.

'내가 한나라로 가 왕후王侯의 벼슬을 얻게 되면, 후손을 이어가 조상의 제사나마 지낼 수 있으리라.'

항백은 생각이 거기에 미치자 서둘러 행장을 꾸려 총총히 진영을 빠져나갔다.

항우의 숙부인 항백마저 빠져나갔지만, 그래도 진영을 지키고 있는 장수가 있었다. 주란周蘭과 환초桓楚였다.

그들은 달아나는 장수와 졸개들을 보면서도 막으려 하지 않았다. 이미 대세가 기운 마당에 몇 명의 장졸을 잡아둔다고 하여 새로운 길이 열릴 것이라고는 생각되지 않았기 때문이다.

두 장수는 뜻을 같이하기로 하고 남은 군사 8백 명을 수습해 초패왕의 장막을 떠나지 않았다.

한편, 한신은 군사들에게 명을 내려 달아나는 초군에게는 길을 열어주고, 투항하는 군사들은 모두 받아들이도록 했다. 그러자 진영을 빠져나온 수많은 초군들이 한군에 투항했다.

한군이 따뜻이 맞아주자 안도의 한숨을 내쉰 초군들은 고향에서 부르던 노래를 부르기 시작했다. 한 사람이 고향 노래를 부르니 몇 사람이 따라 부르고, 이윽고 투항한 전 초군이 목이 메도록 노래를 불렀다.

항우가 그 노랫소리에 잠에서 깨어났을 때는 삼경이 훨씬 지난 뒤였다.

'저건 초나라 노래가 아닌가?'

사방에서 초나라 노랫소리가 들려왔다(四面楚歌). 항우는 벌떡 일어나 앉았다. 그의 곁에서 잠들었던 우희도 잠이 깨었다.

그때, 항우의 심복 주란과 환초가 장막 안으로 들어왔다.

"웬 초나라 노래가 사면에서 들려오느냐?"

항우의 물음에 주란과 환초가 눈물을 흘리며 아뢰었다.

"폐하, 퉁소 소리에 모든 군사들이 사라졌습니다. 계포와 종리매까지 진영을 버리고 달아났으며, 남은 군사는 8백 명에 지나지 않습니다."

항우는 그 말을 듣자 가슴이 덜컥 내려앉는 듯했다.

'이제 마지막 순간이 다가왔구나.'

항우는 초왕으로서 자신의 운명이 다했음을 느꼈다. 초나라 사람들이 자신에게 등을 돌린다면 초왕으로서 존재할 이유가 없었다.

우미인이 기겁을 하며 놀랐다.

"너를 남겨두고 떠나려니 가슴이 에이는구나. 천군만마의 진영에서도 너를 떠나지 않았건만 이제는 기약 없는 이별을 앞두었으니, 이를 어찌하면 좋겠는가?"

항우의 말에 우미인은 아무 말 없이 그 아름다운 눈에서 눈물을 비 오듯 쏟았다.

"폐하! 신첩이 폐하를 모신 7, 8년 동안 한 번도 폐하의 곁을 떠난 적이 없습니다. 그런데 어찌 폐하는 저를 버리고 떠나려 하십니까? 설령 폐하께서 불 속에 뛰어드신다 하더라도 신첩은 함께 따라가렵니다."

우미인이 슬피 울며 그렇게 말하자, 항우의 가슴은 찢어지는 듯 아팠다. 초패왕은 북받쳐 오르는 슬픔을 억누르며 우미인을 달랬다.

"나는 이제 적을 맞아 사생결단을 내야 할 몸, 그러나 너는 아직 젊고 어여쁘니, 나를 따라나서 헛되이 목숨을 버릴 까닭이 없지 않느냐?"

항우는 그렇게 말하고 장막 밖으로 달려가 오추마에 올라탔다. 그런데 말에 박차를 가해도 오추마는 그 자리에 머문 채 꼼짝도 하지 않았다.

우희는 항우가 끝내 자신을 데리고 가지 않을 것임을 알아챘다. 우희는 항우를 청해 들여, 마지막 이별의 술상을 마련했다. 항우는 마다할 수 없어 우미인이 주는 이별주를 연거푸 마셨다.

항우가 큰 잔에 가득 부운 술을 몇 잔 들이키자, 우미인은 항우가 평소 좋아하던 선녀무仙女舞를 추기 시작했다. 그 모습은 마치 선녀가 하늘을 나는 듯했다.

항우는 흐르는 눈물을 삼키며 작은 목소리로 노래를 부르기 시작했다.

힘은 산을 뽑을 듯하고, 기운은 세상을 덮건만

때는 나에게 불리하여

추騅여 너마저 나아가지 않는구나.

力拔山氣盖世

時不利

騅不逝

추마저 가지 않으니 어찌할 것인가?

우야, 우야 너를 또 어찌해야 좋단 말이냐?

騅不逝可奈何

虞兮虞奈若何

항우가 시를 읊자 우희도 춤을 추면서 노래를 불렀다.

사방은 한나라 군사

그들이 부르는 초나라의 구슬픈 노래뿐

대왕의 의기가 저토록 꺾였으니

이 몸이 어찌 살기를 바라리오.

춤이 끝나자 이미 죽음을 결심한 우희는 자기 가슴에 비수를 꽂았
다. 그것은 또 그녀를 이 세상에 홀로 남겨두고 싶지 않은 항우의 바
람이기도 했다. 우희는 항우의 마음을 받아들였다.

비참한 탈출이었다.

주란과 환초가 길을 재촉하자, 항우는 오추마를 끌고 남은 군사

8백 명을 모았다. 군사를 두 패로 나누고 그 가운데 한 패를 자신이 이끌었다.

"자, 나를 따르라! 포위망을 뚫는다!"

항우는 오추마에 올라타고 기병들을 이끌어 성 밖으로 내달았다. 쏜살같이 포위망을 뚫은 것이다.

이때 산 위에서 달아나는 항우를 본 번쾌가 깃발로 신호를 보냈다. 그러자 조참, 왕릉, 주종, 이봉 등 한의 네 장수가 달려 나와 주란과 환초의 지휘 아래 항우를 뒤따르는 초군을 에워쌌다.

주란과 환초가 죽기를 작정하고 그들과 싸워 가까스로 길을 열고 보니, 남은 군사가 없었다.

"이제 나의 명도 다했구나. 적에게 사로잡혀 욕된 죽음을 당하느니, 차라리 내 손으로 죽겠다!"

주란과 환초는 길게 탄식한 후 각기 제 목을 찔렀다.

항우는 주란과 환초가 죽은 것도 모르고 1백여 명의 군사를 거느리고 뒤돌아볼 새도 없이 달렸다. 어느새 날이 훤하게 밝았다.

"항우가 도망쳤습니다!"

한나라 군사들은 그제야 항우가 도망간 사실을 알았다.

"추격하라! 항우의 목을 베어오는 자는 천금의 상금을 내리고 만호후萬戶侯에 봉하겠다."

한왕 유방이 선포했다.

항우는 전력을 다해 남쪽으로 말을 달려 단숨에 회수淮水를 건너 음릉陰陵이라는 곳에 이르렀다. 낙오자들이 생겼고 남은 군사는 고작 1백이었다.

항우는 말에게 물을 먹이며 쓸쓸한 미소를 지었다. 한나라 추격병들은 오추마의 말발굽을 따라 쫓았다.

"어디로 간다?"

회수를 건너자 늪지대였다. 항우는 다시 말을 타고 정신없이 달리다가 길을 잃었다. 마침 밭에서 일하는 농부를 만나게 되어 길을 물으니 손으로 왼쪽을 가리켰다.

농부가 알려준 길로 한참을 달린 항우는 당황했다. 눈앞은 늪지대였고, 호수가 가로막고 있었던 것이다. 한군의 세력은 이미 음릉의 농부에게도 닿아 있었다.

오추마가 수렁에 빠져 허우적거리자 항우가 힘껏 채찍을 내리쳤다. 오추마는 온 힘을 모아 크게 한 번 울부짖더니, 맞은편 언덕으로 뛰어올랐다.

가까스로 늪지대를 빠져나온 항우의 심정은 비통했다.

'농부조차도 나를 알아보고 구렁텅이에 빠뜨리는구나!'

그러자 또 한 떼의 군사가 앞길을 막았다. 군사를 거느린 사람은 바로 이곳 태수인 양희楊喜였다.

"그대는 지난날 나의 수하였지 않은가? 나와 함께 강동으로 가지 않겠는가? 내가 다시 일어서게 되는 날 그대에게 만호후의 벼슬을 주겠네."

양희는 차갑게 웃으며 소리 높여 말했다.

"대왕은 어진 사람들의 충간忠諫을 듣지 않다가 결국 이 모양이 되었소. 지금 강동으로 가신다 한들 다시 일어설 수 없을 것이오. 나는 한왕으로부터 벼슬을 받고 대왕을 잡으러 나온 몸이오. 그러나 지난날의 의리를 생각하니 차마 강제로 대왕을 사로잡을 수 없소. 그러니 갑옷을 벗고 항복하시오. 그러면 한왕께서는 대왕께 왕작王爵의 벼슬을 내릴 것이오."

양희가 항우를 맞아 싸우기를 십여 합, 항우는 창을 왼손에 쥐더

니 오른손으로 철퇴를 쥐고 양희를 향해 힘껏 내리쳤다. 양희는 가까스로 몸을 굽혀 철퇴를 피하려다 말 아래로 굴러떨어졌다.

그때였다.

"저기 있다! 항우의 목을 베어라. 천금을 얻자!"

말발굽 소리가 요란하게 났다. 양무, 양익, 여승, 여마동 등 네 장수가 앞서 달려오고 뒤이어 영포, 팽월, 왕릉, 주방 등 네 장수가 달려 나왔다.

항우는 눈앞이 아찔했다.

"비켜라, 이놈들아!"

항우는 채찍을 휘둘러 동쪽 산으로 달아났다. 오추마가 번개같이 날아가다가 적의 기마병 위로 뛰어넘었다.

"하아……."

추격병은 얼어붙듯이 꼼짝도 못 하고 감탄의 소리만 내었다. 여태껏 그런 말을 보지도 못한 한나라 군사들이었다.

더욱이 말이 한나라 기마병 머리 위로 날아 넘어갈 때, 항우가 휘두른 창에 한군의 머리 10여 개가 동시에 잘린 것이다.

한나라 추격병들은 그 자리에 얼어붙듯이 있다가 다시 말을 달리기 시작했다.

"바싹 붙지 마라!"

"항우가 지쳐 쓰러질 때까지 쫓기만 한다."

정면 대결은 처음부터 엄두를 내지 못했다.

도망치던 항우는 말을 멈추고 뒤돌아 적을 노려보았다. 그때마다 한의 추격병도 멈추고 멀뚱히 바라보았다. 추격병들은 뒤떨어져서 항우를 뒤쫓는 게 아니라 그저 뒤따르는 꼴이 되어버렸다. 이제 항우를 호위하는 기마병들은 26기밖에 안 되었다.

항우는 뒤따르는 남은 군사들에게 말했다.

"내가 짓쳐 나아갈 테니, 너희는 사방으로 뚫고 나아가라!"

"저희는 마지막 순간까지 폐하의 명을 받들 것입니다."

이에 항우는 지체 없이 창을 꼬나들고 말을 박찼다. 항우는 질풍처럼 말을 달려 나가기가 무섭게 마주 오는 적장을 한 창에 베어버렸다. 대장이 맥없이 쓰러지자 그 졸개들은 바람에 휩쓸리는 낙엽처럼

어지럽게 흩어졌다.

눈 깜짝할 사이에 포위망을 뚫은 항우 앞으로 부하들이 모였다. 26기 그대로였다. 항우가 씩 웃었다. 군사들도 따라 웃었다.

"끝까지 나를 따라주니, 고맙구나."

항우가 말하자, 부하들은 일제히 말 위에서 내려 무릎을 꿇어 존경을 했다. 항우도 말에서 내려 잠시 부하들과 쉬었다.

'이 강만 건너면 고향이구나.'

숨을 돌린 항우는 말을 타고 장강 북쪽 안휘성에 있는 오강烏江으로 나아갔다. 오강만 건너면 항우의 고향인 강동이었다.

오강의 정장亭長이 배 한 척을 준비해놓고 항우를 기다리고 있었다.

"어서 오르시어 강을 건너십시오. 강동은 비록 좁은 땅이라고는 하나 그래도 기름진 땅이 천 리나 이어진 곳입니다. 능히 군사 수십만을 일으킬 수 있는 곳이니, 폐하께서는 어서 강을 건너 뒷일을 도모하십시오. 추격병이 오더라도 이 배 하나밖에 없으니, 뒤쫓지 못할 것입니다."

그러나 항우의 생각은 달랐다. 정장의 호의는 고마웠지만 항우는 이 강변에서 죽기로 결심했다.

"하늘이 이미 나를 버렸거늘……, 강동으로 돌아간들 무슨 소용이 있으랴? 지난날 뜻을 세워 이 강을 건널 때는 8천의 강동 자제들을 이끌었으나 모두 전쟁터에서 목숨을 잃고 이제는 나 혼자뿐이니, 무슨 낯으로 고향의 산천과 이웃을 대할 것인가!"

초패왕의 말소리는 적막하기 그지없었다.

"폐하! 싸움에 패하는 일은 병가兵家에서 매양 있는 일이라고 하지 않습니까? 지난날 유방은 폐하께 패해 30만 군사를 잃고 단신으로 물을 건넜다가 다시 군사를 일으키지 않았습니까? 폐하께서 한 번 패하심은 지난날의 유방과 다르지 않사온데, 어찌 의기를 꺾으려 하십니까? 폐하께서는 대사大事를 도모함에 있어 작은 일에 마음 쓰지 마시고, 어서 강을 건너도록 하십시오."

정장의 말을 듣고 있자니 지난 일들이 주마등처럼 떠올랐다. 군사를 일으킨 이래 싸우면 이겼으나, 이제는 사랑하던 우미인마저 스스로 목숨을 끊게 하고 거느렸던 군사들을 모조리 잃은 자신의 처지에, 항우는 가슴속으로부터 처절한 슬픔만이 끓어올랐다.

'하늘이 나를 버리기로 한 이상 하늘의 뜻에 따라야지……'

항우는 뱃사공에게 오추마의 고삐를 넘겨주고자 하였다.

"오추를 자네에게 주겠네. 하루에 천 리를 달리는 명마일세. 나를 태우고 수없이 많은 싸움터를 달렸건만, 한 번도 패한 적이 없다네. 이 말을 끌고 가도록 하게."

오추마도 주인과 이별하는 게 서러운지 하늘을 향해 길게 울었다. 항우는 말의 머리에 제 얼굴을 비비며 눈물을 흘렸다.

말을 뱃사공에게 준 항우는 결심을 한 듯 한나라 추격병을 기다렸다. 추격병 한 떼가 말을 달려오는 게 보였다.

"최후의 결전이다!"

그때까지 남은 군사 스물여섯 명이 최후의 결전을 벌이기 위해 모두 말을 버리고 창과 칼을 움켜쥐었다.

정장은 오추마를 배에 태우고 강을 건너고 있었다. 그런데 강 한가운데쯤 이르렀을 때, 홀연 오추마가 소리 높여 세 번을 울더니 강물 속으로 뛰어들었다. 그러고는 흐르는 강물에 그냥 휩쓸려 떠내려갔다.

"오추야, 너도 우희를 따라가는구나!"

항우는 가슴이 에이는 듯했다.

한나라 군사들이 강변으로 들이닥쳤다.

항우는 닥치는 대로 찌르고 베었다. 항우의 칼에 맞아 쓰러진 한군은 수백 명이나 되었다. 항우 자신도 온몸에 상처를 입었다. 그는 한의 기병단에 포위되어 한복판에 서 있었다. 항우가 보니, 한군의 기병 대장 여마동呂馬童이 서 있었다.

"여마동 아닌가?"

항우의 소리에 여마동은 그 자리에 얼어붙은 듯 고개를 숙였다.

"유방이 내 목에 천금의 상금과 만호후의 벼슬을 걸었다는데 옛 친구가 상금을 받도록 해주지!"

항우는 그 말과 함께 칼을 높이 치켜들었다.

항우의 몸이 땅바닥에 떨어졌다. 대한大漢 5년(기원전 202년) 12월, 항우의 나이 서른한 살이었다.

아무런 기반 없이 군사를 일으킨 지 3년 만에 진나라를 무너뜨리고, 역발산力拔山 기개세氣蓋世로 천하를 호령한 항우의 처참한 최후였다.

초패왕 항우가 죽음으로써 초나라는 멸망했다. 초楚·한漢의 싸움에서 항우가 유방에게 패한 것은 두 사람의 상반되는 인품人品에 기인하겠지만, 무엇보다도 전국시대의 질서를 회복하려는 시대의 추세에 역행했기 때문에 백성들의 지지를 얻을 수 없었던 데 그 원인이 있다.

그는 의제義帝를 폐하고 스스로 패왕霸王이 되었는데도 관중을 버리고 고향인 초楚 팽성으로 돌아갔기 때문에 제후들이 따르지 않았다. 그리고 그는 힘으로써만 천하를 다스릴 뿐 남의 말을 들으려 하지 않았다. 죽으면서조차 '하늘이 나를 버렸다'며 자신의 잘못을 헤아릴 줄 몰랐다. 결국은 자신만이 최고라는 교만과 자만심이 자신을 파멸로 이끈 셈이었다.

그에 비해 유방은 항우의 결점을 최대한 이용하여, 항우와 상반되는 인仁과 덕德을 내세우고 인재들을 두루 잘 쓰고 그들의 말을 잘 따랐기에 승자가 된 것이다.

　항우는 싸움에서는 모두 이겼지만 계책에서는 거의 다 패했다. 그리고 항우는 너무 쉽게 자신을 포기했다. 그가 배를 타고 고향으로 돌아가서 다시 군사를 모으고 끈질기게 앞길을 다졌더라면, 충분히 재기할 수 있지 않았을까? 그러나 항우는 스스로 멸망의 길을 선택했다.

　한편 유방은 계책에 밝은 장량과 진평, 그리고 전술에 뛰어난 대장군 한신, 군량미 보급에 힘쓴 행정가 소하 등 인재를 두루 잘 쓰고, 그들과 함께 의논하여 실천하는 결정력으로 독단적이고 이기적인 항우와의 싸움에서 승리할 수 있었다.

황제 유방의 토사구팽兎死狗烹

아아, 높이 나는 새를 잡으면 활을 치워버리고,
토끼를 다 잡으면 사냥개를 삶아 죽이며,
적을 휩쓸어버리면 공이 있는 신하는 제거된다 하더니……

　　　　　항우가 죽고 초나라가 망하자, 한왕은 항우의 목을
바친 여마동을 중수후中水侯로 삼고 상금을 내린 후, 오강에 항우의
사당을 지어 매년 네 차례씩 제사를 지내게 했다. 그리고 논공행상
을 행하는 자리에서 투항해온 항백에게도 사양후射陽侯의 벼슬을 내
리는 한편, 성을 자기와 같은 유劉로 고치게 했다.

　세상인심은 승리한 자에게 쏠리는 법. 초왕 항우 편이었던 모든
제후들이 유방에게 항복해왔다. 유방의 기쁨은 이루 말할 수 없이
컸다.

　"폐하! 모두 다 항복을 했는데, 항우가 제후로 있던 노魯나라만은
한漢을 따르겠다는 표문을 보내오지 않고 있나이다."

　장량이 유방에게 아뢰었다.

　항우가 초나라 패왕이 되고부터 노나라는 초나라의 일부 영토가
되어 있었다. 노나라 사람들은 항우를 끝까지 우러러 섬기겠다는 절

개를 지키고 있었다. 노나라는 공자孔子와 맹자孟子를 배출한 나라였기에, 무엇보다도 예를 가장 크게 여겼다.

그렇기 때문에 장량은 힘으로 굴복시키는 것보다는 예를 지켜 설득키로 하였다.

"항우 장군의 목을 가지고 가서 노의 백성들에게 항우의 대역무도함을 알리고 대의를 받들기 위해 그를 쳤음을 밝힌 후, 후하게 장사를 지내주는 것이 노나라를 굴복시키는 방법입니다."

한왕은 장량의 말을 따랐다. 군사를 이끌고 노나라를 치는 대신, 항우가 패왕이 되기 위해 의제를 시해하고 항복한 군사 20만을 생매장했으며 이르는 곳마다 백성들을 죽이고 재물을 약탈하니 대의를 저버릴 수 없어 항우를 처단했노라 밝히고, 장례의 예를 갖춰 후하게 장사 지내주었다.

항우는 노나라 곡부의 곡성穀城에 묻혔다. 초패왕 항우의 죽음으로 천하를 움켜쥔 한왕 유방은 자연스레 황제의 자리에 올랐다.

황제가 된 유방은 공이 많은 사람들에게 땅을 주고 그곳의 왕에 봉했다. 공이 가장 큰 한신은 자신의 땅이었던 제나라 왕이 되어야 마땅한데도 뒷날 세력이 커질 것을 염려하여 삼제왕三齊王의 인부를 거두고 초나라 왕으로 봉해졌다.

팽월은 양나라 왕이 되고, 영포는 회남왕이 되었다. 유방은 장량에게도 상을 내렸다. 그러나 그는 사양하고 받지 않았다.

그 밖의 충신들에게도 골고루 상을 내렸다. 그러나 받지 못한 자들이 불평을 하였다. 유방은 공은 있으나 상을 내리지 못한 자들을 초대해 큰 잔치를 베풀었다.

"모두에게 상을 내리고 싶지만, 그러자면 천하의 땅덩이가 모자라오. 그러니 오늘은 내 마음의 상을 여러분께 내리겠소!"

잔치가 무르익었을 때, 누군가가 황제에게 여쭈었다.

"황제 폐하! 어찌하여 천하를 얻으실 수 있었다고 생각하십니까?"

"내가 천하를 얻게 된 것은 세 영웅이 있었기 때문이오. 나는 진중에 앉아 천 리 밖 싸움에 대해 승리를 가져오는 계책을 내는 데 있어서는 장량에 비할 수가 없고, 어떤 상황이 닥치더라도 군량미를 댈 수 있는 소하를 따를 수가 없소. 그리고 백만 대군을 거느리고 싸워

이기는 용병술用兵術은 한신을 따를 수가 없소. 내가 천하를 얻을 수 있었던 것은 이 세 사람의 인걸人傑을 얻을 수 있었기 때문이오. 항우에게도 범증이라는 현사賢士가 있었으나 그를 알아보지 못하고 내쳤으니, 어찌 그가 천하를 거둘 수 있었겠소. 나는 세 영웅 중에서 겉으로 드러나진 않지만 군사를 배불리 먹여준 소하를 제일로 치고 싶소. 원래 공이 큰 자는 세상에 이름이 잘 드러나지 않는 법이라오."

유방은 항우가 패한 원인 중의 하나가 따르는 백성도 문제지만 군량이 부족했기 때문이라고 생각했다.

잔치에 모인 사람들은 누구나 유방의 이 말에 감탄했다.

새로운 도읍지로는 주周 왕실의 융성함을 되살리기 위해 낙양으로 정했으나, 한漢나라는 땅이 기름지고 적의 침범을 방어하기 좋고 백만 군사를 쉽게 낼 수 있는 곳이어야 한다는 누경婁敬의 말에 따라 함양 관중으로 옮겼다.

한왕 유방이 황제의 위位에 오르고 나라가 평온한 가운데 북쪽 오랑캐 묵돌이 30만 대군을 일으켜 침략해오자, 한왕韓王 희신姬信이 투항하여 위협을 가했다. 한제漢帝는 진평과 함께 토벌하러 나갔다가 위기에 몰렸으나 오랑캐왕 묵돌의 아내에게 황금을 바치고 간신히 풀려난 일이 있었다. 이후 재침하게 되자, 후한 상금과 가짜 공주를 시집보내어 오랑캐의 침입을 막았다.

한왕 희신은 장량이 세운 자였다.

일찍이 장량은 유방이 천하를 다스릴 황제로서의 덕과 그릇이 기대만큼 못 미치자, 세상사 모든 것이 부질없다고 생각했다.

하여 장량은 논공행상을 행할 때에도 유후留侯의 봉작을 내렸건만 사양했던 것인데, 그런 사건이 일어났다.

"자방께서는 어찌 나를 떠나려 하시오? 정히 그러시다면 마음을 편안히 하시고 몸을 돌보도록 하시오. 짐이 성 밖의 한적한 곳에 거처를 마련해드릴 터인즉, 그곳에 머물러 주시오."

"폐하의 성은이 망극하옵니다."

한제는 곧 성 밖에 장량의 집을 마련해주도록 했다.

장량은 은혜에 감사한 후 한제에게 하직하고 대궐을 물러 나왔다. 그러한 그의 머릿속에는 항상 한제 뒤에 있는 여후呂后가 떠올랐다.

여후는 지난날과 많이 달라져 있었다.

'권력의 맛을 아는 사람은 폭군이 된다고 하지 않던가? 여후가 이제 황후가 되어 지난날은 모두 잊고 그 위세를 내세우려 하니, 조정이 평온하기는 다 틀렸다!'

장량은 수레에 몸을 싣고 집으로 돌아오며 한신, 팽월, 영포의 얼굴도 떠올렸다. 이들은 모두 자신이 천거한 용장들이었다. 그들 모두 한결같이 천하를 향한 야망을 지니고 있는 터라 그것 또한 화근이 될 소지가 있었다.

장량은 집으로 돌아오자 아들 벽강辟彊에게 집안의 모든 일을 맡기고 행장을 꾸려 집을 나섰다. 지난날 자신에게 병서를 준 노인을 만났던 천곡성天谷城을 향했다.

장량이 옛날에 노인을 만났던 천곡성의 이교泥橋라는 다리 부근에 이르러 주위를 둘러보니, 길가 공터에 누런빛이 나는 바윗덩이 하나가 눈에 띄었다. 우뚝 서 있는 바위는 누군가가 이 들판에 옮겨와 깎아 다듬은 듯이 보였다. 장량은 '13년 후 이곳에 와 누런 바위를 보거든 그것이 자기인 줄 알라!'던 노인의 말이 생각났다.

장량은 스승을 대하듯 무릎을 꿇고 바위를 향해 절을 올렸다. 그리고 장량은 생각했다.

'이곳에 사당을 짓고 돌의 이름을 그 노인을 기려 황석공黃石公이라 부르리라!'

장량은 천곡성에 머물며 그날부터 사당을 짓기 시작했다.

유방은 황제가 된 뒤에 자기와 대적 되는 사람들을 시기하고 의심하게 되는 일이 반복되자, 결국 초석이 되는 공신들을 하나둘 죽여나갔다.

그 첫째가 한신韓信이었다.

한나라 군사를 끝까지 위협하며 항우와 마지막 날까지 있다가 사라진 초의 장수 종리매와 계포가 있었다. 계포는 하후영의 도움으로 한제로부터 사함을 받고 벼슬을 누리고 있었다.

일찍이 한제는 여러 백관들에게 명을 내렸다.

"종리매는 초나라 장수 중 용맹이 가장 뛰어나며, 지모智謀 또한 범증에 비해 조금도 모자람이 없다. 그를 살려두는 것은 화근이 될 것이니, 그를 사로잡도록 하라!"

백관들은 곧 방을 내걸어 종리매가 있는 곳을 아는 사람에게 지체 없이 일러바치게 했다. 그러던 차에 한제는 종리매와 친분이 두터웠던 계포에게 물어보았다.

"신이 종리매와 함께 달아나다 헤어질 때에 그에게 어디로 갈 것인가를 물어보았습니다. 그때 종리매는 한신 장군과는 전부터 아는 사이인 데다 지난날 항우의 노여움을 사 위태로운 지경에 빠졌을 때 구해준 인연이 있으니, 그에게로 가겠노라고 말한 바 있습니다. 확실한 것은 알 수 없으나, 그로 미루어 한신 장군에게 몸을 의탁하고 있을지도 모릅니다."

그렇지 않아도 한신에게 의심을 품고 있던 한제는 그 말을 듣자 크게 노하여 그 둘을 모두 사로잡으려 했다.

진평이 한제에게 계책을 밝혔다.

"이 일은 너무 서둘러서도, 너무 늦추어서도 좋지 않을 것입니다. 서두르다가는 종리매를 놓칠 것이요, 늦추다가는 호랑이를 기르는 격이 될 것인즉, 폐하께서는 사람을 보내 종리매가 과연 그곳에 있는지 확인하십시오. 만약 종리매가 그곳에 있다면 계략을 써서 한신이 종리매를 죽이도록 하십시오."

이어 진평이 한제에게 귓속말로 무엇인가를 속삭였다. 한제는 진평의 말에 크게 기뻐하며 곧 한신에게 수하隨何를 보냈다.

며칠 후 한신과 마주하였다.

"제가 한 가지 여쭙고 싶은 말이 있는데, 대왕께서는 솔직히 말씀해주십시오. 이 일은 대왕께 실로 중요한 일이기도 합니다. 얼마 전 어떤 사람이 찾아와 한제께 '대왕이 종리매를 숨겨두고 있다.'고 하자, 한제께서는 화를 내시며 '한신은 내가 특히 믿고 있는 자라 초나라 왕으로 보낸 것이다. 그러니 쓸데없는 말 지껄이지 말고 물러나라.'고 크게 꾸짖어 내쫓았습니다. 그런데 얼마 전 한나라에 귀순한 계포마저 그와 같이 아뢰었습니다. 한제께서는 여태껏 아무 말씀 없으시나, 필시 대왕을 의심하시는 것 같았습니다."

그 말에 한신은 크게 놀랐다.

"종리매가 이곳에 있는 것은 사실이오. 어찌하면 폐하의 의심을 풀어드릴 수 있겠소?"

"길이 없는 것은 아닙니다. 대왕께서는 지금이라도 당장 종리매의 목을 폐께 바치도록 하십시오."

수하의 말에 한신은 한탄해 마지않았다.

"종리매는 나와 오랫동안 두터운 친분을 나눈 터요. 어찌 그를 내 손으로 죽일 수가 있다는 말이오?"

그러자 수하가 결연히 말했다.

"대왕께서는 어찌 친구와의 의리만을 생각하시고 곧 눈앞에 닥칠 화는 생각지 못하십니까? 만약 그를 숨겨두었다가는 지금까지 세운 공은 물론, 뒷날의 영화도 모두 물거품으로 사라지고 말 것입니다."

한신도 그 말을 들으니 가슴이 섬뜩했다.

"알겠소이다. 그의 목을 폐하께 바치겠소."

수하는 한신의 다짐을 받고서야 술자리를 떠났다.

한신은 그길로 종리매가 묵고 있는 뒤뜰로 갔다. 그러나 막상 종리매를 보자 차마 목을 벨 수 없어 수하와 나눈 말을 전해주었다.

"그대를 죽여 함양으로 보내야 하나, 그럴 수도 없으니……."

한신이 길게 한숨을 내쉬며 말끝을 흐렸다.

"대왕은 어찌 한 가지만 헤아리시고 둘은 헤아리지 못하십니까? 만약 내가 살아 있다면 한제는 대왕과 내가 반기라도 들까봐, 우리를 어쩌지 못할 것입니다. 그러나 내가 죽고 나면 대왕은 한제에게 모반을 꾀했다 하여 목숨을 잃고 말 것입니다. 죽음이 두려워서가 아니라, 대왕의 뒷일을 걱정해서 드리는 말씀입니다."

한신은 종리매의 말이 옳다고 생각했다. 더욱이 한제가 자신을 제나라가 아닌 초나라로 보낸 것을 서운하게 여기고 있던 터라, 종리매를 죽이려는 생각을 바꾸고 말았다.

한제 유방은 크게 노했다.

"한신, 이자가 이미 전부터 딴마음을 품고 있는 줄은 알았다. 내가 초나라 왕으로 보낸 까닭도 바로 그 때문이었거늘……. 이번에는 종리매와 함께 반란을 도모하려는 그를 어찌 그냥 둘 수가 있겠는가?"

여러 신하들이 한결같이 군사를 보내 한신을 쳐야 한다고 아뢰었으나, 진평만은 이를 말렸다.

"예로부터 황제는 각처로 순행을 나가시어 그곳의 민정을 직접 살펴 나라를 다스렸습니다. 폐하께서도 이번에 순행을 떠나시되 운몽雲夢 지방으로 행차하시어, 만약 폐하를 마중 나오지 않는 제후가 있으면 군사를 보내 목을 베도록 하십시오. 그러면 한신도 폐하를 영접하지 않을 수 없을 것입니다. 그때 무사를 시켜 그를 사로잡도록 하십시오."

진평의 말에 한제는 무릎을 치며 기뻐했다.

한제는 곧 여러 중신들을 거느리고 순행을 나섰다. 한제가 진채眞蔡라는 곳에 이르자, 영포와 팽월을 비롯한 여러 제후들이 그곳에 마중 나와 한제를 맞았다.

한편, 한신은 한제가 순행을 나온다는 조서를 받자 고민에 빠졌다. 중신들과 의논했으나 별 뾰족한 수가 없었다. 마침내 그는 종리매를 불러 말했다.

"한제께서 이곳으로 순행을 오시는 것은 그대를 숨겨두고 있음을 살피기 위함인데, 어찌했으면 좋겠소?"

"거듭 말하거니와, 대왕이 나를 죽이면 다음 날로 대왕 또한 죽게 될 것이오."

"그러나 폐하께 내가 딴마음을 품지 않았다는 것을 보여드린다면, 폐하도 생각이 달라지실 것이오."

한신이 그렇게 말하자, 종리매는 한신을 노려보며 꾸짖었다.

"영달을 꾀하기 위해 친구와의 의리를 저버리다니! 너를 친구로 여긴 내가 한심하구나!"

종리매는 그 외침과 함께 칼을 빼 들더니 자기 목을 찔렀다. 한신은 그의 수급首級을 한제에게 나아가 바쳤다. 그러나 한제는 한신에게 호령했다.

"그대는 종리매를 숨겨두고 있다가, 내가 이곳에 오니 그제야 종리매의 수급을 가지고 왔다. 그대는 내게 딴마음을 품고 있음에 틀림이 없다. 여봐라, 저자를 묶어라!"

한제의 호령에 무사들이 달려들어 한신을 포박했다.

"신이 지난날 항우를 섬기고 있을 때 여러 차례 목숨이 위급한 적이 있었는데, 그때마다 종리매가 구해주었습니다. 종리매는 지혜 있고 용맹한 장수라, 잠시 숨겨두었다가 폐하께 아뢰어 한나라의 장수로 쓰고자 했던 것입니다. 폐하께서 다른 사람들의 말만 듣고 신을 의심하신다기에 그의 목을 베어 달려온 것인데, 어찌 신이 딴마음을 품었다 하십니까?"

그러나 한제는 이를 빌미로 그를 죽여 뒷날의 근심거리를 없애기로 작정했다.

"그대의 죄가 어찌 그뿐이겠는가? 지난날 그대는 제나라 왕이 되고자 역이기가 제나라 70여 성을 귀속시켰음에도 불구하고 군사로 제나라를 쳤으며, 그 때문에 역이기가 죽지 않았는가? 그리고 내가 성고성에서 항우와 싸우다 위급에 처해 구원 오라는 조서를 보냈음에도 그대는 멀리서 싸움을 지켜보고만 있었다. 거기다 내가 초왕의 봉작을 내린 것에 앙심을 품고 모반을 꾸미고 있었으니, 이 어찌 죄가 크다 하지 않을 수 있겠는가!"

그러자 한신은 묵묵히 듣고만 있을 뿐 입을 열지 않았다. 한제가 자신을 용서할 마음이 없다는 것을 깨달은 한신은 속으로 탄식해 마지않았다.

한신은 지난날 괴통이 천하를 삼등분하여 왕이 되라며 하던 말이 생각났다.

'높이 나는 새를 잡으면 활을 치워 버리고(高鳥盡良弓藏), 토끼를 다

잡으면 사냥개를 삶아 죽이며(狡兔死走狗烹), 적을 휩쓸어버리면 공이 있는 신하는 제거된다(敵國破謀臣亡)고 하더니, 그 말이 한 치도 어긋남이 없구나.'

한신이 아무 말 없이 길게 한숨을 내쉬며 고개를 떨어뜨리자, 한제는 차마 그를 그 자리에서 죽이지는 못했다. 한제는 한신을 죄인을 호송하는 수레에 태워 함양으로 돌아왔다.

한제가 한신을 사로잡아 환궁한 며칠 후, 대부 전긍田肯이 한제 앞에 나와 아뢰었다.

"한신은 폐하를 위해 큰 공을 세웠습니다. 만약 그가 없었다면 어찌 천하통일을 이룰 수 있었겠습니까? 천하의 요충지 관중과 제나라를 얻은 것도 다 한신의 공이었습니다. 그를 제나라 왕으로 봉하심이 마땅한데 사로잡아 오시니, 세상 사람들이 폐하께서 성은이 없으시다 수군댈까 걱정되옵니다. 이를 잘 헤아려 주십시오."

한제도 전긍의 말을 옳다고 여겼다. 그리하여 한신을 불러들였다.

"내가 어찌 장군의 큰 공을 모르겠소. 장군을 제나라 왕으로 봉했다가 다시 초나라 왕작을 내린 것도 그 때문이었소. 그런데 적장 종리매를 숨겨두고 군사를 기르니, 어찌 그냥 보고만 있을 수가 있었겠소. 내가 그대의 공을 생각해 죄를 용서하고, 새로 회음후淮陰侯의 벼슬을 내리겠소. 장군은 새로운 마음으로 조용히 쉬도록 하시오. 그러면 기회를 봐서 다시 왕의 봉작을 내리겠소."

한제의 말에 한신은 고개를 숙이며 감읍했다. 한신은 한제 앞을 물러나왔다. 그는 병권을 빼앗기고 한낱 사대부의 몸으로 돌아온 자신을 한스럽게 여겨, 그 뒤로는 병을 핑계 대고 문밖출입을 하지 않았다.

하루는 한제 유방이 한신에게 물었다.

"경이 보기에 짐은 어느 정도의 군사를 거느릴 수 있다고 여기는가?"

한제의 물음에 한신이 대답했다.

"폐하께서는 군사 10만을 능히 거느리실 만합니다."

"그렇다면 경은 짐과 비교해 어느 쪽이 더 많은 군사를 부릴 수 있다고 보는가?"

한신은 서슴없이 대답했다.

"다다익선多多益善입니다."

한신의 말에 한제는 은근히 화가 났으나 다시 물었다.

"그런데 경은 어찌 나의 신하로 나에게 붙잡혀 있는가?"

"폐하께서는 병사들을 잘 부리시기보다는 장수들을 지휘하는 능력이 뛰어나시기 때문입니다."

두 번째는 진희陳稀를 북쪽 변두리로 쫓아 보냄으로써 그가 모반을 일으키도록 만든 일이다. 당시 중국의 북쪽에는 흉노가 득실거리고 있었다.

진희는 본시 한신의 수하 장수로서 용맹과 지혜가 뛰어나 공이 많았다. 스승처럼 여기는 한신이 하루아침에 유리안치流離安置되는 신세로 전락하자, 진희는 북방으로 떠나기에 앞서 한신의 집을 찾아 위로하였다.

그때 한신은 진희에게 흉노를 평정한 후 그곳에 머무르라는 충고를 해주었다. 진희는 북방 흉노족의 장수를 죽이고 반왕을 물리쳐 위기에 빠진 조나라를 구했다.

진시황 때 쌓은 만리장성도 이 흉노들을 막기 위한 것이었다. 유방의 미움을 받아 북쪽 변두리로 쫓겨난 진희는 반역자가 되기로 결

심하고는 대代 땅에 머물며 스스로 왕위에 올랐다.

　"한제 유방은 고난은 같이할 수 있으나 즐거움은 함께 나눌 수 없는 사람이다. 한신 장군을 보면 내 뜻을 알 것이다. 일이 이루어지고 나면 공을 세운 사람은 반드시 필요 없다 하여 내칠 것이다."

　진희는 자신의 앞날을 예측하여 모반을 꾀한 것이었다. 그러나 데리고 있던 수하들이 한제의 뇌물과 설득에 반기를 들어 위험에 빠지고, 한신은 함양에서 진희와 연통했다는 사실이 발각되어 여태후呂太后에게 죽임을 당하였다. 한신은 모반을 꾀했다는 여 황후의 추궁에 모든 것을 체념하고 탄식해 마지않았다.

'괴통이 내게 삼국분립을 그토록 권했건만, 그의 말을 듣지 않았다가 오늘 목숨을 버리게 되는구나!'

지난날 백만 대군을 거느리고 천하를 호령하며, 항우마저 벌벌 떨게 했던 명장 한신이었다. 그러나 여 황후의 말 한 마디에 형장으로 끌려가 목이 잘리고 말았다. 대한大漢 11년 9월의 일이었다.

진희 또한 토벌군에 의해 참살당함으로써 반란은 완전히 평정되었다.

세 번째는 팽월을 죽인 일이다. 유방은 팽월이 역모逆謀사건을 일으킨다는 말을 그대로 믿고 그를 불러들여 처참하게 죽였다.

공이 큰 신하 세 명이 반역죄라는 누명을 쓰고 죽자, 회남왕 영포가 모반을 일으켰다.

'죄 없는 한신이 죽고, 진희도 죽고, 팽월까지 죽었으니, 이제는 내 차례다.'

회남왕 영포는 한신과 팽월이 차례로 한제 유방으로부터 주살된 이후 마음이 불안했다.

특히 한제 뒤에 있는 여 황후의 독살스러움에 소름이 돋았다. 어느 날, 영포가 사냥을 가려 할 때 황제가 보낸 칙사가 왔다.

"황후께서 이것을 대왕께 전하라 하시었습니다."

영포가 칙사를 다그쳐 물어보니, 팽월의 살점이라고 했다. 영포는 칙사의 말이 끝나기가 무섭게 칼을 뽑아 칙사의 목을 쳐버렸다.

'이번에는 내 차례란 말인가?'

영포는 여 황후가 한신에 이어 팽월마저 죽이고 그 고기를 자기에게 보낸 것에 호랑이처럼 울부짖듯 소리쳤다.

"한낱 건달에 지나지 않던 자가 황제가 되더니, 이제는 그 계집이 설치고 있구나. 그를 죽여 천하의 대도大道를 밝히리라."

영포는 자기에게 닥칠 만일의 사태에 대비하여 군사들을 요소요소에 배치하고 거사를 일으킬 만반의 준비를 갖추었다.

영포는 격문을 각처에 돌려 한제와 여 황후의 잔학무도함을 밝히고 군사 20만을 일으켰다. 그러나 영포는 지략이 부족하고 용맹만 내세워 마음이 급했다.

영포가 좀더 시간을 갖고 동쪽으로 나아가 오나라를 뺏고 서쪽의 초와 제, 그리고 노나라와 연합한 후 연·조나라와 손을 잡았더라면, 산동은 영포의 땅이 되어 한제와 능히 대적할 수 있었다.

그러나 그는 오나라를 취하고 채와 월을 빼앗아 한제와 마주하게 되었다.

여 황후는 한신과 팽월, 영포를 잡아들이지 못해 안달이었다. 그들은 모두 항우와 같이 있던 자들로 황실과 배척된다는 주장이었다.

영포는 한제와 일전을 치르면서 한제에게 화살을 날려 한제의 어깨를 맞혔다. 여러 장수들이 크게 놀라 한제를 급히 본진으로 후퇴하도록 하기는 했지만, 훗날 한제는 그 상처로 죽게 된다.

영포는 한제에게 사로잡히지는 않았지만 엉뚱하게도, 친분이 두터웠던 오예吳芮를 찾아갔다가 그를 못 만나고 그의 조카 오성吳城이란 자에게 한밤중에 목을 잃었다.

천하를 통일한 7년 후, 영포의 모반을 평정한 한제는 대군을 이끌고 함양으로 돌아가는 길에 패 땅에 이르러 감회 어린 눈길로 고향의 산천을 바라보았다. 번쾌와 노관도 함께 있었다. 말 그대로 금의환향이었다.

한제는 고향 사람들에게 잔치를 베풀고, 패 땅의 백성에게는 조세와 부역을 면제해주겠노라고 약속했다. 열흘 뒤, 유방은 어쩌면 다시 고향 땅을 밟지 못할 것 같은 아쉬움을 두고 황궁으로 돌아왔다.

그러나 궁으로 돌아온 유방은 영포와의 싸움에서 얻은 상처가 덧나 몸져눕게 되었다. 상처는 점점 나빠졌지만 유방은 의원의 치료를 거절했다.

"부질없는 일이오. 내 명은 다했소. 나의 죄를 알고 하늘이 나를 데려가려 하오."

며칠 후 한제는 소하, 조참, 주창을 비롯한 몇 사람의 중신들을 들게 했다.

"지난날 정장亭長이라는 벼슬자리에 있을 때 우연히 정전井田이라는 곳에서 한 노인을 만났는데, 그는 나의 얼굴을 보더니 크게 귀하게 될 상이라고 했다. 그 노인의 말대로라면 지금까지 내가 걸어온 길이 하늘의 뜻이었으니, 남은 목숨 또한 하늘의 뜻에 따를 것이다."

한제는 중신들에게 태자를 잘 보살펴주기를 부탁하고 또한 나라의 뒷일을 당부했다.

마침내 그가 세상을 떠났다.

대한大漢 12년 4월 갑진일, 63세, 황제 유방은 한나라의 고조高祖가 되었다.

r